I0597862

UN DÉFENSEUR POUR HARLOW

UN DÉFENSEUR POUR HARLOW
(MERCENAIRES REBELLES, TOME 4)

SUSAN STOKER

DU MÊME AUTEUR

Autres livres de Susan Stoker

Mercenaires Rebelles

Un Défenseur pour Allye

Un Défenseur pour Chloé

Un Défenseur pour Morgan

Un Défenseur pour Harlow

Un Défenseur pour Everly

Un Défenseur pour Zara

Un Défenseur pour Raven

Ace Sécurité

Au Secours de Grace

Au Secours d'Alexis

Au secours de Chloe

Au secours de Felicity

Au secours de Sarah

Forces Très Spéciales Series

Un Protecteur Pour Caroline

Un Protecteur Pour Alabama

Un Protecteur Pour Fiona

Un Mari Pour Caroline

Un Protecteur Pour Summer

Un Protecteur Pour Cheyenne

Un Protecteur Pour Jessyka

Un Protecteur Pour Julie

Un Protecteur Pour Melody

Un Protecteur pour l'avenir

Un Protecteur Pour Les Enfants de Alabama

Un Protecteur Pour Kiera

Un Protecteur Pour Dakota

Delta Force Heroes Series

Un héros pour Rayne

Un héros pour Emily

Un héros pour Harley

Un mari pour Emily

Un héros pour Kassie

Un héros pour Bryn

Un héros pour Casey

Un héros pour Wendy

Un héros pour Mary

Un héros pour Macie

Un héros pour Sadie

1

Chapitre Un

Lowell « Black » Lockard s'ennuyait. Il se cala contre le dossier de son fauteuil de bureau, croisa les mains derrière sa tête et s'abîma dans la contemplation de la vue par sa fenêtre, dont il ne voyait rien en réalité.

Les « pop pop pop » occasionnels d'une arme pénétraient de temps à autre la solitude de son bureau. Un son réconfortant, auquel Black s'était habitué au fil des années. Être propriétaire d'un stand de tir, ça n'était pas exactement le métier dans lequel il s'était projeté en quittant la Navy, mais voilà.

Le boulot lui plaisait, il aimait bien apprendre à connaître les hommes et les femmes qui venaient s'entraîner pour améliorer leurs talents au tir. Il tirait une certaine fierté des cours de tir et d'autodéfense qu'il donnait. N'empêche, dernièrement, sa vie semblait incomplète. Il y manquait quelque chose.

Et ça n'était pas seulement dû au fait que les Mercenaires Rebelles n'avaient pas été appelés en mission depuis un mois. Il y avait autre chose. Voir ses coéquipiers et amis tomber amoureux avait attiré son attention sur l'une des évidences les plus tristes de sa vie : elle était routinière. Normalement, elle lui plaisait ainsi, mais avec toutes les histoires que ses amis racontaient à propos de leurs femmes, qui les rendaient dingues... Il ne pouvait s'empêcher de regretter de n'avoir pas quelque chose de semblable pour occuper son temps, lui aussi.

Sans doute qu'une bonne grosse mission, bien dure, briserait son ennui. Et il savait que ce genre de pensées faisait de lui un salaud. Non qu'il espère le kidnapping ou la maltraitance d'une femme ou d'un enfant, non, seulement chaque fois que quelqu'un dans le besoin faisait appel à Rex, leur officier traitant, Black se retrouvait avec un but bien clair. Il ne se sentait jamais plus utile et épanoui qu'en aidant les autres. Il avait passé toute sa vie à accourir chaque fois que quelqu'un avait besoin d'aide... or rester assis dans un bureau ne lui donnait pas du tout l'impression qu'on avait besoin de lui.

Son téléphone portable sonna, l'arrachant à ses pensées. Il se redressa pour consulter l'écran.

Inconnu.

Il faillit ne pas décrocher. La dernière chose dont il avait envie, c'était parler avec un téléprospecteur ou autre arnaqueur, mais vu qu'il s'ennuyait ferme, autant répondre quand même.

— Allô ?

— Vous êtes bien Lowell Lockard ?

Black ne reconnaissait pas cette voix.

— Je vous écoute.

— Bonjour, Lowell. Harlow Reese à l'appareil. Nous nous sommes parlé il y a quelques semaines...

Au son de ce nom, Black s'assit droit sur son siège. Une soudaine excitation lui vrilla le ventre. Harlow, c'était exactement ce dont il avait besoin... mais d'une manière totalement différente.

— Oui, oui. Sauf que je m'attendais à ce que tu m'appelles avant, la gronda-t-il gentiment.

À l'autre bout du fil, la jeune femme gloussa, ce qui amena un sourire sur le visage de Black. Il aimait bien sa voix. Basse et rauque. Même son rire était attirant.

Il secoua la tête pour chasser ces pensées ridicules. Il ne cherchait pas ce que Gray, Ro et Arrow avaient. Il se contentait fort bien de quelques rendez-vous sans lendemain, même si ces derniers temps, il n'y avait même pas eu droit.

Il ne s'imaginait pas s'installer avec une femme pour le restant de ses jours. Il n'était pas un coureur de jupons, mais il aimait bien le petit jeu des rendez-vous. Apprendre à connaître quelqu'un. Flirter. L'attente qui conduisait au moment où il la mettait dans son lit pour la première fois.

Il tâcha de se concentrer sur ce que disait Harlow.

—... pas appelé. J'ai pensé que je réagissais de manière disproportionnée. Mais... la situation a changé et je me demandais si tu serais d'accord pour revenir donner d'autres cours d'autodéfense aux femmes qui vivent ici, au refuge.

Le sérieux qu'il percevait dans sa voix et l'implication de ses propos eurent tôt fait de ramener Black à la dure réalité. Aussi vite qu'un coup de poing.

La dernière fois qu'il était allé au refuge pour femmes Premier Espoir, c'était environ un mois plus tôt, selon la rotation habituelle des Mercenaires Rebelles : à peu près une fois par mois, l'un d'eux se rendait au refuge afin d'interagir avec les femmes et les enfants qui y résidaient et de s'assurer que tout allait bien. Ils se chargeaient aussi de menus travaux ici et là et enseignaient l'autodéfense aux femmes. Premier Espoir était un foyer de transition, où les femmes pouvaient vivre jusqu'à ce qu'elles trouvent un logement abordable, un travail et, en gros, une forme d'équilibre après la situation, quelle qu'elle soit, qui les avait amenées là à l'origine. Loretta Royster, la propriétaire du bâtiment et directrice du refuge, faisait son possible pour mettre tout le monde en sécurité.

Black avait connu Harlow au lycée. C'était fou qu'ils se retrouvent tous les deux à Colorado Springs, après avoir grandi dans le Kansas. Elle avait un an de moins que lui, mais ils étaient dans le livre de fin d'année du lycée ensemble, lors de son année de terminale. La revoir au refuge avait été une surprise – elle venait d'y être embauchée comme chef cuisinière.

Elle lui avait avoué un mois plus tôt être victime de harcèlement et s'était renseignée sur un cours d'autodéfense pour elle-même. Black s'était juré de l'appeler lui-même si elle ne le faisait pas, et puis finalement, il y avait renoncé.

Chose qu'il regrettait à présent.

À sa décharge, il s'était dit que le silence de Harlow signifiait probablement que le harcèlement avait pris fin. Ça n'était pas une bonne excuse, cela dit. Il aurait dû suivre l'affaire, et pas seulement parce qu'il était intrigué de retrouver une femme qu'il connaissait d'avant.

— La situation a changé ? répéta-t-il. De quelle manière ?

— Eh bien, la dernière fois que je t'ai vu, j'étais la seule à me faire harceler par ces types. À présent, cependant, j'ai ouï dire que tout le monde était touché.

— Que disent les flics ? Car tu es allée à la police, n'est-ce pas ?

— Bien sûr, répondit-elle d'un ton vexé. Je ne suis pas idiote. Loretta leur a parlé à plusieurs reprises, mais vu que les gars ne nous ont pas réellement *fait* quoi que ce soit, ils ne peuvent pas agir.

Black ne comprenait plus trop bien.

— Qu'est-ce qu'ils font alors ?

— Des trucs bêtes. Ils sifflent lorsque des femmes entrent ou sortent du bâtiment. Parfois, ils nous suivent jusqu'au parking quand on s'en va. Ils n'ont pas posé la main sur nous, ne se sont même pas approchés de très près, pourtant ils sont toujours là, qui nous observent, qui se moquent. Des choses comme ça. Ça fiche la frousse aux femmes et aux enfants et je déteste voir tout le monde aussi perturbé.

— Bien sûr. Je vais t'aider, la rassura Black. Tu les connais, ces types qui vous embêtent ?

— Non. Ils sont très jeunes. Genre fin de l'adolescence, début de la vingtaine. Ils traînent dans le quartier. Je n'ai pas l'impression qu'ils s'inquiètent d'être vus, puisque sur le papier, ils ne font rien d'illégal. Mais ils traînent dans ce nouveau parc, en bas de la rue de notre bâtiment ou bien devant la boutique du tatoueur d'en face. À cause d'eux, les résidentes refusent de sortir seules et elles ne laissent plus non plus leurs enfants sortir jouer au parc.

— Tu travailles au refuge cet après-midi ?

— Aujourd'hui ? demanda-t-elle, surprise.

— Oui, Harl. Aujourd'hui.

— Eh bien, oui. Du moins jusqu'à 16 heures environ. Ensuite, c'est Zoé qui prend le relais.

— Zoé ?

— L'autre cuisinière. Loretta l'a embauchée à peu près une semaine après moi. Quand je ne suis pas de service, c'est elle qui l'est et vice versa. Ainsi, tous les repas des résidents sont couverts, expliqua Harlow.

— Elle se fait harceler, elle aussi ? voulut savoir Black.

— Oui. Tout le monde. Et c'est bizarre, parce que Zoé a soixante ans. Elle ne les fait pas, avec ses cheveux roses, mais je ne comprends pas pourquoi ces vauriens s'en prennent à nous toutes. Loretta pense que c'est peut-être l'ex de l'une des résidentes qui les a embauchés, mais vu qu'ils ne nous font pas de mal et qu'ils ne s'en prennent pas non plus à notre environnement, les flics ne veulent pas intervenir et on se retrouve sans moyen de faire la lumière là-dessus.

Les battements du cœur de Black s'emballaient. Plus elle lui décrivait la situation, plus il devenait inquiet.

— Bref, poursuivait-elle, je pense que le fait de te revoir, de pouvoir te poser d'autres questions et que tu leur montres à toutes des gestes simples qu'elles peuvent faire pour se protéger, ça redonnera peut-être un peu confiance à toutes ces femmes.

Black jeta un coup d'œil à sa montre.

— Je serai là dans une heure.

Un silence lui répondit au bout du fil, avant que Harlow ne demande :

— Tu es sérieux ?

— Très sérieux.

— Je ne voulais pas... Tu n'es pas obligé de venir aujourd'hui. C'est juste... Tu m'avais dit de t'appeler si je me sentais mal à l'aise...

— Exact. Et tu m'as appelé parce que la situation te met mal à l'aise. Or il se trouve que je peux agir.

Oh, oui, il allait agir. Il aurait annoncé à Harlow qu'il serait sur place dans la demi-heure, sauf qu'il devait d'abord appeler Rex et l'informer de ce qui se passait. Il lui fallait aussi téléphoner à Meat, leur expert en informatique attitré. Meat pourrait commencer à passer en revue la liste des ex-maris et petits amis des résidentes du refuge.

Peut-être en faisait-il trop. Il était possible que ces voyous n'aient aucun lien avec personne et qu'ils prenaient juste leur pied à effrayer les résidentes du foyer, mais, au fond, il ne le pensait pas. Le bâtiment ne se trouvait pas dans le meilleur quartier de la ville, sans que ce soit le pire non plus. Colorado Springs investissait de l'argent dans cette zone, notamment en offrant des réductions d'impôts aux entreprises qui s'installaient là-bas ou des incitations aux promoteurs qui essayaient de revitaliser le quartier.

Harlow subissait ce harcèlement depuis au moins un mois désormais. Il doutait que les hommes qui l'embêtaient ne continuent que pour le plaisir de ricaner un bon coup. Encore une fois, il s'en voulut de ne pas avoir repris de ses nouvelles plus tôt.

Sa nuque le picotait, signe familier qui indiquait que cette situation était l'arbre qui cachait une forêt.

Il était ravi de se retrouver avec une occupation qui satisfaisait son besoin de se rendre utile, mais il y avait plus... Il avait hâte de revoir Harlow. Elle occupait son esprit depuis un mois et il accueillait avec plaisir le moindre prétexte de la revoir.

— Va informer Loretta que je serai là sans tarder. Je discuterai avec elle de ce qui se passe et des mesures en place pour la protection des résidentes. Ça va aller d'ici à ce que j'arrive ?

Il perçut de l'amusement dans sa voix quand elle répondit :

— J'ai trente-quatre ans et je me débrouille plus ou moins toute seule depuis que j'en ai seize. Je crois que je vais réussir à survivre aux soixante minutes et quelques qu'il te faudra pour arriver ici.

Black sourit. Il aimait bien son culot.

— Bien. À très vite alors.

— Lowell ?

Son sourire s'étira un peu plus en entendant Harlow utiliser encore une fois son vrai prénom. Cela faisait longtemps que personne ne l'utilisait plus, hormis sa famille. L'entendre dans la voix grave et rauque de cette femme lui donna des palpitations rapides dans le ventre.

— Oui, Harl ?

— Merci. Je sais que ça fait longtemps qu'on ne s'est pas vus, qu'on n'a même pas pensé l'un à l'autre. C'est juste... Tout le monde est tendu et, en voyant que les flics ne pouvaient rien faire, on s'est retrouvées un peu perdues et désarmées. J'apprécie que tu m'aies proposé des cours. Je peux les payer. Je veux dire, c'est moi qui ai fait appel à toi.

— On parlera de ça quand je serai sur place.

Il n'était évidemment pas question que quiconque lui paie quoi que ce soit. Le refuge des femmes était important pour Rex et pour le reste des Mercenaires Rebelles. Loretta les avait aidés à de nombreuses reprises quand ils avaient eu besoin d'elle pour une femme ou un enfant qu'ils avaient secourus. Rex serait vexé que Loretta ne l'ait pas contacté elle-même, mais Black et son équipe procureraient toute l'aide dont le foyer avait besoin, et gratis.

— OK. Sois prudent sur la route, conclut Harlow. Salut.

Elle avait raccroché avant qu'il ait le temps de dire un mot. Il ferma son téléphone et regarda droit devant lui pendant un bon moment. Cela faisait une éternité qu'on ne lui avait pas dit d'être prudent sur la route, du moins quelqu'un qui n'était pas lié à lui. Ses parents étaient super, mais ils vivaient à l'autre bout du pays, à Orlando. Il leur parlait fréquemment, mais, s'ils lui répétaient chaque fois qu'ils l'aimaient, ils ne s'inquiétaient pas pour lui.

Son frère était photographe, il parcourait le monde pour prendre des clichés pour des magazines ou des organisations. Il avait cinq ans de moins que Black et le chic pour se fourrer toujours dans des situations louches. Bien sûr, Black aussi, seulement leurs parents l'ignoraient. Alors c'était pour Lance que les parents se faisaient du souci.

Harlow avait probablement lancé ces mots sans réfléchir. Sans doute conseillait-elle à tout le monde d'être prudent. N'empêche, l'entendre avait éveillé quelque chose en Black.

Tout sourire, il décida sur-le-champ d'inviter Harlow Reese à sortir un soir avec lui. Cela faisait longtemps qu'il n'avait pas vraiment jeté son dévolu sur une femme en particulier et il avait hâte de remonter en selle.

Toujours souriant, il décrocha son téléphone et composa le numéro de Rex. Il devait expliquer à son officier traitant ce qui se passait. Pour l'instant, il ne disposait pas de beaucoup d'informations, mais Rex n'aimait pas les surprises. Mieux valait lui parler d'emblée, quitte à lui apporter d'autres détails ultérieurement, plutôt que de lui cacher une situation et de la lui rapporter a posteriori.

2
___

Chapitre Deux

Sans réfléchir, Harlow coupait et roulait la pâte, avant de poser chaque monticule sur le papier sulfurisé. Elle aurait pu préparer des cookies en dormant – ce qui était une bonne chose, car en l'occurrence son attention n'était absolument pas sur la pâtisserie.

Pendant une semaine elle avait débattu avec elle-même sur l'opportunité ou pas d'appeler Lowell, avant de trouver enfin le courage de se lancer.

La première fois qu'elle l'avait vu, il y avait de nombreuses semaines, elle était agacée, à peine plus, par les hommes qui lui hurlaient des choses quand elle arrivait au refuge et qui aimaient traîner autour du parking quand elle en repartait. Elle avait pensé que suivre des cours d'autodéfense, peut-être même quelques bricoles avec les armes à feu, ça pourrait aider. Car elle croyait à l'époque être la seule à subir ce harcèlement. Mais en entendant des résidentes parler des voyous qui leur faisaient subir la même chose, une semaine auparavant, elle avait su : il fallait réagir.

Parce qu'il n'y avait pas que les femmes à avoir peur. Les

gamins aussi. Et ça, pour Harlow, c'était inacceptable. Elle n'aimait pas que des hommes usent de la force ou de l'intimidation pour abuser des femmes, mais s'ils s'en prenaient aux enfants, la ligne rouge était franchie. Cinq gosses vivaient au refuge en ce moment et il n'était pas difficile de remarquer qu'eux aussi étaient effrayés par le harcèlement.

À treize ans, Jasper Newton était le plus âgé. Légèrement en surpoids, il trébuchait constamment. Il était le protecteur du groupe, sans doute pour tenter de compenser le fait que son père avait violenté sa mère pendant des années. Les abus avaient cessé seulement quand, un beau jour, Wyatt avait quitté femme et enfant en leur annonçant qu'il ne voulait plus de famille, qu'il ne les aimait pas et avait trouvé une nouvelle petite amie.

Harlow savait que Jasper et sa mère étaient mieux sans lui, mais de toute évidence le jeune garçon avait souffert mentalement à cause de tout ce que son père lui avait fait traverser.

Lacie Bronson avait onze ans et ne parlait pas beaucoup. Harlow ne connaissait pas son histoire, elle constatait juste que ce qui s'était passé pour les pousser, sa mère et elle, vers les services du refuge, les avait manifestement traumatisées toutes les deux.

Milo Hamlin avait neuf ans et, quoique méfiant, il riait tout de même souvent et se faisait facilement des amis.

Samantha Royal avait huit ans et fréquentait la même école que Milo. Ils étaient dans la même classe, d'ailleurs. Sammie, qui en pinçait pour lui, le suivait partout.

À cinq ans, la plus jeune enfant du foyer était Jody Zimmerman. Une fillette curieuse qui passait autant de temps que possible dans la cuisine avec Harlow. Elle avait de beaux cheveux roux et des yeux verts. Sa mère était jeune, seulement vingt-trois ans, à l'instar de son ex-petit ami. Il avait été tué par un chauffard ivre quelques jours avant son intégration prévue dans l'armée et, par manque d'argent et d'aide de sa famille, Jody et sa maman avaient fini à la rue.

Harlow était prête à tout pour protéger les enfants du foyer. Elle avait toujours eu un faible pour eux. La situation de leurs parents, ce n'était pas leur faute et elle s'efforçait de faire tout son possible pour leur forger de bons souvenirs de leur enfance. Si cela passait par la nourriture, eh bien, soit.

Harlow les accueillait dans sa cuisine les bras ouverts. Souvent, ils venaient avec leurs livres et leurs cahiers et s'installaient à la grande table pour faire leurs devoirs ou juste en quête d'une quelconque activité, alors elle leur assignait la tâche de l'assister au repas qu'elle était en train de préparer. Sachant que la plupart d'entre eux avaient manqué de nourriture pour se remplir le ventre à cause de la situation financière du foyer où ils avaient grandi, elle avait toujours des encas à portée de main aussi.

Chaque fois que leur mère avait une séance de groupe, Harlow emmenait les enfants à la cuisine pour leur apprendre à préparer quelque chose de nouveau. Un jour des cookies, par exemple, un autre du pain. Elle adorait les regarder s'amuser et se plaisait aussi beaucoup en leur compagnie.

C'était surtout pour les enfants qu'elle avait appelé Lowell Lockard.

Elle l'avait reconnu à la seconde où elle l'avait vu. Ils avaient fréquenté le même lycée à Topeka, au Kansas, et il fut un temps où elle avait même eu un gros coup de cœur pour lui. Seulement, il ne boxait pas dans sa catégorie. Trop populaire pour les filles comme elle, qui aimaient se cacher derrière leur appareil photo, prendre des clichés des autres plutôt que de se trouver sous les feux de la rampe. Elle avait d'ailleurs tenté sa chance dans le métier de photographe, avant de se rendre compte qu'elle préférait de loin cuisiner à être derrière un objectif.

Lowell était drôle et sympa avec elle, quand ils étaient adolescents. Il ne la regardait pas de haut, il l'avait même complimentée à plus d'une reprise sur ses photos. Harlow savait qu'il devait s'engager dans la Navy après son diplôme et elle l'admirait de vouloir servir son pays.

Elle aurait voulu sortir avec lui, de tout son cœur, mais déjà à l'époque, elle n'avait pas beaucoup de chance avec les garçons et les histoires d'amour.

Une fois que Lowell avait décroché son diplôme, elle ne l'avait plus revu ni n'avait entendu parler de lui... jusqu'à ce qu'il débarque en plein milieu de la pièce de vie du refuge pour femmes. Quel choc ! Cependant, elle n'avait pas été surprise d'apprendre qu'il gérait un stand de tir dans le coin et qu'il donnait parfois de son temps pour Premier Espoir. Elle était au courant, pour ces hommes qui chaque mois venaient donner un coup de main au refuge et passer du temps avec les résidents. Déjà au lycée, Lowell était le champion de ceux qui ne pouvaient se défendre eux-mêmes.

Harlow avait été un peu chagrinée en découvrant que son coup de cœur pour lui restait tout aussi puissant aujourd'hui qu'à l'adolescence. Il avait grandi pour devenir un sacré beau spécimen. Ils faisaient à peu près la même taille, mais Lowell était un homme à présent. Il ne restait plus aucune trace du garçon efflanqué qu'il avait été. Ses bras étaient musculeux, ses cuisses gonflées sous son jean. Il portait quelques cicatrices visibles, indiquant qu'il avait traversé de rudes épreuves.

Mais ça allait au-delà de son physique. Harlow avait depuis longtemps passé l'âge où elle se laissait tourner la tête par un bel homme. Elle avait rencontré et fréquenté assez d'hommes pour savoir que ça n'était pas l'apparence qui faisait d'eux de bons partenaires. C'était la personne qu'ils étaient au fond d'eux.

Lowell jouait avec les enfants et il était passé maître dans l'art de déchiffrer le langage corporel des nouvelles résidentes. Quand Carrie avait reculé d'un pas, le jour où elle l'avait rencontré, il n'avait pas tendu la main pour serrer la sienne, il s'était contenté de hocher la tête et de lui accorder l'espace dont elle avait besoin. Quand Sue avait refusé de croiser son regard, il ne l'avait pas mise mal à l'aise en aucune façon. Il était juste passé à la femme suivante.

Il ne rechignait même pas à s'asseoir par terre à côté de Jody et à jouer à la poupée avec elle.

Oui, tout ce que Harlow avait vu de lui ce jour-là, un mois plus tôt, l'avait attirée... mais elle avait refusé de céder à la tentation. Elle était la reine des mauvais choix en matière de petits amis et la dernière chose dont elle ait envie, c'était de se retrouver déçue par un rendez-vous atroce avec son coup de cœur du lycée.

Elle s'était donc bornée à l'admirer de loin, sans répondre à l'offre qu'il avait faite de l'aider. Mais après que Sammie avait débarqué dans la cuisine, un après-midi récemment, en pleurs parce que l'un des types qui traînaient autour du parc lui avait dit de bien profiter du lit dans lequel elle dormait parce qu'elle ne l'aurait plus pour bien longtemps, Harlow s'était décidée : c'en était assez.

Elle avait rassemblé le courage d'appeler Lowell. Et sans la moindre hésitation, il avait promis de venir sur-le-champ. Réaction qui l'avait surprise. Elle s'était attendue à ce qu'il doive les caser, elle et sa requête pour le refuge, dans un planning qu'il devait avoir chargé. Jamais au grand jamais elle n'avait imaginé qu'il débarquerait le jour même.

— Harlow ?

La voix féminine surprit tellement Harlow qu'elle sursauta et faillit lâcher la feuille de papier sulfurisé au sol. Secouant la tête devant sa maladresse, elle leva les yeux pour découvrir Loretta dans l'encadrement de la porte.

À soixante-cinq ans, elle paraissait bien plus jeune que son âge. Elle avait accepté ses cheveux gris, qui étaient magnifiques sur elle : ses prunelles bleues ressortaient encore plus avec l'argent de sa coiffure. Elle avait les rides du rire au coin des yeux et de la bouche, et toujours un sourire pour tout le monde. Aujourd'hui, elle portait un jean moulant et un tee-shirt qui affirmait : « LES SOIXANTE ANS D'AUJOURD'HUI, C'EST LES VINGT ANS DE JADIS ».

Harlow se tourna vivement vers l'évier pour se laver les mains.

— Bonjour, Loretta. Je peux te servir de quelque chose ?

L'autre femme secoua la tête.

— Oh non. Je suis encore repue de ce délicieux petit déjeuner que tu nous as préparé. Vous embaucher, Zoé et toi, c'est la meilleure décision que j'aie jamais prise pour cet endroit.

Harlow se séchait les mains, tout sourire.

— Je suis ravie moi aussi, lui confia-t-elle.

Elle avait travaillé dans un hôtel chic à Seattle et sombré dans un tel burn-out qu'elle avait choisi de changer de vie. Elle avait d'abord cherché dans les restaurants de la région de Denver, quand l'un des directeurs de l'hôtel lui avait parlé de l'offre d'emploi ici, à Colorado Springs. Le poste ne figurait pas dans ses projets, à la base, mais une fois qu'elle en avait appris davantage sur Loretta, depuis combien de temps elle vivait dans la région et la façon dont elle aidait ses résidents depuis plus de trente ans, postuler ici lui avait semblé la bonne décision.

Harlow n'était à « Springs », comme l'appelaient les locaux, que depuis peu, mais elle adorait déjà la ville. Elle appréciait aussi de pouvoir partir en randonnée, profiter du grand air, voir Pikes Peak depuis la fenêtre de son appartement. Sans compter qu'elle se sentait en sécurité, ici, même si le refuge n'était pas situé dans le quartier le plus sûr qui soit.

La ville s'efforçait de revitaliser la zone, c'est-à-dire en réalité de la « nettoyer ». La plupart des devantures de magasins autour du refuge étaient encore vides, mais à quelques pâtés d'immeubles, de nouvelles boutiques et des restaurants ouvraient presque toutes les semaines. Il se construisait aussi des copropriétés assez chères à plusieurs rues de là, qui amèneraient des clients aux nouvelles enseignes.

— Tu as pu parler à Black ? demanda Loretta.

Harlow opina du chef.

— Oui, j'allais venir te raconter, mais je devais d'abord mettre ces biscuits au four, répondit-elle. Il va venir aujourd'hui pour discuter avec toi.

Elle vit les épaules de Loretta se détendre sous l'effet du soulagement. Culpabilisant d'avoir mis si longtemps avant de contacter Lowell, Harlow se hâta de tenter de la rassurer :

— Je suis sûre qu'il va trouver ce qui se passe et, si ces gars ne sont que des voyous, il saura les remettre sur le droit chemin et les envoyer traîner ailleurs. Il a aussi dit qu'il verrait volontiers les résidentes pour leur apprendre quelques autres gestes d'autodéfense.

— Bien... C'est bien, commenta Loretta, avant de pousser un soupir. Ah là, là, il ne fait pas bon de vieillir. Il fut un temps où je les aurais gérés moi-même, ces gamins.

Harlow observa sa patronne plus attentivement... et n'aima pas ce qu'elle voyait. Elle avait des poches sous les yeux et son front se plissait sous l'effet de l'inquiétude.

— Il s'est passé autre chose ?

— Autre chose ? répéta Loretta, l'air las. Tu veux dire en plus du fait que mes résidentes se font harceler et qu'on n'est pas fichues de comprendre pourquoi, que les flics ont les mains liées, que j'ai une liste d'attente d'au moins vingt personnes dans le besoin sans aucune place pour les accueillir et qu'en plus, j'ai un rendez-vous demain soir ?

— Un rendez-vous galant ? s'étonna Harlow, qui haussa les sourcils, si surprise qu'elle passa outre tout le reste des récriminations de sa patronne.

Non qu'elle s'imagine Loretta incapable de se décrocher de rendez-vous ou censée y renoncer vu son poste – malgré son âge, elle était magnifique et avait un cœur de la taille du Texas –, mais elle n'avait jamais entendu parler d'un homme en particulier dans sa vie.

Les lèvres de Loretta se retroussèrent.

— Je suis trop vieille pour ça, mais oui, un rendez-vous galant. Edward a insisté jusqu'à ce que je cède : il m'emmène dîner.

Harlow savait à qui Loretta faisait allusion : Edward O'Connor. Un Irlandais, propriétaire d'une boulangerie à l'autre bout de la rue par rapport au refuge. Il leur apportait souvent ses invendus du jour, pâtisseries ou pain, qui normalement seraient jetés. Harlow savait faire le pain, mais ces livraisons de pâtisseries lui rendaient la vie bien plus facile le matin. Elle appréciait l'homme, d'un certain âge, et était ravie qu'il ait invité Loretta à sortir.

— Je me rappelle un rendez-vous avec un homme qui n'arrêtait pas de se pencher par-dessus la table pour piocher dans mon assiette, raconta Harlow. Il prenait sa fourchette pour piquer une crevette, en disant : (elle baissa la voix.) « Ça ne vous dérange pas si je goûte, n'est-ce pas ? » Et sans attendre que je lui réponde « oui » ou « non », il se servait.

Loretta sourit.

— Toi et ta malchance, mon enfant. Je n'en reviens pas de certaines des histoires que tu m'as racontées sur tes rendez-vous. Tu es sûre que tu n'exagères pas un tout petit peu la réalité ?

Harlow lui rendit son sourire.

— Absolument pas. Tout ce que je t'ai dit est vrai, jusqu'au moindre détail. Et chaque anecdote m'est arrivée une fois où je suis sortie avec un homme.

— Quand le bon montrera le bout de son nez, tu changeras d'avis.

— Non, je ne pense pas, non. Tu te souviens de Charles ?

Loretta leva les yeux au ciel.

— Ne m'en parle pas.

— Oh, mais si. Il avait commandé pour moi et, au début, j'avais trouvé cela mignon, dans le genre qui s'efforçait de la jouer gentleman. Enfin, jusqu'à ce qu'il me commande un Coca Light, avant de questionner la serveuse sur le nombre de calories contenues dans chaque plat, pour finalement choisir le poulet rôti avec des légumes – sans beurre – pour moi.

Loretta secoua la tête en lâchant un grognement.

— Oui, bon, c'était un crétin. Ce n'est pas parce que tu n'es pas maigrichonne que tu es grosse et que tu dois perdre du poids.

— Je sais, répondit Harlow.

Et c'était vrai. Elle n'avait pas de problème avec sa taille de vêtements. Elle aimait manger – elle était chef cuistot, nom de Dieu ! Jamais elle n'entrerait dans un 34. Ni même dans un 38, d'ailleurs, mais elle n'était pas obèse pour autant, elle aimait marcher et essayait tout de même de surveiller ce qu'elle mangeait. Autant dire que cela avait été son premier et son dernier rendez-vous avec le Charles en question.

Les rendez-vous foireux, elle en avait connu tellement par le passé qu'elle avait pris la décision de mettre un terme aux rencontres pour un temps, et de se focaliser sur son travail à la place. Cela faisait presque un an qu'elle se tenait à ses résolutions.

— Sérieusement, quand le bon croisera ta route, tu le sauras, reprit Loretta. Tu verras.

Harlow secoua la tête, sans répondre pour autant. Elle fréquentait sa patronne depuis assez longtemps pour savoir qu'elle ne changerait pas d'avis. Loretta était entêtée. Extrêmement entêtée. Alors Harlow fit ce qu'elle savait être le meilleur moyen pour détourner Loretta de cette embarrassante question : elle revint à son premier sujet de préoccupation.

— Bref, Lowell a dit qu'il serait là d'ici une heure, fit-elle avec un coup d'œil à sa montre. Et c'était il y a environ trente minutes. Il va vouloir que tu lui parles des ex de toutes les femmes, selon moi. Quoi qu'il en soit, il a promis de nous aider.

— Merci, mon Dieu, se réjouit Loretta. Tu es au courant de l'activité de Black, non ?

Harlow savait que son surnom était Black, mais, l'ayant

connu au lycée sous son vrai nom de Lowell, elle l'appelait ainsi. Elle inclina la tête en entendant la question de Loretta.

— Tu parles de ses cours d'autodéfense, de maniement des armes et de son stand de tir ?

— Non, ma belle. Je vais te raconter quelque chose qui n'est pas ce que j'appellerais « public ». Si je suis au courant, c'est uniquement parce que je leur ai donné un coup de main par le passé. Et je t'en parle, à toi, parce que je te fais confiance et que tu as un passif avec Black. Ses amis et lui appartiennent à un groupe appelé les Mercenaires Rebelles.

Harlow hoqueta.

— Des gens les embauchent pour tuer d'autres gens ?

Loretta éclata d'un rire sonore.

— Non, ma fille, non. Grand Dieu. Ils sont embauchés pour trouver et libérer des femmes ou des enfants après un kidnapping. Leurs services ne sont pas donnés et ceux qui les embauchent ont des connexions. Ce n'est pas comme si on pouvait trouver Rex, leur chef, et ses hommes sur Internet et leur envoyer un mail. Ils se chargent des cas les plus désespérés : des femmes disparues dans le cas de trafic sexuel, des gosses enlevés par un parent qui n'a pas leur garde... Ils aident même dans les cas de violences, de temps en temps.

Harlow ne comprenait plus très bien.

— Mais je pensais que des « mercenaires » étaient des gens motivés par l'argent, non ?

Loretta haussa les épaules.

— J'ignore – et je me fiche de le savoir – comment ils ont choisi leur nom et, si je suis sûre qu'ils gagnent bien leur vie en faisant ce qu'ils font, la principale motivation de Rex et de son équipe, c'est la justice. Ils n'aiment pas voir des femmes ou des enfants abusés, que ce soit par des hommes ou des femmes, d'ailleurs. Ils sont tous d'anciens soldats d'une forme ou d'une autre des Forces Spéciales. Ils ont l'entraînement requis pour s'introduire dans des pays étrangers et secourir des gens sans être détectés. Ou bien de rester ici, dans notre pays, pour trouver et secourir une femme ou un enfant dans le besoin.

— Comment sais-tu tout ça, toi ? s'enquit Harlow.

D'un côté, elle était sidérée, mais d'un autre, l'information faisait sens. Il lui suffisait de regarder Lowell pour savoir qu'il était le genre d'hommes sur qui l'on pouvait s'appuyer. Il était fort et plein de compassion, mais il avait aussi une expression dans le regard qui indiquait clairement qu'il ne fallait pas lui chercher des noises. C'était l'une des raisons principales pour lesquelles elle avait fini par se résoudre à l'appeler.

— Je dirige un foyer pour femmes, répondit Loretta avec un haussement d'épaules, comme s'il était évident que, de ce fait, elle connaisse un groupe d'hommes aussi dangereux. Rex m'a contactée il y a quelques années, en me demandant si j'avais de la place pour une femme qu'ils avaient tirée d'une situation d'abus. Je n'en avais pas, en l'occurrence, mais après avoir entendu la terrible histoire de cette femme, j'ai fait de la place pour elle. Au fil des années, j'en ai appris de plus en plus sur les Mercenaires Rebelles. Et après avoir rencontré tous leurs membres, à l'exception de Rex que même ses hommes n'ont jamais vu, je peux dire en toute honnêteté qu'ils comptent parmi les hommes les plus moraux et les plus droits avec qui j'ai eu le plaisir de travailler.

Harlow savait que, venant de Loretta, c'était un sacré compliment. Cette femme n'avait jamais été mariée et n'avait pas d'enfants. Quand elle était dans la vingtaine, elle avait été embringuée dans une secte – sans savoir que c'était une secte à l'époque. Le gourou était un homme violent et manipulateur et, depuis qu'elle en avait réchappé, Loretta gardait les hommes à distance. Alors qu'elle parle ainsi de ce mystérieux Rex, de son organisation et des hommes qui travaillaient pour lui... ça en disait très long.

— C'est vrai, acquiesça Harlow, j'ai connu Lowell au lycée. Enfin, nous n'étions pas proches, mais j'ai su qu'il s'était engagé dans la Navy après son diplôme.

Loretta opina du chef.

— Il était Navy SEAL, je parie. Bref, merci d'avoir fait appel à lui, ma fille. J'aurais dû contacter Rex, mais je croyais que ça retomberait comme un soufflet et que ces gamins finiraient par se lasser.

— Je l'ai cru aussi, admit Harlow.

— En tout cas, je serai ravie de partager avec Black ce que je peux révéler. Il est au courant que certaines informations ne peuvent pas être dévoilées à cause des lois sur la vie privée.

— Comment va-t-il pouvoir nous aider s'il n'a pas tous les détails ? (Loretta sourit, mais ne répondit pas.) Qu'est-ce qui t'amuse ?

— Rex et son équipe ont leur manière de procéder pour découvrir les informations dont ils ont besoin, lui expliqua Loretta. Je lui expliquerai ce qui se passe et je te parie tout ce que j'ai qu'ils ne tarderont pas à en savoir plus sur les ex que j'aurais pu leur en apprendre. Et plus vite, de surcroît.

Harlow frissonna. Elle n'était plus trop sûre de son idée. À croire qu'elle lisait dans ses pensées, Loretta vint lui tapoter la main.

— Ne te stresse pas, lui intima-t-elle. Ton Lowell est un gars bien. Jamais il n'irait fouiner dans ton passé sans bonnes raisons.

Ce n'était pas comme si Harlow se souciait de ce que Black risquait d'apprendre sur elle. Car enfin, elle était à peu près aussi ennuyeuse que n'importe quelle femme de trente-quatre ans. Elle s'entendait avec ses parents, avait fréquenté le centre universitaire du coin un an ou deux avant de s'inscrire dans une école de cuisine, avait toujours eu de bonnes notes et jamais connu de problèmes avec la loi, à l'exception de quelques PV de stationnement.

Mais savoir que Lowell avait la capacité de tout savoir à son sujet si l'envie lui prenait, ça restait un peu intimidant. Ça lui rappelait un homme avec qui elle avait eu un rendez-vous et qui avait sorti une liasse de papiers, en lui expliquant qu'il avait effectué une recherche extensive sur elle, afin de s'assurer qu'elle était bonne à marier.

Flippant et intrusif à mort... ce qui avait signé la fin de ce rendez-vous-là.

— J'espère qu'il ne le fera pas, conclut-elle.

Loretta se contenta de sourire à nouveau.

— Tu ferais mieux de finir ces biscuits avant que Black n'arrive et ne te détourne de tes occupations.

Sur ces mots, sa patronne tourna les talons et quitta la cuisine.

Un coup d'œil à la pendule apprit à Harlow qu'il ne lui restait plus que vingt minutes avant la visite de Lowell. Elle se dépêcha de fourrer la plaque de cuisson dans le four préchauffé. Ils seraient cuits à peu près à l'heure où Lowell débarquerait.

En se passant la manche sur le front, elle se prit à regretter de n'avoir pas un change de vêtements, avant de se rabrouer mentalement. Lowell ne venait pas la chercher pour un rendez-vous ou quoi que ce soit, pourquoi irait-elle se soucier de ce qu'elle portait ? Elle était en jean et tongs, avec le tablier dont elle se protégeait toujours et qui de toute façon couvrait à peu près tout le reste de sa tenue.

Quant à ses cheveux, ils étaient probablement dans un état désastreux, comme toujours. Elle les avait attachés dans un vague chignon pour se dégager le visage et empêcher qu'ils ne tombent dans la nourriture en cours de préparation. Elle ne portait pas de bijoux et ses ongles n'étaient pas vernis. La plupart du temps, elle se trouvait complètement nulle pour tout ce qui concernait l'« art de la féminité ». Une opinion qui se voyait confortée par ses nombreuses rencontres ratées.

Les rendez-vous n'échouaient pas nécessairement à cause d'elle, elle en était fermement convaincue, mais parce qu'elle n'attirait pas, de toute évidence, les hommes qui lui convenaient. Comme la fois où elle avait accepté de sortir avec un type qui était un homme d'extérieur affirmé – elle avait trouvé ça génial, puisqu'elle aimait être dehors, elle aussi. Eh bien, il était passé la prendre pour l'emmener au lac. Il avait apporté deux sièges, Dieu merci, mais seulement une canne à pêche. Sur quoi, il s'était mis à boire de la bière et à pêcher pendant deux heures. Sans même se rendre compte qu'elle s'ennuyait ferme, tant il était concentré sur lui-même, cet imbécile. Ça n'aurait pas trop dérangé Harlow, si au moins il avait animé la conversation tout en pêchant. Mais la seule fois où elle avait tenté de lancer une discussion, il l'avait fait taire en lui expliquant qu'elle effrayait les poissons.

Au bout d'un moment, elle lui avait annoncé qu'elle appelait un Uber et qu'elle s'en allait. N'étant pas décidé à partir, il avait répondu qu'il l'appellerait plus tard. Elle n'avait été ni surprise ni déçue qu'il n'en fasse rien.

Alors, autant dire que Harlow était échaudée en matière de rendez-vous galants. Elle n'avait rien contre l'idée d'une relation, mais pour en avoir une, il fallait bel et bien passer du temps avec quelqu'un. Or dans son monde à elle, ce genre de choses ne se terminait jamais bien.

Avec un soupir, elle entreprit de nettoyer le plan de travail tout en passant en revue dans sa tête le menu du dîner. Ce soir, c'était au tour de Zoé de cuisiner et elle tenait à s'assurer que sa collègue disposerait de tous les ingrédients pour préparer ses lasagnes.

3

———

Chapitre Trois

Black s'adossa à l'encadrement de la porte pour observer Harlow qui s'affairait dans la vaste cuisine, située à côté d'une grande pièce de vie dont l'une des doubles portes était justement ouverte. Le bruit léger des voitures dans la rue qui longeait le bâtiment ne gênait en rien l'aspect confortable et chaleureux qui se dégageait de cet espace. Quant aux rayons du soleil qui entraient par la fenêtre et baignaient l'évier, ils éclaircissaient encore un peu plus les cheveux blonds de Harlow.

À son arrivée, Black avait été accueilli par Loretta, qui l'avait remercié de sa venue, avant de l'informer qu'elle serait dans son bureau, prête à répondre à toutes ses questions, mais qu'il pouvait commencer par aller saluer Harlow.

Il ne put s'empêcher de sourire à cette pensée. Il avait toujours apprécié Loretta. Elle n'était certes pas très subtile, mais cela faisait partie de son charme.

Son attention fut happée à nouveau par Harlow quand, ayant heurté accidentellement le coin d'un plan de travail, elle lâcha un « aïe » et se frotta la hanche.

Cette femme dégageait quelque chose qui suscitait chez Black... du calme. Ce qui n'était pas peu dire, car en général, il était tout sauf calme. Il passait son temps à surveiller ce qui l'entourait, à l'affût de la moindre menace, réminiscence de sa période dans les Navy SEALs. Mais il y avait plus que ça. Même seul dans son appartement, il avait du mal à se détendre. La télé l'ennuyait. Il parvenait rarement à la fin d'un film sans se retrouver à réfléchir à ce qu'il pourrait faire d'autre. La lecture d'un livre lui prenait des siècles, pour la bonne raison qu'il commençait à avoir des fourmis dans les pattes avant la fin d'un chapitre.

Et malgré tout, il aurait pu rester à contempler Harlow pendant des heures.

Pourtant, elle ne faisait rien de particulièrement intéressant, occupée qu'elle était à nettoyer la cuisine ou à sortir une plaque de biscuits du four, tout en marmonnant quelque chose à mi-voix, comme si elle s'adressait directement aux cookies... Oui, mais voilà, elle le fascinait. À sa façon d'être constamment en mouvement, en l'occurrence, il devinait que quelque chose la stressait.

Les hommes qui la harcelaient ? Ce qu'elle cuisinait ? Lui ? Mystère.

Il n'aurait su dire depuis combien de temps il était planté là à l'observer quand elle finit par le remarquer. Il ne s'était cependant pas attendu à ce qu'elle écarquille les yeux, ni au hoquet qui s'échappa de sa bouche, encore moins qu'elle sursaute et trébuche de surprise.

Pour se retrouver à terre, où Black la perdit de vue l'espace d'une fraction de seconde.

Il se précipita dans la pièce et contourna l'îlot, la découvrant assise au sol, qui grimaçait.

— Pardon, s'excusa-t-il en lui tendant la main. Je ne voulais pas te faire peur.

Elle secoua la tête, puis prit la main qu'il lui offrait et se laissa relever.

Plusieurs réactions frappèrent Black immédiatement et en même temps.

D'abord, la douceur de sa main. Ensuite, son délicieux parfum – de la vanille. Et enfin, une fois qu'elle fut debout, le constat qu'elle était aussi grande que lui.

Il avait l'habitude d'être le plus petit de sa bande d'amis, mais les dernières femmes avec qui il était sorti étaient petites. Il s'était dit que les femmes plus petites que lui, c'était son truc, pourtant là, il aimait bien pouvoir regarder en face les yeux bleu foncé de Harlow.

Sur le moment, elle fut visiblement gênée. Une légère teinte rosée passa sur ses joues, ce qui ne l'empêcha pas de lui adresser un sourire amusé.

— J'aimerais pouvoir te dire que je ne suis pas toujours aussi maladroite, hélas ! ce serait mentir.

Black lui rendit son sourire et lâcha sa main à contrecœur.

— Oui, je me souviens de ce détail te concernant.

Le rose de ses joues s'accentua.

— Il faut croire que ça ne m'a pas passé malgré les années.

— C'est adorable.

Harlow leva les yeux au ciel.

— C'est adorable chez un gamin de six ans. Chez une femme adulte, c'est juste ridicule, protesta-t-elle.

— Pardon de t'avoir causé une frayeur, s'excusa-t-il à nouveau, fasciné par la multitude d'émotions qu'offraient les diverses expressions de son visage.

Il était un interrogateur expert, en grande partie grâce à son talent pour le déchiffrage du langage corporel et autres indices non verbaux. Or en cet instant, Harlow était un livre ouvert.

Elle balaya ses excuses d'un revers de la main.

— Non, c'est ma faute. Je savais que tu devais venir. J'étais distraite, je pensais au dîner de ce soir. Et puis, il faut ajouter que je suis un peu à cran, ces derniers temps.

Black secoua la tête.

— Si, si, c'est ma faute, insista-t-il. Parfois, j'oublie de me signaler, quand je suis parmi les civils. J'ai appris dans la Navy à toujours me déplacer dans un silence absolu. C'est une habitude dont il est difficile de se débarrasser.

Elle planta ses yeux dans les siens. Droit dedans, sans essayer de masquer le fait qu'elle l'examinait. Ce qu'elle cherchait, il l'ignorait, mais il soutint son regard sans ciller.

Enfin, elle reprit :

— Je te suggérerais bien de porter une clochette ou une chose comme ça, quand tu sors en public, mais ce serait sans doute un poil exagéré.

De nouveau, il sourit.

— Oui, sans doute. Parfois, passer inaperçu a ses avantages, mais ce n'était pas le cas aujourd'hui. Encore une fois, accepte mes excuses.

Au lieu de s'obstiner sur le mode « non, c'est ma faute », ce qui finissait par être ridicule, elle opina du chef. Une réaction qu'il apprécia.

— Tu as faim ? demanda-t-elle.

— Quoi ?

La question en elle-même n'était pas si étonnante que cela, vu qu'elle était en cuisine, mais il ne s'était pas attendu à cette proposition de sa part.

— Est-ce que tu as faim ? répéta-t-elle. L'heure du déjeuner est passée et, si tu n'as pas eu le temps de manger, je peux te concocter un petit quelque chose très vite avant qu'on discute vraiment.

— Ça va, merci, répondit-il.

— Je t'assure, ça ne me pose aucun problème, insista-t-elle. Enfin, je ne vais pas te préparer un repas grandiose, mais je peux te préparer un sandwich ou une salade. C'est très vite fait.

Black devinait que ses tentatives constituaient en réalité une manière pour Harlow de gérer son stress. Il n'aimait pas l'idée qu'elle soit mal à l'aise avec lui, mais en même temps, cela signifiait peut-être qu'elle ressentait la même alchimie que lui chaque fois qu'ils étaient ensemble et l'idée lui plaisait.

— J'ai mangé un morceau tout à l'heure, la rassura-t-il, avant de désigner la table sur le côté. Et, si on s'asseyait pour que tu me racontes tous les soucis que vous avez eus, les autres femmes et toi ?

Elle hocha la tête et passa près de lui, le frôlant. Son parfum suave de vanille lui taquina de nouveau les narines. Il résista – de justesse – à l'envie irrépressible de lui passer les bras autour de la taille et de l'attirer contre lui.

C'était fou. Il n'avait pas réagi ainsi à une femme depuis des années. La dernière fois qu'il avait éprouvé pareille alchimie avec quelqu'un, il était dans le début de la vingtaine. Il était sorti avec la fille pendant un an, mais au bout du compte il s'était avéré que leur alchimie n'était que purement sexuelle. Ils n'avaient rien en commun et aucun sujet de conversation quand ils n'étaient pas au lit.

Il secoua la tête et se concentra sur le moment présent, puis suivit Harlow vers la table où il lui tira une chaise sur laquelle elle s'assit. Il prit place à côté d'elle, approchant son siège un peu plus près que ce qui était socialement acceptable. Il avait appris que mettre les gens légèrement mal à l'aise les encourageait en général à parler davantage.

Il ne lança pas la conversation, il laissa le silence s'installer entre eux. Encore une fois, ce n'était pas un interrogatoire, pourtant il avait le pressentiment que Harlow allait essayer de minimiser les événements. Il allait donc la mettre un peu à cran afin qu'elle soit plus disposée à lui dire toute la vérité.

— Je suppose que tu souhaites en savoir plus sur les raisons qui m'ont poussée à t'appeler, n'est-ce pas ? demanda-t-elle au bout d'un moment.

Il hocha la tête, toujours sans un mot.

Sa tactique fonctionnait : Harlow se passa la langue sur les lèvres et commença à parler sans discontinuer.

— On ne peut pas dire que quiconque a fait quelque chose de mal à proprement parler. Je veux dire, ils sont embêtants, certes, mais n'est-ce pas un peu pareil pour tout le monde ? En général, je m'entends beaucoup mieux avec les gamins qu'avec les adultes. J'aime aussi être seule, parce que la plupart du temps, les gens sont irritants. Loretta a vu les flics, je crois te l'avoir déjà dit, et ils lui ont expliqué que tant que les gars n'ont rien fait d'illégal, la police a les poings liés. Or siffler une femme de façon agressive en lui criant combien elle est sexy, eh bien, ça n'est pas illégal. Je ne vois pas exactement en quoi traîner devant un foyer pour femmes et draguer les résidentes peut être considéré comme une bonne idée, cela dit. Bon, d'accord, les hommes sont bêtes, mais ils ne sont quand même pas crétins à ce point.

— Les hommes sont bêtes ? répéta Black quand elle s'arrêta de parler.

Elle acquiesça.

— Je ne peux pas compter le nombre de rendez-vous où je me suis retrouvée avec un type qui se comportait comme un parfait idiot. S'il existait un Oscar pour les rendez-vous les plus dingues, je l'aurais remporté depuis longtemps.

Voilà qui était intrigant.

— Ah bon ?

— Oui. Les hommes sont vraiment ridicules. Et quand ils pensent qu'ils ont une chance d'arriver à leurs fins, ils sont encore plus crétins. Du coup, je me figure, vu la jeunesse de ceux qui traînent ici, qu'ils sont peut-être juste en chasse, quelque chose comme ça.

Black ne put réprimer le sourire moqueur qui lui étirait les lèvres.

Harlow secoua la tête, porta une main à son visage et se frotta le front.

— Pardon, je parle, je parle... (Elle baissa la main et le regarda droit dans les yeux.) Non, en fait je ne pense pas qu'ils cherchent du sexe. J'ignore quel est leur but, en tout cas je redoute de tomber sur eux quand j'arrive ici. Parfois, ils sont là, parfois non. Parfois, il n'y en a qu'un, parfois toute une meute. Ils sifflent, ils crient, mais ils n'ont encore touché personne.

Cependant, un après-midi après mon service, je regagnais ma voiture sur le parking et quelqu'un avait collé des yeux en plastique partout sur ma vitre côté conducteur. Ça a l'air drôle, raconté ainsi, mais ça ne l'était pas du tout.

— Non, je ne trouve pas que ça soit drôle non plus, confirma Black, toute trace d'amusement disparue.

— C'est juste… J'adore ce travail, j'adore les gens qui vivent ici. Je veux que ces femmes reprennent une vie normale, que les gamins gagnent en confiance. Mais c'est dur de travailler quand je passe mon temps à me demander ce que ces voyous vont bien pouvoir inventer. C'est dur pour les femmes d'aller de l'avant quand elles ont peur de sortir de ce bâtiment. C'est frustrant et je veux qu'ils arrêtent, voilà.

Black lui prit la main entre les deux siennes. Elle ne la lui retira pas. Au contraire, elle replia les doigts et s'accrocha à sa paume.

— Mon équipe et moi, on va enquêter, Harlow. On va s'assurer que tous les habitants du refuge puissent aller et venir sans inquiétude. On va les faire cesser.

Elle se mordit la lèvre, puis elle hocha la tête.

Sans lui lâcher la main, il fit pivoter son poignet pour jeter un coup d'œil à sa montre.

— À quelle heure sors-tu aujourd'hui ?

— Maintenant. Aujourd'hui, j'étais de petit déjeuner et de déjeuner. Zoé sera responsable du dîner et du petit déjeuner de demain matin. Je suis restée uniquement parce que tu avais promis de passer.

Black se prit à s'en vouloir de l'avoir obligée à rester.

— Il faut encore que je parle avec Loretta, lui dit-il. Voici ce que je te propose : tu rentres chez toi maintenant et je viens te chercher plus tard pour t'emmener dîner. On pourra discuter de la situation plus en détail. Je suis sûr que j'aurai d'autres questions à te poser après mon entrevue avec Loretta.

Harlow le contempla un long moment, avant de retirer la

main de son étreinte et de s'appuyer contre le dossier de sa chaise.

— Je ne veux pas de rendez-vous avec toi.

— Qui a parlé d'un rendez-vous ? lui demanda-t-il d'une voix douce.

S'il était honnête avec lui, c'était pourtant bien un peu ce qu'il avait envisagé. Le courant qui passait entre Harlow et lui était fort et jamais il n'aurait pensé qu'elle l'envoie paître. À moins... Il se rappela alors ce qu'elle avait dit sur ses rencards ratés. Quel imbécile !

— Je ne suis pas portée sur les rendez-vous, dit-elle.

— Jamais ?

— Eh bien... depuis presque un an, expliqua-t-elle.

Black ne répondit pas, espérant qu'elle préciserait sa pensée. Et cela fonctionna.

— Écoute. Je t'apprécie – enfin, j'apprécie ce que je connais de toi en tout cas –, mais les rencards, apparemment, ça n'est pas mon truc. Ça ne fonctionne pas. Lors de l'un des derniers en date, le gars n'arrêtait pas de m'appeler par le mauvais prénom lorsqu'il s'adressait à moi. Quand j'ai fini par le lui faire remarquer, il a admis qu'il était encore amoureux de son ex et qu'il m'avait invitée à sortir avec lui parce que je lui ressemblais beaucoup.

— Aïe, lâcha Black.

— Comme tu dis. Bref, c'était à peu près le quatre cent soixante-deuxième rencard foireux de ma vie, et j'ai entendu dire que le record de rencards foireux se montait à quatre cent soixante-trois. Or c'est un record que je ne souhaite pas battre.

Il souriait à présent de toutes ses dents. Elle était drôle.

— Ce n'est pas marrant, marmonna-t-elle, mais il voyait ses lèvres se retrousser. C'est juste qu'avec mon passif, du coup, j'en suis venue à la conclusion que je ne pouvais pas me fier à moi-même en matière d'hommes. Alors je fais une pause dans le domaine des rencards pour quelque temps.

— Et tu t'es donné une date butoir pour cette pause de rencards ? s'enquit-il, de plus en plus curieux.

— Ben non. Je me suis dit que je le saurais, quand le moment de remonter à cheval serait venu, si je puis m'exprimer ainsi. (Rougissante, elle se hâta de reprendre :) Je ne suis pas opposée à l'idée de me marier et d'avoir des enfants un jour, mais à force d'accumuler les mauvaises expériences, j'en suis arrivée au stade où j'ai même peur ne serait-ce que d'essayer de trouver un homme normal qui ne me demanderait pas quelle marque de maquillage j'utilise, parce qu'il a bien envie de la tester pour lui.

— OK. Donc pas de rencard, convint Black en réprimant un autre large sourire à la description de sa dernière expérience tordue.

Il était soulagé qu'elle n'ait pas définitivement abandonné l'idée de sortir avec quelqu'un. Il pouvait travailler là-dessus.

— On doit discuter de l'affaire et de ce qui se passe, ajouta-t-il. J'ai besoin d'établir quelques règles de base pour toi… et avant que tu ne protestes, j'annoncerai les mêmes à Loretta cette après-midi et toutes les résidentes doivent les suivre. En plus, on a tous les deux besoin de manger, du coup on peut dire qu'on fait d'une pierre deux coups.

L'expression volontairement neutre, il se laissa scruter du regard. Au bout d'un moment, elle demanda :

— Que penses-tu de picorer dans mon assiette pendant qu'on mange ?

Il cilla.

— Quoi ?

Harlow poussa un soupir et secoua la tête.

— Peu importe. D'accord.

— Je n'aurai pas besoin de piquer dans ton assiette, puisque j'aurai mon propre repas, lui assura-t-il. Mais si tu as envie de goûter à quelque chose que j'aurai commandé, je serai plus que ravi de partager. Et puis-je savoir ce qu'il en est des amuse-bouche, dans ta question ? C'est vrai, quoi, ils sont généralement servis sur une seule assiette… il va bien falloir qu'on partage.

Il eut le plaisir de percevoir une légère lueur dans ses yeux. Décidément, il n'aimait pas qu'elle ait une si basse opinion des hommes. Il aimait d'autant moins qu'il venait de décider, alors qu'il était dans l'encadrement de la porte en train de l'observer, qu'il avait bel et bien envie de l'inviter à sortir.

— Les amuse-bouche, c'est fait pour être partagé, répliqua-t-elle sans se départir de son sérieux. Mais si tu as le malheur d'approcher ta fourchette de mon assiette, je me lève et je m'en vais.

— Ma fourchette restera éloignée de ton assiette, promit-il.

— Bien, grommela-t-elle.

— En revanche, si tu veux goûter à quelque chose qui est à moi, il te suffira de me demander.

Il ne put s'empêcher de glisser un sous-entendu dans sa remarque. Harlow ne releva pas, mais il savait qu'elle l'avait saisi, car elle rougit.

— Je n'en ferai rien, affirma-t-elle résolument.

— Je passe te prendre à ton appartement à 17 h 30, lui indiqua-t-il.

— Non, je te rejoindrai au restaurant. Indique-moi juste son adresse.

Il secoua la tête.

— Non. Ça n'est pas négociable.

— Ce n'est pas un rendez-vous, insista-t-elle. Je suis parfaitement capable de te retrouver sur place.

— Pourquoi ? demanda-t-il, tâchant de comprendre son raisonnement. C'est une réunion professionnelle. Ne me dis pas que la personne qui va t'apprendre à te défendre n'est pas suffisamment digne de confiance pour passer te prendre.

— Ce n'est pas ça, répliqua-t-elle en baissant les yeux.

— C'est quoi alors ? Aide-moi à comprendre.

— Je dois m'assurer d'avoir un moyen de transport.

Black serra les dents.

— Je ne ferai rien qui te donne envie de t'en aller en cours de route, dit-il.

— Ça, tu n'en sais rien.

— Regarde-moi, ordonna-t-il.

Elle lâcha un soupir, mais s'exécuta.

— Je ne ferai rien qui te donne envie ou le besoin de t'en aller en cours de route, répéta-t-il. Je suis un gentleman et je sais comment traiter une femme, insista-t-il sur un ton destiné à la convaincre de le croire.

— Ce n'est pas un rencard, répéta-t-elle, plus pour elle-même que pour lui.

— Ce n'est pas un rencard, acquiesça-t-il.

Elle opina du chef.

— Bon. Tu peux passer me prendre. Mais je te jure devant Dieu que si ça tourne mal, je déménage en Alaska et je deviens nonne.

Black s'esclaffa.

— Tu es au courant qu'il y a plus d'hommes que de femmes, là-bas ? Donc si tu dois te délocaliser dans le but de t'éloigner des hommes, ce n'est pas l'État à choisir.

Il fut soulagé de voir un sourire se dessiner sur ses lèvres.

— Tu obtiens toujours ce que tu veux ? demanda-t-elle.

Il haussa les épaules et décida que, pour le moment, ne pas répondre était peut-être la meilleure option. Au lieu de quoi, il sortit son portable.

— Quel est ton numéro ? Tu sais, clarifia-t-il immédiate-ment en la voyant hésiter, juste pour le cas où j'aie du retard ou un empêchement.

Elle le lui dicta et Black l'ajouta à ses contacts. Puis il lui envoya un bref SMS et, quand le téléphone de Harlow bipa dans sa poche, il précisa :

— Je sais que je t'ai donné le mien il y a quelque temps, mais à présent, tu l'as à portée de main.

En lui cachant son sourire, il se leva et repoussa sa chaise sous la table. D'une façon, il comprenait son aversion pour les rendez-vous galants, mais ça n'allait pas l'empêcher d'apprendre à la connaître mieux... et qu'elle apprenne à le connaître, lui, en retour. Il ne nommerait pas leurs entrevues des rendez-vous galants, voilà tout. Il était déterminé à lui montrer que tous les hommes n'étaient pas des connards. Il ne savait pas exactement ce qui l'attendait, mais avec un peu de chance, il en découvrirait plus ce soir.

Jamais Black n'avait imaginé que son talent pour soutirer des informations aux gens lui servirait un jour dans sa vie privée, pas ainsi, en tout cas il était soudain très content d'être un expert dans l'art de l'interrogatoire. La clé, c'était de montrer assez de subtilité pour que Harlow ne se rende pas compte de ce qu'il faisait. Il avait hâte. Hâte de passer du temps avec elle.

Harlow se mit debout à son tour et Black désigna la porte de la cuisine.

— Je t'accompagne dehors.

Il n'y avait pas de porte qui menait dehors directement de la cuisine, elle devait traverser la salle de vie principale puis, soit franchir la porte d'entrée, soit prendre par l'arrière de la bâtisse et sortir de ce côté-là.

— Tu n'es pas obligé, protesta-t-elle.

— Je sais. Mais dis-moi en toute franchise : est-ce que ça te soulagerait si je t'accompagnais ? Et si ces types étaient là, dehors ?

Elle poussa un soupir.

— Bon, d'accord, si tu veux. Oui, ça me soulagerait.

Black n'osa pas sourire.

— Bien.

Sur ce, il montra à nouveau la porte.

Harlow ôta son tablier en le faisant passer par-dessus sa tête et l'accrocha à un crochet au mur. Puis elle se dirigea vers un placard et en sortit un fourre-tout à motif fleuri ainsi qu'un sweat-shirt. Et sans un mot, elle le précéda pour franchir la porte.

Machinalement, Black allait pour lui poser une main dans le bas du dos, mais il s'abstint de la toucher, même si ses doigts le démangeaient. Harlow avait une silhouette sensuelle et regarder onduler ses fesses alors qu'elle marchait lui donnait toute sorte d'idées classées X. Il n'avait pas à proprement parler un type de femme, pourtant il ne pouvait nier qu'il brûlait de voir Harlow allongée sur son lit, nue, un sourire levé vers lui.

— Lowell ?

Il remonta brusquement les yeux sur les siens et s'efforça de donner l'impression qu'il était resté attentif tout du long à ses paroles, et pas en train de la reluquer.

Secouant la tête, elle sourit.

— Tu ne m'as pas entendue, c'est ça ?

Il haussa les épaules.

— Non, pardon.

— Tu parles d'un Navy SEAL, ironisa-t-elle.

— Tu as parlé avec Mlle Loretta ? s'enquit-il.

Peu lui importait qu'elle sache qu'il avait été Navy SEAL. Il se fichait même qu'elle soit au courant, pour les Mercenaires Rebelles. Il espérait surtout que ces deux informations s'avèrent un plus à ses yeux, plutôt que des points négatifs.

— Peut-être, répondit-elle, mutine.

— Et donc, tu disais quoi, pendant que, mufle que je suis, je ne t'écoutais pas ?

— Je te remerciais juste d'être venu aujourd'hui et de faire de ton mieux pour nous aider.

— Je t'en prie, répondit-il sans hésiter. (Sur quoi, il fit ce à quoi il avait pensé d'emblée : il lui posa une main dans le bas du dos et la guida délicatement vers la porte.) Allons à ta voiture, que tu aies le temps de te détendre avant notre... réunion de ce soir.

Il avait failli commettre l'impair en qualifiant leurs retrouvailles de « rendez-vous ». Il se jura de ne *jamais* donner à aucun de leurs moments ensemble la dénomination de « rendez-vous ».

Elle hocha la tête et s'avança vers la porte. Black remarqua qu'elle ne fuyait pas son contact et ce constat lui tira un sourire. La situation promettait d'être amusante. Cela faisait longtemps qu'il n'avait pas été le demandeur, dans une relation. Dans la culture d'aujourd'hui, les femmes ne voyaient pas le problème de se montrer directes dans leurs désirs, qu'il s'agisse d'un rendez-vous, d'un baiser ou juste de sexe. C'était rafraîchissant d'être le courtisan, pour une fois.

Harlow était méfiante, elle hésitait à être avec lui et ses tergiversations la rendaient encore plus rafraîchissante. Il ne la pousserait pas au-delà de sa zone de confort, mais la perspective de la courtiser, sans qu'elle s'en rende compte, était enivrante. Et excitante.

Quand ils sortirent du bâtiment, Black détourna son attention du corps chaud qu'il sentait sous ses doigts, à travers le tee-shirt, pour se concentrer sur ce qui l'entourait. Notamment la rue, qu'il parcourut du regard dans les deux sens, sans rien remarquer qui sortait de l'ordinaire.

Le refuge était situé au milieu de plusieurs autres immeubles à deux étages, qui formaient un vaste pâté. À première vue, tous ces bâtiments dataient de la même époque. Les deux qui flanquaient le foyer étaient vides, et celui du bout de la rue était en cours de rénovation. Black nota de chercher à qui il appartenait et ce qu'on prévoyait de faire avec l'espace alentour.

De l'autre côté de la rue, il repéra une boutique d'antiquités, un salon de tatoueur et un magasin de seconde main, ainsi que deux pas de porte vides aux vitrines teintées poussiéreuses.

Une allée courait derrière les bâtiments, qui permettait le passage des camionnettes de livraison. Black savait que Loretta vivait au dernier étage, dans l'une des plus petites pièces et qu'elle en utilisait une autre comme bureau, laissant libres les chambres restantes pour les mères avec enfants. Au premier étage, on trouvait une vaste pièce ouverte contenant cinq lits, où séjournaient les femmes sans enfants. Ça n'était pas idéal sur le long terme, mais elles y étaient en sécurité, au chaud, au sec et libres. Autant de choses dont ces femmes avaient particulièrement besoin.

Loretta aurait pu entasser plus de gens sous son toit en ajoutant des lits superposés dans la grande chambre partagée, mais héberger onze adultes et entre cinq et dix enfants dans la même maison, c'était déjà assez compliqué. Augmenter le nombre de femmes impliquerait de tirer plus encore sur les ressources du refuge et cela rendrait la situation encore plus chaotique. Or la dernière chose dont tout ce petit monde avait besoin, c'était d'un surplus de stress.

Black accompagna Harlow jusqu'à sa voiture sur le parking, à l'opposé dans la rue par rapport au parc. Se rappelant que, selon les dires de Harlow, les voyous aimaient traîner dans le parc, il se retourna pour vérifier. Personne ne rôdait par-là, a priori. Un gros camion de livraison blanc était garé devant le magasin d'antiquités et un client entrait dans le salon de tatouage.

— Tu les vois ? lui demanda Harlow, nerveuse.

Black reporta son attention sur elle.

— Non, j'étais juste en train de prendre la mesure des lieux.

— Ah. D'accord.

Il leva la tête.

— Ces lampadaires, ils fonctionnent ? s'enquit-il.

— Oui. Même s'ils ne sont pas très lumineux, lui répondit-elle.

Sourcils froncés, il continua d'avancer. Le parking était pile en face d'une ancienne pompe à essence en ruine. Black s'était garé là sans trop y réfléchir, son attention étant déjà focalisée sur le refuge. Cependant, à présent qu'il imaginait Harlow ou Zoé ou n'importe laquelle des autres femmes du refuge se rendre seule à sa voiture, ou avec des enfants, il en avait les poils au garde-à-vous dans la nuque.

De l'autre côté de l'allée, plus loin que le parking, s'alignaient une rangée d'arbres et l'arrière d'un mobile home qui avait connu des jours meilleurs. Bref, tout un tas de détails qui ne lui plaisaient pas, cependant il ne pourrait pas changer la localisation du parking, il en était bien conscient, ni celle du refuge lui-même, si séduisante que soit l'idée.

Harlow l'emmena près d'une Ford Mustang décapotable rouge vif. Il tourna vers elle un sourcil interrogateur. Elle y répondit par un sourire et un haussement d'épaules.

— Que dire ? Je l'adore.

— C'est une bien belle auto, confirma-t-il en toute honnêteté.

Bien sûr, pareil bolide attirait aussi l'attention sur elle, ce qu'il n'aimait guère. Elle serait mieux au volant d'une bonne petite Honda ou d'une Toyota noire passe-partout. Pourtant, il avait l'impression que s'il mentionnait l'idée, elle lèverait les yeux au ciel ou l'enverrait balader. Et il ne l'en blâmerait pas.

— Très belle, oui. Pendant des années, j'ai conduit une Honda Civic. Ça n'était pas moi. Je suis la personne la plus extravertie au monde, mais il y a quelque chose, quand j'ai le vent dans les cheveux et le soleil sur le visage, qui me donne une impression de liberté. J'aurais pris une moto, mais sachant que mes parents en seraient malades d'inquiétude, je me suis rabattue sur mon deuxième choix.

La pensée de Harlow sur une moto vrilla le ventre de Black. Non qu'il soit inquiet de la conductrice qu'elle pourrait être, mais parce que, la plupart du temps, c'était la conduite, ou plutôt la mauvaise conduite des autres chauffeurs qui causait les accidents.

— Elle te va bien, admit-il franchement.

C'était vrai. Il se la figurait bien, rieuse et souriante, ses cheveux blonds au vent.

Il avait déjà hâte de voir ça en personne, ce qui venait encore renforcer sa résolution de la connaître mieux. Il se contenta de sourire quand elle lui jeta un coup d'œil suspicieux. Enfin, elle opina du chef et se tourna vers la voiture. Il la regarda baisser la capote et nota le temps que prenait la procédure. Si elle faisait ça chaque fois qu'elle sortait d'ici avant de partir chez elle, cela donnait plus de temps aux autres trouducs de l'approcher.

Il écarta cette idée pour le moment et attendit qu'elle soit montée dans le véhicule et assise au volant. Alors, il posa les mains au bord de sa vitre et se pencha.

— Je passe te prendre à 17 h 30, lui rappela-t-il.

— Oh... il te faut mon adresse.

Non, pas besoin. Il pouvait aisément la récupérer auprès de Loretta, mais il hocha tout de même la tête.

— Envoie-la-moi par SMS.

— D'accord. Je vais faire ça.

Black ne bougea pas.

— Lowell ? Il y a autre chose ?

Oui, il y avait autre chose. Il brûlait de lui dire combien il la trouvait jolie. Il voulait lui dire qu'il n'était pas sûr de vouloir se marier un jour, mais qu'il aurait peut-être bien envie de devenir son petit ami. Qu'il avait envie de bénéficier du droit de s'asseoir à côté d'elle quand elle rentrerait chez elle... et qu'il n'en pouvait plus d'attendre de vérifier si elle sentait la vanille de partout.

Mais il n'en fit rien. De toute évidence, elle avait assez souvent été brûlée par des hommes par le passé pour qu'il ne tente rien qui puisse l'amener à penser qu'ils sortaient ensemble.

Si quelqu'un savait masquer ses mouvements, c'était bien lui.

Il se contenta donc de secouer la tête :

— À tout à l'heure. Sois prudente au volant.

— Promis. Fais attention à toi aussi.

Il recula de quelques pas et agita la main.

Harlow lui répondit par un sourire et démarra en douceur du parking. Il la suivit des yeux jusqu'à ce qu'elle s'engage précautionneusement dans la rue. Oui, la limitation de vitesse était basse, mais à la voir regarder à droite et à gauche trois fois avant de quitter le parking et à en juger par la manière dont elle accélérait en douceur, il était clair qu'elle ne conduisait pas sa voiture comme on s'y attendait du conducteur d'un pareil bolide. Vite et sans souci.

En se retournant pour reprendre la direction du refuge, il aperçut quelque chose sur sa gauche. Il pivota pour mieux voir et crut repérer quelqu'un qui filait dans le magasin de seconde main. À moins que ça ne soit le salon du tatoueur. N'étant pas sûr de l'endroit où l'homme avait disparu, il garda les yeux rivés sur les devantures tout en se dirigeant vers le foyer. Personne d'autre n'entra ni ne sortit d'une des boutiques. Ça aurait pu être un client normal, ou bien non. Impossible de le savoir.

En revanche, ce qu'il savait c'était que le refuge de Loretta allait se doter d'un système de sécurité flambant neuf et dernier cri. Avec caméras extérieures. Cela ne ferait pas cesser le harcèlement, mais ça aiderait Meat et Rex à en identifier les auteurs et Black pourrait aller « parler » avec eux pour découvrir le pourquoi du comment.

Sur un dernier coup d'œil aux alentours avant d'entrer dans le refuge pour discuter avec Loretta, Black sentit les poils dans sa nuque se dresser à nouveau. Il ne vit personne de suspect, pourtant il ne se départait pas du sentiment que ce qui se passait ici était le fait de bien plus que de simples adolescents désœuvrés.

Par le carreau, un homme regardait la porte du foyer de l'autre côté de la rue où le type brun avait disparu. Il avait vu d'autres bonshommes aller et venir au Refuge pour femmes Premier Espoir, mais sur une base régulière, vers le début de chaque mois. Pas l'après-midi et jamais ils ne repartaient seuls jusqu'à leur voiture. Il avait vu le vieux type venir plus souvent, mais celui-ci n'était pas vieux. Pas du tout.

Il l'avait vu garer sa Mazda6 très chic en bas de la rue, vu comme la vieille salope l'avait accueilli à la porte. L'homme n'était pas entré depuis bien longtemps quand il était réapparu avec l'une des cuisinières. Il regardait autour de lui, il jaugeait les alentours et se comportait de manière très protectrice envers la femme qu'il accompagnait.

Sur un soupir, l'homme pinça les lèvres. Il n'avait pas besoin de ça. Tout se passait pourtant si bien. Il apercevait presque la fin de sa très longue mission. Hélas, il avait le pressentiment que ce type allait tout gâcher.

Le moment était venu de faire monter la pression d'un cran. Il obtiendrait ce qu'il voulait, sinon...

4

Chapitre Quatre

Harlow sursauta quand on frappa à sa porte à 17 h 30 précises. Elle s'y était attendue, mais le son la surprit quand même. Passant les cheveux derrière une oreille, elle alla à la porte et regarda par l'œilleton.

Déglutissant avec peine, elle ouvrit et plongea les yeux dans ceux de Lowell.

Alors là, elle était dans le pétrin.

Il était superbe, dans son jean noir et son tee-shirt noir moulant. Oui, il était... alléchant.

Secouant la tête pour chasser ses pensées ridicules, elle s'efforça d'afficher un sourire.

— Salut.

— Salut, répondit-il.

Incapable de s'en empêcher, elle resta plantée là, les yeux rivés sur son visage, tandis qu'il la reluquait des pieds à la tête, pour sa part. Parce que ça n'était pas un rendez-vous galant, Harlow avait refusé de se mettre sur son trente-et-un pour l'occasion. Elle portait donc un simple jean et un tee-shirt, toutefois elle avait pris le temps de se brosser les cheveux, qui lui retombaient sur les épaules. Elle avait toujours ses tongs aux pieds, mais avait décidé dans l'après-midi de se vernir les ongles des orteils en rouge vif.

Un choix d'impulsion et, maintenant, elle n'arrivait pas à réprimer un frisson lorsque le regard de Lowell tomba sur ses pieds.

Il remonta les yeux et sourit.

— J'aime bien le vernis.

Elle s'obligea à lever les yeux au ciel, plutôt que de minauder comme une bécasse.

— Merci, fit-elle aussi sèchement qu'elle le put. Je vais juste chercher mon sac à main et je suis prête à te suivre.

Elle pivota, le laissant à la porte de son appartement. Son sac ramassé sur le plan de travail de la cuisine, elle fit volte-face pour repartir... mais se heurta au torse de Lowell.

Il leva aussitôt les mains et l'attrapa par les biceps avant qu'elle ne tombe.

— Doucement, Harl.

Se sentant rougir, elle baissa la tête, histoire de masquer sa réaction à la proximité de cet homme.

— Ça va ? demanda-t-il en lui relevant la tête d'un doigt passé sous son menton.

L'air de rien, de sa main libre, il lui coinça une mèche de cheveux derrière l'oreille. Le frôlement de ses doigts sur le bord sensible du lobe lui donna la chair de poule. Elle n'était pas habituée à ce qu'un homme soit aussi proche d'elle. Si proche qu'elle sentait le savon qu'il utilisait pour se doucher et la chaleur qui émanait de son corps.

Elle hocha tout de même la tête et avança d'un pas.

— Oui, ça va. Je ne pensais pas te trouver derrière moi... puisque je ne t'avais pas invité à entrer.

Elle n'avait pu s'empêcher de souligner ce détail, décontenancée comme elle l'était. Elle ne lui avait pas demandé de la suivre le temps qu'elle récupérait son sac, car elle n'en avait pas pour longtemps et puis, franchement, elle ne tenait pas à l'avoir dans son espace personnel.

Non qu'elle ait peur de lui ou de ce qu'il pourrait faire, mais elle avait le pressentiment qu'une fois qu'il entrait... il entrait.

Elle était sortie avec des dizaines d'hommes par le passé. Non que les rendez-vous se soient particulièrement bien déroulés, pourtant elle avait l'impression persistante que Lowell n'était pas comme tout le monde. Qu'il pourrait la blesser. Lui faire vraiment mal. Les autres hommes avec qui elle avait eu des rendez-vous n'étaient que des clignotements sur le radar de sa vie, alors que Lowell se distinguait déjà. Avec lui, elle avait une histoire. Jadis, elle avait eu un coup de cœur pour lui, peut-être était-ce toujours le cas, et plus elle passait de temps avec lui, plus elle se rappelait pourquoi elle l'avait autant apprécié.

À l'époque, c'était un gentil garçon, mais aujourd'hui, tout portait à penser qu'il était un homme incroyable.

Oh, là, là dans quel pétrin elle s'était fourrée !

Il lui adressa un sourire narquois.

— Désolé d'être entré sans permission.

Sauf qu'il n'avait pas l'air désolé du tout. Au contraire, il avait l'air tout à fait content de lui.

Harlow passa la lanière de son sac à main sur son épaule et avança vers la porte.

— Je suis prête à y aller.

Par chance, il n'insista pas pour qu'elle lui fasse la visite complète de son logis, non qu'il y ait grand-chose à voir : c'était un appartement de deux chambres, chacune avec sa salle de bain, une cuisine et une pièce de vie.

Lowell tendit un bras pour l'inciter à passer devant. Ce qu'elle fit et, lorsqu'elle sentit sa main se poser dans le creux de son dos, elle soupira mentalement. Il avait déjà fait ce geste plus tôt dans la journée et, à la seconde où elle avait senti la chaleur de sa paume, elle s'était détendue. Le seul fait de savoir qu'il était là, qu'il la protégeait, la rendait bien moins craintive envers les individus qui rôdaient devant le refuge. La même sensation l'envahit en cet instant, sauf qu'il y avait... plus. Elle n'avait pas peur de trouver quelqu'un devant son appartement, pourtant le contact de Lowell lui donnait quand même une impression de sécurité.

Ce n'est pas un rendez-vous galant, se rappela-t-elle. Et elle allongea le pas afin d'échapper à son contact. Il ne fit aucun commentaire, se contentant de lui tenir la porte tandis qu'elle quittait l'appartement. Ils descendirent au rez-de-chaussée, traversèrent le hall de l'immeuble et sortirent dans la rue. Harlow s'assura de rester toujours à un mètre devant lui alors qu'ils se dirigeaient vers la Mazda de Lowell sur le parking.

Il lui ouvrit la portière côté passager pendant qu'elle s'installait et la referma une fois qu'elle fut bien assise à l'intérieur. Harlow l'observa qui contournait la voiture d'un pas assuré jusqu'au côté conducteur.

Elle n'aurait su dire exactement ce qu'il y avait chez cet homme qui la mettait aussi à l'aise. Ça n'était pourtant pas le cas avec beaucoup de ses semblables, du moins ça n'avait pas été le cas par le passé. Lowell faisait la même taille qu'elle, pourtant il lui semblait beaucoup plus grand. C'était largement dû à sa personnalité et à la confiance qu'il exsudait. Sans compter la compétence qui émanait de lui, qui le rendait encore plus impressionnant. Elle avait ressenti cette impression la première fois qu'elle l'avait revu, un mois plus tôt. Il lui donnait des envies de vider ses tripes devant lui, de tout lui dire.

Même cet après-midi, alors qu'il était assis à côté d'elle dans la cuisine et qu'il attendait patiemment son récit, elle n'avait pas pu s'empêcher de lui révéler tout ce qu'elle pensait. C'était bizarre, voire un peu effrayant.

Mais pas effrayant comme le jour où elle était sortie avec un type rencontré en ligne, qui, toute la soirée, avait posé sur elle des yeux injectés de sang. Ce soir-là, elle n'avait eu aucune envie de remplir le silence comme avec Lowell.

Qui était désormais assis au volant et lui souriait.

— Prête ?

— Prête.

Toujours souriant, il recula de sa place de parking et se dirigea vers la sortie. Le voyant s'engager vers l'autoroute, Harlow voulut savoir :

— Pourquoi vas-tu par-là ?

— J'ai envie de te montrer de quoi ce bébé est capable, lui répondit-il en caressant le tableau de bord.

Harlow leva les yeux au ciel. Oui, bon, elle faisait souvent cette mimique en sa présence, mais elle ne pouvait s'en empêcher.

— Tu sais, une fois j'ai permis à un garçon de venir me chercher en voiture et il a voulu m'épater de la même façon : en paradant avec sa voiture pour que je voie à quelle vitesse elle pouvait rouler vite.

— Et ? demanda Lowell quand elle s'interrompit dans son histoire.

Elle se tourna face à lui.

— Oh, pour me montrer comme elle pouvait aller vite, ça, il me l'a montré. Je m'accrochais si fort à la poignée que j'ai dû y laisser la trace de mes ongles. Il a poussé au-delà de cent cinquante kilomètres-heure et il était tout fier de lui, jusqu'à ce que des lumières rouges et bleues s'allument derrière nous. Là, il s'est mis à jurer et à paniquer. Moi, je pleurais, je le suppliais de se garer, d'arrêter la voiture, mais il ne faisait qu'accélérer.

D'une main, Lowell prit l'une des siennes et, au lieu de la lui retirer, elle l'y laissa. En général, elle s'efforçait de faire de ses expériences de rendez-vous des récits légers et n'hésitait pas à en plaisanter. Mais cet incident en particulier conservait le pouvoir de lui faire peur a posteriori. Elle ignorait ce qui l'avait poussée à en parler, d'ailleurs – Lowell n'avait rien à voir avec ce crétin –, mais à présent, elle ne pouvait revenir en arrière. Alors elle se hâta de lui raconter la fin de l'histoire.

— Il a continué à essayer d'échapper aux flics au point de

prendre assez d'avance sur eux pour, je pense, se sentir en mesure de s'arrêter.

— Dieu merci, commenta Lowell en exerçant une pression sur sa main.

— Oui. Il s'est donc arrêté, puis il s'est tourné vers moi et il m'a sorti : « Désolé ». Sur quoi il a ouvert sa portière d'un coup et il a pris la fuite à travers les arbres qui bordaient la route.

— Il t'a abandonnée là ? s'enquit Lowell, incrédule.

— Oui. Les flics se sont garés derrière la voiture et ont procédé à l'arrestation d'un « suspect récalcitrant ».

— Oh, merde.

— N'est-ce pas ? J'ai dû mettre les mains sur la tête, m'avancer vers eux à reculons et m'allonger sur l'asphalte. Là, ils se sont précipités autour de moi, m'ont menottée et laissée là, par terre, le temps qu'ils partent à la recherche de mon rencard. Au bout du compte, ils m'ont aidée à me relever et laissée m'expliquer. Je leur ai raconté que j'étais en plein premier – et dernier – rendez-vous avec ce trouduc et que je ne savais rien de lui. Ils l'ont chopé plus tard, le soir même, grâce à leurs limiers. Il avait un casier long comme le bras pour usage de drogue et, en plus de marijuana, il avait aussi une fiole de Rohypnol sur lui.

— Putain d'enfoiré, marmonna Lowell à mi-voix.

— Voilà. Donc si ça ne te dérange pas trop, je n'ai guère envie de voir « de quoi ce bébé est capable ».

— Regarde-moi, lui ordonna Lowell.

Prenant une profonde inspiration, elle obtempéra. Il regardait tour à tour la route devant lui et le visage de Harlow, sur lequel il posait un regard inquiet.

— Je te taquinais, parce que j'ai remarqué que tu ne conduis pas tout à fait ta Mustang comme Danica Patrick.

— Qui ça ?

Ses lèvres tressautèrent, et puis il reprit son air soucieux.

— Personne. Je ne compte pas mettre ta vie en danger, Harlow. Quand tu es avec moi, tu es en sécurité. Je ne prends pas de drogue, je ne suis pas recherché par la police pour quoi que ce soit et je préférerais m'enfoncer une fourchette rouillée dans l'œil plutôt que de t'effrayer d'une manière ou d'une autre.

Des mots qui la rassurèrent et l'apaisèrent à la fois.

— Merci.

— Dis donc, tu n'as vraiment pas de chance avec tes rencards, hein ? fit-il avec un sourire.

Harlow tâcha de se détendre dans son siège.

— Non, convint-elle en secouant la tête. Mais pour ma défense, avant celui-là en particulier, ma mère venait de me faire la leçon comme quoi je vieillissais et qu'elle voulait des petits-enfants. Du coup, je m'efforçais de lui montrer que j'y mettais du mien. J'aurais dû me contenter de lui rétorquer de se mêler de ses affaires.

— Je sais ce que tu ressens. Ma mère aussi meurt d'envie d'avoir des petits-enfants à gâter. La pauvre, entre mon frère et moi, elle commence à désespérer.

— Tu ne veux pas d'enfants ? demanda-t-elle, en tentant de passer outre le fait qu'il n'avait toujours pas lâché sa main.

— Ce n'est pas que je n'en veux pas, répondit-il. Je n'ai juste pas rencontré la femme avec qui j'envisage de passer le reste de mes jours, sans même parler d'avoir des enfants avec.

Elle hocha la tête.

— Je comprends. Oh que oui !

Et ils s'esclaffèrent ensemble.

Ni l'un ni l'autre ne reprit la parole alors qu'ils roulaient vers le centre-ville. Enfin, Harlow demanda :

— Où est-ce qu'on va ?

— Au Pit.

— Où ça ?

Il sourit.

— Vu que ceci n'est pas un rendez-vous galant et qu'on doit parler du refuge, j'ai décidé de t'emmener à l'endroit où mon équipe et moi, on discute affaires. Au Pit.

— Ça fait peur, ce nom qui signifie la « fosse » en anglais. S'il te plaît, dis-moi qu'il n'y a pas de serpents au sol et qu'Indiana Jones ne va pas apparaître en roulé-boulé, pourchassé par les représentants d'une quelconque civilisation ancienne cherchant à récupérer un objet qu'il leur aurait volé.

Elle le dévisagea quand il renversa la tête en arrière et éclata d'un rire long et sonore. Et elle ne put s'empêcher de pouffer à son tour. L'homme assis à sa gauche était décidément bien différent des hommes avec qui elle était sortie par le passé... Non, minute, ça n'était pas un rendez-vous. Non. Rien à voir.

— Alors ça, j'ai hâte de le raconter aux gars. Non, Harl, le Pit est un bar combiné à une salle de billard. Une sorte de lieu peu visible de la rue.

— Pourquoi traitez-vous vos affaires dans un bar ? s'enquit-elle.

— Pour être honnête, je ne sais pas trop. Le Pit est l'endroit où se déroulaient les entretiens, quand on nous a recrutés pour faire partie des Mercenaires Rebelles... Je suppose que tu es au courant, pour l'équipe ?

Elle acquiesça.

— Un peu. Loretta m'en a parlé. Je suis désolée, si elle m'en a trop dit, mais elle cherchait à me rassurer, à me convaincre que tu savais ce que tu faisais et que tu pouvais effectivement nous aider.

— Je peux vous aider, confirma-t-il. Et pour la faire courte, mes coéquipiers et moi sommes tous d'anciens soldats des Forces spéciales qui travaillons pour Rex à sortir des femmes et des enfants de situations intenables.

— Pourquoi « mercenaires » ? Je veux dire, je n'ai pas l'impression que c'est ce que vous êtes en réalité.

Il secoua la tête et un début de sourire se dessina sur ses lèvres.

— Pourquoi les femmes se fixent-elles toujours sur ce mot ? demanda-t-il, plus pour lui-même que pour elle.

Elle lui répondit pourtant.

— Parce que c'est bizarre que vous vous qualifiiez de quelque chose qu'au sens strict, vous n'êtes pas. Je n'irais pas monter un restaurant que j'appellerais « Harlow Photographie ».

— Tu marques un point. Je ne sais pas pourquoi Rex a choisi ce nom. Sans doute parce qu'il l'a jugé accrocheur et que ça sonnait mieux que les « Gros Durs du Colorado » ou « Ton Pire cauchemar ».

Harlow ne put réprimer le rire franc qui lui échappa.

— Exact.

— Au bout du compte, peu importe comment on s'appelle. On est six bonshommes qui vont là où on a besoin d'eux et font ce qu'il faut pour secourir ceux qui ont besoin d'un coup de main. Je sais que les femmes sont capables de se débrouiller toutes seules et nombre d'entre elles sont tout aussi talentueuses dans ce qu'elles font que les hommes. Mais il reste que beaucoup d'hommes ressentent le besoin de soumettre les femmes et les enfants de leur vie. Ils profitent d'adolescentes trop jeunes pour se méfier ou bien de celles qui ont une vie horrible. Ils leur font du mal et les forcent à aller contre leur volonté. Ça n'est ni bien, ni juste et mes amis et moi, on joue un petit rôle pour redresser les torts qu'elles subissent.

Harlow ne savait plus comment leur conversation légère et joueuse avait viré à un discours aussi intense, mais elle pivota un peu sur son siège pour mieux contempler Lowell. Il avait les dents serrées et la main qui tenait le volant était si crispée qu'elle voyait ses phalanges blanchir. De toute évidence, le sujet et son travail lui tenaient profondément à cœur et elle était extrêmement fière de lui.

— Je suis fière de te connaître, Lowell Lockard, admit-elle.

Il posa sur elle un regard surpris.

— Quoi ?

— Le monde a besoin de plus d'hommes tels que tes amis et toi. J'ignore ce qui a poussé certains hommes à harceler les femmes du refuge. Pourquoi ils éprouvent le besoin d'exercer leur pouvoir sur ceux qu'ils estiment plus faibles qu'eux. Mais je suis contente que tes amis et toi soyez là pour rééquilibrer la balance. Hormis le gars de la course-poursuite en voiture, en général je n'ai jamais eu peur de mes rencards foireux, j'étais juste dégoûtée ou déçue par eux. En revanche, je sais que nombreuses sont les femmes qui subissent un mariage ou une relation néfaste et ça aide, de savoir qu'il y a des gens qui s'en soucient. Des gens prêts à mettre leur propre vie en danger pour aider à en tirer d'autres de ces situations, si on fait appel à eux.

Lowell se gara sur le parking d'un bâtiment à l'aspect sombre et miteux. Harlow ne fut guère surprise de découvrir le néon au-dessus de la porte, qui annonçait « The Pit ». C'était exactement le genre d'endroit où elle avait imaginé que Lowell et ses gros durs de collègues se réunissaient.

Il coupa le moteur, porta à sa bouche la main de Harlow qu'il tenait toujours et en embrassa le dos.

— Ne bouge pas. Je fais le tour.

Il allait lui lâcher la main, mais Harlow la retint.

— Ce n'est pas un rencard, répéta-t-elle, sans trop savoir si elle se le rappelait à elle ou si elle s'adressait à lui. C'est une réunion de travail. Je t'ai laissé passer me chercher, mais j'aurais dû venir avec ma voiture. Et je peux ouvrir ma portière et payer ma consommation.

Lowell se pencha, l'obligeant à s'intimer de ne pas reculer.

— Je sais que ce n'est pas un rencard. Tu ne donnes pas dans les rencards. Ça, je l'ai bien compris, c'est clair et net, Harl. En revanche, dans mon monde – et ne te trompe pas, quand tu es avec moi, tu es dans mon monde – un homme ouvre la porte à une dame. Il marche du côté extérieur du trottoir, il passe la chercher chaque fois que c'est possible et il paie les boissons comme les repas. Si ça peut te réconforter, envisage ça comme des frais professionnels que je déduirai de mes impôts.

Elle le dévisagea une fraction de seconde, puis opina du chef. Que faire d'autre ? Elle ne voulait pas aimer le monde de Lowell, pourtant elle devait bien avouer qu'elle s'y sentait bien. Des portes, on lui en avait claqué des tas au visage quand des hommes étaient entrés devant elle et avaient oublié de les lui tenir. Elle avait dû payer son repas lors de certains rendez-vous. Elle avait même connu une expérience où elle avait littéralement été presque écrasée par un bus à Seattle, parce qu'elle avait été forcée de marcher au bord du trottoir, trop près de la rue.

— D'accord, concéda-t-elle alors.

— D'accord, répéta Lowell avec une esquisse de sourire.

Sur quoi, il exerça une dernière pression sur sa main et sortit de la voiture.

« Ce n'est pas un rencard, ce n'est pas un rencard », fredonnait Harlow pour elle-même tandis qu'il contournait le véhicule avant d'atteindre son côté. Il lui ouvrit la portière et tendit la main. Prenant une profonde inspiration, elle y plaça la sienne. Elle allait le laisser l'aider à s'extraire de son siège surbaissé.

Il ne la lâcha pas une fois qu'elle se retrouva debout à côté de lui, cependant. Il se contenta de claquer la portière et de la guider vers le bar.

Ce n'est pas un rencard, se répéta-t-elle quand il lui sourit en ouvrant la lourde porte de bois.

5

____

Chapitre Cinq

Ce n'est pas un rencard, se répétait Black dans sa tête. Plus Harlow lui racontait des expériences de ses rendez-vous passés, mieux il comprenait pourquoi elle était aussi réticente à revenir dans le cercle des rendez-vous galants. Mais plus il apprenait à la connaître, plus il voulait en savoir. Et effacer chacun de ses mauvais souvenirs pour les remplacer par des agréables.

Pourtant, il ne pouvait pas nommer « rendez-vous » leurs entrevues. Pas question. Impossible. OK, compris.

— Black ! entendit-il appeler sitôt qu'ils entrèrent dans le Pit.

Souriant, il leva le menton à l'attention de Meat. Il vit aussi Ball et Ro debout au bar. Il tendit le bras, pour signifier à Harlow de passer devant. À la seconde où elle se mit en marche vers le comptoir, il lui reposa une main dans le creux du dos. Il ne lui avait pas échappé que sur le parking de son immeuble, elle s'était tenue hors de sa portée. Jamais il ne la forcerait à quoi que ce soit, en revanche il allait faire tout son possible pour lui montrer qu'il était digne de sa confiance. Et qu'elle pouvait déroger à sa règle de ne pas « sortir », du moment que c'était avec lui.

Il ne lui avait pas échappé non plus que, souvent, lorsqu'il la touchait, elle avait la chair de poule. Il aimait bien ça, savoir qu'il avait cet effet sur elle, tout autant qu'elle sur lui.

Il ne le montrait peut-être pas, mais oui, elle lui faisait de l'effet.

Son odeur de vanille était plus forte ce soir, comme si elle avait réutilisé sa lotion ou son parfum avant qu'il n'arrive. Il adorait ses cheveux aussi. Elle les avait laissés lâchés et ils lui balayaient les omoplates quand elle marchait, leurs pointes pourpres le titillaient. Il brûlait de les toucher, de vérifier s'ils étaient aussi doux qu'ils en avaient l'air. Il rêvait de voir ces mèches sur son bras à lui, sur son torse... ses cuisses tandis qu'elle serait à genoux au-dessus de lui.

Prenant une profonde inspiration, il obligea ses pensées à quitter le chemin dangereux où elles s'engageaient. Oui, il était attiré par Harlow, mais ils étaient bien loin du stade où ils se retrouveraient nus ensemble.

— Salut, Black, lança Meat quand ils approchèrent. Laisse-moi deviner, voici Harlow.

— Oui. Harlow, je te présente mes amis et coéquipiers, Meat, Ball et Ro.

— Salut, répondit-elle avec timidité.

— Et moi, je compte pour du beurre ? lança Dave derrière le bar.

Black sourit.

— Désolé. Et voici Dave, le patron d'ici. Quand il n'est pas là, c'est Noah qui travaille au comptoir.

— Voilà. Et ne t'avise pas de l'oublier, ajouta le barman bourru, mais sa voix se radoucit lorsqu'il demanda : Que puis-je vous servir, jeune dame ?

— Oh, euh, un Coca-Woodford ?

— C'est une question ou bien c'est vraiment ce que vous voulez ? demanda Dave.

Black s'apprêtait à fustiger le serveur, malgré ses années en plus, quand Harlow éclata de rire.

— Pardon. C'est ce que je veux. Je n'étais pas certaine que vous ayez ce bourbon, c'est tout.

— Bien sûr que j'en ai. Non, mais, vous vous croyez dans un bouge ou quoi ?

Harlow sourit, tout en optant sagement pour le silence. Elle sortit son porte-monnaie.

— Je peux tout régler à la fin ?

Dave parut étonné une seconde, puis il adressa un large sourire narquois à Black.

— Je ne sais pas. Black, elle peut régler tout à la fin ?

— La ferme, marmonna ce dernier au barman, avant de poser une main sur celle de Harlow. C'est pour moi.

Sans surprise, elle leva sur lui un regard noir et ouvrit la bouche pour protester. Il l'en empêcha d'un index sur ses lèvres.

— Tu te rappelles ce qu'on s'est dit dans la voiture ? C'est mon monde, ici. Débrouille-toi avec ça.

Elle leva les yeux au ciel et puis, quand il retira sa main, répliqua :

— J'avoue que ton monde est globalement meilleur que celui du type qui m'a expliqué qu'il cherchait une partenaire de vie. Moi, j'ai d'abord trouvé ça plutôt sympa, qu'il veuille une partenaire, jusqu'à ce qu'il sorte une liste de toutes les factures qu'il avait à payer et qu'il me la tende.

— Sans déconner ? s'exclama Meat.

— Sans déconner, confirma-t-elle. Je ne peux pas dire que j'aie eu beaucoup de chance avec les hommes.

Black secoua la tête derrière elle pour indiquer à ses amis qu'il ne fallait pas s'embarquer sur ce chemin. Par chance, ils saisirent le message et lâchèrent le sujet.

— J'ai des frais, lui dit Black, mais je suis tout à fait capable de les payer moi-même.

— Moi aussi, répondit-elle en relevant légèrement le menton.

Il aimait bien cette indépendance.

— Disons que pour ça, c'est moi qui m'en charge, d'accord ? voulut-il confirmer en désignant le bar.

— Oui, bon, d'accord, convint-elle en prenant le verre que Dave venait de poser devant elle.

Black embarqua la bière qui lui avait été servie sans qu'il ait besoin de la commander et suivit Harlow vers l'arrière-salle.

— Dave travaille ici depuis toujours, lui expliqua-t-il tout en marchant. Il bosse beaucoup. Il a été blessé, il y a quelque temps, et je pense que cette blessure a heurté sa fierté plus que tout le reste. Noah a repris l'affaire, le temps que Dave se remette et, comment dire, Noah est bon, mais ce n'est pas Dave. Ce gars-là, c'est l'âme du Pit. Il a ses bizarreries, pourtant c'est le meilleur barman que je n'aie jamais vu.

— Il est trop maigre, il a besoin de manger plus, commenta-t-elle.

Black faillit s'étrangler avec la gorgée de bière qu'il venait de prendre.

— Alors là, j'aimerais te voir lui dire ça, intervint Ball.

— Je le ferai, promit-elle. Enfin, peut-être pas aujourd'hui non plus.

Elle adressa un sourire à l'ami de Black, une attention qui le fit froncer les sourcils. Avoir ses amis ici, ça n'était peut-être pas la meilleure idée qui soit. Certes, il avait besoin de leur aide pour gérer la situation du refuge pour femmes, mais Meat et Ball étaient tous les deux célibataires. La dernière chose dont il ait envie, c'était que l'un des deux se décide intéressé par Harlow.

— Elle n'aime pas les rencards, lâcha-t-il... avant de grimacer aussitôt.

— Ah non ? fit Meat.

— Intéressant, ajouta Ball.

— Moi non plus, intervint Ro.

— Tu as connu de mauvaises expériences, toi aussi ? lui demanda Harlow, sans paraître se rendre compte des lames de fond à l'œuvre entre Black et les autres.

— Bien sûr, oui. Mais ce n'est pas pour ça que je n'ai plus de rencards, lui répondit Ro.

Sans un mot, mais d'une délicate pression dans le bas du dos, Black la guida vers la table sur la droite de l'arrière-salle. La salle était remplie de tables de billard et cette table en particulier était celle où ils concluaient toutes leurs affaires. Elle était à l'écart et donc discrète.

— Ah non ? s'enquit Harlow.

— Non. Je ne pense pas que ma femme approuverait, si je sortais avec une autre, lui raconta Ro sans ciller.

Harlow sourit.

— Sans doute pas, non.

Black savait que sa réaction était irrationnelle, mais il n'aimait pas la voir sourire à Ro... Même s'il savait aussi, sans l'ombre d'un doute, que son ami ne tromperait jamais Chloé. Il refoula donc sa jalousie du mieux qu'il put.

— Meat, tu as trouvé quelque chose sur les ex des résidentes du foyer ?

Et aussi simplement que ça, l'ambiance détendue s'envola. Black détesta voir les lignes soucieuses remplacer l'expression sereine sur le visage de Harlow, mais plus vite ils abordaient l'affaire, plus tôt il pourrait en venir à la partie « pas un rencard » de la soirée.

— J'ai rentré les noms que tu m'as donnés dans ma base de données, répondit Meat. Et je dois dire que la plupart de ces types ne sont pas exactement ce que je qualifierais de piliers de la société.

— Je pense que nous l'avions deviné, commenta sèchement Black.

— Certes. Donc, Nathanial Taylor, plus connu sous le nom

de Nate, a vingt-quatre ans et un casier : une arrestation pour violences domestiques. Son ex-femme, Carrie Taylor, a vingt-sept ans et elle a déménagé pendant son incarcération.

— Des preuves qu'il a été en contact avec elle ? voulut savoir Ball.

— Les résidentes ne sont pas censées appeler ou parler à leurs ex, intervint Harlow, avant d'ajouter rapidement, dès que les quatre hommes autour de la table se tournèrent vers elle : Elles n'ont pas toutes un ex, mais c'est une règle de vie à Premier Espoir. Ça ne signifie pas qu'aucune ne le fait, j'en suis bien consciente, mais c'est contraire au règlement. La liste d'attente pour entrer au refuge est longue comme le bras et je ne pense pas qu'aucune résidente prendrait le risque d'enfreindre ces règles et de se faire expulser.

— Je suis d'accord, admit Ro. J'y ai passé assez de temps pour en tirer l'impression qu'elles savent toutes la chance qu'elles ont d'être là-bas.

— Exact, renchérit Harlow.

— Bon. Donc, si je peux continuer..., reprit Meat avec une légère impatience.

Black allait lui botter les fesses, s'il avait le malheur de vexer Harlow, mais elle esquissa un sourire qu'elle semblait tenter de réprimer, alors il oublia ses menaces.

— Le divorce s'est passé sans soucis. Vu que ni Nate ni Carrie n'avaient beaucoup d'argent et pas d'enfants, ça a été assez direct. Wyatt Newton vit actuellement avec sa nouvelle petite amie et ses gosses. Il...

— Attendez... il a des enfants ? s'étonna Harlow, qui se pencha sur sa chaise.

— Oui, confirma Meat. Deux. Un gars de onze ans et une petite de cinq. Pourquoi ?

— Quel connard, commenta Harlow avant de prendre une longue gorgée à son verre. Il a quitté Julia et Jasper du jour au lendemain, en prétendant qu'il ne voulait plus de la vie de famille, comme quoi il avait trouvé une autre femme à aimer. On dirait que c'était un bon gros mensonge. Du moins la partie concernant la vie de famille.

— Tu t'attendais à ce qu'il soit un citoyen modèle ? lui demanda gentiment Black.

— Oui, eh bien, non, évidemment pas, convint-elle en se tournant vers lui. Mais Jasper ne va pas bien. Il n'a que treize ans et il est perturbé que son propre père l'ait rejeté. Du coup, il ne fait plus confiance à personne, ce qui est très mauvais pour un enfant de son âge. Si tu ne peux pas compter sur ton père, sur qui peux-tu compter ?

— Il peut compter sur nous, répondit Black sans hésiter. Et sur toi. Et sur Loretta et sur sa mère. Ça craint, ce qui lui est arrivé, mais est-ce que ce serait mieux si son père vivait encore avec eux, qu'il trompait sa mère et le traitait comme de la merde ?

— Non, admit-elle à contrecœur. Mais il a du mal à s'en sortir. Et s'il savait que la nouvelle famille de son père comprend un garçon presque de son âge, ça le détruirait. Mince, c'est peut-être d'ailleurs la raison pour laquelle il va mal, réfléchit-elle tout haut. Il a peut-être entendu sa mère en parler...

— Je lui parlerai, promit Black.

— Moi aussi, intervint Ball.

— On pourrait l'inviter à jouer au foot avec nous... enfin au « soccer », comme vous dites, vous, les Américains, suggéra Ro.

— Euh... il n'est pas ce que je qualifierais d'athlétique, objecta Harlow. Son père a toujours voulu qu'il joue au football, au vrai football, je veux dire, l'américain, mais Jasper ne voulait pas en entendre parler.

— Qu'est-ce qu'il aime faire ? s'enquit Meat.

— Jouer aux jeux vidéo.

— Dis-moi lesquels et je l'ajouterai à l'une de mes équipes, proposa Meat.

— Merci, répondit-elle tout bas, avant de regarder chaque homme dans les yeux et d'ajouter : Merci. Je sais qu'il adorerait ça. En revanche, si tu n'es pas sérieux, n'entame rien avec lui. Ne lui promets pas de passer du temps avec lui, si tu dois revenir sur ta promesse. Il a déjà trop souvent vécu l'expérience dans sa vie.

Ball fronça les sourcils.

— On n'est pas comme son trou du cul de père, la gronda-t-il gentiment. Si on dit qu'on va faire quelque chose, on le fait.

Black sentit Harlow se raidir à côté de lui et déjà il ouvrait la bouche afin d'adoucir la réprimande de Ball, quand elle lui donna un coup de coude.

— C'est encore une règle de ton monde ?

Il lâcha un soupir.

— Oui, Harl. Carrément.

— Quelle règle ? Quel monde, voulut savoir Ro.

Black agita la main.

— Rien. T'inquiète.

— Je suis désolée, reprit Harlow à l'attention du groupe. Je n'aurais pas dû vous sauter à la gorge. Bien sûr que vous n'êtes pas comme Wyatt. J'apprécie votre proposition de passer du temps avec Jasper.

Black aimait bien sa capacité à admettre ses erreurs.

— Quoi d'autre, Meat ?

— Sue Myers, Ann Smith, Lauren French et Kristen Schaefer n'ont pas de grand méchant ex dans leur passé, du moins pas que j'aie trouvé dans mes recherches initiales. Elles traversent une sale période, là-dessus aucun doute, mais leur présence au foyer ne semble pas liée à un ex, homme ou femme. Declan Hamlin est un trouduc de première catégorie, qui battait sa femme et son gosse et, quand elle a enfin eu le courage de se rebeller, il les a mis dehors tous les deux. Le divorce n'est pas finalisé et il s'oppose à absolument tout ce que Melinda demande... à l'exception de la garde de leur fils Milo. S'il ne veut pas du gosse, il ne veut pas non plus que Melinda récupère le moindre argent ou la moindre affaire. Zachary Morehouse est décédé, comme vous le savez. C'est un cas bien triste, il s'apprêtait à s'engager dans l'armée. Bethany Zimmerman et lui n'étaient pas encore mariés, même s'ils ont une fillette de cinq ans. Bref, il y a aussi Charles Royal, plus connu sous le diminutif de Chuck. Il vient de fêter ses quarante ans et s'est fait virer d'au moins dix boulots. C'est un alcoolique qui préfère rester assis sur son cul à picoler plutôt que de bosser. Sa femme, Lisa, cumulait deux jobs pour essayer de leur garder un toit sur la tête, mais ça ne suffisait pas. Quand ils ont été expulsés, il a disparu. Je n'ai pas été en mesure de le dénicher pour l'instant. Enfin, nous avons Travis Bronson. Si je devais mettre mon billet sur un gars, ce serait lui. Il a désormais quarante-neuf ans, dix de plus que Violet. Ils se sont mariés quand elle n'avait que dix-huit ans. Pendant toute la durée de leur mariage, elle a fait des tas de séjours à l'hôpital, pour cause de fractures – elle est tellement maladroite, vous comprenez. Lacie est née au bout de dix ans de mariage et Violet a fait plusieurs fausses couches depuis. D'après ce que j'ai pu rassembler, Violet s'est enfuie avec sa fille après que Lacie a fini aux urgences avec un bras cassé. Il y a une note dans son dossier indiquant que l'infirmière suspectait un cas de violence domestique. Travis est un sale fils de pute, mauvais comme tout et il n'est pas ravi que sa femme et sa fille aient disparu.

Black passa un bras autour de Harlow et exerça une pression, un geste de soutien. Elle avait blêmi de plus en plus à mesure que Meat leur listait les choses atroces qu'avaient vécues les résidentes pour lesquelles elle cuisinait. Black et ses coéquipiers avaient l'habitude d'entendre le pire de la nature humaine, mais pas elle, manifestement.

— Donc vous pensez que Travis les aurait retrouvées ? demanda-t-elle.

— Je n'ai pas dit ça, corrigea Meat.

— Mais tu as dit...

Elle n'alla pas plus loin, car Meat l'interrompit.

— J'ai dit que si je devais mettre mon billet sur un gars, ce serait lui mon suspect numéro un. Mais rien de ce que tu as confié à Blake ne semble correspondre à notre expérience dans des cas similaires.

— Comment ça ?

— Je doute fort que les hommes qui vous harcèlent soient parmi les ex des résidents. Le plus jeune est Nate Taylor, mais il est afro-américain et tu n'as jamais dit que les types qui vous interpellent étaient noirs.

— Non, ils ne le sont pas en effet, confirma Harlow.

— Bon. Donc ce n'est pas lui. Il nous reste de grosses recherches à effectuer avant de pouvoir affirmer qui est derrière tout ça et pourquoi. Ça pourrait être juste ce que vous pensiez : un groupe de petits crétins désœuvrés qui s'en prennent aux femmes et aux gosses parce qu'ils le peuvent. Ou bien, il se pourrait qu'un ex les ait payés pour causer des problèmes, quelles que soient ses motivations. Ou alors, c'est quelqu'un de ton passé à toi, ou de celui de Loretta. Enfin, ça pourrait aussi n'avoir aucun rapport du tout. Ce que tu dois comprendre, c'est qu'on ne tire jamais de conclusions hâtives. Il existe un million de raisons pour lesquelles ça pourrait se passer, et tant qu'on n'a pas réduit les suspicions à une seule, on continue de chercher dans toutes les directions et de s'intéresser à tout le monde. Maintenant... il faut qu'on discute de tes ex.

À ces mots, Harlow écarquilla les yeux et elle dévisagea les hommes qui lui faisaient face, attendant qu'elle parle, avant de se tourner vers Black.

— Je n'ai pas d'ex.

— Harl, fit-il gentiment. Rien qu'aujourd'hui, tu m'as raconté au moins quatre histoires de rencards qui ont tourné à l'aigre. Notamment celle sur le connard qui t'a embarquée dans une course-poursuite et qui prévoyait de te donner un petit sédatif après ou pendant votre rendez-vous.

Elle secoua la tête.

— Certes, mais je ne sortais réellement avec aucun. Je veux dire, j'ai été à des rendez-vous, sauf qu'en général, ça s'est cantonné à une fois, le temps qu'ils se révèlent sous leur jour de gros nazes. Je ne les considère pas du tout comme des ex en quoi que ce soit.

— Quelqu'un avait prévu de te donner un sédatif ? s'enquit Ro.

En même temps que Ball répétait :

— Une course-poursuite ?

Harlow leur jeta un coup d'œil, puis elle baissa la tête vers ses bras croisés sur la table.

— Tuez-moi tout de suite, marmonna-t-elle.

Black écarta ses cheveux et lui posa une main à la base du cou. Il y exerça une légère pression en geste de soutien, tout en s'adressant à ses amis :

— Je vous propose de me laisser récolter ces informations-là moi-même. Je vous transmettrai tout ce qui pourrait s'avérer pertinent.

Il sentit la peau de Harlow se couvrir de chair de poule et sourit intérieurement. Peu importait ce qu'elle affirmait, elle appréciait son contact. Il allait travailler là-dessus.

— Depuis combien de temps vous connaissez-vous ? voulut savoir Meat, qui inclina la tête.

— Depuis l'adolescence, répondit aussitôt Black.

À quoi, Harlow se redressa.

— Oui, enfin, on s'est rencontrés au lycée, mais ensuite, je ne l'ai plus revu jusqu'au mois dernier, quand il est venu au refuge.

— Et vous vous voyez depuis ? demanda Ro, qui manifestement s'efforçait de comprendre la dynamique de leur relation.

— Non. En revanche, je lui ai donné mon numéro, répondit Black avec un sourire.

Harlow leva les yeux au ciel.

— Je l'ai appelé à cause de tout ce qui se passe. Il y a un mois, il a dit qu'il m'aiderait à m'inscrire dans un cours de tir de protection à son stand. Je l'ai appelé aujourd'hui pour lui demander s'il serait d'accord pour revenir au refuge et enseigner d'autres gestes d'autodéfense aux femmes, à cause de ce harcèlement justement.

— Donc... vous vous connaissiez au lycée, vous vous êtes revus le mois dernier après des années, tu l'as appelé aujourd'hui et maintenant, vous sortez ensemble ? tenta de récapituler Ball.

— Non ! s'écria Harlow.

— Oui, répondit Black en même temps. Tout est juste, sauf qu'on ne sort pas ensemble. (Il adressa un sourire à Harlow et rappela à ses amis). :) Elle refuse les rendez-vous. Comme elle l'a expliqué, elle n'a guère eu de chance dans ce domaine. Donc on se contente de discuter. On parle de la situation au refuge.

— Je pense qu'il serait utile d'en savoir plus sur tes rencards pas folichons, conclut Meat. Je n'ai jamais rencontré personne qui ait renoncé à toute idée de rendez-vous.

Black savait que son ami le taquinait, lui, plus que Harlow. De toute évidence, les gars avaient remarqué qu'il se montrait protecteur vis-à-vis de la femme assise à côté de lui et qu'il était attiré par elle. Plissant les paupières, il secoua imperceptiblement la tête à l'attention de Meat.

Soit ce dernier ne le vit pas, soit il passa outre la mise en garde, car il continua :

— Je veux dire, Black n'est sorti avec personne depuis une éternité, sauf que dans son cas, je ne pense pas qu'il puisse faire porter le chapeau à des rencards foireux. C'est juste qu'il est très difficile, cet enfoiré, comme le personnage de *Seinfeld* : il trouve toujours quelque chose qui cloche chez la femme qu'il rencontre. Du genre... trop collante, pas assez collante, trop grande, prénom trop bizarre... Des trucs comme ça.

— Bon sang, Meat, gronda Black.

— Mais non, c'est normal, fit Harlow. Après tout, si je dois te raconter tous mes rencards foireux, il est juste que j'en sache un peu sur les tiens.

— Vous savez quoi ? intervint soudain Ro. Je n'ai aucune envie d'entendre la litanie de vos plans foireux, ni à l'un ni à l'autre. Chloé m'attend à la maison et elle ne se sent pas très bien depuis une semaine, or ce soir, c'est le premier jour où elle va assez bien pour faire autre chose que dormir dans notre lit, si vous voyez ce que je veux dire. Donc si on pouvait avancer, que je puisse rentrer retrouver ma nana à la maison, j'apprécierais.

Black sourit et Harlow rougit.

— OK, concéda Meat. Mais sérieusement, Harlow, si tu as le moindre mauvais pressentiment sur l'un des crétins qui n'a pas été capable de voir quelle femme formidable tu es, tu donnes son nom à Black et il me le transmettra. Quant au type aux sédatifs, je veux son nom quoi qu'il en soit. Ça, c'est non négociable.

— D'accord, répondit-elle d'une petite voix.

Black avait retiré la main de sa nuque quand elle s'était redressée, mais il lui exprima à nouveau son soutien.

— Alors... dis-nous-en plus sur les types qui traînent autour du refuge, commanda Ball. Il faut qu'on sache tout ce que tu te rappelles d'eux. À quoi ils ressemblent, s'ils ont un accent, si tu les as vus conduire un véhicule en particulier, s'ils ont des tatouages... tout.

Pendant les vingt minutes suivantes, Harlow leur raconta tout ce qu'elle put. Hélas, ça n'était pas grand-chose. Ils savaient déjà que les hommes avaient l'air jeunes, qu'ils aimaient porter des pantalons larges et des tee-shirts blancs. Elle les voyait rarement en voiture et ils n'avaient pas d'accent perceptible. En gros, les Mercenaires rebelles n'avaient rien de concret pour avancer.

— Je suis désolée, les gars. J'essaie plutôt de ne pas les regarder directement quand ils me sifflent ou me crient des trucs. Je pourrais toujours essayer de les approcher, la prochaine fois que je les verrai, pour...

— Non ! s'écrièrent les quatre hommes de concert.

Harlow grimaça et leva les mains.

— OK, OK, c'était juste une idée.

— Si tu les vois, tu changes de direction, lui ordonna Black. Encore mieux, si tu es assez proche, tu retournes à l'intérieur du refuge et tu m'appelles, moi, ou l'un de mes amis. Je vais m'assurer que tu as le numéro de tous les gars. Et si tu es déjà sur le parking, tu montes dans ta voiture et tu t'en vas immédiatement. Ne prends pas le temps de baisser ta capote. Ça, tu peux le faire plus tard.

— La capote ? demanda Ball.

— Elle a une Mustang décapotable, leur apprit Black.

Ball siffla.

— Sympa.

— En effet, confirma Harlow avec un sourire.

— Mais elle conduit comme une mémé de quatre-vingt-dix ans, la taquina Black.

— N'importe quoi !

— D'après ce que j'en ai vu, si, argua-t-il.

— Oui, eh bien, je ne suis pas accro à la vitesse comme toi, fit-elle. Et je conduis prudemment. Il n'y a pas de mal à ça.

— Absolument pas, convint Black.

Harlow se tourna vers les autres.

— J'apprécie que vous essayiez de nous aider. Je veux dire, ces types me mettent mal à l'aise, mais je n'ose même pas imaginer ce que ressentent les autres femmes. Surtout avec leur passif. Je déteste l'idée que Violet et les autres aient eu à subir ce qu'elles ont subi. Ça craint.

— C'est vrai. Et on va trouver de quoi il retourne, putain de Dieu, affirma Ro. Bon... on a fini ?

Black, Ball et Meat lui sourirent.

— On a fini. Rentre retrouver Chloé, dit Black à son ami.

Jamais il n'avait été jaloux d'un de ses amis, pourtant

quelque chose dans l'impatience qui luisait au fond des yeux de Ro en cet instant le touchait ce soir-là, comme jamais auparavant.

Et ça n'avait rien à voir avec le sexe. Ou plutôt, ça n'avait pas seulement à voir avec le sexe. Il s'agissait d'avoir quelqu'un dans sa vie qui partage votre impatience à le revoir. Il s'agissait d'avoir quelqu'un avec qui partager ses journées et ses nuits.

— Je vais suggérer à Rex de faire poser des caméras à l'extérieur du refuge, annonça Ball. On a besoin d'yeux et d'oreilles sur le périmètre.

Black opina du chef. Il y avait déjà songé lui-même, mais pensait que les autres s'en chargeraient.

— Je continue à creuser, ajouta Meat en s'écartant de la table. On est forcément passés à côté de quelque chose.

Une fois que les autres gars furent partis, Black se tourna vers Harlow.

— Tu vas bien ?

Elle poussa un soupir.

— Oui. Je déteste ça.

— Je sais.

Et il comprenait, oui. Il avait vu de ses propres yeux la désolation que la violence et la négligence causaient sur les femmes et les enfants. Dans un effort pour la détourner de tout ce qu'elle avait entendu dans la soirée sur le passé des résidentes, il demanda :

— Donc tu ne travailles pas demain matin ?

Elle secoua la tête.

— Non. Zoé s'est chargée du dîner de ce soir et elle prépare le petit déjeuner demain. On alterne et, si l'une de nous a quelque chose de prévu, on se remplace. Parfois, Loretta nous accorde à toutes les deux une matinée. Quand c'est le cas, on s'assure qu'il y aura des muffins et des tas d'autres choses à manger pour le petit déjeuner quand les résidents se lèvent.

— Tu as l'air de vraiment aimer ton travail. J'en déduis que c'est très différent d'un travail de chef dans un restaurant ?

— C'est la nuit et le jour, répondit-elle sans hésiter. Ne me fais pas dire ce que je n'ai pas dit, parfois ça me manque, de préparer des repas élaborés avec une présentation parfaite, mais la nourriture peut être un réconfort et voir ces femmes et ces enfants manger comme s'ils n'avaient jamais rien goûté de meilleur, c'est beaucoup plus gratifiant. Pas une fois quelqu'un n'a renvoyé son assiette au motif que c'était trop ou pas assez cuit.

— Tu les aimes bien, ces gamins, constata Black.

Ça n'était pas une question.

— Non, je les adore, corrigea-t-elle en tripotant son verre vide. Ils sont complètement innocents. Et ils adorent apprendre. Même les garçons se plaisent à la cuisine. Tu aurais dû voir le sourire de Jasper, quand le pain qu'il avait pétri est sorti du four parfaitement cuit. Et les petits, ce qu'ils préfèrent, c'est de décorer les biscuits. Je regrette même de n'avoir pas changé de carrière plus tôt.

— Tes parents vivent toujours à Topeka ?

— Oui. Ils sont tous les deux retraités maintenant. Ma mère fait au moins trente heures de bénévolat par semaine et mon père passe à peu près autant de temps à travailler le bois dans son atelier. Et tes parents ?

— Ils ont déménagé en Floride peu après que j'ai décroché mon diplôme universitaire. Ils adorent Orlando et la météo qu'il y fait.

— Je parie qu'ils sont fiers de toi.

Black haussa les épaules.

— Oui, sans doute. Même s'il n'y a pas grande fierté à tirer d'être propriétaire d'un stand de tir.

— Tu ne leur as pas parlé des Mercenaires Rebelles ?

— Non. Je sais que ça n'est peut-être pas facile à croire, vu la facilité avec laquelle Loretta t'a parlé de nous, mais nous ne sommes pas du genre à raconter à tout le monde qui nous sommes ni ce que nous faisons. Ça nous transformerait, nos proches et nous, en cibles faciles.

— Je n'y avais pas réfléchi sous cet aspect, convint Harlow. Pardon. Je garderai le silence.

Black sourit et lui donna un petit coup d'épaule.

— Ça va. Je te fais confiance.

Elle fronça les sourcils, mais demanda :

— Et ton frère ? Tu as dit qu'il était photographe, c'est bien ça ?

— Oui. La plupart du temps, il est à l'étranger en mission. Il travaille en free-lance et va où ça bouge. Il a vendu des photos au *National Geographic* et à tous les médias majeurs.

— C'est dangereux ?

— Oui et non. Je veux dire, de toute évidence, se retrouver au milieu d'un coup d'État égyptien, c'est dangereux, mais être allongé au milieu de la prairie africaine pendant une débandade de gnous aussi.

Elle ouvrit des yeux ronds.

— C'est arrivé ?

— Quoi ? Le coup d'État ou la débandade ?

— Les deux.

— Oui.

— Waouh.

— Oui. Du coup, en général, mes parents s'inquiètent plus pour Lance que pour moi. Pour ce qu'ils en savent, je traîne ici au Colorado avec mes amis fanas d'armes, conclut-il avec un sourire.

— Merci, Lowell, dit-elle avec sincérité.

— De quoi ?

— Par où commencer ? Merci pour ton service à la patrie. Je devine que tu as dû voir et faire pas mal de trucs atroces. Merci d'aider des femmes et des enfants qui en ont besoin. De m'aider, moi. De ne pas t'offusquer de mes petites lubies. De m'avoir présentée à tes amis. De me confier ce que tu fais. Bref... merci.

— Tu n'as pas à me remercier, répondit-il tranquillement.

Plus que tout, il brûlait de la prendre dans ses bras et de

l'embrasser à perdre haleine. Elle avait les joues rougies, sans doute un effet du bourbon dans sa boisson. Il avait l'impression qu'elle considérait le jean et le tee-shirt qu'elle portait comme une sorte d'armure, qui l'empêcherait, lui, d'être attiré par elle, mais elle se trompait. Ces vêtements lui donnaient au contraire un style à l'aise et décontracté... exactement ce qu'il appréciait chez une femme. Et il ne pouvait s'empêcher de penser à l'effort qu'elle avait consenti pour sa coiffure et ses ongles des pieds... peut-être à son intention.

Black n'était pas prêt à se marier, il n'était pas sûr de vouloir se lier à une femme aussi profondément, mais il désirait Harlow. Il la voulait sous lui, sur lui, et de toutes les manières possibles.

— Tu as envie de jouer au billard ? proposa-t-il en désignant la salle d'un geste de la main.

Elle regarda les tables de jeu, puis reporta son attention sur lui.

— Je ne devrais pas. Puisque la discussion de boulot est terminée, je devrais te demander de me ramener chez moi.

— Tu dois encore tout me raconter de tes rencards foireux, lui rappela-t-il.

Elle lâcha un grognement.

— Je suis obligée ?

— Oui, confirma-t-il d'un ton volontairement léger et taquin. Tu as entendu Meat. On doit découvrir si l'un de ces types pourrait être impliqué par ce qui se passe au refuge.

— D'accord. Dans ce cas, je vais avoir besoin d'un autre verre. Et je pense que je me sentirais plus à l'aise si je pouvais m'occuper les mains pendant que je te déballe tous mes secrets.

L'image que ces mots firent naître dans l'esprit de Black était indécente et charnelle. Il avait bien une idée d'activité à lui proposer pour s'occuper les mains... mais il écarta ces pensées et se leva.

— Viens. On va annoncer à Dave que tu es prête pour un

autre verre et puis on préparera notre table. Tu as déjà joué au billard ?

Elle se mit debout aussi et posa une main sur sa hanche.

— Oh, oui, Lowell, j'ai déjà joué au billard.

Et ses prunelles brillaient d'une lueur de défi.

— Tu te sens le courage de prendre un petit pari ?

— Absolument, répondit-elle.

6

———

Harlow se réveilla et poussa un grognement. Sa tête l'élançait et elle avait l'impression d'avoir sucé du coton toute la nuit. À la seconde où elle ouvrit les paupières, elle se souvint de la soirée de la veille.

Punaise.

Elle se tourna sur le flanc et fixa des yeux le verre d'eau et le flacon de médicaments posés sur la tablette près de son lit. Refermant les yeux, elle se repassa la soirée.

Elle avait avalé les Woodford-Coca comme s'il s'agissait de verres d'eau et pas d'alcool. Lowell et elle avaient fait une partie de billard pour s'évaluer l'un l'autre, pour jauger où étaient leurs forces et leurs faiblesses. Puis la compétition avait commencé. Ils avaient prévu de jouer au meilleur de trois parties. Règle qui s'était transformée pour le meilleur de cinq parties. Puis sept. Au bout du compte, Lowell l'avait battue par quatre parties à trois.

Heureusement qu'elle ne devait pas aller cuisiner au refuge ce matin, car elle n'avait pas connu pareille gueule de bois depuis bien longtemps. Voire jamais.

Lowell avait bu deux bières, avant de passer à l'eau. Habile, il l'avait amenée tout en jouant à lui raconter autant de rendez-vous embarrassants qu'elle se rappelait.

Elle lui avait parlé du type qui, au bout de la soirée, lui avait demandé s'il pouvait se masturber avec ses pieds et qui, lorsqu'elle avait décliné, avait proposé de la payer pour jouir de ce privilège.

Elle lui avait parlé de la fois où son cavalier l'avait emmenée dans un restaurant chic et, à la fin de la soirée, avait emporté les serviettes en tissu dans ses poches. Quand elle lui avait demandé ce qu'il faisait, au lieu de simplement admettre qu'il les volait, il avait prétendu que son nez coulait et qu'il avait besoin de quelque chose pour se le moucher plus tard.

Elle lui avait parlé du rendez-vous à l'aveugle qu'avait organisé une amie pour elle. L'homme s'était pointé dans une voiture tout juste opérationnelle. Il sentait la sueur et avait la pire haleine qu'elle ait eu l'infortune de sentir. Elle avait tenté de s'éclipser, mais comme il s'était mis à pleurer, elle avait décidé de subir. Il avait essayé de l'embrasser à la seconde où elle était montée dans sa voiture et il avait les mains moites quand il avait cherché à prendre les siennes. Pendant le trajet, il lui avait raconté à quel point il l'aimait et combien d'enfants ils allaient avoir dès qu'ils seraient mariés et installés ensemble dans le garage de sa maman. Ils étaient allés dîner dans un fast-food et il lui avait fait sa demande en mariage en la raccompagnant chez elle. Inutile de préciser que, lorsqu'elle avait refusé, il s'était remis à pleurer.

Et puis, il y avait eu l'homme qui avait posé un regard sur elle en arrivant devant sa porte et puis tourné aussitôt les talons en marmonnant dans sa barbe qu'il ne serait pas venu s'il avait su qu'elle était « grosse ».

Enfin, elle lui avait parlé de celui avec qui elle avait accepté de sortir une seconde fois – son premier second rendez-vous depuis très longtemps – et où elle avait travaillé dur à lui préparer un bon repas chez elle. Il s'était excusé après manger et s'était absenté plus longtemps qu'elle s'y attendait. Elle avait pensé qu'il avait peut-être des soucis gastriques et n'avait pas voulu l'embarrasser en lui demandant si tout allait bien quand, enfin, il avait réémergé du couloir conduisant au bout de son appartement. Plus tard, ce soir-là, elle avait découvert qu'en fait, il n'était pas du tout allé aux toilettes. Il avait éjaculé partout sur un lapin en peluche qu'elle avait sur son lit à l'époque.

Lowell n'avait pas ri de sa malchance. Il ne lui avait pas dit qu'elle était bête de refuser tout rendez-vous dorénavant. Au contraire, il avait été furieux pour elle, surtout à la mention de celui qui avait éjaculé sur son lit. Il avait voulu savoir si elle avait porté plainte et, quand elle avait admis que non, qu'elle avait juste envoyé balader le type sans ménagement lorsqu'il l'avait rappelée, Lowell n'avait pas été satisfait. Il avait grommelé quelque chose comme quoi il allait commencer par faire des recherches sur ce type, histoire de s'assurer qu'il n'était pas dans le coin, occupé à la harceler elle et les résidentes du refuge.

Et, comme si déballer à Lowell toutes ses histoires d'horreur et de rencards n'était pas assez humiliant, elle s'était tellement saoulée qu'elle n'avait même pas été en mesure de marcher seule jusqu'à sa voiture. Il avait dû lui passer un bras autour de la taille pour la maintenir droite. Elle se rappelait aussi leur conversation en chemin jusqu'à la voiture de Lowell, sur le parking. Mot pour mot.

— *Je suis désolée d'avoir tant bu.*

— *C'est pas grave, Harl.*

— *Je ne fais jamais ça. Jamais. Surtout avec un gars.*

— *Je suis content que tu me fasses assez confiance pour t'être lâchée.*

— *C'est vrai, tu sais.*

— *Qu'est-ce qui est vrai ?*

— *Que je te fais confiance.*

— *Tant mieux. Parce que je ne te ferais pas de mal, Harlow. Je ne suis pas comme tous les connards avec qui tu es sortie.*

— *Je sais. J'ai l'impression de te connaître depuis toujours, alors que je ne t'ai pas vu depuis des années. C'est le meilleur non-rencard que j'aie jamais eu.*

— *Moi aussi.*

— *Et j'aurais gagné si on avait joué au meilleur des neuf parties.*

Il s'était tourné afin de se trouver face à elle et ventre contre ventre.

— *Je n'ai aucun doute là-dessus.*

Harlow avait cru qu'il allait l'embrasser, à la place, il l'avait fait pivoter et aidée à entrer dans sa voiture, s'était penché pour boucler sa ceinture, avait refermé sa portière et avait contourné le véhicule pour gagner le côté conducteur.

Quand il s'était assis au volant, elle avait commenté :

— *Tu as un joli petit cul.*

— *Merci. Le tien n'est pas mal non plus.*

Elle lui avait souri, avant de fermer les yeux alors qu'il démarrait la voiture. Le monde tournoyait sous l'effet de l'alcool sur le chemin qui la conduisait chez elle, mais Harlow s'en fichait. Elle se sentait protégée et n'avait pas le moindre doute sur le fait que Lowell allait la ramener saine et sauve.

Grimaçant au souvenir de tout ce qu'elle lui avait raconté, elle rouvrit les yeux et, de nouveau, les posa sur les cachets et le verre d'eau. Elle se remémora comment Lowell l'avait aidée à réintégrer son appartement et même à enlever son jean.

— *Retire ton jean, Harl.*

— *Une partie de jambes en l'air après notre non-rencard ?*

— *Non, bébé. Tu es saoule comme un cochon et jamais je ne profiterais de toi dans cet état. J'essaie juste de m'assurer que tu es dans une tenue confortable afin de bien dormir.*

— *Ah. OK.*

Mais ses mains à elle étaient si maladroites qu'il avait fini par les lui écarter pour l'allonger sur le lit. Là, il avait déboutonné son jean lui-même, abaissé la fermeture Éclair puis, il était allé se poster au pied du lit.

— *Soulève les hanches, bébé.*

Elle s'était exécutée et il avait tiré son jean le long de ses jambes.

— Maintenant, enlève ton soutien-gorge, Harlow.

Sans réfléchir, elle s'était redressée et, les bras passés derrière son dos, elle avait dégrafé le sous-vêtement. Elle avait eu besoin de plusieurs tentatives, mais elle avait fini par y arriver. Plongeant la main dans la manche de son tee-shirt, elle avait retiré la bretelle, avant de faire pareil de l'autre côté et de tirer le soutien-gorge par la manche.

— Je ne me lasserai jamais de te voir faire ça. À présent, allonge-toi.

Elle fit ce qu'il lui ordonnait, malgré la pièce qui tournoyait autour d'elle.

— Tiens, prends ça et bois ça.

Ouvrant les yeux, elle avait découvert Lowell assis au bord du matelas, qui tenait une bouteille d'eau et deux petits comprimés blancs au creux de sa paume. Sans s'inquiéter de ce qu'il lui donnait, elle se redressa en position assise et prit les pilules, avec la main de Lowell dans sa nuque pour la soutenir et la maintenir immobile tandis qu'elle buvait entièrement la bouteille qu'il lui avait apportée.

Puis il l'aida à se recoucher et se pencha pour lui donner un baiser sur le front.

— Je laisse une autre bouteille d'eau près de ton lit. Bois-la dès que tu te réveilleras demain matin... ou plutôt, ce matin, pour être exact. Prends les cachets en te réveillant aussi.

— Mmm, d'ac.

Voilà la dernière chose qu'elle se rappelait. Elle avait dû s'endormir ensuite. Baissant les yeux vers son corps, elle constata qu'elle portait toujours le tee-shirt qu'elle avait enfilé avant que Lowell passe la prendre chez elle la veille au soir. Par terre, près du lit, elle vit son soutien-gorge et son jean posé au pied du matelas.

Elle avait terriblement honte de s'être saoulée. En revanche, pour une raison qui lui échappait, elle n'était pas mortifiée que Lowell l'ait aidée à regagner son appartement. Il avait agi de façon très naturelle, sans la faire culpabiliser d'avoir trop bu, et il n'avait pas non plus semblé écœuré d'avoir dû l'aider.

Harlow ressentit soudain une pointe de regret, momentané, quant à sa décision de faire une croix sur les rendez-vous galants. Si jamais elle était un jour tentée de rompre son interdiction auto-imposée, ce serait avec Lowell Lockard. Sauf qu'à la seconde où elle déciderait de sortir avec lui, il ne manquerait certainement pas de faire quelque chose qui l'amènerait à regretter sa décision.

Donc, non. Et peu importait qu'il ait été adorable hier soir – enfin, ce matin –, elle devrait se contenter de rester au stade amie-ami.

Elle s'assit dans un grognement face à la douleur qui lui vrilla la tête et saisit les cachets, déboucha la bouteille d'eau. Elle avala les antidouleurs avant de se rendre péniblement à la salle de bains tout en continuant à boire.

Son téléphone était posé au bord du lavabo. Harlow ne se rappelait pas comment il pouvait se trouver là, mais elle le ramassa... et la première chose qu'elle vit fut un SMS de Lowell.

Lowell : Appelle-moi quand tu te lèves, que je sache que tout va bien.

Elle fixa un long moment le message des yeux, avant de les fermer et de s'appuyer au rebord.

— Tu ne sors pas avec Lowell Lockard, marmonna-t-elle avant d'attraper sa brosse à dents.

Et peu importe à quel point tu en as envie.

Harlow : Je suis levée et en vie. ☺

Black lut le message de Harlow avec soulagement. Il était assis dans son bureau du stand de tir et, avant la réception de ce texto, en plein débat avec lui-même : l'appeler ou pas. Il ne voulait pas sembler trop empressé, mais d'un autre côté il était vraiment inquiet. Elle avait beaucoup trop bu la veille au soir et c'était surtout sa faute à lui. Il avait envisagé de rester dormir chez elle, histoire de s'assurer qu'elle n'allait pas vomir et s'étouffer, mais, au bout du compte, il avait décidé que ce serait peut-être pousser le bouchon trop loin.

Il avait pensé que quelques verres la détendraient et lui faciliteraient le récit de ses rencards passés. Il avait vu juste sur ce point, l'alcool avait effectivement ouvert les vannes, seulement il avait laissé l'affaire continuer trop longtemps. Il aurait dû mettre un terme à leurs parties au bout de cinq. Mais voilà, elle l'avait convaincu que tout allait bien et il l'avait crue.

Sauf qu'elle n'allait pas bien. Elle était complètement saoule et douée pour le masquer. Il appréciait le fait qu'elle ne devienne ni méchante ni hyper émotive quand elle buvait, toutefois il regrettait de ne pas s'être assuré qu'elle avait mangé avant de l'emmener au Pit. Ça avait été une erreur, une erreur qu'il ne commettrait plus jamais.

Secouant la tête, Black lâcha un long soupir. Il comprenait beaucoup mieux Harlow maintenant. Il ne pouvait la blâmer d'avoir juré de ne plus jamais sortir avec un homme. S'il avait eu la même malchance qu'elle en la matière, il aurait agi de la même manière. La façon dont ses cavaliers l'avaient traitée le rendait fou de rage. Se masturber chez elle ? Se pointer avec de la drogue du viol ? La demander en mariage le soir de leur rencontre ? Bon Dieu, oui, elle avait vraiment rencontré le fond du panier. Des losers. Il avait noté mentalement les noms de tous les hommes en question, une liste qu'il avait déjà transmise à Meat pour enquête et il espérait presque que l'un de ses anciens rencards était derrière toute l'affaire : ça lui donnerait une bonne excuse pour lui casser la figure.

Détail intéressant, rien de ce qui s'était passé la veille ne l'avait dégoûté de son envie de mieux la connaître. Tout le contraire. Il aimait bien l'idée qu'elle ne veuille pas se poser. Qu'elle soit consciente de sa propre valeur. Ça faisait d'elle un défi, mais un défi qu'il était prêt à relever.

Sur son bureau, le téléphone sonna et il se pencha pour décrocher.

— Stand de tir de Black.

— C'est Rex, répondit la voix camouflée par ordinateur à l'autre bout du fil.

Black était habitué à ce que Rex déguise sa voix. Quand il avait commencé à travailler avec les Mercenaires Rebelles, il éprouvait une curiosité sans bornes pour leur patron si mystérieux, mais désormais il acceptait les excentricités de cet homme.

— Rex, répondit-il en guise de salutation.

— J'ai entendu dire que vous aviez passé une nuit intéressante.

Black sourit. Pas grand-chose n'échappait à Rex. Surtout quand les événements se passaient au Pit. Sans doute l'endroit était-il sur écoute, mais ça ne dérangeait pas Black le moins du monde.

— Meat vous a parlé ? demanda-t-il à son patron.

— Oui. Sa recherche est en cours. Et vous devez aussi savoir qu'il n'y a rien d'autre dans les tuyaux en ce moment.

Black comprit et apprécia ce que Rex entendait par là : il l'informait que les Mercenaires n'avaient pas d'autre affaire en perspective. Ce qui ne signifiait pas qu'il ne pouvait pas s'en présenter une, mais pour l'instant, il était libre de se concentrer sur Harlow et sur le refuge des femmes.

— Bien. Avez-vous des informations pour moi ?

— Pas encore. Mais je n'aime pas ce que Meat m'a raconté.

— Moi non plus. Surtout maintenant que j'ai mieux appris à connaître Harlow.

— Cela fait un jour que vous la connaissez, lui rappela sèchement Rex.

— Non, ça fait plus qu'un jour, mais durant ce temps-là, j'ai appris à la connaître assez bien, insista Black.

Rex s'esclaffa.

— OK, j'avais oublié comment vous procédiez, vous, les gars.

— Non, ça n'est pas ça, s'agaça Black.

— Hum hum.

— Non, s'insurgea-t-il. Écoutez, je sais que les autres sont contents de se faire passer la corde au cou, mais ça n'est pas pour moi. Je ne suis pas nécessairement en quête d'une femme, là.

— Et qu'est-ce que vous cherchez alors ? demanda Rex, malin.

Un peu trop malin.

— Je ne dirais pas non à sortir avec Harlow. Elle est drôle, intéressante et maligne, répondit-il. Je ne suis pas opposé à une relation.

— Hmm.

— Vous ne me croyez pas ?

— Ce n'est pas ça. Mais je vous connais, Black. Je sais que vous êtes agité, ces derniers temps. Je comprends que vous ayez envie de montrer à Harlow que tous les hommes ne sont pas des enfoirés, et je suis d'accord que peut-être à ce stade, vous n'avez pas réfléchi plus loin que quelques sorties avec elle. Seulement, vous ne vous montrez pas aussi protecteur en général, pas comme vous l'êtes avec Mlle Reese. Je ne vous juge pas. Si tout ce que vous voulez, c'est vous envoyer en l'air, allez-y. mais ne vous mentez pas sur ce dont, peut-être, vous avez réellement envie. Si vous faites ça, vous risquez de le regretter toute votre vie.

Il y avait plus dans les mots de Rex que ce qu'il disait vraiment, mais Black était trop irrité par sa sagacité pour y réfléchir plus avant.

— Elle n'est pas intéressée par les hommes, là.

— Et pourtant, vous êtes restés au Pit jusqu'à 2 heures du matin, tous les deux, à rire, à discuter, à jouer au billard. Elle s'est saoulée et vous, vous êtes resté sobre pour veiller sur elle. Ensuite, vous l'avez ramenée chez elle et, je suppose, vous l'avez installée et laissée saine et sauve dans son lit. Alors, ne me vendez pas de bobards, Black. Je ne suis pas né d'hier. Appelez ça comme vous voulez, mais hier soir, c'était un rendez-vous. Et Harlow le sait aussi bien que vous.

— Et alors, quoi ? Il me faut votre permission pour sortir avec une femme, maintenant ? lança Black avec insolence.

— Non, répondit Rex d'une voix apaisée. Tout ce que je dis, c'est, autorisez-vous à être heureux. Vous le méritez autant qu'elle.

Black ne savait pas trop quoi répondre à ça. Rex avait raison, il méritait effectivement d'être heureux, tout comme Harlow, mais un seul jour s'était écoulé et déjà il était perdu quant à ses sentiments pour elle. Il n'avait pas menti : il n'était pas opposé à une relation de long terme avec quelqu'un, mais les choses semblaient extraordinairement compliquées en ce moment pour Harlow.

— Le jour où j'ai rencontré mon épouse, j'ai su qu'elle était pour moi, continua Rex. Parfois, on sait. Point barre.

— Je ne suis pas prêt à me marier.

— Soyez juste ouvert dans votre relation. Ne vous en dissuadez pas avant de voir où elle peut aller. Vous pouvez être amis et passer du temps ensemble. Vous n'êtes pas obligés d'appeler ce que vous faites ensemble des rencards.

Merde, voilà que Rex lisait dans ses pensées, maintenant.

Black en avait assez entendu. Il n'était pas disposé à discuter de sa vie amoureuse avec son officier traitant.

— Vous m'appelez pour une raison précise, Rex ?

— À part vous faire savoir que j'approuve, vous voulez dire ? rétorqua Rex avec un rire moqueur.

— Oui, hormis ça.

— Eh bien, oui. Meat a commandé les caméras. Elles seront disponibles demain dans la journée. Arrow et vous pourrez les installer au refuge après-demain.

Black se redressa, impatient. Il allait passer prendre des nouvelles de ces dames au refuge, de toute façon. Il s'efforça de se rappeler quand Harlow avait dit qu'elle travaillait, en vain. Il savait que Zoé se chargeait du petit déjeuner aujourd'hui, mais n'était pas sûr des emplois du temps des cuisinières pour le reste de la semaine.

— Bien reçu, répondit-il à Rex. Je vais contacter Arrow et lui demander de quoi il a besoin de ma part.

— À plus tard, conclut Rex.

Black raccrocha en entendant la tonalité dans son oreille. Il resta assis à son bureau longtemps, à réfléchir à tout ce qu'avait dit Rex et à ce qu'il voulait, lui. De toute évidence, Harlow était mal à l'aise avec les relations, mais tous les deux, ils avaient manifestement eu un bon feeling, quelles que soient ses considérations sur les rendez-vous galants.

Il aimait bien passer du temps avec Harlow. Elle était exactement comme il se souvenait d'elle au lycée. Drôle, attentionnée et honnête.

Trois traits dont il avait besoin chez une petite amie.

Secouant la tête, il poussa un soupir.

— Pas de petite amie, grommela-t-il.

Il ferma les yeux, toujours en boucle sur son appel avec Rex, et finit par décider que son patron n'avait fait que confirmer ce que lui-même avait déjà décidé. Pas au sujet du mariage, mais de prendre chaque jour l'un après l'autre. Si ça se trouvait, il allait découvrir qu'en secret, elle aimait martyriser les chiots ou avait un autre défaut impardonnable.

Puis son esprit s'évada vers la façon dont elle s'était pelotonnée contre son flanc et il sourit. Elle s'emboîtait parfaitement à lui. Vu qu'ils étaient de la même taille, leurs corps s'alignaient comme s'ils étaient faits l'un pour l'autre.

Black rouvrit les yeux et tendit les mains vers le clavier de son ordinateur portable. Harlow avait assez de rencards foireux dans son escarcelle pour toute une vie. Il avait hâte de lui montrer qu'il y avait aussi des hommes bien, lui le premier. Il allait organiser des sorties incroyables et géniales, qui effaceraient les souvenirs des mauvaises expériences. Évidemment, il ne les appellerait pas des « rendez-vous ».

Il allait devoir être sournois, mais en tant qu'ancien des Navy SEALs, ça le connaissait.

Reportant son attention sur l'ordinateur, il s'affaira à chercher les meilleurs endroits où emmener une femme à Colorado Springs. Leurs sorties devraient être originales et non-conventionnelles, afin que Harlow ne soupçonne pas qu'il s'agissait de rendez-vous.

Plus excité qu'il ne l'avait été depuis des années à la perspective de passer du temps avec une femme, il compulsa les suggestions d'un site qu'il avait trouvé et sourit. Oui, ça promettait d'être amusant.

Chapitre Sept

Harlow s'affairait à la cuisine à la préparation du repas du soir. Normalement, cuisiner l'apaisait, lui calmait l'esprit, mais cet après-midi son esprit était tout sauf calme. Elle n'avait pas reçu de nouvelles de Lowell, depuis qu'elle lui avait envoyé le SMS l'avant-veille, pour l'informer qu'elle allait bien. Elle avait essayé de ne pas en concevoir de déception, en vain.

Ce qui était ridicule. Lowell et elle ne sortaient pas ensemble. Elle se l'était répété un million de fois, mais... quelque chose en elle refusait de ne l'envisager que comme un ami.

C'était Loretta qui l'avait informée, quand elle était venue prendre son service du déjeuner – l'emploi du temps avait changé, comme ça arrivait souvent – que Rex avait demandé à ce qu'ils installent des caméras à l'extérieur de la propriété, et que deux Mercenaires Rebelles viendraient les mettre en place aujourd'hui.

Harlow avait tenté de ne pas se prendre à espérer que Lowell soit l'un des deux, mais impossible de s'en empêcher.

Elle éprouvait la même chose qu'au lycée, avant ses réunions du club de lecture. Impatience et nervosité.

— Stupide, marmonna-t-elle pour elle-même en tranchant des légumes frais pour la salade qu'elle préparait.

— Qu'est-ce qui est stupide ?

Elle faillit se trancher la pointe du doigt en entendant sa voix.

Levant les yeux, elle découvrit Lowell planté dans l'encadrement de la porte de la cuisine, un peu comme il s'y était tenu la dernière fois qu'il était venu ici.

— Il faut vraiment que tu arrêtes de me faire peur, le gronda-t-elle.

Il se contenta d'un sourire moqueur, avant de répliquer :

— Cette fois, j'ai fait du bruit exprès. C'est toi qui devrais vraiment faire plus attention à ce qui t'entoure.

Sur ce, il s'avança vers elle et l'embrassa sur la joue pour la saluer, comme si c'était tout à fait banal. Sauf que le cœur de Harlow battait à coups redoublés, alors qu'elle n'avait rien fait de plus épuisant que de rester parfaitement immobile tandis qu'il l'embrassait.

— Comment vas-tu ? s'enquit-il.

— Bien.

Il hocha la tête et lui sourit. Et Harlow manqua de se liquéfier là, une flaque au milieu de la cuisine.

— Tu as l'air en forme. Arrow et moi, on est venus poser des caméras extérieures. Serais-tu d'accord pour jouer notre cobaye une fois qu'elles seront installées ? Nous aider à vérifier qu'elles sont toutes dirigées dans la bonne direction, ce genre de choses ?

— Bien sûr.

— Super. Je reviens plus tard alors.

Il tendit la main et saisit une boucle de ses cheveux qui s'était échappée du chignon dans lequel elle avait vaguement relevé ses cheveux avant d'entreprendre les préparatifs du dîner. Et sans ajouter un mot, il sourit plus largement encore, puis s'en alla.

Après coup, Harlow ne put s'empêcher de repenser à ses actes. À la façon dont il l'avait embrassée, sa nonchalance. Dont il avait touché ses cheveux, comme s'il faisait ça tous les jours. Elle se repassa les scènes encore et encore, jusqu'à devoir s'interdire d'essayer d'analyser ça dans tous les sens.

Lowell savait ce qu'elle pensait des relations homme-femme. Dans son expérience, les hommes ne se mettaient pas en quatre dans le but d'être seulement amis avec les femmes. Surtout pas les hommes qui ressemblaient à Lowell.

La nuit passée, elle avait fait des recherches à son sujet sur Internet. Elle n'avait pas réussi à trouver grand-chose, mais ce qu'elle avait découvert l'impressionnait. Lowell était un vétéran de la Navy hautement décoré et, elle comprenait, le peu qu'elle avait trouvé en ligne n'était probablement que la partie émergée de l'iceberg en ce qui concernait ses distinctions. Les Navy SEALs effectuaient beaucoup d'opérations top secret, il était donc très probable qu'il ait des tas de médailles et autres récompenses sous son lit – façon de parler.

Il y avait plusieurs articles sur lui dans le journal local et sur les autres personnes qui donnaient de leur temps et de leur argent pour des organisations caritatives destinées aux femmes en danger, aux enfants malades et plus généralement à ceux qui n'avaient pas de chance. De temps à autre, il allait dans un lycée et offrait des cours d'autodéfense gratuits pour les filles, il avait même été nommé une fois « Bénévole de l'année » au club des jeunes du coin.

Oui, Lowell Lockard était un homme bien. Et il n'y avait pas de raison qu'il gâche son énergie sur elle quand elle lui avait annoncé sans détour qu'elle ne sortirait pas avec lui. Elle était chef cuistot, nom de Dieu. Elle passait ses journées à la cuisine, et elle aimait ça. Elle se le figurait avec quelqu'un qui pourrait partir en randonnée pendant des heures et des jours, qui aimerait camper, le kayak, le rafting en eaux vives et les sports d'extérieur en général. Harlow n'avait rien contre l'extérieur pour apprécier l'air frais et de jolies vues. En revanche, elle détestait les insectes et transpirer. Deux choses qui, selon elle, ne dérangeaient pas du tout Lowell au contraire.

Non seulement ça, mais il était à cent pour cent différent des hommes avec qui elle avait tenté de sortir par le passé. Bref, il ne boxait pas dans la même catégorie qu'elle, quoi. Harlow le savait et elle avait la sensation que lui aussi.

Prenant une profonde inspiration pour se le sortir de l'esprit, elle reporta son attention sur le repas qu'elle préparait. Du poulet rôti avec une polenta au fromage *asagio* et aux champignons truffés. La plupart des enfants ne mangeraient pas de champignons, mais elle les introduisait quand même dans sa recette, pour la variété. Sans parler du fait qu'ils complétaient parfaitement le goût simple du poulet. Elle ajouterait une salade et, pour terminer, des brownies au chocolat avec des pépites de caramel comme dessert.

Elle entendait Lowell et son ami qui discutaient dehors en installant les caméras. Et les entendre, les savoir tout près, cela l'apaisa. Pour la première fois depuis au moins un mois au refuge, Harlow se détendit complètement. Personne n'oserait harceler aucun résident ni elle, quand ces hommes se trouvaient devant, en train de travailler.

Harlow savait qu'elle avait été tendue, ces dernières semaines. Cuisiner et faire de la pâtisserie la calmait, en général, mais récemment, chaque fois qu'elle approchait du foyer, son corps tout entier se crispait.

Au point qu'elle avait même été à deux doigts de démissionner, au moment où elle s'était résolue à appeler Lowell. Elle ne voulait pas quitter cet endroit, mais le harcèlement était stressant et la mettait très à cran. Elle n'en avait rien dit à Loretta et s'en voulait horriblement d'avoir même envisagé de partir. Sa patronne avait pris un risque en l'embauchant, puisque le poste était très différent de ceux dont elle avait eu l'habitude dans les restaurants où elle avait travaillé par le passé. Harlow appréciait ce geste plus qu'elle ne saurait le dire.

En plus, elle détestait l'idée d'abandonner aussi les enfants. Ils la touchaient d'une façon que personne ne pouvait égaler. Elle avait toujours voulu une famille. Enfin, vu comme les choses évoluaient, il semblerait plus probable que ça n'arrive jamais. Surtout depuis qu'elle avait décrété son moratoire sur les rendez-vous galants.

— Ça sent bon, ici.

La voix profonde et masculine lui causa une peur bleue. Elle sursauta, puis lâcha un cri de douleur quand le couteau qu'elle rinçait lui entailla le doigt.

— Nom de Dieu, Arrow ! Je t'ai dit de faire du bruit avant d'entrer, aboya Lowell en poussant son ami sur le côté pour se précipiter vers Harlow.

Elle ne put que rester à le dévisager alors qu'il s'approchait. Il était superbe. Le travail physique lui allait magnifiquement. Un voile de sueur lui couvrait le front et le cou et le tee-shirt blanc qu'il portait était maculé de poussière. Ses cheveux noirs étaient ébouriffés et même le début de barbe qui lui ombrait les joues semblait plus sombre.

— Fais-moi voir, Harl, dit-il d'une voix calme en lui prenant la main.

En même temps, il coupa l'eau au robinet. Elle le laissa examiner sa main et déglutit avec peine en le voyant froncer les sourcils quand il découvrit sa coupure.

— Pardon, s'excusa Arrow en approchant de l'autre côté. Je croyais que tu m'avais entendu me racler la gorge.

Harlow secoua la tête.

— Je n'ai pas fait attention.

— Bon, ça n'a pas l'air trop grave, commenta Lowell. Je ne pense pas que tu aies besoin de points. Tu as un kit de premier secours, dans les parages ?

— Bien sûr. (Elle désigna un placard de l'autre côté de la pièce.) Là-bas.

Arrow s'y dirigea aussitôt.

Harlow resta devant l'évier avec Lowell. Elle était face à lui, très proche de son corps.

— Être près de toi me fait penser que je dois sentir bien mauvais, dit-il doucement.

Il avait attrapé une serviette en papier, dont il lui avait enveloppé le doigt, et il exerçait maintenant une pression sur l'entaille, retenant son doigt prisonnier dans son puissant étau.

Elle secoua la tête.

— Non, ça va.

Il pouffa.

— Non, je sais que non. Et je le sais parce que ton parfum de vanille et l'odeur du caramel et du chocolat sont surpuissants.

— Désolée, murmura-t-elle.

— Ne t'excuse jamais d'avoir une odeur de dessert, répliqua-t-il d'une voix rauque.

— C'est génial, ce truc, intervint Arrow, qui revenait vers eux.

Harlow s'écarta d'un bond de Lowell, gênée. Mais il tendit le bras pour lui poser sa main libre sur la hanche et la retenir près de lui.

— Ce kit contient à peu près tout ce dont pourrait avoir besoin un secouriste professionnel, continuait Arrow en farfouillant dans l'attirail médical.

— C'est une idée de toi ? demanda Lowell.

C'était presque effrayant, qu'il l'ait deviné. Harlow haussa les épaules.

— Tu sais déjà que j'ai une tendance à la maladresse et, avec des gamins dans les parages, je me suis dit que ça ne mangeait pas de pain d'être prévoyante.

Incapable d'interpréter l'expression de Lowell, elle reporta son attention sur Arrow. Il était un peu plus grand que Lowell et elle, avait les cheveux coupés court, presque en brosse, et s'avérait tout aussi musculeux que les autres gars de leur équipe qu'elle avait rencontrés jusqu'alors. Même s'il était bel homme, elle ne ressentait pas en le regardant les étincelles qui pétillaient quand elle posait les yeux sur Lowell.

— On dirait que le saignement a pratiquement cessé.

Harlow baissa les yeux vers son doigt et constata que Lowell avait arrêté d'appuyer dessus pour examiner attentivement la coupure. Son cou était penché et il observait son doigt. Harlow sentit sa propre main tressauter sous l'envie de lui écarter une mèche de cheveux tombée sur son front, mais elle se retint pour s'empêcher de commettre un impair très gênant.

— Je vais bien, affirma-t-elle. Vous n'avez pas idée du nombre de fois où je me coupe. C'est un des risques du métier. Il suffit d'y coller un pansement et voilà.

Sans répondre, Lowell regarda Arrow.

— Je vais avoir besoin de pansements stériles, d'eau oxygénée et d'une bande normale, ainsi que de crème anti-biotique.

— Reçu, répondit Arrow en plongeant dans le kit de premiers secours.

— Sérieusement, Lowell, il me suffit...

Elle ne put terminer sa phrase, car il lui avait passé le bras autour de la taille et l'entraînait vers un coin du plan de travail qu'elle avait déjà nettoyé après avoir préparé les brownies.

— À trois, tu sautes, lui ordonna-t-il.

— Quoi ? Non, Lowell...

— Un, deux, trois !

N'ayant pas d'autre choix, Harlow obtempéra et poussa sur ses jambes pour l'aider à la hisser sur le comptoir. Il la tint fermement par la taille jusqu'à ce qu'elle ait recouvré son équilibre, puis lui posa une main sur un genou, qu'il écarta délicatement de manière à se positionner entre ses jambes.

Harlow savait qu'elle rougissait, mais elle était bien incapable de se contrôler, aussi fort qu'elle s'y emploie. Ses cuisses étaient écartées et, si le comptoir avait été juste un peu plus bas, elle aurait pu se trouver son aine contre celle de Lowell.

Il lui reprit la main dans la sienne et s'affaira sur sa petite entaille. Après avoir tamponné l'eau oxygénée sur sa peau, il lui souffla délicatement sur le doigt pour apaiser le léger picotement. Ensuite il apposa les pansements stériles pour refermer la coupure, versa le gel antibiotique dessus et recouvrit le tout d'une bande. L'ensemble ne prit qu'une minute ou deux, mais Harlow ne s'était jamais sentie plus dorlotée qu'en cet instant.

— C'est bon ? demanda-t-il en lui posant les deux mains de part et d'autre des hanches sur le rebord de granite et se penchant plus près. (Harlow opina du chef.) Bon. J'aimerais te présenter un autre de mes coéquipiers. Arrow. Arrow, voici Harlow Reese. L'une des deux chefs cuisinières du refuge et une sacrée bonne joueuse de billard.

Elle parvint à détacher les yeux de Lowell pour les poser sur son ami.

— Salut, fit-elle, tâchant de passer outre la chaleur émanant des avant-bras de Lowell qui lui touchaient l'extérieur des cuisses.

— Je ne sais pas ce que tu cuisines, mais ça sent sacrément bon. Chocolat ? demanda Arrow. Morgan adorerait.

— Morgan ?

— Ma compagne. Morgan Byrd.

Harlow le dévisagea, surprise, mais était trop polie pour poser la question qui lui brûlait la langue. Cependant, sa curiosité devait se voir sur son visage, car il ajouta :

— Oui, cette Morgan Byrd là. Elle se porte à merveille.

— Oh, là, là. Je l'admire tellement ! s'enthousiasma Harlow. Je veux dire, je sais tout ce qu'elle a traversé, mais j'ai vu l'interview qu'elle a donnée à Barbara Walters et j'ai pleuré pour elle. Je n'imagine pas ce que l'on doit éprouver d'être kidnappée et retenue prisonnière une année entière. (Soudain, une idée lui vint. Elle retourna brusquement la tête vers Lowell.) C'était vous, les gars ? C'est vous qui l'avez retrouvée ?

— C'était nous, confirma Lowell tranquillement.

Harlow l'agrippa par les poignets et serra.

— Oh, mon Dieu ! Ce devait être tellement effarant !

— Je ne sais pas si je dirais « effarant », mais c'est sûr que c'était une sacrée surprise, admit-il avec un petit sourire.

Elle reporta son attention sur Arrow.

— Je peux te passer la recette. Non ! Je vais en faire une autre fournée et tu pourras les lui apporter. (Elle écarta l'homme planté devant elle.) Bouge, Lowell. Il faut que je ressorte la farine. Oh, merde, je risque de ne pas avoir assez de caramel ! Il faut que j'aille au magasin...

— Calme-toi, Harl, l'interrompit Lowell en reposant les mains sur ses hanches pour la retenir sur le bord du lavabo.

— Non ! Je veux préparer des brownies pour Morgan. C'est le moins que je puisse faire après ce qu'elle a traversé. Ah, je sais : je pourrais vous cuisiner à dîner, à elle et toi, un soir ? proposa-t-elle à Arrow. Je veux dire, si tu m'indiques ce qu'elle aime, je serai ravie de le préparer.

Arrow s'esclaffa.

— Tu n'as pas besoin de cuisiner quoi que ce soit d'élaboré. Morgan n'est pas difficile. En ce moment, pour elle, la nourriture c'est de la nourriture. Peu importe sous quelle forme, du moment qu'elle a un repas complet quand elle a faim.

À ses mots, Harlow ferma les yeux et ordonna aux larmes qui s'y formaient de ne pas couler. Ses lèvres frémirent et elle les pinça pour s'empêcher de pleurer.

— Qu'est-ce qui ne va pas ? lui demanda doucement Lowell. Parle-moi, bébé.

Inhalant par le nez, mais conservant les paupières closes, elle croassa :

— C'est juste que je suis très triste pour elle. Et toutes les femmes d'ici. Elles ont tellement subi et moi, la chose la plus pénible qui me soit arrivée, c'est de me brûler au travail et d'emménager ici sans connaître personne. Je voudrais pouvoir faire plus pour les aider. Comme vous, les gars.

Elle sentit les mains de Lowell remonter le long de ses

flancs pour venir se poser dans son cou. Ses pouces lui caressaient la mâchoire.

— Tu aides plus que tu ne l'imagines, Harl. (Elle secoua la tête, peu convaincue.) Regarde-moi.

Avec un soupir, elle prit une profonde inspiration, puis ouvrit les yeux.

Le visage de Lowell était juste devant le sien, l'expression de ses prunelles marron très intense. Elle ne comprenait pas ce que cet air signifiait.

— Ce que tu fais ici, c'est énorme. Tu fournis un repas sain trois fois par jour à tous ceux qui vivent ici. Tu penses que la plupart d'entre eux avaient ce privilège-là d'où ils viennent ? Et Loretta me dit que tu restes souvent au-delà de tes heures pour jouer avec les gamins. Pour leur enseigner à préparer des gâteaux. Pour passer du temps avec eux. Le temps, c'est précieux, Harlow. N'importe qui peut donner vingt dollars à un organisme caritatif, mais ils sont peu à donner de leur temps pour un enfant, pour lui demander comment s'est passée sa journée à l'école. Très peu sont prêts à passer leurs soirées à apprendre à une mère à faire un repas pour que, le jour où elle aura un endroit à elle, cette femme puisse nourrir ses enfants. Tu aides, Harlow. Aucun doute là-dessus.

Elle renifla et, sentant une larme lui échapper, elle cilla comme une furieuse. Lowell était là pour la lui essuyer.

— Ces femmes et ces gosses se souviendront de toi longtemps après que les femmes que j'ai secourues se souviendront de moi. Ils se rappelleront tes sourires et comme les repas que tu leur préparais étaient délicieux. Les mères se rappelleront que tu passais du temps avec leurs enfants sans rien demander en retour. Elles se souviendront de toi comme d'une lumière dans un moment très difficile de leur vie. C'est de l'or, ça, Harl. De l'or pur, merde.

Elle lisait la sincérité dans ses yeux. Oui, Lowell croyait chacun des mots qu'il prononçait.

— Si tu crois que les femmes que tu sauves ne se

souviennent pas de toi, tu te mets le doigt dans l'œil. (Il se contenta de secouer la tête à sa remarque.) Mais si, insista-t-elle.

Elle tourna la tête vers Arrow. Lowell baissa une main, mais laissa l'autre dans son cou. C'était bon de la sentir là. Trop bon.

— N'empêche que j'aimerais bien vous préparer à dîner, à Morgan et à toi, un soir... Si elle était d'accord, bien sûr.

— Elle adorerait, lui assura Arrow. Mais je dois te mettre en garde : si tu nous cuisines un dîner, il faudra cuisiner aussi pour Gray et Allye, pour Ro et Chloé. Et si tu leur fais à dîner à eux, alors il faudra probablement aussi préparer quelque chose pour Ball et Meat.

— Et moi alors ? Je veux participer au dîner de fête, moi aussi ! se plaignit Lowell.

Arrow sourit.

— Tu vas apprendre une chose sur nous : on adore tous un bon repas. Nous devons trop souvent manger des barres de protéines en mission. Alors jamais tu ne nous verras refuser un bon repas fait maison.

— Marché conclu, déclara Harlow.

— Est-ce que tu veux nous aider avec les caméras, ou tu préfères rester ici à préparer des brownies ? s'enquit Lowell.

Se retournant vers lui, Harlow marqua un temps d'hésitation. Elle éprouvait un profond désir de faire quelque chose pour Morgan, mais elle voulait aussi passer autant de temps que possible avec Lowell.

Tout sourire, il lui repassa la pulpe du pouce le long de la mâchoire. Pourvu qu'il ne remarque pas la chair de poule qui lui parcourait les bras à son contact.

— Voici ce que je te propose : tu viens nous aider avec l'installation préliminaire. On doit envoyer des images à Meat pour qu'il vérifie que tout est placé là où on veut. Pendant ce temps, tu pourras revenir ici et préparer tes brownies.

— Tu es sûr ? Je peux vous aider tout du long.

— J'en suis sûr.

— OK.

— OK.

Harlow dévisagea Lowell, s'attendant à ce qu'il s'écarte ou dise quelque chose. Voyant qu'il n'en faisait rien, elle fronça les sourcils.

— Lowell ?

— Oui, Harlow ?

— Euh... on va tester tes trucs de caméras ?

Il lâcha un soupir. Puis il passa une fois de plus le pouce sur sa peau et finit par reculer d'un pas.

Son contact lui manqua aussitôt, elle le sentit entre ses cuisses, mais elle parvint à masquer sa réaction. Du moins l'espérait-elle.

Lowell tendit une main. Sans réfléchir, elle la saisit de sa main blessée et il l'aida à sauter au bas du lavabo. Puis il la guida à travers la cuisine sans la lâcher. Elle remarqua le sourire moqueur qu'Arrow adressa à son ami, mais elle s'en fichait, trop occupée à apprécier la sensation de la main calleuse de Lowell dans la sienne.

8

––––––––––

Chapitre Huit

— Donc... Harlow et toi... ? Hum ?

Arrow et Black repartaient du refuge. Après avoir installé les caméras, avec l'aide de Harlow et de Loretta, ils avaient désormais une vision nette des entrées avant et arrière, du trottoir devant le refuge et d'une partie de l'allée à l'arrière du bâtiment. Meat avait souhaité installer des caméras dans les angles avant de la bâtisse, mais ils devaient obtenir l'autorisation des propriétaires en amont. Pour l'instant, ils devraient se contenter des caméras sur la propriété du foyer lui-même.

Une boîte de brownies encore chauds et couverts de caramel était posée sur le siège entre les deux hommes, dont l'odeur alléchante embaumait l'air.

— Non, répliqua Black.

— Tu vas m'affirmer sérieusement que tu ne craques pas sur elle ? insista Arrow, incrédule.

— Oh non, je craque totalement sur elle, mais on ne sort pas ensemble. Et si l'un de vous, bande de couillons, fait ne serait-ce qu'une allusion dans ce genre alors qu'on est à portée de son oreille, je vous botte les fesses.

— OK, il y a un truc qui m'échappe, là. Tu m'éclaires ? demanda Arrow. Tu craques pour elle, de toute évidence c'est réciproque, mais vous ne sortez pas ensemble et vous refusez toute idée de rencard ?

— Moi, non, j'ai envie de sortir avec elle, clarifia Black. C'est elle qui est allergique au mot « rendez-vous ». Du coup, je vais être son ami. Son très, très bon ami.

Arrow souriait de toutes ses dents.

— Ah oui ?

— Oui.

— Eh bien, bonne chance.

Black tourna les yeux vers lui.

— Ça veut dire quoi ?

— Rien.

— Crache le morceau, salopard, cracha Black, exaspéré.

— Elle est différente, commença Arrow. Elle n'est comme aucune des femmes qu'on a croisées au cours de notre carrière. De ce que j'ai observé jusqu'à présent, elle n'en a rien à fiche que tu sois un ancien des SEALs. Quand elle te regarde, elle voit Lowell, celui qu'elle connaissait au lycée. Pas le trouduc endurci que tu es devenu.

— Et ?

— Et elle m'apparaît comme le genre de fille qui veut du durable. À la façon dont elle parle des gosses au refuge, c'est évident qu'elle veut des enfants de son côté. Elle fera d'ailleurs une mère merveilleuse. Et il est facile de voir qu'elle a le béguin pour toi. Mais... tu pourrais la détruire, Black. Tu la désires peut-être, et je ne t'en blâme pas, car elle a des courbes à tomber. Mais fais gaffe. Tu pourrais l'entour-louper, sortir avec elle sans qualifier ça de « rencard », la baiser, histoire de te la sortir de la tête, et puis cesser tout simplement de l'appeler. Ben ouais, quoi, si vous ne sortez pas officiellement ensemble, tu n'es même pas obligé de rompre avec elle. N'empêche que ça la bousillerait de la même façon.

Black n'aimait pas ce qu'il entendait, cependant ça n'était rien qu'il ne sache déjà.

— Depuis que je te connais, je ne t'ai pas vu te comporter ainsi avec une femme. Tu es plus réservé, en général. Tu les laisses venir à toi et tu prends ce qu'elles ont à t'offrir. Avec Harlow, c'est toi qui prends les devants. Tel un loup avec sa proie. Seulement, une femme qui pleure rien qu'en pensant à ce qu'une autre a subi, à ce que Morgan a subi en l'occurrence, ce n'est pas quelqu'un avec qui il faut déconner. Mentalement ou physiquement.

— Oui, j'ai pigé, ducon.

— Tu es sûr ?

— Oui, aboya Black. Je ne compte pas déconner avec elle.

— Donc tu es d'accord pour voir où vont les choses et, si cela aboutit à elle et toi dans une église en train de prononcer vos vœux, ça te convient ? Si tu la mets enceinte, tu ne vas pas partir en vrille ?

— Putain, Arrow, ça ne fait que trois jours que je la côtoie. Je ne suis pas comme toi et les autres. Je ne suis pas prêt à me marier, merde, ni à la voir pondre mes gosses. Bon Dieu.

— C'est exactement ce que je disais avant de rencontrer Morgan, lui fit remarquer Arrow, pas le moins du monde perturbé par le ton de son ami. Pareil pour Gray. Et Ro. Quand tu rencontres la femme avec qui tu veux passer le reste de ta vie, tu le sais. Point barre.

— Moi, je ne sais rien. Je m'amuse, voilà tout. Et elle aussi. Tu penses que je ne suis pas conscient qu'elle en pince pour moi ? Je ne suis pas idiot. Elle me veut tout autant que je la veux. Je la laisse faire comme si on ne sortait pas ensemble et au bout du compte, tout se passera bien. Si on se lasse l'un de l'autre, eh bien, on poursuivra notre chemin séparément et elle n'aura à se soucier de rien.

Arrow secoua la tête, mais ne commenta pas.

Black pinça les lèvres de frustration. Il était heureux pour ses amis qui s'étaient trouvé une femme, mais lui, il n'était pas prêt à se poser... ou bien si ?

Deux jours plus tard, Black était dans son bureau au stand de tir, en train de se mettre à jour de sa paperasse quand son téléphone sonna.

— Stand de tir de Black, répondit-il.

— Je viens de t'envoyer une vidéo, dit Meat en guise de salutation.

Aussitôt, Black agita la souris de son ordinateur afin d'en allumer l'écran, puis il ouvrit sa boîte mail ainsi que le message de Meat et vit la vidéo en pièce jointe, sur laquelle il cliqua alors que son ami commençait à parler.

— On dirait que le harcèlement continue. C'est une compilation des deux derniers jours, depuis qu'on a installé les caméras.

Black voyait et entendait des voix hors caméra qui interpellaient les femmes au moment où elles entraient et sortaient du bâtiment. Peu importait que les résidentes soient seules ou en groupe. Peu importait qu'elles aient leurs enfants avec elles. Les voyous s'en fichaient, ils les harcelaient verbalement. Toutes. Leur criaient qu'elles étaient sexy, demandaient combien elles prenaient. Quand les femmes ne mordaient pas à l'hameçon, ils continuaient leurs harangues. Ils restaient de l'autre côté de la rue par rapport au refuge, mais, évidemment, ça ne donnait pas aux femmes le sentiment d'être plus en sécurité.

Ce fut seulement quand Harlow apparut à l'image que Black sentit les battements de son cœur s'accélérer. Il la vit sortir par la porte arrière, dans l'allée, portant un sac-poubelle.

Hors champ, une voix retentit immédiatement.

« Eh, bébé. Eh, je te parle.

Allez-vous-en.

Ooooh, sois pas comme ça. Je peux te faire du bien. T'as pas envie que je te fasse du bien ?

J'ai un petit ami.

Et alors ?

Et alors ? » Là, Harlow jetait le sac-poubelle et se tournait face au type qui lui parlait. Apparemment, il se tenait au bout de l'allée, car c'était dans cette direction qu'elle regardait, les mains aux hanches.

« *Pourquoi vous ne nous laissez pas tranquilles ? Pourquoi vous nous harcelez ?*

Parce que c'est mon droit. Parce qu'ici, c'est ma ville. Vous ne faites pas partie de cette ville, les « bienfaitrices ».

Le refuge existe depuis plus longtemps que vous. Il était ici alors que vous portiez encore des couches. Si vous voulez réfléchir comme ça, ce quartier, c'est le nôtre, vous n'avez rien à fiche ici. »

Si fier qu'il soit de Harlow et de la voir se défendre, Black était aussi furieux. Elle devrait savoir qu'il ne fallait pas réagir aux remarques d'un voyou.

« *Tu sais que dalle ! Et tu ferais bien de faire gaffe à toi, salope. »*

Black vit le moment où Harlow se rendit compte qu'elle ne devrait sans doute pas se tenir là, dans cette allée, à provoquer un homme qui pourrait aisément lui faire du mal sans aucun remords. Elle secoua la tête et recula vers la porte du refuge, assez maligne pour ne pas tourner le dos à l'homme, mais Black s'inquiétait tout de même qu'un autre puisse se faufiler derrière elle.

Par chance, elle atteignit la porte sans incident. Le type était toujours hors champ, mais Black l'entendit crier juste avant que Harlow ne se glisse à l'intérieur.

« *On te surveille, salope. Vos caméras ne te protégeront pas ni toi ni les autres garces là-dedans. Souviens-toi bien de ça ! Vous feriez mieux de partir d'ici ! »*

La porte se referma à ce moment-là et l'allée retomba dans le silence. Black se rendit compte qu'il serrait les poings, fort, et que son nez touchait presque l'écran.

— Putain, jura-t-il.

— Harlow t'a appelé pour t'informer de ce qui s'est passé ? demanda Meat.

— Non.

Et ce fait-là ennuyait Black plus qu'il ne voulait l'admettre. Il avait passé les deux derniers jours, après la leçon prodiguée par Arrow, à se répéter qu'il ne faisait rien de mal en flirtant avec Harlow. Qu'ils pouvaient avoir une aventure, puis reprendre leur vie chacun de son côté. Il s'était obligé à ne pas l'appeler, ne pas lui écrire, ne pas passer au refuge pour voir comment elle et les autres se portaient.

Mais ça avait été pénible. Elle lui avait manqué. Ce qui était fou. Cela faisait moins d'une semaine qu'ils avaient repris contact. Et de toute évidence, le harcèlement était monté d'un cran. Il n'aimait pas la menace que ce type avait lancée à Harlow, comme quoi elle ferait bien de se méfier.

C'en était fini de garder ses distances. Primo, il n'aimait pas qu'elle lui cache des choses. Et deuxio, il aimait bien passer du temps avec elle. Il aimait son caractère solaire. Son enthousiasme quand elle parlait de ce qu'il y avait au menu du jour. Bref, il l'appréciait, point barre.

Il avait plus ou moins décidé de mettre de côté son projet de sortir avec elle – sans appeler leurs sorties des « rendez-vous » –, mais là, c'était fini. Ils devaient parler. Et manifestement, il fallait une présence masculine plus visible au refuge. Les femmes qui y vivaient avaient besoin de protection contre les tous du cul qui trouvaient amusant de les harceler.

— On a quelque chose sur les vérifications du passé des ex ? demanda-t-il à Meat.

— Rien pour l'instant. Mais ça fait pas mal de monde à contrôler. Tu sais comment c'est, un peu comme descendre dans le terrier d'un lapin : tu cherches sur une personne et ça te mène à quelqu'un d'autre, puis à quelqu'un d'autre, etc. Enfin, jusque-là, s'il ne fait aucun doute que les résidentes du foyer ont été en couple avec de sacrés connards, je n'ai découvert aucune raison qui ait pu pousser l'un d'eux à embaucher des voyous pour les harceler.

— Et ça ne pourrait pas être juste un gang local, des gars qui s'ennuient et font une fixette sur le refuge ? s'enquit Black.

— Si, c'est possible.

— En tout cas, on devrait leur rendre une petite visite, décréta Black. Arrêter les investigations et les choper par la peau du cul, leur filer une bonne frousse et leur ordonner de rester loin de ces femmes.

Il était frustré que les choses avancent aussi lentement. Quand ils partaient en mission, ils prenaient les décisions en temps réel. Ils n'avaient pas nécessairement à suivre toutes les règles rigides et les lois qui encadraient les diverses branches de l'armée. Mais là, c'était différent. Non seulement la mission se situait chez eux pour ainsi dire, mais jusqu'alors, il n'y avait eu aucune preuve que l'un d'eux ait enfreint la loi.

— Tu sais bien qu'on ne peut pas faire ça, répliqua Meat, dont la frustration était facilement perceptible dans la voix. Rex veut s'assurer qu'on la joue selon les règles, histoire de ne pas irriter le chef de la police. Tu sais qu'il travaille en étroite collaboration avec lui et qu'il ne veut rien faire qui risque d'endommager leur relation.

— OK, convint Black. J'ai programmé un cours d'autodéfense pour ce week-end, mais il faut l'avancer. On voit clairement au comportement de ces femmes qu'elles ont peur. Et je ne peux pas les en blâmer.

— Bonne idée.

— Peux-tu appeler Ball, Gray et Ro, voir s'ils peuvent se joindre à moi ?

— Pourquoi ne les appelles-tu pas toi-même ? voulut savoir Meat, d'un ton qui n'était pas en colère, juste curieux.

— Il y a un chef cuistot à qui je dois parler.

Meat pouffa.

— Vas-y mollo avec elle. Malgré son air de dure à cuire sur la vidéo, elle était morte de peur.

Black acquiesça. Oui, il le savait aussi. C'était d'ailleurs en partie pourquoi il était aussi vexé. Si elle avait eu aussi peur, elle aurait dû l'appeler. Lui envoyer un SMS. Quelque chose. Mais non, elle ne l'avait pas contacté du tout.

Sans doute était-elle perdue quant à leur relation. Lui aussi, il l'était, alors... Enfin, plus maintenant. Il se jura de passer autant de temps que possible avec Harlow Reese. Il allait l'escorter au travail, puis jusqu'à sa voiture à la fin de sa journée, de jour ou de nuit. Il l'amènerait au stand de tir et lui apprendrait à tirer. Oui, il passerait avec elle autant de temps que possible en dehors du refuge, autant que son propre travail le lui permettrait. Harlow ne voulait peut-être pas qu'ils sortent ensemble, mais lui n'éprouvait pas les mêmes réserves.

— Tu as obtenu la permission de poser le reste des caméras ? demanda-t-il à Meat.

— Pas encore. Et ça me rend furax. Les bâtiments de chaque côté du refuge sont vacants, pourtant je n'ai pas encore trouvé qui en était propriétaire. Ce qui est suspect en soi. Les magasins de l'autre côté de la rue nous ont refusé l'accès aussi.

— Merde. Pourquoi ?

— Ils refusent de l'expliquer. Mais j'ai l'impression que ça a à voir avec leur clientèle. Pas le genre de gens qui aiment se montrer sur caméra.

— Ah, zut alors. Tu en as parlé à Rex ?

— Oui. Il est furibond.

Black siffla. Quand Rex se mettait en colère, les têtes ne tardaient pas à tomber en général.

— Ouh là. Quand je vais téléphoner aux autres, je leur demanderai s'ils sont d'accord pour organiser des tours de garde autour du refuge. Du moins sur le court terme. On ne peut pas faire ça éternellement, mais peut-être jusqu'à ce qu'on ait au minimum une idée de qui est derrière cette histoire de harcèlement.

— Bonne idée, approuva Black.

Lui-même prévoyait de veiller sur Harlow, mais il restait les résidentes, Zoé et Loretta : elles aussi étaient vulnérables.

— Fais-moi savoir si tu obtiens d'autres vidéos intéressantes, conclut-il.

— Bien sûr, le rassura Meat. À plus.

— Bye.

Black raccrocha et cliqua à nouveau sur la vidéo pour la revisionner depuis le début. Et alors qu'il regardait Harlow faire face à l'inconnu, son sang se remit à bouillir.

Non. Non, non et non.

Il lui avait bien expliqué ce qu'impliquait de faire partie de son monde, cependant il avait omis de l'informer que ça impliquait aussi de lui dire, putain, de lui dire quand elle était effrayée ou inquiète à propos de quelque chose. Entendre ce voyou la menacer, ça n'était pas rien.

Il referma son ordinateur, repoussa sa chaise et attrapa sa veste en cuir ainsi que son casque en chemin vers la porte. Il était venu au bureau en Harley aujourd'hui et, s'il était plus prudent de rentrer à la maison prendre sa Mazda avant d'aller voir Harlow, il le savait, il ne voulait pas perdre ce temps-là.

Il fallait qu'il lui dise, une bonne fois pour toutes, comment les choses allaient se dérouler à compter de maintenant.

9

———————

Chapitre Neuf

Assise dans sa voiture, Harlow se frotta les yeux. Il était un peu après 15 heures et Zoé avait dû quitter le refuge environ une heure plus tôt. Harlow était de service du dîner, ce soir-là, puis du petit déjeuner le lendemain.

La nuit passée, elle n'avait pas bien dormi, le moindre bruit l'amenant à se redresser dans son lit sous l'effet de la peur que quelqu'un ne se soit introduit dans son appartement.

Les hommes avaient passé la vitesse supérieure dans leurs manœuvres de harcèlement. Les menaces à peine voilées que lui avait crachées le type dans l'allée l'avaient aussi affectée plus qu'elle ne voulait l'admettre. À présent, elle redoutait d'aller au travail et elle détestait ce sentiment. Car elle adorait son travail, c'était juste le moment où il fallait entrer dans le refuge qu'elle détestait. Ces harcèlements l'énervaient et l'effrayaient à la fois.

Prenant une profonde inspiration, elle décida de se lancer, attrapa son sac à main et poussa la porte. Elle avait pris l'habitude de laisser ouvert le toit de sa décapotable quand elle venait travailler, à cause du temps nécessaire pour l'actionner.

La tête baissée afin de ne pas entrer en contact visuel et d'encourager ainsi l'un des voyous s'il s'en trouvait dans les parages, elle claqua la portière, verrouilla d'un coup de bipper et prit la direction du foyer.

Elle avait effectué plusieurs pas quand elle se heurta à un corps dur. Elle aurait rebondi et serait tombée sur les fesses si la personne ne l'avait pas rattrapée par les deux bras.

Relevant les yeux, effarée, elle était à deux doigts de balancer son genou dans les valseuses de celui qui la retenait ainsi, mais se figea en plongeant les yeux dans le regard furibond de Lowell.

— On est pressée, Harl ?

Un coup d'œil autour d'elle ne révéla à Harlow aucun des petits voyous qui traînaient par là en général. Elle lâcha un soupir soulagé, avant de décider, voyant les yeux de Lowell, de se montrer honnête.

— Oui. Comme je ne savais pas si l'un des gars serait par-là, je voulais juste entrer aussi vite que possible.

— Ils étaient là, lui apprit Lowell. Mais quand ils m'ont vu, ils ont filé.

— Ah... C'est bien, commenta-t-elle bêtement.

— Viens, ordonna-t-il en se tournant vers le refuge.

Il lui passa un bras autour de la taille et la hanche de Harlow effleura la sienne alors qu'ils progressaient, mais elle n'essaya pas de s'échapper. L'avoir si près d'elle, c'était bon. Sa nervosité disparut, à l'instar d'une bulle qui aurait éclaté, avec lui à son flanc. C'était comme si, en compagnie de Lowell, elle pouvait tout faire. Tout dire.

Ils marchèrent en silence dans la rue, dépassèrent le bâtiment vacant voisin du refuge et arrivèrent à la porte d'entrée. Lowell la lui tint ouverte après qu'elle l'eut déverrouillée et entra sur ses talons. Il reverrouilla derrière eux et la suivit à la cuisine. Harlow posa son sac dans le placard et s'empara de son tablier pour se tourner enfin vers Lowell.

Comme d'habitude, il ne dit rien. Il se contentait de rester planté là, les bras croisés, à la dévisager. Elle détestait ce comportement. Même si elle comprenait qu'il s'agissait d'une tactique qu'il utilisait pour la mettre mal à l'aise et la pousser à parler, elle ne supportait pas.

— Bonjour, Lowell, marmonna-t-elle, nerveuse, faute de trouver mieux à dire.

— Tu ne m'as pas appelé.

— Quoi ?

— Tu ne m'as pas appelé, répéta-t-il.

— Ah, euh… J'ignorais que c'était prévu comme ça…

Enfin, il bougea. S'écartant du mur où il s'était adossé, il vint envahir son espace personnel. Harlow recula, mais l'îlot de cuisine l'empêcha de s'échapper. Il posa les mains sur le comptoir de granite derrière elle et se pencha.

Il sentait bon. Très bon. Résistant à l'envie d'enfouir le nez dans le creux entre son cou et son épaule, elle soutint son regard. À la seconde où leurs yeux se croisèrent, il prit la parole.

— J'ai vu la vidéo.

— La vidéo ?

— De ce connard qui te harcèle dans l'allée.

Et merde.

— Ah.

— Oui. Tu ne m'as pas appelé, Harlow.

— Je sais.

— Pourquoi ?

— Bon. J'aurais dû. Mais Lowell, on vient de se rencontrer. Enfin de se re-rencontrer. Je n'avais pas compris que je devais t'appeler chaque fois que quelque chose se passe dans ma vie. Je ne t'ai pas appelé quand, à l'épicerie, quelqu'un a embouti mon caddie avec le sien et ne s'est pas excusé. Je ne t'ai pas appelé quand je me suis coincé le doigt dans la porte de ma penderie et qu'il s'est remis à saigner. Je ne t'ai pas appelé quand j'ai fait tomber un paquet de riz à la maison et que j'ai dû passer vingt minutes à ramasser jusqu'au dernier grain pour ne pas marcher pieds nus dessus plus tard. Je suis adulte, Lowell, et ça fait longtemps que je me débrouille toute seule.

Secouant la tête, il lui prit la main. Celle qu'elle s'était coupée plus tôt dans la semaine. Lentement, il entreprit de décoller le pansement tout en parlant.

— Tu m'as appelé, il y a une semaine, parce que tu avais peur de ces voyous. Tu avais besoin d'aide et tu m'as appelé. Moi. Tu savais que je t'aiderais et ça n'avait rien à voir avec le fait qu'on se connaissait de l'adolescence. Il s'est passé quelque chose entre nous quand on s'est revus, il y a un mois, et il se passe quelque chose entre nous maintenant. Je t'ai déjà expliqué qu'à présent, tu fais partie de mon monde. Ce qui implique, notamment, que tu m'appelles quand il se passe des choses qui te font flipper. Et ne nie pas que tu as flippé. Je t'ai vue, bébé. Tu avais la trouille, même si tu as très bien réussi à le cacher à ce connard. Tu es adulte. Je sais que tu es capable de gérer les autres conneries. En revanche, si quelqu'un te menace, *je veux que tu m'appelles.*

Elle cillait tandis qu'il examinait son index. Il le porta à sa bouche et y déposa un délicat baiser. Puis il entremêla leurs doigts des deux mains et se déplaça si bien qu'elle se trouva les mains dans le dos et la colonne vertébrale cambrée.

— Voici ce qui va se passer à partir de dorénavant. Tu m'envoies un texto quand tu es prête à partir au travail. Je te rejoins sur le parking, comme aujourd'hui, et je t'escorte à l'intérieur. Quand tu es prête à repartir à la maison, tu m'envoies un texto et je m'assure que personne ne t'embête sur le trajet jusqu'à ta voiture. Compris ?

Elle secoua la tête.

— Non, c'est trop.

— Pas du tout. Donne-moi ton planning et si tu oublies de m'envoyer un message, je serai quand même là à t'attendre.

— Lowell, non. Sérieusement, c'est trop. Je peux me débrouiller.

— Et que se passera-t-il quand ils franchiront la ligne rouge entre le harcèlement verbal et l'agression physique ? Et s'ils s'en prennent à la petite Sammie ? Ou si Jasper se met en tête de les affronter ?

Merde. Ses arguments n'étaient pas *fair-play.*

— Mais que tu m'escortes à l'aller et au retour du travail, ça ne les empêchera pas de s'en prendre aux autres, lui fit-elle remarquer, aussi calmement que possible.

— Exact. En revanche, s'ils nous voient traîner dans les parages plus souvent, moi ainsi que le reste de l'équipe, alors peut-être qu'ils y réfléchiront à deux fois avant de s'en prendre à des gens plus faibles qu'eux.

Harlow allait protester sur l'emploi du terme « faible », mais elle savait qu'il avait raison. Il emprisonnait encore sa main derrière son dos. Elle planta ses yeux dans les siens.

— Je ne veux pas être un fardeau.

Il pouffa.

— Tu n'es absolument pas un fardeau, lui assura-t-il.

Elle s'efforça de trouver une autre excuse rapidement, en vain.

— On est amis, insista Lowell. C'est vrai qu'on vient juste de reprendre contact après des années, mais te voir sur cette vidéo aujourd'hui, ça m'a flanqué un coup. Je n'ai rien pu faire pour empêcher ça, mais au moins, j'aurais aimé être mis au courant. Tu m'as appelé à l'aide, Harl. Laisse-moi t'aider.

— D'accord.

— Tu me feras savoir quand tu te déplaceras pour aller et venir du boulot ?

— Oui.

— Tu m'appelleras si quelque chose arrive que je dois savoir ?

— Oui.

— Bien. Tu travailles ce soir et demain matin pour le petit déjeuner, c'est ça ?

— Oui. Et aussi pour le déjeuner. Zoé a besoin que je la

remplace, demain, donc je fais trois repas d'affilée et puis, elle en fera autant ensuite.

— Je passerai te prendre à ton appartement après-demain matin, alors.

— Quoi ? Pourquoi ?

— Tu verras.

Harlow plissa les paupières face à l'homme planté devant elle. La plupart du temps, elle aimait bien qu'il soit autoritaire et protecteur, mais il avait une drôle de lueur dans les yeux qu'elle ne savait pas interpréter.

— Je n'aime pas les surprises.

— Tu aimeras celle-là.

— Lowell, protesta-t-elle.

— Harlow, l'imita-t-il.

Elle leva les yeux au ciel.

— Lâche-moi. Je dois me mettre aux préparatifs du dîner. Les gamins ne tarderont pas à arriver et ils auront faim. Il faut que je prépare leurs encas.

— Tu es sûre que ça va Harl ? demanda-t-il.

Et là, elle fondit. Comment pouvait-elle rester fâchée contre lui quand il avait l'air aussi inquiet ?

— Oui, ça va. Je t'avoue qu'aller et venir entre ma voiture et le refuge n'est pas la partie que je préfère dans mon travail, mais une fois dedans, j'adore. Merci de m'escorter.

— De rien. Texte-moi quand tu es prête à partir ce soir. Peu importe l'heure. Je serai furax si tu ne le fais pas.

— D'accord.

— Bien.

Il se pencha, tenant toujours ses mains en otages, et lui déposa un baiser sur le front. Elle ferma les yeux pour inhaler profondément, absorbant son essence dans ses poumons, comme si elle pouvait l'y garder pour toujours.

Trop vite, il la relâcha et recula. Il se dirigea vers la grande table où les enfants mangeraient bientôt leur repas, où il ramassa le casque et la veste en cuir qui s'y trouvaient. Elle ne les avait même pas remarqués.

— Tu as une moto ?

Manifestement, il remarqua la note de plaisir dans sa voix, car il sourit.

— Oui. Tu aimes bien ?

— Oui, bien sûr. Comment ne pas aimer ça ?

— Ça te dirait d'aller faire un tour un de ces jours ?

Harlow ne parvint pas à déceler si la proposition contenait un sous-entendu sexuel, mais devant la neutralité de son visage, elle décida qu'elle était juste en train de projeter dans les intentions de Lowell ce qu'elle voulait y entendre.

— J'adorerais.

Il lui adressa un clin d'œil.

— Dans ce cas, je vais exaucer ton vœu. N'oublie pas de m'envoyer un texto, Harl.

Elle hocha la tête et, soudain, elle se retrouva seule dans la cuisine.

Poussant un soupir, elle secoua la tête afin de s'éclaircir les idées. Chaque fois qu'elle était en compagnie de Lowell, elle était déstabilisée. Il était différent de tous les hommes avec qui elle avait passé du temps... et dans un sens positif. Il était autoritaire, mais seulement quand il s'agissait de faire en sorte que tout aille bien pour elle. Pourtant, ils n'étaient pas ensemble. Il se comportait juste en ami prévenant.

Passant outre la voix dans sa tête qui lui hurlait quasiment qu'elle se mentait, Harlow se dirigea vers le frigo pour vérifier ce que Zoé avait préparé. Au début de chaque semaine, elles prévoyaient tous les repas en avance, si bien qu'elles pouvaient se donner un coup de main dans les préparatifs. Avec un soupir de soulagement, elle constata que tout était prêt pour qu'elle s'attèle à la confection du dîner. Repoussant son échange avec Lowell dans un coin de sa tête, elle se mit au travail.

Harlow : Coucou

Lowell : Salut. Prête ?

Harlow : D'ici une dizaine de minutes. Mais tu n'as vraiment pas besoin de passer. J'en ai pour une minute pour aller à la voiture.

Lowell : Je viens te chercher.

Harlow : *yeux levés au ciel*

Lowell : Dix minutes. Ne sors pas du bâtiment, Harl. Sinon je ne serai pas content.

Harlow : OK.

Lowell : À tout.

Harlow aurait voulu être agacée, mais impossible. Pas quand Lowell cherchait à la protéger.

Quand les enfants étaient rentrés au refuge après l'école, ils lui avaient raconté que Gray, « le très grand type », était adossé à la façade de l'immeuble voisin du leur et les avait accueillis alors qu'ils entraient en file indienne.

Julia l'avait entraînée à l'écart pendant que les gamins mangeaient leur quatre-heures et lui avait appris que Gray leur avait indiqué, aux autres femmes et à elle, qu'il y aurait quelqu'un là tous les jours à la sortie du bus de l'école pour s'assurer que personne n'embêtait les enfants. Le soulagement était prégnant sur le visage de Julia, ainsi que celui des autres mamans. Avec le passé qui était le leur, le harcèlement pouvait être la goutte d'eau qui faisait déborder le vase.

Harlow avait proposé d'occuper les enfants pendant que le dîner cuisait, en leur enseignant comment casser des œufs d'une main sans mettre de coquilles dans le bol. Cela reviendrait à faire d'une pierre deux coups, puisqu'elle préparerait des œufs brouillés pour le lendemain matin. L'affaire s'était avérée follement amusante et tout le monde avait acclamé chaque enfant quand son tour était venu de casser ses œufs.

Préparer à dîner pour seize personnes – dix-sept si Harlow mangeait avec eux, dix-huit si Edward se joignait à eux, ce qui était de plus en plus fréquent – n'était jamais tâche aisée. Le petit déjeuner et le déjeuner semblaient plus faciles, car les résidents venaient les prendre à des horaires différents et se servaient au buffet qu'installaient Zoé ou Harlow. Le dîner, en revanche, constituait le moment où elles s'efforçaient de garantir une tablée commune. Un moment bruyant et surtout joyeux. Pourtant, depuis une semaine environ, l'ambiance était plus sombre, avec l'intensification du harcèlement dehors qui mettait tout le monde à cran.

Ce soir, en revanche, tout le monde avait été heureux et détendu. Harlow savait que c'était dû à la présence de Lowell et de ses coéquipiers des Mercenaires Rebelles. Elle espérait juste qu'ils découvriraient la raison des harcèlements.

Alors si elle se plaignait de devoir envoyer un SMS à Lowell pour qu'il l'escorte à sa voiture, en toute honnêteté, elle en était soulagée. Edward avait proposé de l'accompagner jusqu'au parking, mais la pensée que quelqu'un fasse de lui une cible facile ne plaisait pas à Harlow. Jamais elle ne se le pardonnerait, si quelqu'un faisait du mal au vieil homme de soixante-dix ans.

Il était près de 21 heures quand enfin elle avait écrit à Lowell. Les gamins avaient décidé de rester l'aider à tout ranger et puis elle s'était attardée pour assister Jasper avec ses devoirs. En quatrième, le jeune garçon avait des difficultés avec son devoir d'anglais. Il devait répondre à des questions sur le livre *Sa Majesté des mouches*. Un roman qui avait fasciné Harlow quand elle avait son âge. Elle n'eut donc aucun problème à lui en parler longuement, détaillant les aspects psychologiques de l'histoire.

Pile douze minutes après le SMS, Lowell entra dans la cuisine du refuge de son pas décidé. Harlow sentit le rouge lui envahir les joues et s'ordonna sévèrement de se ressaisir.

— Salut.

— Salut, répondit-elle. Je suis presque prête. Il faut juste que j'attrape mes affaires.

Lowell se tenait dans l'encadrement de la porte tandis qu'elle ramassait son sac à main et enfilait son sweat-shirt.

Il la suivit à travers l'espace de vie principal du foyer,

hochant la tête à l'attention de Carrie et Ann. Bethany et Kristen étaient assises sur le canapé et lisaient, Violet ainsi que Lisa jouaient aux dames. Harlow sentit leurs yeux sur elle tandis qu'elle traversait la pièce. Au cours de la semaine écoulée, à peu près toutes les résidentes l'avaient gratifiée de leur commentaire sur la chance qu'elle avait et comme elles trouvaient Lowell séduisant. À quoi elle n'avait cessé de répondre qu'ils étaient juste amis, mais aucune ne l'avait crue.

Mais marcher à ses côtés, en sachant que les autres femmes le trouvaient si sexy, lui donnait une sensation... agréable. Il n'était même pas *avec* elle et pourtant elle était fière d'être près de lui. C'était fou.

Harlow avait beau savoir qu'en continuant à passer du temps avec lui, elle ne ferait que craquer de plus en plus, elle ne savait trop qu'y faire. Car elle aimait bien être avec Lowell. Il était drôle et attentionné, il lui donnait l'impression d'être la seule personne au monde quand il lui parlait. Jamais elle n'avait ressenti cela avec un homme avant. Jamais.

Décidant de se laisser porter – il savait qu'elle ne voulait pas de rendez-vous galant, du coup elle n'avait pas à se soucier de la question –, Harlow fit signe de la tête aux femmes en passant. Il faudrait juste qu'elle contrôle son attirance pour cet homme. Ça n'aboutirait à rien, parce qu'ils ne sortaient pas ensemble : son cœur était donc en sécurité. Ils seraient amis et quand ce qui se passait entre eux, quoi que ce soit, se terminerait, il passerait à autre chose et trouverait quelqu'un avec qui il pourrait passer le reste de sa vie.

Lowell lui posa la main dans le bas du dos alors qu'elle déverrouillait la porte. Elle adorait quand il faisait ça. Le poids de sa main ne manquait jamais de lui donner cette sensation de sécurité. Ils sortirent et elle referma la porte à clé. Puis ils avancèrent côte à côte, Lowell se tenant du côté de la chaussée, jusqu'au parking.

En balayant les environs du regard, Harlow ne vit personne. La rue était déserte. Les magasins en face du refuge étaient fermés et plongés dans le noir. Il y avait des lumières dans le parking, mais qui n'éclairaient pas beaucoup, et elle s'était toujours sentie vulnérable à cet endroit, surtout la nuit ou tôt le matin avant que le soleil se lève. La station-service abandonnée d'en face lui donnait la chair de poule aussi. Il y faisait sombre et elle s'imaginait toujours qu'il serait facile pour quelqu'un de s'y poster, pour attaquer par surprise quelqu'un comme elle.

— Merci de m'avoir accompagnée jusqu'à ma voiture, dit-elle à Lowell en actionnant le déverrouillage des portières.

— Je t'en prie. À quelle heure arrives-tu demain matin ?

Harlow se mordit la lèvre.

— Eh bien, en général j'essaie d'être ici vers 5 heures. Ça me donne du temps pour préparer le petit déjeuner et mettre du pain ou des biscuits au four avant que tout le monde se lève. Edward apporte des beignets et des choses comme ça, depuis quelque temps, mais j'aime que le choix soit large.

— Dans ce cas, je te vois ici vers 5 heures.

— Ça fait tôt.

Il sourit.

— Oui, mais ça ira. J'ai l'habitude de me lever vers 4 h 30 pour mes exercices physiques. Je dormirai un peu plus tard, te rejoindrai ici puis, je rentrerai à la maison pour mon footing.

— Vraiment ? Tu te lèves à 4 h 30 tous les matins ? s'étonna-t-elle.

— Oui. Il faut croire que tous ces entraînements matinaux de la Navy me collent à la peau. Je n'arrive pas à dormir plus tard que 6 heures, même quand je me couche tard. Et toi ?

— Moi quoi ?

— Tu es du matin ?

— Eh bien, oui. En revanche, je ne me lève pas pour faire du sport... comme tu le vois, conclut-elle en se désignant.

— Comment ça ?

— Eh, oh, Lowell, regarde-moi. J'ai l'air de faire du sport ?

Il se déplaça si vite qu'elle ne le vit pas venir avant qu'il soit pile devant elle, ses hanches contre les siennes, lui collant le dos à la Mustang.

— Tu ressembles aux nuits d'été et aux sublimes levers de soleil.

Elle leva les yeux vers lui.

— Je ne comprends pas ce que ça signifie, chuchota-t-elle.

— Cela veut dire que quoi que tu fasses, continue de cette manière, répondit-il d'une voix basse et rauque.

Elle ne savait pas où mettre les mains, alors elle les posa légèrement sur son torse.

— Ah. D'accord.

— Et je t'annonce que pas demain, mais après-demain, je passe te chercher à ton appartement à 4 heures du matin. Ça va te poser un problème ?

Elle écarquilla les yeux sous l'effet du choc.

— À 4 heures ? Pourquoi si tôt ?

— Je te rappelle que c'est une surprise.

— Je ne sais pas trop. Rien n'est ouvert, d'aussi bonne heure.

— Fais-moi confiance.

— Je te fais confiance, c'est juste… (Elle s'empêcha d'en dire plus et secoua la tête.) OK. Au moins, je sais que ce n'est pas un rendez-vous, car personne n'en propose un à 4 heures du matin, bon sang.

Il lui offrit un large sourire et, passant outre son commentaire, reprit :

— Envoie-moi un SMS quand tu arrives chez toi.

Puis il passa la main derrière elle pour la poser sur la poignée de sa portière.

— Pourquoi ?

— Que je sois sûr que tu es bien rentrée.

Elle plissa le nez.

— Tu ne vas pas me suivre jusqu'à chez moi ? Je veux dire, comme tu es tellement protecteur, je me pose la question.

Lowell la fixa des yeux un long moment avant de se fendre à nouveau d'un large sourire.

— Oh si, je vais te suivre jusqu'à chez toi. Simplement, je n'envisageais pas de te le dire.

Elle leva les yeux au ciel, sans trop savoir s'il plaisantait ou pas.

— Bref. Rentre chez toi, Lowell. Tu t'es acquitté de ton devoir de garde du corps pour la soirée.

— On se voit demain matin. Sois prudente sur la route, dit-il doucement.

Sur ce, il referma la portière derrière elle et se dirigea vers sa Mazda.

Ne va rien t'imaginer en te fiant à son comportement, se mit-elle en garde. *Il était SEAL. C'est son métier, de secourir des femmes. Ce n'est pas parce qu'il va passer outre ton conseil et te suivre jusqu'à chez toi malgré tout qu'il veut autre chose. En plus, tu ne sors avec personne, tu te rappelles ?*

Sachant qu'elle perdait la bataille consistant à rester émotionnellement détachée de cet homme, Harlow prit la route de chez elle en observant les feux de Lowell dans son rétroviseur... avec une agréable sensation de sécurité sur tout le trajet.

Nolan Woolf suivait d'un regard noir les deux voitures qui quittaient le parking et s'engageaient dans la rue sombre et déserte.

— Fichu garde du corps de mes deux, marmonna-t-il à mi-voix.

Il se tenait hors de portée des fichues caméras que l'homme et ses copains avaient installées plus tôt dans la semaine. Grâce aux ampoules cassées – bien pratique – des lampadaires du côté opposé de l'immeuble dont il était propriétaire, il pouvait rester tapi dans l'ombre.

Il était tout près d'obtenir ce qu'il voulait, mais cette imbécile de garce de propriétaire du refuge se mettait en travers de sa route. Il avait espéré que les gars qu'il avait embauchés pour harceler tous ceux et celles qui entraient et sortaient du bâti-ment suffiraient à lui faire peur. Mais jusqu'à présent, ça n'avait pas marché.

Pire, les choses semblaient empirer. Maintenant, il devait gérer les caméras et les trouducs qui s'étaient mis à traîner dans les parages pour surveiller les femmes. Or ça ne faisait pas du tout partie de son plan.

Il baissa les yeux vers le jerrican d'essence qu'il avait à la main et serra les dents.

Ça allait marcher. Ça devait marcher.

Il ne ferait de mal à personne, il fallait juste leur faire peur. Cela remettrait son plan sur de bons rails.

Nolan n'avait voulu confier cette tâche à personne. Les voyous qu'il payait étaient bons pour l'intimidation, mais il ne pensait pas qu'ils sauraient garder leur grande bouche fermée pour ce qui était de ça. En plus, il y avait quelque chose d'exci-tant à regarder un feu tout consumer sur son passage.

Toujours dans l'ombre, Nolan s'éloigna du refuge. Puis il traversa rapidement et discrètement la rue et repartit d'où il était venu, derrière le salon de tatouage et le magasin de marchandises d'occasion. Il n'y avait pas de caméras, de ce côté-ci de la rue. Il alla jusqu'au bout du pâté d'immeubles et arriva à sa destination.

Il poussa la porte ouverte de la station-service abandonnée, qu'il avait laissée déverrouillée la veille au soir, et entra dans le bâtiment plongé dans le noir. Ça sentait mauvais, comme du lait tourné, mais il ne s'en formalisa pas. Ça ne serait plus un problème bien longtemps, de toute façon. Il empila quelques cartons et froissa des journaux trouvés ici et là par terre. Il versa la totalité de son jerrican d'essence, puis il posa le bidon vide devant la porte arrière.

Il n'était pas bête au point de l'abandonner sur la scène du crime. Les flics et les enquêteurs des pompiers comprendraient sans nul doute que le feu avait été allumé volontairement, mais il ne comptait pas leur laisser des preuves qui pourraient les guider jusqu'à lui.

Enfin, un sourire mauvais aux lèvres, Nolan craqua une allumette qu'il lâcha sur la pile ainsi préparée, avec un soupir de satisfaction quand les détritus s'enflammèrent dans un souffle. Sans traîner, il se faufila par la porte arrière, faisant exprès de la laisser entrouverte pour que l'air, en pénétrant à l'intérieur, attise le feu. Beaucoup d'incendiaires commettaient l'erreur de ne pas nourrir leur feu, ils refermaient toutes les portes, en pensant peut-être que cela empêcherait une découverte trop précoce de l'incendie. Mais Nolan savait que les flammes avaient besoin d'oxygène pour progresser.

Et progresser, c'était exactement ce que faisait son feu. Nolan s'éloigna de la station-service, en prenant garde une fois encore de se tenir dans la pénombre et loin des putains de caméras qu'avaient installées les autres connards. Il ignorait quelle largeur de terrain elles couvraient.

Il contempla son œuvre aussi longtemps que possible, jusqu'à ce qu'il entende les sirènes au loin. À ce stade, il était trop tard. Les flammes avaient englouti le bâtiment tout entier et les pompes étaient sur le point d'être avalées elles aussi. Nolan espérait qu'il reste un peu d'essence dans les cuves en sous-sol. Ce serait super si elles prenaient feu de leur côté.

Peut-être l'explosion réveillerait-elle les garces du refuge. Peut-être les gamins pleureraient-ils. En tout cas, ils auraient une sacrée frousse. Ça, il comptait bien l'exploiter.

10

Black n'était pas content. Il avait passé la plus grande partie de sa journée au refuge des femmes, à répondre à leurs questions et à tâcher de calmer tout le monde. Harlow avait été géniale. Elle avait cuisiné non-stop, tenant toujours du café frais à disposition et s'assurant que les ventres soient pleins pour des résidentes agitées et inquiètes.

L'incendie de la station-service s'était avéré un événement énervant et effrayant pour tout le monde. Les gamins avaient contemplé le ballet des camions de pompiers et des véhicules d'urgence depuis les fenêtres du deuxième étage du foyer.

Black n'avait pas eu vent de l'explosion avant son arrivée à la maison, la veille au soir. Il avait senti son téléphone vibrer sur l'arrivée de plusieurs messages, qu'il n'avait pas voulu consulter tant qu'il conduisait. La seule raison qui l'avait empêché de perdre les pédales en apprenant enfin ce qui se passait, c'était qu'il rentrait tout juste après avoir raccompagné Harlow chez elle et qu'il la savait donc saine et sauve.

Rex et Meat faisaient leur possible pour répondre aux questions sur le pourquoi du comment quelqu'un avait mis le feu à la station-service. L'enquêteur n'avait pas encore déterminé l'origine de l'incendie, pourtant il avait bien confirmé qu'elle était criminelle. Son unique autre commentaire avait porté sur les cuves d'essence : heureusement qu'elles étaient vides, sans quoi le feu aurait pu se propager de l'autre côté de la rue jusqu'au bâtiment vacant en face du parking. Et si ce dernier s'était enflammé, l'incendie se serait probablement étendu au refuge.

Au foyer, justement, les résidents étaient à cran et Black s'était porté volontaire pour rester afin de rassurer femmes et enfants quant à leur sécurité. Bien sûr, la raison principale de sa décision de prendre le premier tour s'occupait en ce moment même des enfants, qui venaient de rentrer de l'école. Des gamins encore surexcités par les événements de la nuit passée.

— Dites-moi la vérité, lui demanda discrètement Loretta. Sommes-nous en danger ?

Black et la propriétaire du refuge se tenaient à l'écart dans la salle commune. La plupart des mères se trouvaient à la cuisine avec leurs enfants et Harlow, ainsi que le reste des résidentes, étaient encore à leur travail ou ailleurs dans l'immeuble.

— Honnêtement ? Je ne peux pas vous répondre, admit Black. Meat est encore en train de faire des recherches sur des gens dont on pense qu'ils pourraient en vouloir à l'une des personnes qui vivent ici, mais il n'a rien trouvé pour l'instant qui désignerait quelqu'un de façon déterminante.

— Vous pensez que la station-service a été délibérément incendiée ?

Black regarda son interlocutrice dans les yeux et opina du chef.

— Ce n'est pas une coïncidence.

Loretta poussa un soupir et s'assit au bord d'un canapé usé.

— Ça va ? s'enquit-il, inquiet de son expression.

— Non. Je suis fatiguée. Et j'ai l'impression d'être impuissante.

— Vous n'êtes pas seule, lui dit Black. Les Mercenaires

Rebelles se sont engagés auprès de vous et de ces dames, nous assurerons votre sécurité. Rien ne vous arrivera, nous ne laisserons pas faire. Vous êtes trop importante pour nous. Vous nous aidez depuis des années et notre tour est venu à présent.

Elle lui offrit un sourire faiblard.

— J'apprécie.

Elle parut sur le point d'ajouter autre chose, mais ils furent interrompus par la douce voix de Harlow.

— Vous avez l'air d'avoir besoin d'une bonne tasse de thé.

Levant les yeux, Black la découvrit debout près d'eux avec une tasse fumante et un petit sourire. Elle avait l'air tout aussi épuisée que Loretta. Elle lui avait envoyé un SMS plus tôt dans la matinée pour l'informer qu'elle quittait son appartement et elle travaillait non-stop depuis. Black s'était absenté quelques heures afin de s'acquitter de quelques tâches au stand de tir, mais en revenant au refuge, il l'avait trouvée tout aussi pleine d'énergie et de peps qu'à 5 heures du matin.

Toutefois, il était évident qu'elle avait besoin d'une pause.

Il la regarda se pencher et tendre la tasse à Loretta, puis s'asseoir près d'elle et lui tapoter sur la jambe.

— Tout va bien ?

— Ça va aller, mon petit.

— Edward vient pour le dîner ?

— Oui. Il serait déjà là, mais il était parti à Denver pour voir ses petits-enfants nouveau-nés.

— Zoé devrait arriver d'une minute à l'autre. Elle s'occupera bien de tout le monde, assura Harlow à sa patronne.

— Merci, répondit Loretta. J'apprécie tout ce que vous avez fait. Les enfants vous adorent et il est évident que vous le leur rendez bien.

— C'est vrai. Ils sont super.

Pile à cet instant, Zoé ouvrit la porte d'entrée et les rejoignit. Elle était suivie de Ball, qui venait prendre son tour pour surveiller le refuge pendant les quelques heures à venir.

— Waouh ! On dirait que j'ai raté plein de trucs depuis ma dernière visite, hein ? lança la jeune cuisinière.

Black leva le menton en guise de salutation à Ball.

— Bon, alors, quelqu'un me raconte ? insista Zoé.

Harlow ouvrit la bouche, mais Black la devança et l'aida à se relever. Avec un petit soupir maladroit, elle vacilla et ses mains atterrirent sur son large torse quand elle chercha à recouvrer l'équilibre. Black la vit inhaler profondément, avant qu'elle ne recule d'un pas. Il sourit intérieurement, mais n'osa pas montrer une once de son plaisir ou de son amusement.

— Je suis certaine que, dès votre arrivée dans la cuisine, les enfants vous raconteront tout par le menu, lui répondit tristement Loretta. Mais il y aura une réunion commune au refuge ce soir, après que les enfants seront couchés, nous y discuterons de tout ce qui est arrivé. Ball, j'espère que vous saurez m'aider à répondre aux questions.

— Pas de souci, répondit ce dernier avec un hochement de tête.

— Tout est prêt pour le repas de ce soir, annonça Harlow à Zoé.

— Merci d'avoir pris un service en sus, répliqua celle-ci.

Harlow balaya sa remarque d'un revers de la main.

— Aucun problème. De toute façon, je serais sans doute restée avec ce qui s'est passé cette nuit.

— Rentre donc te reposer, lui enjoignit Zoé. Je mettrai le poulet pour demain soir à décongeler au frigo, qu'il soit prêt quand tu arrives afin de préparer le dîner. Cela dit, je te dois un service.

— Merci. On verra ça plus tard. Lowell, je vais chercher mon sac à main et je serai prête à y aller.

Zoé la suivit à la cuisine.

Une fois seul avec Loretta et Ball, Black se tourna vers la patronne des lieux.

— Si vous avez besoin de quoi que ce soit, n'hésitez pas à

appeler Rex. OK ? Il va prendre contact avec nous et il y aura quelqu'un ici aussi vite qu'humainement possible.

Elle sourit dans sa tasse de thé et hocha la tête après en avoir pris une gorgée.

— Je sais comment vous travaillez, messieurs, confirma-t-elle. D'accord, j'appellerai.

— Bien.

Harlow était de retour. Elle avait ôté son tablier et Black décida qu'il n'avait rien vu de plus sexy que le jean et la brassière qu'elle portait. Lorsqu'elle enfila un tee-shirt à manches longues, il s'en trouva presque déçu. Harlow se croyait peut-être en surpoids, mais elle se trompait. Elle était parfaite. Il avait les doigts qui le démangeaient tant il avait envie de tirer sur l'une des bretelles de son haut, histoire de lui lécher la peau. Il savait déjà qu'elle sentait la vanille, mais il brûlait de découvrir si elle en avait aussi le goût.

Même en se sommant de se calmer, il ne put résister et lui posa la main dans le bas du dos quand elle passa. Il avait besoin de la toucher. Voyant qu'elle ne s'écartait pas, il sourit discrètement. Il adorait savoir que Harlow aimait sentir sa main sur elle.

Ils sortirent du bâtiment et prirent la direction du parking, avec la coquille noircie de la station-service en guise de rappel des événements de la nuit passée. Pour la centième fois, Black se réjouit que ce truc n'ait pas explosé... surtout au moment où ils partaient. Ils avaient eu de la chance.

— J'ai une impression de déjà vécu, commenta Harlow lorsqu'ils arrivèrent à sa voiture.

Il lui sourit.

— Effectivement.

— Tu vas vraiment passer me chercher à 4 heures du matin ?

— Oui.

— Comment dois-je m'habiller ?

Il la regarda de la tête aux pieds avant de répondre :

— Ce que tu portes là, c'est parfait.

Elle hocha la tête.

— Un jean alors ? Et des baskets ? Il faut que je prenne une veste ?

— Oui à tes trois questions. Et peut-être une couche supplémentaire en haut. Il peut faire frisquet le matin, mais ça se réchauffe vite, une fois que le soleil se lève.

— Tu peux me donner un indice ? Je ne comprends pas où on peut bien aller à une heure pareille. Surtout si on doit discuter affaires ou je ne sais quoi.

Black secoua la tête.

— Il va juste falloir que tu me fasses confiance.

Elle poussa un énorme soupir, puis haussa les épaules.

— D'accord. Mais j'espère que ça ne pose pas de problème si j'emporte mon Thermos de café.

— Aucun souci.

— Lowell ?

— Oui, Harl ?

Elle se mordit la lèvre, puis demanda :

— Tu penses que tout le monde est en sécurité ?

Il savait exactement à quoi elle faisait allusion.

— Pour le moment, oui. Jusqu'à ce qu'on sache qui a mis le feu à la station-service et la raison, on ignore ce qui peut se passer. Tout ce qu'on peut faire, c'est surveiller les caméras et si quelqu'un s'approche de trop du refuge, on sera là pour voir de qui il s'agit. Ne te tracasse pas.

— Je ne peux pas m'en empêcher. Ces enfants sont précieux. Et leurs mères ont déjà vécu l'enfer. Qui fait ça ?

— Je n'en sais rien, admit-il.

Puis il prit un risque en s'approchant pour poser le front contre le sien. Ils restèrent ainsi une minute ou deux avant qu'il sente les mains de Harlow lui toucher les flancs avec timidité. Ensuite, elle bougea la tête pour l'appuyer contre son épaule, ainsi que le reste de son corps.

Sentant que l'instant constituait un tournant sous une

forme ou une autre, Black ne pipa mot, il se contenta de lui nouer les bras autour de la taille et de lui rendre son étreinte. Il enfouit le nez dans ses cheveux, adorant l'odeur de vanille de sa peau. Quand elle s'écarta enfin, Black ne put s'empêcher de remarquer que quelques mèches de ses cheveux restaient accrochées à son début de barbe. Comme si elles ne voulaient pas le lâcher, pas plus qu'il n'en avait envie, lui.

Il lui passa le dos des doigts sur la joue.

— Tu te sens bien ? lui demanda-t-il doucement.

Elle opina du chef.

— Oui. Je suis fatiguée.

C'était la seconde fois qu'il entendait ces mots de la bouche d'une femme, ce soir.

— Dans ce cas, dépêchons-nous de te ramener chez toi, que tu puisses dormir avant... notre sortie de demain.

Il avait failli tout gâcher en prononçant le mot « rendez-vous ». Dieu merci, il avait réussi à le ravaler avant qu'il ne lui échappe.

Il lui ouvrit sa portière et attendit qu'elle soit installée sur le siège conducteur avant de la refermer. D'un coup d'œil à la ronde, il s'assura que rien ne sortait de l'ordinaire, mais ça ne signifiait pas qu'il était satisfait. Car le mal sous une forme ou une autre rôdait. Il le sentait dans l'air. Ce qui se passait, quoi que ce soit, n'était pas terminé. Meat et Rex allaient devoir œuvrer plus vite pour découvrir de quoi il retournait.

Il ne connaissait pas très bien les femmes qui vivaient au foyer, mais il avait appris à connaître les gamins. Ils étaient plus ouverts que leurs mères. Jasper était la coquille la plus dure à briser, il se protégeait et n'était pas prêt à laisser tomber ses barrières de défense, ni devant Black ni devant aucun homme.

Les filles – Lacie, Sammie et Jody – étaient des enfants assez joyeuses qui, après quelques moments de timidité, l'avaient accepté. Black savait que cette attitude tenait surtout au fait que Harlow leur avait clairement indiqué qu'il était son ami, mais c'était déjà ça.

Milo était déchiré entre l'envie d'accorder sa confiance et le désir de se comporter comme son idole, Jasper. Black avait l'impression qu'avec quelques visites supplémentaires, le petit garçon se détendrait.

Oui, la dernière chose qu'il souhaitait, c'était que l'une des familles du foyer se retrouve prise au milieu des événements. Si quelqu'un avait une dent contre l'une des femmes, Rex devrait pouvoir tuer son projet dans l'œuf. Si c'était plus grave, il leur fallait des indices, des informations même partielles. Quelque chose. Pour le moment, ils naviguaient dans le noir. Et il détestait ça. Ils détestaient tous ça.

Harlow lui adressa un petit geste de la main alors qu'il regagnait son véhicule. Il se hâta de démarrer en lui faisant signe du menton qu'elle pouvait y aller. Et il eut beau garder les yeux bien ouverts pour détecter quoi ou qui que ce soit de suspect, il ne vit rien qui sembla anormal alors qu'ils prenaient la direction de l'appartement de Harlow.

11

———

Chapitre Onze

Harlow prit une gorgée de son café en regardant par le pare-brise de la Mazda de Lowell. Il faisait encore noir dehors et elle était trop fatiguée pour réfléchir à l'endroit où il pouvait bien l'emmener.

Elle n'avait pas bien dormi, sa nuit ayant été peuplée de cauchemars du refuge qui explosait et qu'elle observait de l'extérieur alors que tout le monde mourait brûlé à l'intérieur. Quand son réveil avait sonné à 3 h 30, elle avait donc été tentée de rouler sur le flanc et de l'ignorer, mais elle avait eu le pressentiment que Lowell viendrait la traîner hors du lit s'il le fallait. Elle le devinait enthousiasmé par la visite qu'il lui prévoyait.

D'autant que pour sa part... elle était curieuse.

Et elle avait hâte de découvrir ce qu'il leur avait prévu.

Cela faisait bien longtemps que personne ne lui avait organisé une surprise. En général, elle n'aimait pas les surprises, pourtant elle pressentait que celle que Lowell avait dans sa manche serait épique.

Elle avait affirmé lui faire confiance et elle n'avait pas menti.

Alors voilà, elle était là. À 4 heures du matin, épuisée comme jamais, mais partante pour suivre Lowell où il voudrait.

Elle n'avait jamais eu beaucoup le temps pour explorer la région, alors quand elle songea enfin à prêter attention au paysage, elle était déjà perdue. La pénombre n'aidait pas son orientation non plus.

— Tu peux me dire où on va maintenant ?

C'était la première chose qu'elle disait depuis un « Bonjour » marmonné quand il avait frappé à sa porte.

— Tu verras.

Trop lasse pour se plaindre, elle reposa sa Thermos dans le porte-gobelet et sa tête contre le siège et ferma les yeux.

— Dors, Harl, lui chuchota Black.

Elle sentit sa main sur sa cuisse et tourna les yeux vers lui.

— Je n'ai pas bien dormi la nuit passée, s'excusa-t-elle.

Son aveu parut l'ennuyer, mais il se contenta de répondre :

— Je te réveillerai en arrivant.

Elle songea à le taquiner en répliquant que bien sûr, il allait la réveiller en arrivant à leur destination mystère. Il n'allait pas la conduire quelque part, et puis la laisser dormir dans la voiture pendant que lui sortait faire ce qu'il avait prévu. Mais elle préféra se cantonner à :

— Je vais juste reposer mes yeux un moment. Je ne compte pas dormir.

Il lui adressa un sourire moqueur.

— D'accord, bébé. Repose tes yeux.

Elle referma les paupières et la dernière pensée qui la traversa, c'était comme le contact de sa main était agréable sur sa jambe et qu'elle était contente qu'il ne l'ait pas retirée.

Quelques secondes ou quelques heures plus tard, Harlow sentit une main sur son épaule et entendit la voix de Lowell.

— Réveille-toi, bébé. On y est.

Avec un soupir, elle se redressa et ouvrit les yeux. Si possible, elle était encore plus épuisée qu'avant de s'endormir. Elle regarda par la vitre et cilla, confuse. Ils étaient devant un assez grand bâtiment, qu'elle ne reconnaissait pas, et elle n'avait pas la moindre idée de l'endroit où ils se trouvaient, hormis un panneau sur la porte qui indiquait : « CHALLENGE UNLIMITED ».

Elle se passa une main sur le visage et dit la première chose qui lui venait à l'esprit :

— Euh... Je n'aime pas les défis. Ce n'est pas l'un de vos trucs de Superman, j'espère ? Parce que je t'annonce tout de suite que je n'ai jamais fait d'aérobic de ma vie et je ne suis pas prête à commencer maintenant.

Lowell lâcha un gros rire sonore et elle se tourna pour poser sur lui un regard surpris. Elle l'avait déjà vu rire, mais c'était une chose rare.

— Je croyais que tu me faisais confiance, dit-il, une fois qu'il eut réussi à se ressaisir.

— C'est le cas. Mais tu m'as aussi dit que tu faisais du sport tous les matins et, vu qu'on s'est levés à l'aube et garés devant une entreprise qui contient le mot « challenge » dans son nom, que veux-tu que j'imagine d'autre ?

— Je viens te chercher, répliqua-t-il au lieu de répondre à sa question.

Harlow ramassa son café désormais tiède – ils avaient dû rouler plus de quelques minutes – et en but une longue gorgée. Sans doute aurait-elle besoin de caféine pour affronter ce que Lowell leur prévoyait.

Il lui ouvrit la portière et tendit une main.

— Tu n'es pas obligée de vider ta Thermos. Emporte-la avec toi.

— Tu veux dire qu'ils autorisent le café en enfer ? ironisa-t-elle.

Il s'esclaffa et, une fois encore, le son de ce rire la toucha directement au ventre. Elle accepta sa main pour l'aider à descendre de voiture, puis attrapa sa Thermos de voyage de l'autre main pendant que Lowell claquait et verrouillait la portière. Après quoi ils prirent la direction de l'entrée du bâtiment.

Ils marchaient la main dans la main et il lui ouvrit la porte. Il s'agissait d'un espace de vente très éclairé, avec tout ce qu'il fallait depuis les vélos jusqu'aux vêtements. Harlow regarda Lowell, perplexe, mais il se contenta de se diriger vers l'arrière de la salle, où se trouvait une sorte de bureau.

— Lowell Lockard et Harlow Reese, annonça-t-il à l'adolescente derrière le large comptoir de bois.

Elle l'accueillit avec un large sourire et un :

— Bonjour ! Bienvenus à Challenge Unlimited. Nous avons un petit déjeuner continental préparé dans la salle du fond. Vous allez devoir signer les dispenses et, une fois que tout le monde se sera enregistré, nous vous passerons la vidéo des consignes de sécurité. Nous devrions être prêts d'ici environ trente minutes. Si vous avez besoin d'utiliser les toilettes, assurez-vous d'y aller avant notre départ. Vous n'aurez pas d'autre occasion une fois qu'on sera au sommet.

Harlow cilla. Au sommet ? Au sommet de quoi ? Elle ouvrait la bouche pour poser la question à la réceptionniste, mais Lowell la devança.

— Merci. Nous serons prêts.

Sur quoi, il l'entraîna vers l'endroit que l'adolescente avait indiqué. Ils avaient presque atteint la porte de la salle du fond quand Harlow tira fermement sur la main de Lowell, pour l'obliger à s'arrêter.

Il se retourna et elle faillit bien fondre face à l'inquiétude qu'elle lut dans son regard.

— Qu'est-ce qui ne va pas ? demanda-t-il.

— Rien. Je veux juste savoir immédiatement ce qu'on fait ici et ce qui se passe. Pourquoi ne pourrais-je pas faire pipi après ? Et au sommet de quoi est-ce qu'on monte ?

Lowell la contempla une fraction de seconde avant de répondre.

— Je suis un peu étonné que tu n'aimes pas les surprises.

— Je ne les ai jamais aimées. Surtout quand il s'agit de faire quelque chose avec une personne du sexe opposé. Ça n'a jamais bien tourné pour moi, ce que tu sais pertinemment. Je suis à deux secondes de m'asseoir sur le banc, là-bas. (Elle désigna un banc à l'air inconfortable contre un mur.) Et d'attendre que tu aies fini ce que tu es venu faire ici.

— On va nous conduire au sommet de Pikes Peak et on redescendra la montagne en vélo, lui dit-il sans hésiter.

— Hum… tu te rappelles que je suis, disons, la personne la plus mal coordonnée du monde ?

— Tu n'auras pas grand-chose d'autre à faire que de tourner le guidon, tenta-t-il de la rassurer.

— Lowell, la dernière fois que je suis montée sur un vélo, j'avais dix ans.

Il fronça les sourcils.

— Tu es vraiment inquiète, pas vrai ?

— Oui ! répondit-elle, presque dans un cri, avant de prendre une profonde inspiration. Pikes Peak, c'est vraiment, vraiment très haut. Je le vois de ma fenêtre, à la maison. Je vais tomber cul par-dessus tête, ou plutôt par-dessus le guidon ou quelque chose comme ça. À quelle vitesse est-ce qu'on va rouler ? Je vais me tuer si je tombe à toute vitesse.

Lowell lui prit le visage entre ses paumes.

— Respire, Harl.

— Je t'ai dit un jour que je n'étais pas très fan des activités d'extérieur. Je croyais que tu avais compris. C'est juste…

Elle laissa sa phrase en suspens.

— Quoi ? l'incita-t-il.

Jamais elle n'aurait avoué ce qu'elle s'apprêtait à lui raconter s'ils sortaient ensemble au sens amoureux du terme. La dernière chose dont elle ait envie, c'était de lui avouer un secret qui risque de le rebuter. Mais vu qu'entre eux, les choses n'étaient pas « comme ça », elle oublia toute précaution.

— Je ne veux pas que tu aies honte de moi. J'ai vu certains des autres participants qui se sont déjà inscrits. Ils sont tous… bâtis comme des athlètes. Comme toi. Mes fesses ne vont même pas tenir sur la selle. Je ne vais pas réussir à suivre le rythme et toi, tu te sentiras obligé de rester en arrière avec moi et tu seras malheureux.

— Harlow, jamais je ne pourrai avoir honte de toi. Je suis fier de me promener à tes côtés. Tu es une personne merveilleuse et, en plus, tu es belle. Même à moitié endormie, tu es exquise. Je croyais que ça te plairait. Ça n'est vraiment pas sportif. Je te jure. J'ai vu les vélos qu'on va utiliser, ils n'ont rien de professionnel. Ils ont de grosses selles rembourrées. Non, mais tu crois que j'aime m'asseoir sur une selle ? Tu n'imagines pas comme ça fait mal aux valseuses pour un homme. Ça les écrabouille. Et pour ce qui est de suivre le rythme, on va monter sur les vélos au sommet de la colline et descendre jusqu'en bas. Ce n'est pas une course, juste une gentille petite descente. On portera du matériel de sécurité et tu ne seras pas obligée de descendre plus vite que tu n'en as envie. Je me suis juste dit que tu apprécierais de faire quelque chose d'amusant. Pour te détourner l'esprit de tout ce qui se passe. Mais si tu veux vraiment qu'on s'en aille, on s'en va. Jamais je ne te forcerai à faire quoi que ce soit dont tu n'aies pas envie.

Harlow plongea dans ses yeux et y vit la sincérité de ses propos. Il marquait un point, au sujet des petites selles et de ses parties intimes. Penser au sexe de Lowell la rendit toute chaude à l'intérieur, si bien qu'elle s'efforça de se distraire. Elle se passa la langue sur les lèvres et vit les yeux de Lowell descendre aussitôt vers sa bouche, avant de remonter dans ses yeux. Elle aimait bien son expression, mais elle n'était toujours pas sûre…

— Je te propose un marché, reprit Lowell. On regarde leur vidéo des consignes de sécurité et si tu as encore des doutes après, on annule. On peut aller prendre un petit-déjeuner à la place. Et ensuite, je te ramène à la maison.

— Mais tu as déjà payé, protesta-t-elle.

Il haussa les épaules.

— Ce n'est pas bien grave.

Se détestant de se montrer aussi poule mouillée, Harlow prit une profonde inspiration et hocha la tête.

— Je peux le faire. Je ne vais pas me débiner. C'était juste un coup de frousse momentané. Mais s'il arrive quelque chose, j'aurai le droit de dire que je t'avais prévenu.

Lowell se pencha tout près d'elle et vint poser son front contre le sien. C'était la deuxième fois qu'il effectuait ce geste en autant de jours. Et Harlow ne savait trop qu'en penser.

— Je suis là, bébé. Je sais que tu peux le faire, mais plus que ça, je pense que tu vas t'amuser. Tu n'auras même pas besoin de pédaler, juste de manœuvrer le guidon. J'ai entendu dire que la vue était magnifique de là-haut et on va voir le soleil se lever pendant la descente de la montagne.

— Tu ne l'as jamais fait ? demanda-t-elle.

Il s'écarta.

— Non.

Sa réponse la décida une bonne fois pour toutes. Pour une raison qui lui échappait, elle se l'était imaginé emmenant une autre femme ici. Voilà qui ressemblait étrangement à un rendez-vous, selon elle, sauf qu'il ne lui avait pas demandé de venir. Il lui avait juste annoncé qu'il passait la chercher et il l'avait conduite ici. De plus, il ne se comportait pas comme un galant... si l'on exceptait qu'il soit passé la prendre, qu'il avait payé la descente en vélo et qu'il lui tenait la main.

OK, oui, ces choses-là ressemblaient à un rendez-vous. Sauf qu'il lui avait bien expliqué : toutes ces choses, hormis la main dans la main, elles étaient liées au fait d'appartenir à « son monde ».

— D'accord. Je peux y arriver. Mais si je finis à l'hôpital avec la tête fracassée, c'est toi qui devras téléphoner à ma mère pour lui expliquer qui a eu cette bonne idée.

— Marché conclu, répondit-il avec un immense sourire. Ça ne me pose pas de problème de parler à ta mère. Je parie qu'elle est aussi marrante que toi.

Minute... quoi ? Qu'est-ce qui venait de se passer, là ? Ça ne lui posait pas de problème de parler à sa mère ? Personne n'aimait parler aux parents des autres. C'était... un truc. Une règle. Quelque chose.

Harlow suivit Lowell qui l'entraînait dans la salle où les attendait le petit déjeuner continental et les formulaires officiels effrayants qu'ils devaient signer.

— J'ai eu un rencard, une fois, et quand je suis arrivée au restaurant, il y avait une femme assise avec celui que je devais rencontrer. Plus âgée et qu'il m'a présentée comme sa mère. (Elle parlait trop, elle le savait, mais elle savait aussi où elle voulait en venir.) J'ai su immédiatement que ça allait mal se finir, pourtant je suis restée. Pendant tout le dîner, elle me posait des questions bizarres, comme la date de mon anniversaire. Je te jure qu'elle essayait d'obtenir des informations sur moi pour effectuer des recherches par la suite. Mais ça n'était pas le plus bizarre. Non. Après qu'on nous a apporté nos plats, elle a attrapé l'assiette de son fils et s'est mise à lui couper son steak. Elle a même proposé de couper le mien ! Et comme si ça ne suffisait pas, une fois qu'on a eu terminé notre repas, elle nous a dit qu'on devrait continuer le rendez-vous au bowling et qu'elle avait déjà réservé une ligne.

Harlow haletait presque quand elle arriva au bout de son histoire. Lowell les avait conduits dans un coin de la salle, à l'écart de la dizaine de personnes qui s'y trouvaient déjà.

— Ce n'est pas possible que ça ne te dérange pas de parler à ma mère, poursuivit-elle. C'est ma mère, quoi. Ce n'est pas normal.

— Tu l'aimes ? demanda-t-il.

Elle cilla.

— Bien sûr.

— Elle se fait du souci pour toi ?

— Évidemment, Lowell. C'est ma mère.

— Dans ce cas, ça ne me pose pas de problème de lui parler. Tu es sa fille. Elle t'aime et veut ce qu'il y a de mieux pour toi. Si tu te blesses, j'en prends l'entière responsabilité et j'expliquerai à ta mère et à ton père ce qui s'est passé et ce que je compte faire pour m'assurer que tu ailles mieux. Ils font partie de ta vie et ce, pour toujours. Je serais vraiment un connard de ne pas vouloir les connaître. Et juste pour te rassurer, j'aime mes parents aussi. Mais jamais je ne les emmènerais à un rendez-vous et jamais je ne laisserais ma mère me couper ma viande. Donc tu n'as pas à t'inquiéter à ce sujet.

Le cerveau de Harlow carburait à plein régime. Enfin, elle se contenta de secouer la tête.

— Pourquoi est-ce qu'on parle de ça ?

— C'est toi qui as commencé, lui rappela-t-il.

Elle lâcha un rire.

— Tu parles comme un gamin de dix ans : « C'est toi qui as commencé », répéta-t-elle d'une voix volontairement aiguë pour imiter un enfant.

Il sourit. Puis se mit à lui chatouiller les flancs.

— Lowell… arrête ! Non ! Je suis chatouilleuse !

Elle riait et se tortillait pour tenter de déloger les doigts de Lowell sur ses flancs. Il finit par cesser et Harlow se rendit compte qu'il avait un bras passé autour de sa taille et elle les mains sur son torse.

— Tu es moins nerveuse ? demanda-t-il doucement.

— Oui. Merci, répondit-elle tout aussi bas.

Et c'était vrai. Elle n'en revenait pas : elle venait de lui raconter un autre de ses rendez-vous désastreux, pourtant il n'avait pas ri. Il s'était contenté de la rassurer, avant de passer à autre chose.

Ça devenait de plus en plus compliqué de se convaincre qu'elle ne voulait pas sortir avec cet homme.

— Viens. Allons chercher quelque chose à grignoter. Je suis sûr que ça n'est pas aussi bon que tes biscuits faits maison et tous les trucs que tu prépares aux enfants au refuge, mais ça te remplira le ventre. On prendra un brunch à notre retour.

Sur ce, il exerça une pression à sa taille, puis lui reprit la main et l'entraîna vers la table chargée de friandises indus-trielles.

Une heure plus tard, ils se trouvaient au sommet de la route qui conduisait à Pikes Peak. Il faisait frisquet, mais le ciel était parfaitement dégagé. Quelques étoiles scintillaient encore dans le ciel immaculé et les lumières de Colorado Springs, loin en contrebas, étaient à couper le souffle.

Harlow prit une profonde inspiration et adressa un large sourire à Lowell. Elle avait du mal à respirer, vu qu'ils étaient à plus de quatre mille mètres d'altitude, et elle avait la chair de poule à cause du froid, mais l'expérience était géniale.

Elle continuait à redouter de culbuter par-dessus le guidon de son vélo, mais la vidéo qu'ils avaient vue l'avait quelque peu rassérénée. On y expliquait qu'ils n'allaient pas descendre comme des balles à flanc de montagne. Ils feraient des arrêts fréquents et si l'un d'eux avait peur ou se crispait, il pouvait se désister et terminer la descente dans le van qui suivait les vélos pour des raisons de sécurité.

— Si j'oublie de te le dire plus tard, j'ai passé une agréable matinée, lança-t-elle à Lowell.

En guise de réponse, il se pencha et prit sa main gantée, dont il embrassa le revers. Elle ne sentait pas ses lèvres sur sa peau, à cause du gant de cuir, mais le geste la toucha tout autant.

— Je suis content d'avoir réussi à te faire sourire, Harlow. Ça te va bien.

Elle s'apprêtait à réagir, malheureusement leur chef de groupe choisit cet instant pour demander si tout le monde était prêt.

Autour d'elle, tout le monde cria que « oui », puis ils se mirent en route.

Harlow fut extrêmement prudente durant les cinq premières minutes environ puis, elle se lâcha, cessa d'être obnubilée par la vitesse ou le risque qu'un animal sauvage bondisse devant ses pneus. Elle se contenta d'apprécier l'expérience.

Le meilleur moment, ce fut quand ils s'arrêtèrent sur un belvédère pour admirer le lever du soleil sur les plaines orientales du Colorado. Le ciel, jusque-là rose et brumeux, fut soudain illuminé par les rayons vifs du soleil qui leur brûlaient les yeux. C'était probablement l'une des plus belles choses qu'elle ait jamais vues.

Et cerise sur le gâteau, Lowell avait garé son vélo juste à côté du sien et tenu sa main du début à la fin. Harlow se tourna pour lui confier à quel point le moment importait pour elle, mais il lui ôta les mots de la bouche quand il se pencha pour l'embrasser délicatement sur la joue.

Il ne dit rien, mais elle sut que ce moment resterait à jamais gravé dans sa mémoire.

— Tu t'amuses ? (Elle opina du chef, sachant que sa voix ne fonctionnerait pas.) Tant mieux.

— OK, messieurs-dames, il nous reste à peu près la moitié de cette montagne à conquérir. On se remet en route ! s'exclama leur chef de groupe, une fois que le soleil fut installé bien au-dessus de l'horizon.

Le reste de la descente se passa sans heurt et Harlow ne se rappelait pas s'être autant amusée de sa vie. En regardant sa montre, elle fut surprise de découvrir qu'il n'était que 9 h 30. Elle avait l'impression qu'une journée entière s'était écoulée. Alors que les guides remettaient les vélos dans leur fourgon, elle bâilla.

Quand Lowell l'enlaça, elle posa la tête contre son épaule, avec l'impression qu'il s'agissait de la réaction la plus naturelle au monde.

— Tu as l'air crevée.

Elle haussa les épaules.

— Je te l'ai dit : je n'ai pas bien dormi la nuit dernière. J'ai fait des cauchemars sur le refuge qui explosait.

Elle sentit le corps de Lowell se tendre.

— Je pense que je vais te ramener directement chez toi, marmonna-t-il. Tu pourras dormir un peu, avant de devoir retourner au travail cet après-midi. De toute façon, il est trop tôt pour un brunch.

Elle n'avait vraiment pas envie de retourner dans son appartement vide, mais il n'y avait pas de raisons que Lowell passe plus de temps avec elle. En y songeant, il n'avait aucune raison non plus de l'amener faire cette descente à vélo ce matin.

— Je peux passer au refuge plus tard et discuter de ce dont je voulais te parler ce matin.

Il n'en fallut pas plus pour que toute l'excitation de la matinée s'effondre en cendres.

Ce n'était pas un rendez-vous.

Il avait été trop facile de se persuader du contraire, mais en réalité, Lowell voulait juste parler de la situation au refuge avec elle. C'était elle qui s'en était fait toute une montagne, de cette virée.

— D'accord, fit-elle quand le silence commença à s'étirer trop longtemps pour être naturel. Bonne idée.

Il ne répondit rien, pourtant elle sentait ses yeux sur elle, alors qu'elle observait avec beaucoup trop d'intérêt le chargement des derniers vélos. Une fois tout le monde monté à bord du minibus, elle se positionna de façon à être assise à un bout d'une rangée et Lowell dut prendre place derrière elle.

Il n'était pas content, elle s'en doutait, mais il ne pipa mot. De retour à Challenge Unlimited, elle attendit patiemment près de son auto que Lowell donne son pourboire à leur guide et en prenne congé.

Elle se sentait abandonnée et ridicule. Il n'avait pas dit que c'était un rencard et elle lui avait répété en boucle qu'elle n'en voulait pas de toute façon. Elle se comportait comme une gamine capricieuse de six ans, mais elle était incapable de s'extirper de sa morosité.

Comme d'habitude, il lui ouvrit sa portière et attendit

qu'elle soit installée avant de la refermer derrière elle. Il contourna ensuite le véhicule et monta de son côté, puis démarra sans un mot.

Le silence était assourdissant, mais Harlow ne savait pas quoi dire pour le briser. À cause de la circulation, il leur fallut à peu près quarante-cinq minutes pour regagner son appartement. Quarante-cinq minutes où elle se retint de pleurer chaque seconde.

Elle se ressaisit assez longtemps pour qu'il vienne lui ouvrir sa portière.

— Bon, eh bien, à plus tard, lâcha-t-elle d'un ton faussement léger, malgré le front plissé de Lowell. Merci pour l'expérience de ce matin, je n'aurais jamais fait un truc pareil toute seule.

— Harlow…, commença-t-il, mais elle l'interrompit.

— Je me suis amusée. Merci.

Sur ces mots, elle pivota sur ses talons et prit la fuite.

Mais Lowell la rattrapa par le coude.

— Envoie-moi un SMS avant de partir. Je te rejoindrai au refuge et t'accompagnerai à l'intérieur.

Retenant ses larmes au prix d'un énorme effort de volonté, elle hocha la tête. En cet instant, elle aurait fait n'importe quoi pour s'échapper avant de se couvrir de honte. Car il voudrait savoir pourquoi elle pleurait, or il n'était pas question qu'elle lui explique le chaos d'émotions qui faisaient rage en elle. De la déception. De la gêne. De la tristesse.

Par chance, il lui lâcha la main et elle fit aussitôt volte-face pour se diriger à l'aveugle vers son immeuble. Elle ouvrit la porte et entra dans le hall sans un regard en arrière.

Si elle l'avait fait, elle aurait peut-être été quelque peu réconfortée par l'air tout aussi malheureux de Lowell.

Black était d'une humeur massacrante. Sa matinée avait été géniale. L'un des meilleurs rendez-vous qu'il ait jamais vécus. Harlow avait d'abord été nerveuse, mais une fois qu'elle avait décidé de se lancer dans l'aventure, elle s'était lâchée. Il avait adoré voir le sourire de plaisir sur son visage, sans plus aucune trace du stress avec lequel il s'était hélas trop familiarisé.

Ils avaient contemplé le lever du soleil et il avait ressenti une telle connexion avec elle qu'il n'avait pu s'empêcher de l'embrasser. Bien sûr, il avait brûlé de sentir sa bouche sous la sienne, de la goûter, mais il s'était retenu et contenté d'un baiser sur la joue. Cette odeur de vanille qu'il associait avec elle l'avait enveloppé et il avait eu toutes les peines du monde à s'empêcher de l'allonger par terre pour la prendre sur-le-champ.

Il ne se souvenait pas de s'être jamais autant emballé pour une femme. Et s'il ne s'en souvenait pas, c'était parce qu'il n'avait jamais été aussi intéressé par personne. Perturbé par ce constat, il avait tout gâché. Il avait essayé de faire passer leur sortie pour autre chose qu'un rendez-vous, plutôt une pause dans leur journée de travail. Et à la seconde où il avait mentionné le refuge, elle s'était refermée comme une huître.

Tout le plaisir s'était évanoui sur son visage et elle l'avait repoussé. Il lui avait laissé de l'espace, dans le minibus, en espérant que son humeur passerait, mais ça n'avait fait qu'augmenter la gêne entre eux.

Il l'avait blessée. Et cette pensée le tuait. Il détestait l'idée que sa remarque improvisée ait eu l'effet inverse de celui recherché. Il avait cru la mettre plus à l'aise en lui rappelant qu'ils n'étaient pas en rendez-vous.

Mais les larmes qu'il avait aperçues dans ses yeux quand elle s'était retournée pour s'éloigner l'avaient poignardé. Il avait des envies de se botter les fesses ! Il aurait mieux fait de fermer sa bouche. Aucune femme n'aimait entendre qu'un homme passait du temps avec elle uniquement pour le travail, et ce, quelles que soient ses opinions sur les rendez-vous galants. Surtout après la matinée qu'ils venaient de vivre. Quel imbécile !

La seule chose qui le réconfortait, c'était qu'elle ait réagi à sa remarque. Car si, pour l'instant, elle refusait encore de l'admettre, elle avait envie de sortir avec lui, ses actes parlaient plus fort que des mots.

Il se jura alors de ne plus jamais faire allusion au travail quand ils seraient ensemble, hormis au refuge. Et mentalement, il programma ses prochaines étapes. Il allait devoir se montrer prudent, car elle serait encore plus méfiante, à présent. La moindre confiance qu'elle avait pu placer en lui venait de prendre un coup et il devait la reconquérir. Il en avait plus besoin qu'il aurait jamais cru avoir besoin de la confiance d'une femme.

Ils n'étaient pas au milieu d'une opération de sauvetage en pleine jungle ou d'une fusillade dans un quelconque pays pourri. Il ne la tirait pas des pattes d'un trafiquant sexuel accro à la drogue ni n'essayait de lui faire passer une frontière en douce pour la réunir avec sa famille. Pourtant, il avait besoin de sentir que sa confiance en lui était toujours là. Qu'elle était aussi puissante que s'ils étaient au milieu de l'océan, dans l'attente qu'on les secoure.

Décidant qu'il avait besoin de renforts, il sourit. Il avait juste ce qu'il fallait pour revenir dans les petits papiers de Harlow. Il voulait la voir souriante et heureuse, pas triste. Cela prendrait peut-être quelques jours, mais ses amis répondraient présents à l'appel, il le savait.

12

───────

Chapitre Douze

Une semaine s'était écoulée depuis que Lowell l'avait emmenée faire la descente à vélo de Pikes Peak et Harlow s'était remis la tête à l'endroit. Lowell et elle étaient amis. Rien de plus. Elle se demandait peut-être quel effet cela ferait de l'embrasser, qu'il la jette sur un lit et se repaisse d'elle, mais ça, c'était son vieux coup de cœur du temps de l'école qui parlait.

Elle était adulte. Une adulte qui était très bien seule et célibataire. Elle ne voulait pas de Lowell comme petit ami. Il finirait par la laisser tomber et ça craindrait. Alors ils étaient amis. Elle lui envoyait un message chaque matin avant de quitter la maison et il la retrouvait sur le parking près du refuge. Puis il l'escortait jusqu'à sa voiture quand elle terminait son service. C'était très bien ainsi. Parfait.

Même le harcèlement s'était calmé. Les hommes continuaient à rôder, mais, grâce aux caméras et à la présence visible des Mercenaires Rebelles, ils avaient mis leurs bêtises en sourdine.

Bien sûr, des trucs bizarres se produisaient toujours de temps en temps. Des voitures qui passaient devant le refuge très lentement, dont les occupants reluquaient quiconque se trouvait à y entrer ou en sortir. Le chauffeur et les passagers ne disaient jamais rien, n'empêche que c'était flippant.

Quand les collègues de Lowell vérifiaient les plaques d'immatriculation, ils tombaient toujours sur des voitures volées ou qui n'étaient pas déclarées depuis des années. Selon lui, les plaques étaient probablement volées dans une casse, les propriétaires des véhicules n'ayant pas jugé utile de les enlever de leur auto accidentée ou trop vieille.

Loretta avait l'air aussi éreintée et stressée que toujours, mais Edward passait presque toutes les nuits au refuge, désormais. En réalité, c'était contraire au règlement d'avoir un homme qui dormait sous leur toit, mais Loretta avait demandé à chacune des résidentes si elle n'y voyait pas d'inconvénient et aucune ne s'y était opposée.

Ce matin, Harlow allait faire des courses avec Zoé afin de réapprovisionner leur stock pour le mois à venir. Zoé s'apprêtait à partir en congés pour une quinzaine de jours : sa belle-fille entrait à l'hôpital pour une césarienne le lendemain et il n'était pas question pour Zoé de rater la naissance de son deuxième petit-enfant.

Loretta avait modifié le planning afin que Harlow n'ait pas à passer ses matinées au refuge. Les résidents pouvaient se servir eux-mêmes des céréales ou des muffins que Harlow préparerait la veille au soir. N'empêche que le planning promettait d'être chargé, mais ça ne la dérangeait pas. Au contraire, elle éviterait ainsi de penser à Lowell.

Les deux femmes quittèrent le refuge à 10 heures pour se rendre au Costco. Elles y allaient avec le mini van de Loretta, afin d'avoir de la place pour caser les courses.

— Salut, les filles, cria une voix dès qu'elles mirent le pied dehors. On est bien jolies, ce matin !

Harlow leva les yeux au ciel.

— Pourquoi ne viendriez-vous pas par ici vous faire faire un tatouage ? hurla un deuxième type de l'autre côté de la rue.

— Non, merci, répondit Harlow en continuant à marcher vers le parking.

— Fais pas ta salope ! cria le premier bonhomme.

— Pourquoi « salope » ? marmonna Harlow à Zoé. Je lui ai répondu poliment.

Sa collègue pouffa.

— Vous vous croyez trop bien pour nous ? insista le deuxième en traversant la rue.

Aussitôt Harlow s'inquiéta : il venait droit sur elles. Par le passé, ils avaient toujours gardé leurs distances.

Elle leva un bras, dans l'idée de pousser Zoé derrière elle, mais s'emmêla les pieds et son dos heurta le mur de brique de l'immeuble vacant voisin du refuge. L'homme se dirigea droit sur elle, sans prêter attention à Zoé. Le second l'imita, qui vint se poster de l'autre côté.

— On en a marre de vous voir dans les parages, vous et vos semblables, siffla le premier homme.

Harlow tourna la tête pour se donner de l'espace, mais tomba nez à nez avec l'autre voyou. Ils étaient tous les deux hâlés à force de passer leurs journées au soleil et leurs dents tachées par le tabac à mâcher. Ils portaient un tee-shirt sale et un long short trop large qui leur tombait sur la taille et leur descendait au-dessous des genoux.

Harlow s'efforçait toujours de ne pas se laisser intimider par quiconque, seulement ces deux types étaient pour le moins effrayants.

— Ce refuge est là depuis longtemps, déclara-t-elle calmement en s'efforçant de masquer le tremblement de sa voix.

Il ne fallait pas montrer sa peur à l'ennemi, elle le savait. Il l'utiliserait contre elle.

— Vous ne voyez pas, bande de garces, que c'est chez nous, ici, maintenant ?

— La ville essaie de donner un coup de frais au quartier, intervint Zoé, non loin de Harlow.

Harlow la voyait qui se tordait les mains, en tâchant de

trouver comment l'aider. Mais la dernière chose qu'elle souhaitait, c'était que sa collègue soit blessée. Or, elle en était certaine, ces gars pouvaient leur faire du mal à toutes les deux. Ils étaient plus grands, plus forts et surtout plus agressifs.

— Putain de blague, oui, cracha le premier. Un coup de jeune, ça veut dire que dalle. Quand les appartements seront construits, qui y habitera à votre avis ? Mes potes et moi, voilà. On s'est attribué ce quartier, il est à nous.

Dans la tête de Harlow, des dizaines de questions se bousculaient. Des appartements ? Elle ignorait tout de cette histoire de construction d'appartements. Elle n'était même pas au courant que les bâtiments vides de part et d'autre du refuge avaient été vendus. Ce type ne savait pas ce qu'il racontait, il faisait le dur, voilà tout.

Comme s'il lisait dans ses pensées, l'autre intervint :

— Des HLM, salope. Voilà ce qu'on va faire de ces immeubles. Et toi et les autres garces qui vivez bien à l'abri et bien confortables là-dedans, vous allez vous retrouver pile-poil au milieu de chez nous. Tout le temps. On a vu le petit gros qui habite là. Il a l'air bien seul. Il va avoir besoin de vrais bonshommes avec qui traîner, pas vrai, Bear ? fit-il à son comparse à qui il flanqua un coup de coude.

Harlow leur jeta un regard noir.

— Laissez-le tranquille. La dernière chose dont il a besoin, c'est de s'acoquiner avec des types comme vous.

— Des types comme nous ? répéta celui qui s'appelait Bear entre ses dents.

Harlow déglutit péniblement. Aïe. Elle n'aurait pas dû dire ça.

— Tu te crois tellement mieux que moi ? fit Bear.

Considérant que la question n'appelait pas de réponse, elle se tut. Mais de toute façon, il ne lui aurait pas laissé le temps de répondre, car il continuait déjà :

— Flash info, salope : le seul truc qui t'a protégée de moi et de mes potes, c'est deux biftons de cent dollars par semaine.

Mais je commence à trouver que ça fait pas assez. Aucune garce ne me manque de respect sans s'en mordre les doigts. Visiblement, les autres pisseuses et toi, vous pigez pas : personne ne veut de vous ici, aboya-t-il en s'approchant.

Ni lui ni son comparse ne l'avaient touchée, pourtant Harlow frissonna. Elle sentait presque le contact de sa main qui se refermait autour de sa gorge, menaçante.

— Alors, foutez le camp, que les nouveaux apparts puissent être livrés et qu'on passe tous à autre chose.

Elle ne réagit pas, se contentant de soutenir le regard froid et mort des prunelles bleues plantées dans les siennes. Si seulement Zoé pouvait faire quelque chose, comme retourner au refuge et appeler à l'aide. À la place, sa collègue restait près d'elle, redoutant sans doute de la laisser seule avec les voyous.

La toile d'araignée que l'homme avait tatouée dans le cou faisait peur à voir et elle savait aussi ce que signifiaient les deux larmes dessinées près de ses yeux : ce type n'était pas un gentil. Pas le moins du monde.

Elle resta immobile, n'osant pas bouger d'un pouce et lui donner une excuse pour la frapper. Elle redoutait même de respirer.

— C'est quoi, ce bordel ? tonna une voix profonde non loin de là.

— Foutez. Le. Camp, gronda Bear, avant de tourner les talons et de filer en courant de l'autre côté de la rue, son pote sur les talons.

Ils passèrent devant le salon de tatouage et la boutique d'occasion, avant de disparaître à l'arrière du bâtiment.

— Bon Dieu ! Tu vas bien ? demanda Lowell.

Au lieu de répondre, Harlow se pencha, les mains sur les genoux, et tâcha de recouvrer son souffle. Elle haletait aussi fort que si elle venait de courir des kilomètres. Elle sentit la main de Lowell dans le bas de son dos, sitôt qu'il s'arrêta près d'elle.

— Tu veux que j'aille leur botter le train ? demanda Ro, près de Lowell.

— Non. Pas sans soutien, or je ne quitte pas Harlow, répondit-il.

Harlow était à deux doigts de sourire, mais elle n'en avait pas encore la force.

— Tu vas bien ? s'enquit Zoé.

Harlow ferma les yeux, sachant qu'elle devait se ressaisir. Bear et son copain ne l'avaient pas touchée. Ils n'avaient rien fait, d'ailleurs. Juste craché encore des saletés, comme ils le faisaient depuis des semaines.

— Elle va bien, entendit-elle Lowell répondre à sa place.

Elle sentit qu'il glissait les doigts sous la couture de son tee-shirt et frissonna, mais pour une tout autre raison cette fois, quand leur pulpe rugueuse caressa la peau sensible du bas de son dos.

Comme d'habitude, elle avait la chair de poule dès qu'il la touchait.

Lentement, elle se redressa et recula d'un pas. Elle n'arrivait pas à réfléchir, quand il la touchait. Or elle ne pouvait se permettre de lire quoi que ce soit dans cette caresse. Il n'était pas pour elle. Tellement trop bien pour elle que c'en était drôle. *Amis. Juste des amis*, se répéta-t-elle en boucle.

— Oui, ça va, tenta-t-elle de rassurer Zoé et les deux hommes qui la dévisageaient désormais, les sourcils froncés.

Ro leva les yeux vers l'une des caméras.

— Ça a dû être filmé, commenta-t-il.

— Qu'est-ce qu'il t'a dit ? demanda Lowell sans la quitter des yeux.

Harlow pinça les lèvres, pas encore prête à revivre l'expérience tout de suite.

— Il a dit que ses copains et lui allaient emménager dans les appartements qui seraient construits ici. Que ça allait être des HLM et qu'il n'était pas question que le quartier soit réaménagé, lâcha Zoé d'une traite.

— Quoi d'autre ? s'enquit Ro d'un ton menaçant qui surprit Harlow.

Lowell et ses collègues étaient forcément doués dans leur domaine, elle le savait. Après tout, c'étaient d'anciens soldats des Forces spéciales. Mais jamais elle n'avait vu transparaître cet aspect chez eux. Tout ce qu'elle avait vu, c'étaient des hommes qui s'efforçaient d'aider des femmes abusées à se sentir en sécurité, qui s'asseyaient par terre et jouaient à des jeux ou à la poupée avec les enfants.

Toutefois, Ro, en cet instant, n'avait rien à voir avec l'homme qu'elle avait appris à connaître. C'en était effrayant.

— Il a parlé de deux cents dollars, comme quoi ça nous protégeait. Je n'ai pas compris cette partie-là, ajouta Zoé.

— J'appelle Meat, annonça Ro en sortant son téléphone. Il nous faut les enregistrements audio des caméras.

Harlow sursauta violemment en sentant une main sur son visage.

— Tout doux, bébé, ce n'est que moi.

Elle hocha la tête et se sentit bête. Évidemment que c'était Lowell. Il lui passa les cheveux derrière l'épaule.

— Où alliez-vous, les filles ?

— Au magasin, répondit-elle. On a besoin de faire des courses alimentaires. Zoé va s'absenter une semaine ou deux.

Une lueur s'alluma dans le regard de Lowell, mais Harlow ne sut l'interpréter. Il se tourna vers Ro.

— J'y vais avec elles, déclara-t-il.

Ro opina du chef. Il avait son portable à l'oreille.

— OK. Je reste jusqu'à ton retour.

— Si tu peux juste nous accompagner au van, ensuite ça ira, tenta de le rassurer Harlow.

Mais il ne l'écoutait pas. Il prit la main de Zoé et entraîna Harlow vers le parking.

— Allez, mesdames. Plus vite ce sera fait, plus tôt on sera rentrés pour le déjeuner.

Consciente que rien ne le ferait changer d'avis, elle le laissa les escorter jusqu'au mini van sur le parking. En marchant, elle regardait autour d'elle, mais ne vit aucune trace de Bear ni de son comparse. Dieu merci. Elle déverrouilla la portière du véhicule de Loretta et jeta un coup d'œil à Lowell.

— Je vous suis, déclara-t-il, lisant dans ses pensées.

Sur quoi il se pencha et l'embrassa sur la joue, avant de se diriger vers sa Mazda.

Harlow grimpa dans le van au milieu d'un brouillard. C'était la cinquième fois que Lowell l'embrassait et chaque nouveau baiser était plus perturbant que le précédent. Elle tâcha de se convaincre qu'il était comme ça, point barre, qu'il embrassait les gens de cette manière respectueuse, presque fraternelle, mais, en toute honnêteté, elle ne l'avait jamais vu embrasser personne. Ni Loretta ni aucun des résidents.

Une fois en route, Zoé lâcha :

— Je ferais peut-être mieux de rester.

— Non, absolument pas. Tu pars, affirma Harlow d'un ton sans appel.

— Mais...

— Non. Tu vas à Pueblo, tu te détends et tu fais la connaissance de ton petit-fils.

Zoé sourit.

— Bon, d'accord, alors.

Harlow lui rendit son sourire, puis elle ajouta :

— Eh bien, quelle aventure ! Pourquoi est-ce que tu n'es pas retournée au refuge ? Ou aller appeler à l'aide ?

— Je ne pouvais pas te laisser, répondit sa collègue, l'air offensé.

— On n'aurait jamais pu s'en dépêtrer. Tu n'aurais rien pu faire, s'ils avaient voulu nous frapper. J'aurais préféré te savoir en sécurité à l'intérieur.

— Harlow, la sermonna Zoé d'une voix douce, si j'avais fui, l'un d'eux m'aurait probablement prise en chasse de toute façon. Je ne serais pas arrivée jusqu'au foyer, on était trop loin. Et avec la montée d'adrénaline de la poursuite, il y a tout à parier qu'il aurait eu envie de décharger cette énergie. Tu vois où je veux en venir ?

Hélas, oui, elle voyait.

— Donc je suis restée immobile, en espérant ne pas les exciter plus qu'ils ne l'étaient déjà. Je me suis dit qu'ils allaient balancer ce qu'ils avaient à dire et puis qu'ils s'en iraient. En plus... j'ai vu la Mazda de ton homme se garer sur le parking et je savais qu'il serait là bien avant que je puisse, moi, aller chercher de l'aide.

— Ce n'est pas mon homme, protesta Harlow. (Zoé haussa les sourcils, incrédule.) Non, sérieux, je le connais du lycée, mais c'était il y a une éternité. Je t'ai parlé de mes expériences de films d'horreur avec les hommes. Alors je ne compte pas faire quoi que ce soit qui risquerait de me faire perdre son amitié ou découvrir qu'en secret, c'est un pervers qui a envie de me lécher les orteils.

— Cet homme-là, je le laisserais bien me lécher les orteils, moi, commenta Zoé avec un sourire canaille.

— Zoé !

— Quoi ? C'est un sacré beau spécimen. Tout comme ses copains, d'ailleurs. (Elle secoua la tête face à l'air surpris de Harlow.) Détends-toi, Harl. Bien sûr qu'il n'est pas parfait. Personne ne l'est. Je pense que c'est ça, ton problème. Tu cherches quelqu'un qui n'existe pas. Tous les hommes ont leurs défauts. Certains sont plus visibles que d'autres, mais si tu penses tomber sur quelqu'un qui ne commet jamais d'erreurs, qui ne dit jamais un mot de travers et qui te traite comme si tu étais en or massif, tu te réserves forcément des déceptions. Sans compter que ce serait ennuyeux. Toi, il t'arrive de te tromper, alors pourquoi pas l'homme avec qui tu sors ?

— Zoé, je n'attends pas d'un homme qu'il soit parfait. Mais ce serait agréable s'il n'amenait pas sa mère à un premier rendez-vous, s'il n'éclatait pas en sanglots quand je refuse sa demande en mariage à notre première rencontre ou s'il n'allait pas se masturber sur l'une de mes peluches en douce, un jour que je l'invite à mon appartement...

— Bon, d'accord, c'étaient des nuls, mais, ma belle, je pense vraiment que le jour où tu baisseras ta garde, où tu cesseras de chercher et que tu regarderas autour de toi, tu trouveras l'amour là où tu l'attends le moins.

— J'ai essayé, protesta Harlow. J'ai accepté des rendez-vous avec des hommes que j'avais croisés à l'épicerie, je leur ai souri à la bibliothèque, j'ai été réceptive à des types avec qui je travaillais dans la restauration... mais rien ne s'est passé. Je suis aussi sortie avec des hommes rencontrés en ligne et beaucoup de ces rendez-vous se sont avérés horribles, seulement je ne sais plus où rencontrer des hommes si ce n'est sur des sites de rencontre.

— Garde la foi, ma chérie, dit Zoé en venant lui tapoter la main. J'ai un bon pressentiment. Tu as pris un risque en emménageant dans le Colorado sans connaître personne et je pense que rien n'arrive au hasard. Il faut juste que tu sois patiente et que tu laisses les choses se faire comme elles le doivent.

Sourire aux lèvres, Harlow s'engagea sur le parking du Costco.

— Très bien. Tu as une liste ?

— Bien sûr.

Harlow allait pour ouvrir sa portière... et lâcha un cri de surprise en découvrant une silhouette derrière sa vitre. Une main sur la poitrine, elle fronça les sourcils à l'attention de Lowell. À côté d'elle, Zoé ricana, mais Harlow la laisserait s'en tirer à bon compte : elle était déjà occupée à ouvrir sa portière pour hurler sur Lowell.

— Tu m'as fichu la frousse ! le gronda-t-elle.

— Désolé, lâcha-t-il, mais en souriant.

— Tu n'es pas désolé du tout, marmonna-t-elle.

Il vint lui prendre la main et la conduisit à l'avant du véhicule, où se tenait Zoé.

— Vous êtes prêtes, mesdames ?

— Absolument ! s'exclama Zoé, toute guillerette, à croire qu'elle ne venait pas de se faire coincer par deux voyous vingt minutes plus tôt.

Lowell exerça une pression sur la main de Harlow et elle poussa un soupir.

— Prête, répéta-t-elle.

Elles déambulèrent avec deux caddies dans l'hypermarché, empilant nourriture et encas. Les enfants mangeaient beaucoup et les mères tenaient à ce qu'ils avalent des produits sains plutôt que des calories sans aucun apport nutritif. Il leur fallut une heure et demie pour trouver tout ce qu'elles avaient noté sur leur liste et passer en caisse avec leurs caddies débordants.

Lowell les avait suivies sans se plaindre, attrapant les produits les plus en hauteur et portant les pots et les boîtes les plus lourds. Il poussa même le caddie de Zoé quand il devint trop plein et difficile à manœuvrer.

Toute la nourriture avait été scannée et remise dans les caddies quand Harlow sortit la carte de crédit que Loretta lui avait confiée pour payer les courses.

— Je suis désolée, madame, votre carte a été refusée. Vous souhaitez réessayer ? demanda la caissière.

— Bien sûr. Ce doit être une erreur.

Et elle repassa la carte dans le terminal.

— Désolée, fit la caissière avec un air peiné. Encore refusée.

— Qu'est-ce qui se passe ? marmonna Harlow à mi-voix.

La main de Lowell apparut alors devant elle et il introduisit sa propre carte dans la fente.

— On va utiliser celle-ci dans ce cas, indiqua-t-il à la caissière qui commençait à s'affoler.

— Super. Apparemment, elle a fonctionné. Voici, monsieur, bonne journée, ajouta-t-elle quand l'interminable reçu fut imprimé.

Harlow s'en saisit avant que Lowell ne puisse s'en emparer.

— J'en parlerai à Loretta, pour voir ce qui cloche, lui dit-elle. Tu seras remboursé.

— Je ne m'inquiète pas là-dessus.

— Lowell, tu viens de payer pour plus de sept cents dollars de courses, lui rappela-t-elle, même s'il était forcément au courant.

— Et ?

— Et tu ne peux pas faire ça.

— Harl, c'est bon. Je suis sûr que Loretta va régler le problème et me rembourser.

Elle soupira et se détourna pour pousser le caddie jusqu'à l'extérieur.

— Pourquoi est-ce que ça t'embête autant ? demanda-t-il, manœuvrant l'autre caddie près d'elle.

Zoé marchait devant eux.

— C'est juste... Je ne veux pas que tu penses que je profite de toi, bredouilla-t-elle.

— Pourquoi veux-tu que j'aie des idées pareilles ? Tu ne m'as pas demandé de payer ces courses, tu ne m'as pas demandé de vous accompagner. Et fait, jusqu'à présent, tu ne m'as jamais rien demandé. Pourquoi diable irais-je m'imaginer que tu essaies de profiter de moi d'une façon ou d'une autre ?

Présentées comme ça, ses craintes paraissaient ridicules.

— Tu te rappelles, je t'ai dit que désormais tu vivais dans mon monde, bébé ? reprit-il.

Elle hocha la tête.

— Eh bien, ça signifie que tu ne dois jamais culpabiliser à propos de ce que je fais pour toi. Tu es mon amie et les amis, ça s'entraide. Quand je suis avec Allye et que Gray n'est pas là, je ne la laisse rien payer non plus. Si j'allais faire des courses avec Chloé et que sa carte est refusée, je la dépannerais sans hésiter. Idem pour Morgan. Ou Zoé. Ou Loretta. Tu réfléchis trop, Harlow. Laisse-moi me rendre utile.

Il avait raison. Elle y voyait un geste lié à sa personne, alors qu'il n'en était rien.

— OK. Merci, Lowell.

— De rien. Maintenant, viens, il faut mettre tout ça dans la voiture et retourner au refuge avant que les produits se gâtent. Tu es sûre que tout ça va rentrer dans le garde-manger ?

Elle sourit.

— Certaine.

Elle s'efforçait de garder un ton aussi léger que celui de Lowell. Être amie avec lui, c'était bien. Peut-être pas aussi bien que d'être allongée sous lui dans un lit alors qu'il l'assaillirait de coups de reins jusqu'à l'orgasme... mais bien quand même.

Oui. Quelle idiote elle était !

13

Chapitre Treize

— Laissez-moi me charger de lui, demanda Black à Rex.

Avec les autres Mercenaires Rebelles, il était assis au Pit pour discuter des événements de la journée. Il était tard, car ils avaient attendu Gray qui était de surveillance au refuge ce soir-là. Il était resté s'assurer que personne ne rôdait autour, puis les avait rejoints directement au bar pour leur réunion.

— Non, répondit la voix modifiée par ordinateur à l'autre bout du fil. Il n'a touché personne et n'a enfreint aucune loi.

— Il a menacé Harlow, lui fit remarquer Ro. Elle était complètement flippée.

— Ce n'est pas encore le moment, persista Rex. Écoutez, je ne dis pas que ces trouducs n'ont pas besoin d'une bonne leçon. Si, ils le méritent. Mais tant qu'on n'a pas plus d'infos à suspendre au-dessus de leur tête, ils ne parleront pas.

— Moi, je saurai les faire parler, s'obstina Black.

Il était furax. Et frustré. Plus il passait de temps avec Harlow, plus il l'appréciait et il détestait ce qui lui arrivait, à elle et aux autres femmes.

— Qu'est-ce qu'on a sur ce que ce connard de Bear a dit à

156

Harlow ? voulut savoir Arrow. Qu'est-ce qu'il sous-entendait, avec cette histoire d'argent ? Deux cents euros par semaine de la part de qui ?

— On n'en sait guère plus, admit Meat. L'argent que touche ce Brian Pierce alias Bear ou quel que soit le nom qu'il se donne, lui est forcément versé en liquide, car ses comptes en banque ne montrent aucun dépôt.

— Et ses copains ? On a leur nom ? s'enquit Ro.

— Bien sûr. L'adolescent qui était avec lui aujourd'hui, c'est Malcolm Sullivan, dix-neuf ans, qui a lâché le lycée, les informa Meat, lisant sur une tablette posée devant lui. Les autres qu'on a vus traîner dans les parages et qui ont été filmés par les caméras en train de harceler les femmes du refuge sont Eliott Chapman, vingt-trois ans, et Brody Garvey, vingt-neuf.

— Donc assez vieux pour avoir de sérieux problèmes s'ils sont accusés de quoi que ce soit, commenta Ball.

— Oui, sauf que jusqu'à présent, ils n'ont rien fait, nuança Gray.

— Tu parles ! gronda Black. Tu n'as pas vu Harlow avant que je vienne à sa rescousse. Ce connard était à ça de son visage et il la menaçait.

— Mais il ne l'a pas touchée, répéta Rex au bout du fil.

— Ça ne change rien, putain ! explosa Black. Il faut qu'on attende qu'il tabasse quelqu'un avant d'intervenir ? Ce n'est pas ainsi qu'on opère et vous le savez, Rex. Qu'est-ce qu'on attend, merde ?

Le silence se fit après l'explosion de Black. Il savait qu'il avançait en terrain miné, en aboyant sur Rex comme ça, mais il était furieux que leur officier traitant se montre aussi passif. Ils étaient assis là, à regarder des caméras comme une bande de mauviettes. Lui, il était pour traîner Bear – pardon, ce putain de Brian Pierce – dans une salle et le forcer à leur donner les réponses qu'ils cherchaient. Ça prendrait une nuit, pas plus, et tous les soucis du refuge s'envoleraient. Mais pour une raison qui lui échappait, Rex refusait qu'ils procèdent ainsi.

— C'est bon, tu as terminé ? lui demanda son chef d'une voix calme.

En avait-il terminé ? Non. Pourtant, il cracha :

— Oui.

— Bien. Alors voilà, trois ou quatre de ces voyous ont déjà des délits à leur actif. Ils veillent soigneusement à ne pas franchir la ligne qui les sépare de l'illégalité. Ils ont tous un alibi en béton pour la nuit où la station-service a été incendiée. Ces connards ne sont pas ceux qui nous intéressent. Nous, on cherche un fantôme et le seul moyen de le trouver, c'est via ces voyous. À la seconde où on en pince un et qu'on le travaille au corps, le marionnettiste disparaîtra dans un nuage de fumée.

— Alors... quoi ? En attendant, ils ont le droit de filer la frousse de leur vie à des femmes et des enfants vulnérables ? s'agaça Gray, qui reprenait la protestation au nom de Black.

— C'est pourquoi vous êtes postés là-bas à tour de rôle, répondit calmement Rex. Vous mettez la pression sur le type qui tire les ficelles. Ils sont en train de craquer, si l'on se fie aux événements du jour. Il faut juste que l'on conserve cette pression sur lui et c'est lui qui va craquer.

— Et qui sera pris dans le tir croisé ? demanda Meat – une question rhétorique.

— J'ai tout sous contrôle, affirma Rex, dont le ton montrait les premiers signes de l'impatience. On va découvrir qui est derrière tout ça.

Black avait les yeux rivés à ses mains sur la table. Il n'aimait pas le sentiment qui coulait dans ses veines.

Le doute.

Depuis le jour où Rex les avait embauchés, les autres et lui, ils avaient fait tout ce que cet homme mystérieux leur avait demandé sans poser aucune question. Ils lui faisaient une confiance aveugle et Rex ne les avait jamais déçus. Pourtant, il ne pouvait s'empêcher de penser qu'en l'occurrence, Rex se trompait.

Alors d'accord, cette affaire était personnelle pour lui, mais l'attitude de Rex vis-à-vis de la situation – et plus généralement, son manque d'action – lui hérissait le poil.

— Organisez-vous un planning pour que le refuge soit protégé, ordonna Rex. On ne peut pas veiller sur toutes les femmes à toute heure de la journée, elles vont donc aussi devoir travailler ensemble pour veiller les unes sur les autres. Qu'elles se déplacent toujours par paires. Qu'elles gardent leur téléphone à portée de main afin de pouvoir composer le 911 si nécessaire.

À nouveau, cette même sensation que quelque chose clochait faillit suffoquer Black. Dix femmes vivaient au refuge. Presque toutes avaient un travail. Puis il y avait aussi Loretta, Zoé et Harlow. Sans parler des cinq enfants. Impossible pour les Mercenaires Rebelles de toutes les protéger dans leurs allées et venues, alors qu'ils ne savaient même pas d'où venait la menace. De quoi vous rendre dingue de frustration.

— Je reste en contact. Tenez-moi au courant s'il se passe quoi que ce soit d'autre d'important.

Sur ces mots, Rex mit un terme à l'appel.

Les six hommes restèrent silencieux une fraction de seconde, avant que Ro ne prenne la parole.

— Putain, j'aime pas ça.

Personne ne répondit, mais Black savait qu'ils étaient tous du même avis.

Quelque chose clochait avec leur officier traitant. Ça ne lui ressemblait pas de passer outre des menaces faites à des femmes et des enfants. Impossible de protéger tout le monde. Il allait arriver du mal à quelqu'un. Et Black redoutait que ce quelqu'un ne soit Harlow.

Elle avait peur, mais jamais elle n'avait connu le genre de situations que la plupart des résidentes avaient vécues. Elle n'avait pas appris quand il valait mieux reculer ou comment se protéger. Certes, il avait pris le temps de lui apprendre, à elle et aux résidentes, quelques gestes d'autodéfense simples, seulement ça ne les protégerait pas si quelqu'un se mettait en tête de faire monter le harcèlement d'un cran.

— Je pense que c'est une erreur de ne se concentrer que sur les résidentes, lâcha Meat au bout d'un moment. J'ai passé en revue tous les noms que j'ai et aucun ne me paraît significatif. Soit il me manque quelqu'un, soit on est sur la mauvaise piste.

— Edward ? suggéra Gray.

— Et tous les crétins avec qui Harlow a eu des rencards ? ajouta Black.

— Ou Zoé ? Elle est divorcée, c'est ça ? lança Arrow.

— Veuve, corrigea Meat.

— Bon, il reste Loretta, fit Ball. Ses ex, à elle ?

— Et cet autre truc qu'a dit Bear ? lança Black au bout d'un moment.

— Quelle partie précisément ? voulut savoir Meat.

— Ce connard a dit un truc au sujet d'appartements en construction.

— Ouais... (Meat se mit à pianoter sur sa tablette.) Merde. J'étais trop occupé à faire des recherches sur les ex et les autres merdes dont Rex n'a pas eu le temps de s'occuper pour une raison ou pour une autre, je n'ai pas pensé à lister les promoteurs immobiliser dans la zone.

— OK. S'il s'avère que quelqu'un a acheté les autres immeubles, pourquoi cette personne ne voudrait-elle pas racheter le refuge aussi ? suggéra Ball.

— Il faut qu'on parle avec Loretta, histoire de voir si elle a reçu des offres et, le cas échéant, de qui. Ensuite, il nous faudra découvrir de qui il s'agit. On doit apprendre qui est déjà propriétaire des autres bâtiments et remonter la piste des projets en cours, s'il y en a. Parler à la municipalité et voir si des demandes de permis de construire ont été déposées, énuméra Ro, qui commençait à s'animer sur le sujet.

— J'ai l'intuition qu'on a perdu un temps précieux sur les ex, lâcha Black, toujours aussi frustré.

— Oui, eh bien, je fais de mon mieux, rétorqua Meat, un

peu agressif. Rex n'a guère fait que vérifier, il ne m'a pas été d'une grande aide. Pendant ce temps, moi, j'essayais de creuser aussi profond que possible dans le passé de chacun.

— Personne ne t'en fait le reproche, lui assura Arrow. Au contraire, on aurait dû penser bien avant que, derrière toute cette histoire de harcèlement, il y avait une histoire d'immobilier.

— Ça va prendre un moment, marmonna Meat en cliquant sur sa tablette. Et je vais avoir besoin de mon ordinateur. J'arrive à rien sur cette bécane.

Black sentait que la réunion tirait sur sa fin, il lança donc :

— J'ai une question à vous soumettre, les gars.

Il attendit d'avoir l'attention de tous.

— Je pensais que cela pourrait faire une bonne distraction pour Harlow ainsi que pour tous ceux qui seraient intéressés au refuge, si on organisait un de ces après-midis en salle d'évasion. Vous savez, ces jeux où il faut résoudre une énigme pour obtenir la combinaison qui permet de sortir de la salle ? Je me demandais si vous vous y joindriez. Et Gray, Ro, Arrow, vous pourriez proposer à vos femmes de venir aussi ?

— Bonne idée, approuva Ball.

— J'en suis, dit Arrow.

— Une salle d'évasion ? répéta Ro.

— On t'expliquera plus tard, répondit Gray à leur Britannique d'origine. Tu pensais proposer ça pour quand, Black ?

— Bientôt. Je pense que ça ferait du bien à tout le monde.

— Pourquoi pas dans quelques jours ? Peut-être jeudi soir ? proposa Meat, les yeux sur sa tablette. Hors week-end, il y a des places disponibles dans la salle du centre-ville.

— À quelle heure ?

— 19 heures, indiqua Meat.

— Bien, ça laissera le temps à Harlow de nourrir tout le monde avant qu'on se mette en route. Fais la réservation pour vingt personnes. Je sais que certaines femmes travaillent, du coup elles ne pourront pas venir, et d'autres ne le voudront pas, mais cela nous inclura. Cela dit, quelqu'un devra rester au refuge.

— Moi, se proposa Meat. Ces salles, c'est trop facile pour moi.

Black leva les yeux au ciel, mais ce fut Gray qui répliqua :

— Ouais, c'est ça. Dis plutôt que tu ne peux pas te passer de tes joujoux électroniques plus d'une heure.

— Pas faux, admit volontiers Meat. C'est fait. La réservation. Black, j'ai mis ça sur ta carte de crédit.

Black ne cilla même pas. L'argent était le cadet de ses soucis. Il en avait beaucoup. Entre sa vie de célibataire, de Navy SEAL, ce qu'il gagnait avec son stand de tir et ce que Rex le payait, il était tranquille jusqu'à la fin de ses jours.

— Tu veux qu'on décide d'un planning pour la surveillance du refuge ? demanda Ro.

— Je vais en faire un prévisionnel et vous, les gars, vous pourrez m'indiquer ce qui marche ou pas. Gray, je sais que tu dois t'organiser autour des cours de danse d'Allye et Ro, Arrow et toi me ferez savoir si Chloé ou Morgan ont quoi que ce soit de prévu que vous ne pouvez pas rater.

— Nom d'une pipe, t'es pire qu'une maman poule, à nous organiser notre planning d'activités périscolaires, le taquina Ball.

— Carrément, convint Meat, pas perturbé pour deux sous.

Black repoussa sa chaise.

— Harlow a ses matinées de libres, puisque Zoé va être absente presque deux semaines. Je serai au stand de tir si vous avez besoin de moi.

— Tu veux que l'un de nous l'escorte jusqu'à l'intérieur quand elle arrivera sur place demain ? s'enquit Gray, qui savait que son ami veillait sur la jolie cuisinière.

— Merci, mais non. Je m'en occupe.

Black savait que ses amis étaient curieux de savoir ce qui se passait entre Harlow et lui, mais il n'avait pas envie de répondre à leurs questions. Gray, Ro et Arrow allaient devenir sentimentaux et lui affirmer que l'amour conquérait tout. Quant à Ball et Meat, ils seraient simplement contents qu'il profite de la vie.

Non, ce qui se passait entre Harlow et lui quoi qu'il s'agisse, restait entre eux et ne concernait personne d'autre.

Il adressa un geste du menton à Noah, qui travaillait derrière le bar, et envoya un bref SMS à Harlow en regagnant sa voiture.

Lowell : Juste pour vérifier si tout va bien.

Il ne fallut que quelques secondes pour que les trois petits points au bas de l'écran se mettent à danser, indiquant qu'elle tapait sa réponse. Il aimait bien qu'elle ne le fasse pas attendre pour donner de ses nouvelles. La seule fois où il n'avait pas reçu de réponse immédiate, c'était quand elle cuisinait.

Harlow : Tout va bien. Et toi ?

Lowell : Pareil. Texte-moi quand tu pars de chez toi demain, je te rejoindrai. Et NE DESCENDS PAS de voiture avant que j'arrive.

Harlow : On t'a déjà dit que tu étais autoritaire ?

Lowell : Oui.

Harlow : Je constate que ça n'a produit aucun effet.

Il ne put s'empêcher de sourire.

Lowell : On se voit demain. Essaie de dormir.

Harlow : Plus facile à dire qu'à faire.

Lowell : Tu fais encore des cauchemars ?

Harlow : Un peu moins.

Elle lui mentait, il le savait, et la frustration le frappa, car il s'avérait impuissant. Bien sûr, un bon, un long orgasme ferait des merveilles pour apaiser son corps, mais il ne croyait pas qu'elle apprécierait cette suggestion de sa part. Bon Dieu, il fallait qu'il se reprenne et arrête de penser à mettre Harlow dans son lit. Comme si c'était possible.

Lowell : Je suis désolé. On essaie de régler le problème.

Harlow : Je sais bien. Et je vous en suis reconnaissante.

Il ne voulait pas qu'elle soit reconnaissante, bon sang.

Lowell : Bonne nuit.

Et sans attendre sa réponse, il coupa son portable et le jeta sur le tableau de bord, avant de démarrer la voiture et de sortir du parking en trombe. Il aurait dû dire autre chose. Terminer la conversation différemment. Mais il était tellement frustré, putain, qu'il était au bord de péter les plombs.

Il était furax contre Rex. Furax contre Brian « Bear » Pierce qui avait osé emmerder Harlow. Vexé qu'ils aient perdu tant de temps à se focaliser sur les ex quand la raison la plus probable de ce harcèlement, à savoir l'intérêt pour l'immeuble du refuge, se trouvait sous leur nez depuis le début. Enfin, il était frustré par sa relation avec Harlow.

Il ricana. Quelle relation ? Il s'était tout juste écoulé deux semaines depuis qu'ils avaient repris contact, se rendit-il compte. Et ils n'étaient pas plus proches maintenant que le jour où il l'avait revue pour la première fois, presque deux mois plus tôt.

Non, ça n'était pas exactement vrai. Il avait la sensation de commencer à la connaître plutôt pas mal. Ils avaient passé beaucoup de temps ensemble, juste à parler ou à profiter de leur présence respective.

Il abattit la paume contre le volant.

Il appréciait Harlow Reese. Elle était pleine de compassion, d'humour et un sacré bon chef cuistot. Il avait dégusté assez de repas par elle pour le savoir. Mais il en voulait plus. Il voulait le droit de lui passer le bras autour des épaules, pour le simple motif qu'il aimait être près d'elle. Il voulait pouvoir se présenter chez elle, juste parce qu'elle lui manquait.

Et puis surtout, il ne voulait plus se cacher derrière cette mascarade qui l'obligeait à ne lui parler que du refuge ou du harcèlement.

Bref, il voulait une relation avec Harlow. Lui faire l'amour. Savoir quels petits bruits elle faisait en jouissant. De quel côté du lit elle préférait dormir ! Si elle ronflait ou si elle tirait toutes les couvertures à elle.

Demain soir, il devait passer au stade supérieur. De toute

façon, il fallait rester proche d'elle pour des raisons de sécurité. Il se servirait de cette excuse pour passer autant de temps que possible avec elle et, au bout du compte, du moins l'espérait-il, il finirait par abattre ses murs.

Satisfait de sa résolution, il accéléra et passa sa frustration comme il avait l'habitude de le faire : en roulant vite.

Plus tard ce soir-là, il fit l'autre chose qui servait à abaisser sa tension : il se masturba. Avec à l'esprit le visage de Harlow du début à la fin.

Nolan Woolf s'impatientait. Il était prêt à demander les permis et à mettre ses projets en œuvre, mais ce foyer de femmes gâchait tout. Le refuge se trouvait pile-poil au milieu des autres bâtiments qu'il avait acquis et il ne pouvait pas mener son projet à bien sans cette propriété dans sa poche.

Il avait eu la bonne idée d'acheter les autres bâtisses sous différents noms d'entreprise. Il avait utilisé les services de l'ami d'un de ses cousins, un avocat vaguement véreux, pour l'assister dans la paperasse – qu'il devait remplir d'une manière aussi anonyme que possible, en créant des sociétés à responsabilité limitée fantoches. Ainsi, si quelqu'un effectuait des recherches sur lui ou les propriétés de la zone, on ne se rendrait pas compte que la même personne possédait tout, avec un peu de chance.

Qu'est-ce qu'elle voulait de plus, cette vieille nana ? Il lui avait offert un prix compétitif pour le bâtiment, mais pas de réponse. Il savait qu'elle avait reçu récemment quelques autres propositions pour la propriété, mais la sienne était la plus élevée, ça, il en était persuadé.

Nolan savait que la ville voulait faire restaurer les bâtiments existants par des promoteurs, histoire de leur conserver « leur charme historique ». Quelle connerie ! Lui, il comptait les raser, ces saletés. Ses plans visaient à construire des logements bas de gamme à la place, afin de récolter l'argent des trouducs qui vivaient des aides du gouvernement, comme les quatre couillons qu'il avait embauchés pour harceler Loretta Royster et ses locataires. Il avait déjà fait dessiner des plans, envisagé les appartements les plus petits possible sans risquer de se faire taper sur les doigts. Construire des immeubles locatifs plutôt que de vendre les appartements d'une copropriété lui rapporterait dix fois plus d'argent en loyers. C'était le plan parfait.

Sauf que cette vieille garce se mettait en travers de son chemin.

Il n'en avait rien à foutre des femmes qui perdraient leur foyer une fois qu'elle aurait vendu l'immeuble. De toute façon, elles méritaient sans doute d'être battues et à la rue.

Il devait faire monter la pression d'un cran. L'incendie de la station-service n'avait pas suffi à effrayer Loretta au point qu'elle accepte son offre.

Il allait lui donner une bonne raison de vendre, à cette vieille salope. Il avait déjà intercepté son courrier et déclaré sa carte bleue volée, elle ne tarderait donc pas à voir ses paiements refusés, mais de toute évidence, ça n'était pas assez. Elle pouvait facilement régler tous ces problèmes. Il lui fallait passer à une action plus drastique.

Un sourire se dessina sur son visage. Il n'en revenait pas de ne pas y avoir songé plus tôt.

Le refuge pour femmes Premier Espoir était une ONG. Loretta comptait probablement sur des fonds versés par le gouvernement pour continuer à faire tourner son truc.

Et si l'argent cessait de tomber ? Peut-être alors que son offre deviendrait beaucoup plus attrayante.

Nolan se frotta les mains tout en fomentant son plan. Il allait rappeler l'avocat véreux qui l'avait déjà aidé et voir quelle idée cet homme pouvait lui soumettre. Loretta n'allait pas tarder à regretter d'avoir ignoré son offre.

14

―――

Chapitre Quatorze

— Je ne suis pas sûre d'en avoir envie, chuchota Harlow à Black.

Ils se tenaient dans l'entrée du Great Escape.

— Pourquoi ?

Il balaya des yeux leur groupe, dix-huit personnes en tout qui attendaient qu'on les fasse entrer dans les trois salles qui leur avaient été assignées. La décision de cette sortie avait été impromptue. Ils s'étaient divisés en trois équipes de six : Gray, Allye, Carrie, Violet, Lacie et Ball formaient une équipe. Ro, Chloé, Julia, Jasper, Harlow et Black une autre. Et Arrow, Morgan, Loretta, Edward, Ann et Sue, la dernière.

Black savait que ses collègues laisseraient les autres membres de leurs équipes respectives faire le plus gros du travail, car ils étaient tous rompus à ce genre d'exercices. Ils n'interviendraient que dans le cas où leur équipe serait coincée.

Voyant que Harlow ne répondait pas à sa question, Black la poussa du coude et répéta :

— Pourquoi n'es-tu pas sûre d'en avoir envie ?

Elle haussa les épaules.

— Je ne sais pas.

Il se positionna derrière elle et lui posa les mains sur les hanches. Puis il se pencha et lui murmura à l'oreille :

— Détends-toi et amuse-toi. Parce que c'est censé être fait pour s'amuser, tu sais.

— Pourquoi est-ce que je suis aussi nerveuse alors ? lui demanda-t-elle par-dessus son épaule.

Black avait beaucoup de mal à garder ses sentiments envers Harlow pour lui. Il était allé au refuge cet après-midi-là, débarquant au milieu d'une scène de chaos organisé. Les enfants étaient à la cuisine, qui l'« aidaient » à préparer le dîner, mais lui donnaient plus de travail qu'ils ne lui en épargnaient. Loretta aidait Bethany et Carrie sur des candidatures professionnelles : elles essayaient de trouver un emploi plus lucratif que celui de serveuses dans les fast-foods qu'elles occupaient actuellement. Sue et Lisa étaient au téléphone, et les autres traînaient ici ou là, à discuter et à rire.

Au lieu d'éreintée, il avait trouvé Harlow prenant tout en charge, comme d'habitude, prenant le temps de complimenter les enfants pour quelque tâche qu'ils avaient bien accomplie, ou même étreignant Kristen en passant.

Cette femme était toujours à fond. Toujours en train d'aider quelqu'un. Black était fatigué rien qu'à l'observer. Mais il aimait ce trait de personnalité chez elle. Qu'elle soit aussi amicale et ouverte. Il aimait son caractère enjoué.

Jamais il n'avait rencontré quelqu'un qui soit capable de continuer comme ça, encore et encore, sans jamais se lasser. Et sans jamais se départir de son sourire.

— Tu n'as pas de raison d'être nerveuse. On ne peut pas rester coincés dans la salle, parce qu'il y a quelqu'un qui nous surveille en permanence grâce à des caméras. Et même si notre temps est limité à une heure, je n'ai aucun doute sur le fait qu'on aura découvert les indices et qu'on sera sortis bien avant.

— Ce n'est pas ça. C'est juste...

— Quoi, Harl ?

Son odeur de vanille lui faisait penser à d'autres choses, des choses intimes, et il devait batailler pour rester concentré sur ce qu'elle disait.

— Je veux que Jasper passe un bon moment. Qu'il ait un sentiment de réussite. Il a tellement souffert du départ de son père et de son emménagement au refuge qu'il ne s'est toujours pas ouvert beaucoup.

Le cœur de Black fondit. Elle pensait toujours aux autres.

— Je te promets qu'il va adorer. Il va se prendre au jeu et trouvera les indices comme un vrai pro. Mais si, pour une raison ou une autre, ça ne se passe pas ainsi, je le guiderai discrètement dans la bonne direction.

— Tu as déjà fait ce truc ?

Il opina du chef.

— Oui. Pas forcément cette salle-là, mais ça y ressemblait.

Elle pivota face à lui, soit qu'elle ne se rende pas compte qu'il avait toujours les mains sur ses hanches, soit qu'elle s'en fiche. Elle l'attrapa par les manches et dit :

— Je parie que c'est ennuyeux pour tes amis et toi, hein ? Vous faites ça tous les jours ou, du moins, vous le faisiez quand vous étiez soldats.

Il sourit.

— Ennuyeux, non. Jamais je ne pourrais m'ennuyer en ta présence, Harlow.

Elle rougit et il aima voir la facilité avec laquelle il pouvait l'émouvoir. Ses prunelles bleues scintillaient d'une émotion qu'il ne savait pas déchiffrer. Elle se passa la langue sur les lèvres et Black dut s'empêcher de se pencher pour les prendre entre les siennes.

Voilà, c'était officiel : il était obsédé.

— J'aime bien les petites amies de tes amis, dit-elle, interrompant le contact visuel pour regarder où se tenaient les compagnes des autres Mercenaires Rebelles.

— Ce sont des gens aimables.

— Je ne veux pas dire que je pensais ne pas les aimer, mais je ne savais pas trop ce que j'allais dire à Morgan. Je suis vraiment contente qu'elle aille bien et elle a l'air en pleine forme. Tu ne trouves pas ? J'ignore comment elle s'est retrouvée embarquée dans ce qui lui est arrivé. Et Allye est superbe. Je n'étais pas au courant de ce qui lui était arrivé, je ne regarde pas trop les informations nationales, mais j'adore ses cheveux. Cette mèche blanche est vraiment unique. Et elle a aussi des yeux fantastiques. Je n'en reviens pas que ce type l'ait ciblée à cause de détails aussi simples. C'est fou ! Et je pense que Chloé et moi, on doit se ressembler beaucoup. On a le même âge, la même taille et la même silhouette. Oh, je voulais lui demander si elle voudrait bien donner quelques conseils à Loretta. Tu as dit qu'elle travaillait dans le domaine financier, non ?

Le dernier commentaire de Harlow rappela à Black qu'il devait discuter avec Rex et lui demander de mettre le nez dans les comptes de Loretta. Meat y avait jeté un rapide coup d'œil, mais rien ne semblait anormal. Enfin, ça ne pouvait pas faire de mal de revérifier et Meat avait plus qu'assez à faire pour le moment. Peut-être la carte de crédit qu'elle avait confiée à Harlow et Zoé n'avait-elle pas fonctionné pour une quelconque raison administrative, mais il fallait s'en assurer.

— Elle ne donne pas des conseils financiers officiellement, du moins plus maintenant, mais je suis sûre qu'elle serait volontaire pour aider, répondit-il.

— Ah, alors peut-être que je ferais mieux de ne pas l'embêter. Je ne veux pas raviver de mauvais souvenirs.

Black lui avait raconté en gros l'histoire des trois femmes qu'elle avait rencontrées ce soir. Elle était déjà au courant pour Morgan, tout le monde savait qu'elle avait été kidnappée et retenue contre sa volonté dans les Caraïbes pendant un an. Son père n'avait cessé de parler aux médias et à tout le monde, sans relâche, afin que personne n'oublie que sa fille était portée disparue.

— C'est bon, lui assura Black.

— Tout le monde est prêt ? demanda l'animatrice guillerette depuis le seuil.

Tout le monde fit « oui » de la tête et elle les conduisit dans
un couloir desservant une zone ouverte avec trois portes. Elle
leur expliqua qu'ils étaient parfaitement en sécurité et qu'on
les surveillerait non-stop afin de vérifier que personne ne
panique et pour les aider s'ils étaient coincés sur un indice.
Puis elle leur souhaita bonne chance et les trois groupes se
séparèrent.

— C'est excitant et effrayant la fois, commenta Chloé.

— C'est exactement ce que je disais à Lowell, acquiesça
Harlow.

— C'est stupide, marmonna Jasper.

— Jas, sois gentil, le gronda Julia, sa mère.

La porte se referma derrière eux et ils se retrouvèrent dans
une petite salle, presque trop petite pour les accueillir tous. Il y
avait une valise par terre près d'une autre porte et c'était tout.
Chloé essaya de tourner le bouton de la porte, laquelle, bien
sûr, s'avéra fermée à clé.

Ainsi débuta la nuit. Ils finirent par deviner que la lampe de
poche dans la valise était aussi une lumière noire et ils s'en
servirent pour découvrir un code écrit sur le mur qui déver-
rouillerait un compartiment secret de la valise. À l'intérieur,
une clé ouvrait la porte qui conduisait à une pièce plus grande
remplie de cartons et d'autres objets divers.

Black et Ro restèrent en retrait et laissèrent ces dames et
Jasper faire le gros du travail. Ils trouvèrent des blocs de bois
sur lesquels on avait gribouillé ce qui ressemblait à des hiéro-
glyphes incompréhensibles, des trous à travers lesquels
regarder pour trouver d'autres indices et, enfin, trois clés
supplémentaires, nécessaires à l'ouverture d'une grande boîte
au fond de la salle.

À un moment donné, les femmes commencèrent à être
bloquées et frustrées. Black, qui intercepta le regard de Jasper,
lui désigna une boîte à outils au sol. L'enfant parut d'abord

perplexe, mais, très vite, il s'agenouilla et inspecta la boîte. Il ne lui fallut qu'un instant pour trouver la petite carte cachée sous les divers tournevis et autres clés à molette.

Sa mère, Chloé et Harlow étaient aux anges qu'il ait découvert l'indice nécessaire à la poursuite de l'aventure et il n'était pas difficile de voir combien Jasper était fier de lui.

Au bout du compte, il leur fallut quarante-neuf minutes et demie pour découvrir tous les indices et résoudre le mystère. Jasper fut celui qui tapa le code sur la serrure, ouvrit la lourde porte et les libéra.

Ils étaient le deuxième groupe à sortir. Arrow, Morgan, Loretta, Edward, Ann et Sue les avaient battus de cinq bonnes minutes. Ils exagérèrent l'ennui qu'ils avaient éprouvé à les attendre tout ce temps. Gray, Allye, Carrie, Violet, Lacie et Ball n'arrivèrent pas loin derrière Black et son groupe, au bout de cinquante-deux minutes.

Ils prirent une grande photo de groupe et puis chaque équipe utilisa les silhouettes fournies par l'établissement pour prendre des photos rigolotes, censément liées aux mystères que chacun avait résolus.

En conclusion, la sortie remporta un franc succès et Black fut soulagé de voir Harlow détendue et heureuse.

— Tu es prête à partir ? lui demanda-t-il doucement après qu'elle avait dit « au revoir » à tout le monde.

Elle se mordit la lèvre et regarda les autres se diriger vers les voitures.

— Tu penses qu'ils sont en sécurité pour rentrer au refuge ?

— Bien sûr. Ball va les escorter à l'intérieur et tu sais que Meat s'y trouve déjà. Edward passe aussi la nuit avec Loretta. Tout ira bien.

Alors elle le regarda.

— Merci d'avoir été aussi formidable avec Jasper. Ne t'imagine pas que je ne t'ai pas vu lui donner des pistes. Il a adoré pouvoir résoudre certaines choses qu'on n'arrivait pas à trouver.

— C'est un bon gamin, répondit-il avec un haussement d'épaules.

— Tu ne t'es pas trop ennuyé ce soir ?

— Ennuyé ? Pas du tout, bébé. Te regarder faire ta petite danse de la victoire quand tu as découvert qu'en projetant la lumière noire dans cette boîte, tu pouvais lire l'indice, ça valait tout l'or du monde.

Elle rougit et lui donna un coup de poing pour rire sur le bras.

— Tais-toi.

En guise de vengeance, il la fit pivoter et l'enlaça par le torse. De sa main libre, il lui chatouilla le flanc.

— Tu viens de m'ordonner de me taire ? J'ai bien entendu ?

— Arrête ! Lowell, lâche-moi !

Il continua à la chatouiller un court instant, avant de réaliser qu'il ne faisait que se torturer, lui, et pas elle. Ses fesses frottaient contre son entrejambe et il sentait ses tétons lui effleurer le bras tandis qu'elle s'agitait dans son étreinte. Priant pour que l'effet qu'elle lui faisait ne se voie pas trop, il la lâcha et recula.

Elle se retourna vers lui… et Black faillit en perdre sa respiration. Elle était absolument à couper le souffle. Ses cheveux blonds étaient ébouriffés autour de sa tête et leurs pointes mauves lui caressant la poitrine. Le chemisier de coton qu'elle portait n'avait rien d'extravagant, mais il voyait ses tétons pointer sous le tissu. Et son large sourire lui illuminait le visage.

— Tu ne joues pas fair-play, se plaignit-elle.

Il ne sut comment, mais Black parvint à lui répondre normalement.

— Personne ne joue jamais fair-play, répondit-il avec le plus grand sérieux.

À ses mots, elle redevint sérieuse, elle aussi.

— Ça craint.

Désolé d'avoir gâché sa bonne humeur, il s'efforça de se reprendre.

— Tu frappes comme une fille, la taquina-t-il.

— C'est parce que j'en suis une.

— Oui, j'avais remarqué.

Les mots lui étaient sortis de la bouche avant qu'il puisse les retenir. Harlow le dévisagea un long moment, l'air crépita de l'électricité qui passa entre eux.

— Je ne t'avais jamais vu ainsi.

— Comment ?

Elle agita la main vers lui.

— Détendu. Décontracté. Tout sourire. Même au lycée, tu étais déjà très intense.

— Je ne suis pas souvent comme ça, admit-il en toute franchise. Je pense que c'est toi qui fais ressortir cet aspect chez moi.

Elle mit quelques secondes à enregistrer ses paroles, mais quand elle eut compris, elle se fendit d'un large sourire moqueur.

— Eh bien, vive moi.

— Oui. Tu es prête à rentrer à la maison ?

Elle hocha la tête.

— Merci d'avoir organisé cette sortie, Lowell. J'aurais bien aimé que toutes les femmes puissent venir, mais je sais que Carrie, Violet et les autres se sont amusées. Même Loretta, je pense. Comme elle est super stressée, depuis quelque temps, avec tout ce qui se passe, c'était agréable de la voir se lâcher.

— De rien, Harl.

Il tendit la main et lui prit la main, puis il se dirigea vers sa voiture sur le parking. Il l'avait suivie jusqu'à son appartement avant leur sortie, afin qu'elle puisse y déposer sa voiture, puis il les avait conduits tous les deux jusqu'au centre commercial où se trouvait le jeu d'évasion.

Il l'installa dans sa voiture et ils roulèrent un moment en silence.

— Zoé revient d'ici une semaine et demie, annonça Harlow au bout de quelques minutes. À un ou deux jours près en fonction de l'évolution de la situation avec sa fille.

— Oui, je suis sûr que tu seras plus que partante pour un peu de repos.

— Non. Enfin, si. Mais ça va être bizarre et ça va me manquer de voir tout le monde aussi souvent aussi.

Black savait qu'elle le pensait vraiment : elle adorait être au refuge, à cuisiner pour tout le monde.

— Je... je me demandais si ça te dirait de venir dîner un soir chez moi, quand elle sera de retour ?

Il cilla, surpris, et se tourna pour la contempler. Il vit le rouge à ses joues sous les lampadaires qui défilaient.

— Pas pour un rendez-vous, précisa-t-elle avec un gloussement nerveux. Parce que, enfin, tu sais... Mais je me dis que le moins que je puisse faire, c'est te préparer un bon dîner, pour toute l'aide que tu m'as apportée. M'escorter dans et hors du bâtiment, tout ça. (Comme il ne répondait pas, elle continua à babiller.) Rien de grandiose, hein. Et puis, de toute façon, tu es sans doute trop occupé, mais je voulais te le proposer.

— Et si tu venais plutôt chez moi ? lança-t-il enfin.

S'il ne s'était pas retenu, il aurait renversé la tête en arrière et hurlé son plaisir qu'elle lui fasse cette proposition. Et même si elle refusait d'appeler ça un rendez-vous, son invitation y ressemblait quand même beaucoup. Pour leur premier repas ensemble, cependant, il préférait être sur son terrain. La gâter. Lui montrer qu'il n'était pas comme les trouducs avec qui elle était sortie par le passé.

— Ah, euh... Oui, je pourrais faire ça. Aller faire les courses et rapporter ce dont j'aurai besoin.

— Non. Tu m'envoies une liste de courses et je vais tout acheter en amont.

— Ce n'est pas juste. Je peux...

— Harlow, l'interrompit-il. Tu m'envoies une liste. C'est le minimum que je peux faire si tu te proposes de cuisiner alors que c'est ta soirée de repos.

— Bon, d'accord. Disons mercredi en huit alors ?

— Parfait. (C'était trop loin, mais si elle s'imaginait qu'ils ne feraient rien ensemble entre-temps, elle se trompait.) Je suis pris samedi matin à Manitou Springs. J'ignore combien de temps ça va me retenir et je ne veux pas rater ton texto quand tu quitteras le refuge. Que dirais-tu que je passe te chercher vers 8 heures du matin. On irait au Manitou Springs Incline, et puis je te ramènerais au travail.

— Tu n'es pas obligé de me baby-sitter. Je peux très bien me débrouiller une journée, juste pour faire le trajet du parking au refuge toute seule.

— Harlow... Tu veux venir avec moi ou pas ? Sinon, je le ferai une autre fois et basta.

— Non, non, c'est bon. Je viendrai avec toi.

C'était presque effrayant à quel point Black la connaissait bien. Il savait qu'elle ne voulait pas le déranger ni de près ni de loin.

— Super. Habille-toi confortable et en baskets.

— Je m'habille toujours confortable. Mais attends... c'est quoi ce truc d'« Incline » ? Tu n'as pas oublié ce que je t'ai dit avant la descente en vélo, hein ? Que je ne suis pas coordonnée et que le sport, ce n'est pas mon truc ?

— Non, je n'ai pas oublié, répondit-il, luttant pour conserver son sérieux.

— Pourquoi est-ce que j'ai le pressentiment que je vais le regretter ? marmonna-t-elle.

Black ricana et tendit la main pour lui coincer une mèche de cheveux derrière l'oreille, avant de reposer la main sur le volant. Il luttait aussi très fort pour ne pas poser constamment les mains sur elle. Il avait toujours envie de la toucher et pas seulement au sens sexuel du terme. Il se sentait à l'aise avec elle, il aimait l'avoir près de lui.

— Tu ne regretteras rien du tout, jura-t-il.

Jamais il ne le permettrait. Peu importait le temps que durerait leur relation, il s'assurerait qu'ils se séparent en bons termes. Pas question qu'elle le déteste. Cette seule pensée lui était insupportable.

Ils passèrent en silence le reste du trajet jusqu'à son immeuble. Le parking était bien éclairé et elle vivait dans un quartier sûr de la ville. Jamais il n'avait eu de craintes à la laisser là, Dieu merci.

— Bon, eh bien, à demain, dit-elle.

— Oui.

— Encore merci pour ce soir. Je te dois quelque chose ?

Il haussa les sourcils et se contenta de la dévisager.

Harlow leva les yeux au ciel.

— Pardon. Question stupide. J'avais oublié que j'étais à Lowell Land ce soir, pas dans le vrai monde.

— Je suis content que tu te sois amusée, murmura-t-il passant outre sa moquerie.

— Oui, c'était bien. Et ça m'a fait plaisir que Jasper puisse voir que tous les hommes ne sont pas des salauds.

— J'espère pour ma part que toi aussi, tu t'en rendras compte tôt ou tard.

Elle leva sur les siens ses yeux pleins de surprise, puis se mordit la lèvre.

— Sois prudent sur la route. À demain.

— Pas de souci. Au revoir, bébé.

Il la suivit des yeux, le temps qu'elle entre dans le hall de l'immeuble, avant de démarrer. Peut-être l'avait-il poussée un peu plus dans ses retranchements qu'il ne l'aurait dû, mais il avait trop envie qu'elle réalise ce qu'ils pourraient partager.

Si seulement elle consentait à ouvrir les yeux, à voir qu'il n'était pas comme les connards qu'elle avait croisés par le passé, les étincelles fuseraient entre eux. Et il la traiterait comme la femme merveilleuse qu'elle était.

— Un jour de plus, une brique en moins dans son mur, chuchota-t-il sur le chemin du retour.

15

———

Chapitre Quinze

Harlow regarda les marches devant elle et croisa les bras.

— Non, décréta-t-elle avec emphase.

Lowell était passé la chercher à 8 heures et ils avaient pris la direction de l'ouest, vers Manitou Springs, une adorable petite ville touristique avec d'adorables boutiques à l'ancienne et un marchand de chocolats à vous donner l'eau à la bouche... même à 8 h 30 du matin.

Mais Lowell avait tourné, dépassé les magasins pour prendre direction sud, le temps de quelques minutes, avant de se garer sur un parking bondé. Elle n'en revenait pas du nombre de voitures à cette heure matinale.

Quand elle descendit de l'auto et comprit exactement ce qu'était le Manitou Incline, elle refusa d'avancer d'un pas supplémentaire.

— On va bien s'amuser, tenta de la convaincre Lowell.

— Sérieux ? demanda-t-elle avec un regard noir. Qu'est-ce que tu ne comprends pas dans la phrase « Je ne suis pas sportive » ?

— On n'est pas obligés d'aller vite. Regarde, il y a des enfants et des chiens qui le font.

Les bras toujours croisés, les sourcils froncés, elle secoua la tête et marmonna à mi-voix :

— Je pourrais être assise chez moi en survêtement ou en pyjama, en train de boire mon café. Au lieu de ça, j'ai eu envie de te faire plaisir. Et je n'ai pas pris la peine de vérifier ce que c'était que cet Incline. (Elle poussa un soupir, puis regarda Lowell et ajouta plus haut :) Je reste dans la voiture. Vas-y, toi, et… (Elle agita la main en direction des marches.) Fais ton truc.

— Ce n'est qu'un kilomètre et demi, Harl. Tu peux le faire.

— Combien de marches ? répliqua-t-elle, peu encline à le croire sur parole.

— Deux mille sept cent quarante-quatre.

— Merde, gronda-t-elle. Lowell, je m'essouffle rien qu'à monter les deux étages jusqu'à mon appartement.

— Mais elles sont fabriquées avec des traverses de chemin de fer. Et la vue du sommet est vraiment cool.

Elle leva les yeux. Plus haut. Encore plus haut.

— Il y a six cents mètres de dénivelé, soit une moyenne de pente à quarante et un pour cent, avec des pointes à soixante. C'est vraiment chouette. Tu vas adorer.

Elle passa de nouveau du visage enthousiaste de Lowell aux marches. On avait l'impression qu'elles montaient littéralement jusqu'au ciel. Elle ne comprenait pas vraiment cette histoire de pourcentages, mais elle n'était pas non plus idiote. Elle voyait bien qu'à certains endroits, l'escalier était presque à la verticale.

Sans un mot, elle tourna les talons et retourna à sa Mazda sur le parking.

— Harl…, dit-il en trottant pour la rattraper.

— Vas-y, Lowell. Je t'attends ici. Je suis sûre que tu peux monter en courant et redescendre en vingt minutes.

— Harl, répéta-t-il en l'attrapant par le coude pour l'obliger à s'immobiliser.

Elle se tourna face à lui.

— C'était une plaisanterie, c'est ça ?

Il la dévisagea une longue seconde et elle sentit son ventre se nouer. Elle avait été tellement sûre qu'il la faisait marcher. Après leur conversation avant la descente à vélo de Pikes Peak, il ne pouvait décemment pas penser que c'était une bonne idée... si ?

Puis il esquissa un sourire et elle poussa un soupir de soulagement.

— Idiot ! s'exclama-t-elle, en lui cognant le bras en riant.

— Aïe ! fit-il mine de se plaindre en se tenant le biceps. Tu aurais dû voir ta tête, ajouta-t-il, large sourire moqueur aux lèvres.

— S'il te plaît, dis-moi que tu as vraiment quelque chose de prévu pour ce matin, autre que de me faire souffrir.

Elle était plus soulagée que des mots ne pouvaient l'exprimer qu'il n'ait pas vraiment attendu d'elle qu'elle grimpe toutes ces marches.

Il lui adressa une œillade.

— Bien sûr. Il y a un atelier d'artistes où l'on trouve des trucs assez incroyables à Manitou Springs. Il y a aussi un magasin de chocolats qui propose les meilleurs desserts au monde. Je me disais qu'on pourrait se promener là-bas et se détendre, avant que je te ramène au travail.

— C'était vraiment mesquin, Lowell. Et si je t'avais cru ?

— J'avoue. Mais je savais que tu ne me croirais pas.

Il y avait bien eu un moment où elle n'avait pas été certaine de la plaisanterie, mais elle décida de ne pas s'aventurer sur ce terrain.

— Je te pardonne à une seule condition.

— Tout ce que tu veux.

— Notre premier arrêt, c'est pour le chocolat.

— Marché conclu, bébé.

Puis il tendit les bras et l'attira contre lui. Machinalement, elle l'enlaça par la taille et il lui plaqua une main au milieu du dos, l'autre plus bas. Sans un mot de plus, il se contenta de la regarder droit dans les yeux avec une expression qu'elle ne sut interpréter.

Une inspiration et elle fut encore une fois frappée de son odeur si suave. Une odeur qu'elle aurait aimé mettre en bouteille, pour la garder et la renifler quand elle avait un mauvais jour.

— Je ne serai jamais aussi athlétique que toi, Lowell, marmonna-t-elle en s'écartant. Je ne plaisantais pas quand je t'ai dit que je n'aime pas l'exercice physique. Je veux bien essayer des tas de choses. Le parachutisme, la montgolfière, la descente de Pikes Peak à vélo... mais monter volontairement des milliers de marches, ça ne sera jamais l'idée que je me fais d'un moment agréable. C'est vrai, quoi : regarde-moi. Je ne serai jamais mieux que ça.

Les paupières lourdes, il s'exécuta et baissa les yeux de son visage sur sa poitrine, puis à l'endroit où leurs hanches se touchaient, avant de remonter vers son visage.

— Tu ne pourrais pas être plus belle, Harlow. Tu me plais exactement comme tu es. Allez viens, allons t'acheter du chocolat. Il y a un salon de thé là-bas aussi. J'ai l'intuition qu'une bonne grosse tasse de café ne serait pas de refus.

Elle jeta un regard en arrière alors qu'il lui prenait la main pour l'entraîner à sa voiture.

— Tu l'as vraiment fait ? Tu as grimpé jusqu'en haut ? demanda-t-elle.

— Oui. Et c'était nul. Je ne le referais pas, à moins d'y être obligé.

Harlow ne put qu'éclater de rire. Dieu merci, il ne s'était pas vraiment attendu à la voir monter toutes ces marches. Autrement, cette matinée aurait sans doute rejoint la liste de ses rencards foireux.

Black sourit à une remarque de Harlow, mais il se posait des questions. Il avait vu son expression quand elle lui avait demandé s'il plaisantait. Il avait cru qu'elle rirait en arrivant à l'Incline, qu'elle l'enverrait balader. Au lieu de quoi, elle avait vraiment cru l'espace d'un instant qu'il leur avait organisé une sortie où il s'agissait de grimper des milliers de marches.

Il avait mal calculé son coup et, même si c'était prévu comme une blague, il aurait pu gâcher tout ce qu'il essayait de construire entre eux, si elle avait pensé qu'il était sérieux. Pendant leur promenade en ville, il avait souri, il lui avait tenu le discours attendu, mais il ne pouvait s'empêcher de se tracasser.

— Lowell...

— Oui ?

— Tu n'as pas entendu un mot de ce que je viens de te dire, c'est ça ?

Eh, merde.

— Désolé, Harl. Franchement... je n'arrête pas de penser à la mauvaise idée que j'ai eue de te faire croire qu'on allait grimper l'Incline.

Elle sourit, moqueuse.

Black fronça les sourcils.

— Lowell, il faudrait que tu sois vraiment salaud pour m'obliger à faire ça. Et il faudrait que tu sois un salaud pour ne pas t'excuser. Tu serais aussi un salaud si tu n'avais pas quelques remords, oui. (Elle leva son grand café et désigna le sac qu'il portait avec tout le chocolat qu'elle l'avait laissé lui acheter.) Mais tu t'es plus que rattrapé pour la minute ou deux où tu m'as mise mal à l'aise.

Il s'immobilisa avant de se tourner face à elle.

— Est-ce que ça... ça va changer quelque chose entre nous ?

— Quoi ? Non.

— Bon.

— Lowell, je t'apprécie. Tu es drôle, tu es généreux et tu me sécurises. Quand je suis avec toi, je sais que je n'ai pas à me soucier de me faire embêter. Personne n'oserait même me pousser. J'aime bien être avec toi. Tu es intelligent et j'adore te regarder interagir avec les gamins. Je détesterais que mon manque de capacités athlétiques vienne y changer quoi que ce soit.

— Tout comme je détesterais que ma blague ratée vienne changer quoi que ce soit.

— Génial. Maintenant, viens. J'ai aperçu de magnifiques vitraux dans l'atelier d'artistes, que j'ai bien envie de regarder de plus près.

Cette fois, quand Black sourit, ce fut sans arrière-pensée. Il ne savait pas ce que les femmes trouvaient au shopping, mais il était bien content d'avoir pris sur son temps pour en faire avec Harlow aujourd'hui.

L'autre bonne chose qui ressortait de cette matinée, c'était qu'à présent, il avait une autre idée de « non-rencard ». Elle la lui avait fournie elle-même. Il n'était pas sûr de pouvoir organiser ça avant le dîner, mais il allait essayer.

Ce soir-là, après le travail et après que Lowell l'avait suivie jusqu'à chez elle, Harlow resta longtemps assise sur son canapé, les yeux dans le vague. La matinée avait débuté sur un terrain légèrement tangent, mais Lowell n'avait pas tardé à retourner la situation.

Cependant, la facilité avec laquelle elle lui avait pardonné sa mauvaise blague lui donnait à réfléchir quant aux autres rendez-vous ratés qu'elle avait vécus.

Avait-elle été trop critique ? Elle ne pensait pas.

Décidant qu'elle avait besoin de conseils, elle décrocha son téléphone et composa le numéro. Il était tard, à la maison, mais elle savait que ça ne poserait pas de problème à sa mère.

Le téléphone sonna deux fois avant qu'elle entende sa voix.

— Salut, ma chérie.

— Bonsoir, maman.

— Tout va bien ? Il est tard.

— Je sais. Oui, ça va. C'est juste qu'on ne s'était pas parlé depuis un moment et j'ai eu envie de prendre de vos nouvelles, à papa et toi.

Elles discutèrent une vingtaine de minutes, de tout et de

rien. Harlow sut tout sur le travail de bénévole qu'effectuait sa mère au théâtre local et sur les spectacles, bons ou mauvais, qu'elle y avait vus gratuitement. Elle apprit que son père avait commencé à vendre en ligne certains des objets qu'il fabriquait dans sa menuiserie.

Enfin, sa mère demanda :

— Et maintenant, pourquoi ne me dirais-tu pas la véritable raison de ton appel ? Tout va bien à ton nouveau travail ?

Harlow poussa un soupir. Comme toujours, sa mère avait deviné qu'elle n'appelait pas uniquement pour avoir des nouvelles.

— Le travail, ça va. Maman... comment as-tu su que papa était fait pour toi ?

— Waouh, eh bien, je ne m'attendais pas à ça, la taquina sa mère.

Harlow pouffa.

— Oui, bon, pardon, c'est un peu direct.

— Tu fréquentes quelqu'un ?

— Non, répondit-elle sur-le-champ, avant d'adoucir le ton. Enfin, pas vraiment. Tu sais ce que j'en pense. J'ai eu ma dose de rendez-vous ratés, assez pour toute une vie.

— « Pas vraiment », tu dis... hum...

— Disons que je passe du temps avec quelqu'un... avec qui j'étais au lycée. Lowell Lockard, tu te souviens ?

— Non, je ne pense pas.

— Il avait un an de plus que moi et on ne fréquentait pas les mêmes cercles. Il était au club de l'almanach avec moi pendant mon année de seconde et je craquais sur lui. Il s'est engagé dans la Navy ensuite et il est parti sauver le monde juste après le lycée.

— Il est revenu à Colorado Springs ? demanda sa mère.

— Oui. C'est une longue histoire, mais il a quitté la Navy et, maintenant, il tient un stand de tir. (Ça n'était pas le moment de parler de l'autre activité de Lowell à sa mère.) Bref, il se passe des trucs bizarres au refuge et je l'ai appelé pour voir s'il pourrait nous dépanner en donnant des cours d'autodéfense aux résidents. Une chose en entraînant une autre, disons qu'on a passé quelques moments ensemble.

— Je vois.

Harlow n'avait aucune idée de ce que « voyait » sa mère, mais passa outre pour l'instant.

— Et donc, je me suis mise à repenser à papa et toi. Tu disais toujours que tu avais su qu'il était fait pour toi au bout de quelques rendez-vous seulement. Comment le savais-tu ? C'était quelque chose qu'il avait dit ? Fait ?

— C'est un peu compliqué à expliquer, répondit doucement sa mère. C'était plus un feeling qu'autre chose. Quand on n'était pas ensemble, je pensais constamment à lui. Quand je pensais à quelque chose de drôle, je voulais le partager avec lui. Quand il m'arrivait quelque chose d'intéressant, j'avais envie de l'appeler, lui, avant mes amies. Je me sentais à l'aise avec lui. Au bout d'un moment, j'ai cessé de vouloir paraître parfaite à ses yeux. Je pouvais porter mes vieux pantalons sans me soucier de ce qu'il penserait. Je pouvais tout lui dire et savoir qu'il ne me trouverait pas bête.

— Mais comment as-tu su qu'il éprouvait la même chose ? Qu'il voulait être avec toi aussi ?

— On a eu un déclic, chérie. C'était tacite. On partageait une alchimie de fou. Toutes mes amies pensaient que j'irais en enfer pour avoir forniqué avant le mariage, mais le plus beau jour de ma vie, c'est la première fois qu'on a couché ensemble.

— Oooooh, non, maman, je ne veux pas savoir ! s'exclama Harlow, le nez plissé.

Sa mère gloussa.

— Tu m'as posé la question. Plus sérieusement, je savais que quoi que je fasse, où que j'aille, je pourrais compter sur lui pour être là si j'en avais besoin. Je t'ai déjà raconté la fois où la maison que j'habitais avec trois colocataires a été cambriolée ?

Harlow prit une brusque inspiration.

— Non ! Merde, qu'est-ce qui s'est passé ? Je n'en reviens pas que tu ne me l'aies jamais dit.

— Calme-toi. Comme tu le sais, tout va bien. Bref, c'était à peu près l'heure du dîner et j'étais censée retrouver ton père pour un rendez-vous au centre commercial. Il travaillait cette nuit-là et avait proposé de passer me prendre, mais ça l'aurait obligé à un détour, alors je lui ai dit que je le retrouverais directement là-bas. Bref, j'étais en train de me préparer et un homme s'est introduit dans la maison, armé. Il nous a toutes obligées, avec mes colocataires, à nous accroupir dans une chambre à l'étage, où il s'est enfermé avec nous. On mourait de peur qu'il nous tue ou qu'il nous viole. On ne savait pas quoi faire. Le type faisait les cent pas, comme s'il était fou, ou bien drogué ou juste malade mental, il marmonnait tout seul et se donnait des coups sur la tête avec le pistolet. Bref, je pense qu'on est restées recroquevillées les unes contre les autres dans cette chambre à peu près une heure et, tout à coup, sans que je sache comment, ton père a surgi. Il s'est précipité dans la pièce et il a mis l'intrus à terre. Puis il l'a frappé tellement fort que j'avais peur qu'il le tue. On a dû s'y mettre à trois filles pour l'arracher du dos de l'homme. Plus tard, quand j'ai demandé à ton père comment il avait su que j'avais un problème, il m'a répondu qu'il l'avait senti à la seconde où il ne m'avait pas trouvée au centre commercial comme convenu.

— Waouh, fit Harlow. C'est fou.

— Oui. L'homme a fini en prison et ton père m'a demandé en mariage le lendemain. Il a dit qu'il avait failli devenir dingue quand il a compris ce qui se passait. Ce que j'essaie de te faire comprendre, c'est qu'avec ton père, je me sens en sécurité. Non qu'il soit le meilleur athlète au monde ni même doué avec une arme. Mais en cas de danger, je sais qu'il fera n'importe quoi pour me protéger. Si ça implique de s'attaquer à un homme armé et de lui flanquer une raclée, il le fera. Si ça implique de me déposer à l'entrée de l'épicerie pour que je n'aie pas à marcher sous la pluie de la voiture à la porte, il le fera. Cette sensation d'avoir un partenaire qui veut vraiment ce qu'il y a de mieux pour moi, c'est ce qui m'a fait prendre conscience que je voulais passer le reste de ma vie avec lui.

Harlow aurait pu en pleurer. Elle adorait son père, bien sûr, cependant jamais elle ne l'avait vu sous le même jour que sa mère. Il était quasi impossible de se figurer cet homme désormais dégarni et un peu ventripotent s'attaquant à un adversaire armé.

Enfin… ne pensait-elle pas la même chose de lui quand elle était petite ? Lui qui pouvait lui faire un bisou sur un bobo et le guérir. Lui qui pouvait lui acheter une glace pour ensoleiller une mauvaise journée. Et lui lire une histoire – le plus beau moment de sa soirée.

Sa mère ne l'avait en rien aidée à y voir plus clair dans ses sentiments pour Lowell, cela dit. Au contraire, Harlow n'en était que plus perdue.

— J'ai su qu'il m'aimait autant que moi quand il n'a pas hésité à partir à ma recherche en voyant que j'avais une minute de retard, ajouta sa mère, répondant enfin à sa question d'origine. Les gens en retard, ça arrive tout le temps. Si j'avais été n'importe quelle autre fille, il ne serait inquiété de rien. Ou bien il aurait pensé que je lui avais posé un lapin. À l'époque, on n'avait pas de téléphones portables pour envoyer un texto et savoir ce qui se passait dans l'instant. Il tenait suffisamment à moi pour essayer de me trouver et savoir ce qui se passait. C'est comme ça que j'ai su que c'était lui le bon.

Harlow poussa un soupir. Dieu, ce qu'elle aimait ses parents.

— Tu as de la chance, commenta-t-elle.

— Oui. Maintenant, parle-moi de Lowell.

— Il n'y a pas grand-chose à dire, tenta-t-elle d'éluder.

— Harlow, la gronda sa mère. C'est la première fois depuis des années que tu me révèles ne serait-ce que le prénom d'un de tes amis hommes. En fait, je pense que c'est la première fois que tu as un ami homme. Je sais tout de tes rendez-vous désastreux et tu m'as raconté que tu faisais une croix sur les hommes, du moins pour l'avenir proche. Et maintenant, tu m'appelles en m'expliquant que tu passes du temps avec un ancien camarade d'école sur qui il se trouve que tu avais craqué, et tu me demandes comment j'ai su que ton père était fait pour moi ? Raconte-moi tout.

— C'est juste... j'ai peur.

— De quoi ?

— Qu'il ne m'apprécie pas autant que moi. De perdre mon cœur pour lui et qu'il finisse par m'annoncer qu'il est désolé, mais qu'il préfère qu'on reste amis. Il m'a dit qu'il ne cherchait pas de relation. Et si je tombais profondément amoureuse de lui et qu'il me faisait souffrir ?

— Dans la vie, rien n'est jamais garant, Harlow. Cet homme dont je t'ai parlé, il aurait pu nous tuer, mes copines et moi. Si c'était arrivé, tu ne serais pas là. Il faut prendre ce que la vie met sur ton chemin, au jour le jour.

— Mais je n'ai pas cessé de lui dire que je ne donnais pas dans les rendez-vous galants.

— Et ?

— Et il s'en accommode. On fait des choses, on passe du temps ensemble, mais je ne sais pas comment changer la donne, ni même si je dois essayer.

— Vous passez du temps ensemble ?

— Oui. Aujourd'hui, on est allés dans une adorable petite ville touristique et on a fait les boutiques. L'autre jour, il m'a emmenée faire une descente à vélo sur le chemin qui part du sommet de Pikes Peak. Il vient me voir au refuge quand je travaille et je vais bientôt chez lui préparer un dîner, pour le remercier d'avoir offert des cours d'autodéfense aux résidents.

— Chérie, commença doucement sa mère, avant de se taire.

— Quoi ?

— Je pense que tu n'as pas à te soucier d'essayer de modifier le *statu quo* entre toi et ce jeune homme.

— Pourquoi ?

— Tu n'es pas naïve. Je ne comprends pas que tu ne le voies pas, s'esclaffa sa mère. Chérie, tu sors déjà avec lui.

Harlow secoua la tête, obstinée.

— Non, non. On est tombés d'accord là-dessus.

Pourtant, à la seconde où les mots franchirent ses lèvres, elle comprit à quel point ils étaient stupides. Elle se plaqua la main sur le front.

— J'espère que le son que je viens d'entendre signifie que tu viens de réaliser ce qui est en train de se passer, fit sa mère.

— Oh, mon Dieu. Je sors avec lui sans m'en être rendu compte.

— Ding deng dong, chantonna sa mère. J'ai bien l'impression que tu as entre les mains un vrai gentleman. Il était temps. Je n'aimais pas t'entendre me parler de tous ces losers avec qui tu sortais.

Harlow faillit s'étrangler de rire.

— Tu crois que je dois lui dire quelque chose ? Lui dire que je sais ?

— Laisse les choses se faire, lui conseilla sa mère. Tu n'es pas obligée de mettre une étiquette sur tout. Tu as toujours été comme ça, ma chérie. Profite juste du temps que vous passez ensemble, d'accord ?

— Je vais essayer.

Mais son esprit tourbillonnait du constat que Lowell Lockard et elle sortaient ensemble.

— Et à présent, tu veux bien m'expliquer pourquoi vos résidents ont besoin de leçons d'autodéfense ? Tu es en sécurité ?

Harlow passa les minutes qui suivirent à raconter à sa mère ce qui se passait au refuge, du moins pour ce qu'elle en savait, ce qui n'était pas énorme. Elle la rassura : Lowell et ses amis s'en occupaient et elle était entre de bonnes mains. Elle termina en constatant :

— Tu sais, quand tu m'as dit que tu te sentais en sécurité avec papa ? C'est ce que je ressens quand je suis avec Lowell.

— Bien. J'ai l'impression que si tu as vraiment besoin de

lui, il sera là pour toi. Contrairement à ces autres trouducs avec qui tu es sortie.

— Maman ! la gronda Harlow.

Sa mère se contenta de rire.

— Je t'aime, chérie. Je suis contente que ce travail te convienne. Je sais que tu n'étais pas heureuse dans cet hôtel de Seattle.

— J'adore mon travail actuel, confirma Harlow. Les gamins font vibrer ma corde sensible. Tu diras bonjour à papa pour moi ?

— Bien sûr. Et je compte sur toi pour m'appeler plus souvent et me parler de ton jeune homme.

— Il n'est pas à moi, maman.

— Hum hum.

Harlow savait qu'il n'était pas utile de continuer à argumenter avec sa mère. Une fois qu'elle avait une chose en tête, ça y restait.

— À bientôt, maman. Je t'aime.

— Je t'aime aussi, bébé. Fais attention à toi.

— Promis. Au revoir.

— Au revoir.

Harlow raccrocha avec un soupir. Elle ne savait pas s'il fallait être rassurée ou effarée des révélations qu'avait entraînées cette conversation avec sa mère.

Sans s'accorder le temps d'y réfléchir plus avant, elle reprit son téléphone, surfa sur le net en quête de la photo parfaite puis, elle la retravailla. C'était un cliché pris du sommet du Manitou Incline, avec vue plongeante sur l'escalier pentu. Elle dessina un bonhomme-bâton tout en haut, les bras en l'air, à la Rocky Balboa. Puis elle cliqua sur le nom de Lowell et joignit la photo avec un émoji souriant. Après quoi, elle tapa les mots : « *Regarde, j'ai réussi à atteindre le sommet !* » Et elle l'envoya, avec en tout et pour tout une pointe de doute.

Impatiente, elle attendit un moment, avant de voir les pointillés s'agiter, indiquant qu'il était en train de taper sa réponse. Au bout de quelques secondes, son téléphone vibra.

Lowell : *Pour info, je n'ai aucun doute : tu leur aurais botté les fesses, à ces marches, si tu avais dû.*

Elle fut surprise par les larmes qui lui montèrent aux yeux. Elle cilla pour les chasser, sourit et se dépêcha de taper sa réponse.

Harlow : *Carrément.*

Lowell : *J'ai passé un très bon moment ce matin... enfin, tu sais, quand j'ai cessé de jouer au con.*

Harlow : *Moi aussi.*

Lowell : *On se voit demain. Texte-moi quand tu pars de chez toi.*

Harlow : *OK. Dors bien.*

Lowell : *Toi aussi.*

Un large sourire aux lèvres, elle se laissa tomber à plat ventre sur son canapé, glissa un coussin sous son visage et hurla dedans. Puis elle relâcha le coussin.

— Je sors avec Lowell Lockard. Putain de merde !

16
————

Chapitre Seize

Les jours suivants s'écoulèrent dans un calme relatif – qui rendait Black nerveux. Il n'avait vu ni Brian Pierce ni ses acolytes, chose qui contribuait à faire passer toutes ses alarmes au rouge. Il escortait Harlow pour entrer et sortir du foyer tous les jours. Il avait disposé de quelques jours pour mettre en place la prochaine surprise qu'il lui préparait et il espérait bien ne pas la gâcher, celle-ci, comme il avait failli le faire lors de leur sortie matinale.

Le mercredi suivant, il était prévu qu'elle vienne chez lui préparer le dîner et il avait hâte. Harlow n'était encore jamais venue chez lui, et il n'arrivait pas à se départir de l'idée que la voir dans son espace personnel serait une sorte de baume pour son âme. Son appartement n'avait rien d'extraordinaire. Contrairement à Gary ou Ro, il n'avait pas une maison grandiose sur des hectares de terrain boisé, en revanche il avait un joli patio dont il profitait autant que possible.

Mais avant... sa prochaine surprise. Il fallait juste qu'il la convainque de le laisser passer la chercher à l'aube une fois de plus.

Adossé au plan de travail dans la cuisine du refuge avec Harlow à ses côtés, il regardait Sammie et Milo s'occuper de la vaisselle du dîner. Ils rinçaient les assiettes et les plats dans l'évier, avant de les ranger dans le lave-vaisselle.

— Je me disais… je pourrais passer te récupérer un matin et on irait faire un truc, commença-t-il avec autant de naturel que possible.

Il ne savait pas combien de temps encore il serait autorisé à organiser des rendez-vous entre eux sans qu'elle s'en rende compte.

Elle pouffa.

— À quelle heure indue, cette fois ?

Black grimaça.

— 4 h 30.

— Y aura-t-il un exercice physique à la clé, il faudra être en forme ou en jambes ?

Il sourit.

— Non.

— Tu es bien sûr ? Tu n'essaies pas juste de me rassurer ?

— Après ce qui s'est passé la dernière fois, tu crois vraiment que j'irais te mentir ?

Elle inclina la tête pour l'observer.

— Présenté ainsi, sans doute pas, non. OK, je mords à ton hameçon. Avec plaisir.

— Tu ne le regretteras pas.

Elle posa sur lui un regard tellement empli d'émotion que Black ne savait même pas par où commencer pour les déchiffrer.

— Je sais que non, admit-elle après une fraction de seconde. Je n'ai aucun doute là-dessus. Tu l'as déjà prouvé à plusieurs reprises.

Ses paroles firent écho dans le cerveau de Black. Elle avait raison. Il ne la laisserait jamais tomber.

Un fracas les interrompit et Black s'avança machinalement

d'un pas, pour s'interposer entre Harlow et ce qui pouvait se produire, pour la protéger de son corps.

Sammie et Milo levèrent leurs grands yeux vers lui. Un bol cassé gisait au sol à leurs pieds. Le regard du petit garçon passa rapidement du visage de Black à ses mains – qu'il avait toujours, serrées contre ses flancs – et éclata en sanglots. Ne comprenant pas pourquoi son idole pleurait, Sammie se joignit aussitôt à lui.

Black n'eut pas le temps de réagir, que Jasper s'était précipité et se tenait entre lui et les deux gamins en pleurs à l'évier.

— Tout doux, dit Black en reculant d'un pas devant l'adolescent.

— Ils n'ont pas fait exprès, gronda Jasper. Ne leur fais pas mal.

Black était furieux contre Wyatt Newton, l'homme qui, de toute évidence, avait appris à Jasper qu'une raclée était la réaction appropriée pour de la vaisselle cassée.

Il ouvrit les mains, doigts écartés, puis il les éloigna lentement de ses flancs.

— Personne ne va faire de mal à personne, répondit-il d'une voix douce, d'un ton qu'il espérait conciliant. C'était un accident. Ça arrive, les accidents.

— Tu t'es approché d'eux avec les poings serrés, l'accusa Jasper, qui refusait de reculer.

— Je pensais à autre chose quand j'ai serré les poings, expliqua Black à l'adolescent. En entendant le bruit de vaisselle cassée, je me suis avancé pour protéger Harlow, naturellement. Il m'a fallu une seconde pour comprendre de quoi il s'agissait. Voilà tout. Jamais je ne lèverais la main sur personne ici. Jamais.

Jasper regarda tour à tour Black et Harlow.

— Tout va bien, Harlow ?

— Bien sûr, Jasper, répondit-elle tranquillement. (Black sentit ses mains se poser dans le haut de son dos tandis qu'elle regardait par-dessus son épaule, mais elle ne le repoussa pas.)

On discutait, avec Lowell, et je ne prêtais pas attention à ce que faisaient les enfants.

— Bon sang, mais qu'est-ce qui se passe ? demanda Loretta, qui entrait dans la pièce, suivie par Lisa et Melinda.

— Sammie, tu t'es blessée ? demanda Lisa à sa fille.

— Milo, qu'est-ce qui ne va pas ? enchaîna Melinda.

— Une chute de bol, c'est tout, les informa Black. Je pense qu'ils pleurent parce qu'ils ont été surpris. Et aussi, ils ont cru que j'allais les punir. Mais Jasper est intervenu pour les défendre et maintenant, tout le monde sait que je ne suis pas furieux. Harlow, non plus. Ce genre de choses arrive. On casse de la vaisselle, ça n'est pas très grave. (Les bras toujours écartés à ses flancs, il contemplait les deux enfants qui reniflaient.) Vous pensez que vous pouvez aider vos mamans à ramasser le bol cassé, que personne ne marche sur les morceaux et ne risque de se couper ?

Milo hocha la tête, mais Sammie continuait de le dévisager de ses grands yeux.

— Tu voulais protéger Harlow ? demanda Jasper, dont la confusion était manifeste.

— Oui, répondit Black. Je sais que c'est difficile de faire confiance aux gens, mais à moi, à Gray et aux autres, tu peux nous faire une confiance absolue. On passe nos vies à aider des enfants comme toi, des gens comme ta maman et les autres femmes du refuge. C'est vrai qu'on est des gars costauds, donc on pourrait facilement faire du mal à ceux qui sont plus petits et moins forts que nous, mais ça n'est pas correct. J'ai entendu un grand bruit et, comme je ne savais pas ce qui se passait, mon premier instinct a été de me placer devant Harlow pour la protéger.

— Je n'ai pas besoin qu'on me protège, entendit-il Harlow marmonner derrière lui.

Black ne détourna pas les yeux de Jasper. Il voyait que ses paroles avaient fait leur effet. Cela prendrait du temps, le gamin en avait tellement vu et subi dans sa jeune vie, mais

Black espérait que Jasper finirait par comprendre que tous les hommes n'étaient pas comme son père.

— Moi, je lui fais confiance, intervint Harlow, qui venait enfin de passer sur le côté de Black. Il me protégeait, tout comme tu protégeais Milo et Sammie.

Le corps de Jasper finit par se détendre. Il opina du chef et retourna lentement à la table de la cuisine, où il faisait ses devoirs.

Au bout d'un moment, les dégâts avaient été ramassés et Milo et Sammie étaient montés à l'étage pour se préparer à aller au lit. Loretta les avait bien rassurés et Black avait même vu la directrice leur donner discrètement un petit morceau de chocolat en prime.

— Eh bien, voilà qui était vivant, commenta Harlow, une fois la cuisine rangée.

— Je déteste l'idée que Jasper ait ressenti le besoin de protéger ces gosses de moi, fit Black.

Harlow lui posa une main sur le bras.

— Ne le prends pas personnellement. Ça leur prend du temps avant qu'ils ne surmontent des leçons apprises à la dure.

— Je sais. N'empêche, ça me rend dingue.

— Tu es un homme bien, dit-elle en le dévisageant, un air admiratif au fond des yeux.

Et là, Black brûlait d'envie de l'embrasser... sauf qu'elle les considérait toujours comme des amis. Et qu'elle refusait les rendez-vous amoureux.

Il décrispa ses mains, intentionnellement, afin qu'elles ne redeviennent pas deux poings serrés, et décida qu'il lui annoncerait demain, que, non seulement ils sortaient ensemble, mais que ça allait encore durer un moment.

Entre eux, ça collait. Ils s'entendaient mieux qu'il ne s'entendait avec la plupart des gens dans sa vie.

— Tu es bientôt prête à y aller ? demanda-t-il.

Meat ne tarderait pas à passer en voiture devant le refuge afin de s'assurer que tout roulait et de passer la zone en revue.

Il n'y avait pas eu de nouvel incendie ni d'autres incidents, mais comme l'enquête sur l'incendie criminel ne menait à aucune piste concernant l'identité de celui qui avait mis le feu à la station-service, personne ne voulait prendre le moindre risque.

— Oui, je vais juste sortir les bols à céréales, que les enfants n'aient pas à grimper sur des meubles pour les attraper dans le buffet demain matin, sortir aussi les fruits et vérifier qu'il y a assez de lait et de jus.

Black lui sourit tandis qu'elle s'affairait dans la cuisine, s'assurant que tout soit prêt pour le petit déjeuner du lendemain matin, puisqu'elle ne serait pas là.

— Quand Zoé revient-elle ?

— Normalement, ce dimanche. J'ai entendu Loretta au téléphone avec elle tout à l'heure. Je n'ai pas eu l'occasion de lui demander si tout allait bien.

— Je suis sûr que ça va. Zoé t'aurait appelée s'il y avait un problème.

— Exact. OK, je pense que c'est bon pour moi.

Black tendit la main sans réfléchir et saisit la sienne. Il entremêla leurs doigts, ravi de la sensation. Elle ne protesta pas, ne retira pas sa main, signe sans doute qu'elle ressentait la même chose.

Il ouvrit la porte d'entrée et balaya les alentours du regard. Il s'apprêtait à sortir sur le trottoir quand il s'immobilisa pour observer le flanc du bâtiment.

Écrit en grosses lettres rouges, le mot : « DEHORS ».

Il entendit Harlow prendre une profonde inspiration derrière lui au moment où, à son tour, elle découvrit l'acte de vandalisme.

Black sortit son téléphone sans un mot et composa le numéro de Meat.

— Je suis en route, annonça son collègue.

— Tant mieux, parce que quelqu'un a tagué des conneries sur le mur du refuge, lui expliqua Black.

— Quoi ? Les enfoirés. OK, OK, j'ai mon ordinateur

portable avec moi. Au lieu de passer devant, je vais entrer et voir ce que je peux apprendre. Loretta est encore debout ? J'aurai besoin de lui parler, peut-être de lui montrer les enregistrements des caméras, histoire de voir si elle reconnaît celui qui a fait ça.

Black se sentit aussitôt mieux. Il détestait l'idée qu'on ait pu s'approcher autant de Harlow et des autres, néanmoins. Pendant qu'ils étaient tous rassemblés à la table du dîner, quelqu'un s'était posté dehors et avait défiguré le bâtiment.

Pire encore, ils ne savaient toujours pas qui voulait voir disparaître le refuge et ses occupants, ni pourquoi. Le « qui » était probablement lié à celui qui voulait récupérer l'immeuble, mais Meat n'avait pas encore pu recouper assez d'informations. Il admettait aussi qu'il n'avait pas eu le temps de creuser trop profond au milieu de la liste de propriétaire des bâtiments voisins, mais en surface, ces propriétés semblaient avoir été acquises par des promoteurs ou des entreprises différents.

En voyant la peur sur le visage de Harlow, même si elle s'efforçait de la masquer, il prit une décision.

Rex et ses ordres pouvaient bien aller se faire foutre.

Il allait faire d'une petite conversation en face à face avec Brian « Bear » Pierce sa priorité. Ce harcèlement allait cesser une bonne fois pour toutes.

Agir dans le dos de Rex présentait un risque, il le savait. En fait, s'il commettait ne serait-ce qu'une erreur, cela pourrait mettre en péril l'opération entière des Mercenaires Rebelles et le faire virer de l'équipe. Mais tant pis, il n'avait pas le choix.

Black savait que les autres étaient tout aussi frustrés par l'attitude de Rex et le peu d'implication dont il avait fait preuve récemment. Sauf que cette fois, cela affectait une affaire, chose qui ne s'était jamais produite.

Arrow avait réuni l'équipe pour leur annoncer le peu qu'il savait de leur chef et de sa femme. Ils n'avaient guère été surpris d'apprendre que leur officier traitant était directement touché par le trafic d'êtres humains, vu la passion qu'il mettait dans la traque des femmes ou des enfants disparus. En revanche, cela expliquait peut-être sa distraction récente.

Black ne pouvait s'empêcher de se demander si la souffrance de leur chef, qui avait perdu son épouse, n'était pas remontée maintenant que la moitié de l'équipe avait trouvé son âme sœur. Arrow avait eu l'impression qu'ils étaient très amoureux. De fait, Black avait déjà perçu la différence dans la façon dont Gray, Ro et Arrow travaillaient, du jour où ils avaient eu une autre personne à prendre en considération, et lui-même commençait à déceler une différence aussi chez Rex.

Et vu l'impuissance que Black éprouvait face à la situation de Harlow, la rage de n'avoir pas toutes les informations nécessaires pour empêcher le harcèlement et la protéger, il ne pouvait qu'imaginer ce que Rex devait ressentir, en ne sachant pas si sa femme était morte ou vivante.

Cela mis à part, ça n'excusait en rien leur officier traitant et son manque d'implication sur cette affaire. Même s'il devait faire cavalier seul, Black ne pouvait rester là sans agir pour comprendre le rôle que ce Bear jouait exactement.

— J'apprécie, dit-il à Meat. Et je suis sûr que Loretta est toujours debout. Elle a dit qu'elle avait de la paperasse à traiter. Envoie-lui un SMS pour lui annoncer que tu es en route et que tu souhaiterais entrer un moment. Mais pour l'instant, tout paraît calme. Aucun signe d'un quelconque rôdeur. Je vais rester avec Harlow sur le parking jusqu'à ton arrivée. Juste pour être sûr que tout va bien.

— D'accord. J'arrive dans dix minutes.

Meat raccrocha.

— Lowell ? demanda timidement Harlow quand il eut rangé son téléphone.

Sans répondre, il l'attira doucement dehors et referma la porte, la verrouillant derrière lui. Depuis qu'il avait commencé à escorter Harlow et à passer autant de temps au refuge, elle lui avait donné une clé. Un coup d'œil à droite, puis à gauche, il ne vit rien qui sorte de l'ordinaire. Il faisait sombre et les lampadaires rendaient les ombres encore plus obscures. Il pivota et se dirigea vers le parking d'un pas vif.

Harlow ne moufta pas, elle se contenta de resserrer son étreinte sur la main de Black et de le suivre. Il l'amena à sa Mustang et attendit qu'elle ouvre la portière. Là encore, il patienta, le temps qu'elle s'installe au volant, puis il contourna la voiture côté passager et grimpa.

— Pourquoi on nous fait ça ? chuchota-t-elle dans la pénombre de sa voiture.

— Je ne sais pas, admit-il, détestant ne pas avoir de réponse à lui fournir.

— Tu penses que je dois appeler Loretta pour l'informer ? Il va falloir qu'on fasse nettoyer ça avant que les enfants le voient. Peut-être que je...

— Chut, l'interrompit-il. Meat doit déjà l'avoir appelée et informée et je n'ai aucun doute qu'il tirera les bonnes ficelles pour envoyer quelqu'un qui s'occupera du mur ce soir.

— Vraiment ?

— Vraiment. Donc... 4 h 30 demain ? demanda-t-il, pressé d'effacer l'inquiétude qu'il entendait dans sa voix.

Elle le contempla un long moment. Pas étonnant que les gens aiment autant s'embrasser dans les voitures : il y avait quelque chose de particulièrement intime dans le fait d'être assis là avec Harlow.

— C'est quoi, ton truc, avec les levers au petit matin ?

— C'est un « oui » ? insista-t-il.

Elle lâcha un soupir.

— Bien sûr que c'est un « oui ». Et tu promets qu'il ne s'agira pas de faire du sport ?

Elle le lui avait déjà demandé, mais il répéterait sa réponse autant de fois qu'elle aurait besoin de l'entendre.

— Promis.

Elle tourna la tête, regarda à travers le pare-brise et se mordit la lèvre.

— Quoi ? Je te jure de ne pas te rejouer de mauvais tour.

— Ce n'est pas ça. J'ai juste...

Elle laissa sa phrase en suspens. Il vit précisément à quelle seconde elle décida de ne pas dire ce qu'elle avait sur le bout de la langue.

— Tu peux me dire ou me demander n'importe quoi, Harl, la rassura-t-il.

— Merci d'avoir été aussi cool avec Jasper, ce soir.

Il aurait voulu entendre ce qu'elle avait vraiment failli lui avouer, mais il accepta le changement de sujet.

— Normal. Il n'a pas eu de chance dans la vie, ce gosse. Si on ne peut pas faire confiance à son propre père, à qui ?

— Tu t'entends bien avec ta famille ? demanda-t-elle.

— Oui. Mon père est génial. Il travaille trop dur, cela dit.

— Un peu comme quelqu'un que je connais, fit-elle avec un sourire.

— Je ne travaille pas trop.

— Lowell, tu as ta propre affaire, tu peux quitter le pays à tout instant, tu es venu à mon secours alors que tu me connaissais à peine et, maintenant, tu passes la plupart de tes journées à veiller sur moi et sur les résidents du refuge. Je suis sûre qu'il se passe encore plein de choses en coulisses dont je ne suis pas au courant, concernant l'enquête, de plus, tu passes du temps avec moi, le matin. Alors si, tu travailles beaucoup trop.

— Toi, tu n'es pas du travail, corrigea-t-il sans essayer de se cacher. Au contraire, tu aides à ce que mes journées passent plus vite, et il n'est nulle part où je préférerais être qu'à tes côtés.

Ses mots restèrent en suspens et l'alchimie, cette alchimie toujours présente, pétilla encore plus fort en cet instant.

Black n'aurait su dire s'il s'était penché ou si c'était Harlow, mais sans qu'il comprenne comment, ils se retrouvèrent à quelques centimètres l'un de l'autre. Il ne parvenait plus à détacher les yeux de ses lèvres. Elle y passa la langue, laissant un voile humide qu'il brûlait de goûter.

Juste au moment où il allait combler ces quelques centimètres, on frappa à son carreau. Harlow poussa un hurlement terrorisé et même Black sursauta violemment.

En tournant la tête, il découvrit Meat planté là, sourire moqueur aux lèvres, qui agitait la main. Avec un regard plein de regrets à l'attention de Harlow, Black lui murmura :

— Reste là une seconde. (Puis il descendit de voiture.) Je n'ai pas encore informé Loretta des dégâts, annonça-t-il à Meat alors qu'ils passaient devant la Mustang.

Black tenait à ne pas quitter Harlow des yeux tout en parlant.

— Je m'en occupe, lui répondit son ami. Elle m'attend. Je vais prendre des photos du mur et appeler une connaissance qui couvrira au moins le tag pour ce soir. Ils se mettront au récurage demain, après que les gosses seront partis à l'école.

— Et la vidéosurveillance ?

— Je vais télécharger les bandes ce soir, les envoyer à Rex et voir ce que Loretta peut me dire.

— Tu penses que Rex va s'impliquer davantage ?

Black savait que Meat avait la même opinion que lui au sujet du manque de réactivité de leur officier traitant sur cette affaire.

— Je n'en sais rien, mais je n'aime pas la façon dont la situation empire, même si aucune loi, hormis sur cette dernière action, n'a encore été enfreinte. J'ai appelé Gray en venant ici et, si tu es partant pour avoir une petite « discussion » avec ce Bear, tu as notre soutien.

Black hocha la tête. Oh, que oui, il était partant.

— J'avais déjà pris ma décision : pas question d'attendre la permission de Rex. Demain, je ne peux pas, mais d'ici quelques jours ?

— Tu as de grands projets ? le taquina Meat.

— Oui. Si tu veux tout savoir, Harlow et moi, on fait un truc ensemble dans la matinée. Il faut qu'on discute de certains points.

— Au sujet du refuge, bien sûr, ironisa Meat.

— Bien sûr.

Toujours tout sourire, son ami reprit :

— Bon, je vais prendre contact avec les autres et voir ce qu'on peut faire pour inviter Bear à discuter.

— Merci, Meat.

— Pas de souci. Ramène-la chez elle, dit-il avec un hochement de tête en direction de Harlow.

Black acquiesça et passa du côté conducteur de la Mustang alors que Meat se dirigeait vers l'entrée du refuge.

— Tu vas bien ? demanda-t-il.

— Oui. Pourquoi ?

— Comme ça. Je vais te suivre jusqu'à chez toi.

Elle leva les yeux au ciel.

— Je m'en doutais, vu que tu me files le train chaque fois que je pars d'ici.

— Sois prudente sur la route et à demain matin.

— D'accord. Lowell ?

— Oui, Harl ?

Elle se mordilla la lèvre, puis lui offrit un sourire penaud.

— À demain.

Il regagna sa Mazda, malgré l'envie qui le taraudait de savoir ce qu'elle ne parvenait pas à lui confier. Un parking plongé dans la pénombre n'était ni le lieu ni le moment pour une longue conversation. Pas plus que pour un baiser... même s'il mourait d'envie d'avoir les deux.

— Calme-toi, mon gars, s'intima-t-il en grimpant dans sa voiture.

Il démarra. Demain était un autre jour.

Chapitre Dix-sept

Harlow posa la tête contre le siège dans la voiture de Lowell et le dévisagea. Ça commençait à devenir une habitude... qu'elle aimait bien. Il s'était présenté à son appartement à 4 h 30 précises ce matin. Elle avait préparé sa Thermos de café et enfilé un jean, un tee-shirt à manches longues et des baskets. Lowell portait un jean noir et un tee-shirt blanc, avec une chemise jetée par-dessus. Ses cheveux bruns donnaient l'impression qu'il venait d'y passer la main dedans au lieu de les coiffer et ses joues étaient couvertes d'une ombre de barbe.

À croquer.

Harlow n'arrivait pas à se sortir de la tête la conversation qu'elle avait eue avec sa mère. Et la veille au soir, elle avait failli embrasser Lowell. Ce qui aurait pu l'embarrasser, sauf que lui aussi s'était penché vers elle.

La pensée que Lowell Lockard ait voulu l'embrasser suffisait presque à lui donner des envies de sortir un cahier et d'y dessiner des cœurs, d'écrire « Harlow + Lowell » partout sur les pages.

Mais elle se contentait de ce constat sans appel : oui, elle voyait de l'intérêt s'allumer dans ses yeux lorsqu'il la regardait. En plus, il revenait la chercher, pour une sortie qu'il prenait bien garde à ne pas qualifier de « rendez-vous ».

En y repensant, tous ses rendez-vous ratés s'étaient déroulés l'après-midi ou le soir. Sans doute devrait-on penser plus souvent aux rendez-vous matinaux. Très matinaux.

— Tu as bien dormi ? lui demanda-t-il calmement sur la route.

— Oui, pas mal. Et toi ?

Il haussa les épaules.

— Meat m'a rappelé à peu près trente minutes après mon arrivée à la maison pour me parler d'un truc.

Voyant qu'il ne donnait pas de précisions, elle demanda :

— Quel truc ?

Il parut mal à l'aise, ce qui inquiéta Harlow.

— Rien que j'aie envie d'aborder ce matin, car je veux que tu te détendes et que tu t'amuses. On aura tout le temps pour parler du reste plus tard.

Voilà qui ne présageait rien de bon quant à ce que Meat lui avait raconté, mais Harlow n'eut pas le temps de protester, de répliquer à Lowell qu'elle était une grande fille capable d'entendre ce qu'il avait à lui dire, parce qu'ils arrivaient sur un grand parking.

— Qu'est-ce qu'on fait ici ?

« Ici », c'était l'hôtel Elegante, Centre de conférences et d'événements de Colorado Springs. Harlow n'en avait jamais entendu parler et était complètement perdue quant à la raison de leur présence devant un hôtel.

— Tu vas voir, répondit Lowell avec un sourire satisfait, en coupant le moteur.

Elle secoua la tête devant son sourire et le plaisir qu'il avait manifestement à faire des secrets, mais décida de lui faire confiance. En le regardant contourner la voiture par l'avant, elle devait bien admettre, bien qu'elle n'ait jamais apprécié les surprises par le passé, sans doute parce qu'elles avaient toujours été mauvaises, qu'avec lui, elle commençait à devenir fan. Grande fan.

Il lui ouvrit la portière, l'aida à se mettre debout et entremêla leurs doigts pour l'entraîner vers la porte d'entrée de l'hôtel. Harlow adorait le naturel avec lequel il mêlait ses doigts aux siens. Comme s'il le faisait sans réfléchir.

Dans le hall, elle s'immobilisa, les yeux écarquillés face au panneau accroché devant une petite table sur un côté.

— Tu n'as pas..., souffla-t-elle en tournant le regard vers Lowell.

Il sourit.

— Si. Tu as dit que ça ne te posait pas de problème, alors j'ai pensé : allons-y !

Le panneau indiquait : « Rainbow Ryders : vols en montgolfière ».

— On va faire de la montgolfière ?

— Si tu es d'accord.

Elle explosa dans un sourire radieux.

— Oui ! Plus que d'accord : j'ai toujours voulu essayer. Je n'en reviens pas !

— Alors, viens. Allons nous inscrire et c'est parti.

Elle lui tira sur la main et il s'arrêta, tournant vers elle un regard inquiet.

— Tout va bien ?

Sans réfléchir, elle s'approcha et l'embrassa.

Elle l'avait déjà surpris avec un simple baiser sur la joue, si bref qu'elle avait reculé avant qu'il ait eu le temps de réagir. Mais là, sitôt que ses lèvres quittèrent les siennes, il lui passa un bras autour de la taille et serra.

Puis il inclina la tête et répondit à son baiser. Avec voracité.

Harlow ne manquait pas d'expérience en la matière. Elle avait eu sa part de bons baisers, de super baisers et aussi quelques-uns de dégoûtants. Mais rien de comparable avec la sensation des lèvres de Lowell sur les siennes. Elle sentait le grattement de sa barbe contre sa peau alors qu'il l'embrassait.

Ses bras se couvrirent immédiatement de chair de poule, sa nuque aussi, et elle ferma les yeux pour profiter pleinement du premier contact de ses lèvres sur les siennes.

Il lui passa la langue sur le bord de la bouche et elle s'ouvrit avidement à lui. Au lieu de plonger et de la dévorer, il fit jouer sa langue avec la sienne, la léchant et repartant, la cajolant pour qu'elle se lâche et le laisse entrer plus avant.

Quand un gémissement grave émergea de sa gorge et qu'elle se détendit pleinement contre lui, il emprisonna une main sur sa nuque et l'embrassa comme si demain n'existait pas. Là, il ne titillait plus. Il lui dévorait la bouche et elle adora chaque seconde de sa prise de contrôle.

Ce ne fut qu'en entendant des chuchotements autour d'elle, comme quoi il y avait des chambres pour ça, qu'elle se rappela où ils étaient.

Lowell dut entendre le commentaire, lui aussi, car il ôta ses lèvres sur-le-champ, sans toutefois enlever la main de son cou ou le bras d'autour de sa taille. Il se contenta de la dévisager, comme s'il la voyait pour la première fois.

Un peu mal à l'aise et prise du besoin de combler le silence, Harlow bredouilla :

— J'espère... n'avoir pas trop une haleine de café.

Tout sourire, il secoua la tête.

— Non, bébé. Tu es parfaite. Si je pouvais mettre en bouteille ce que je ressens en t'embrassant, personne n'aurait plus jamais besoin de boire du café pour se mettre en route le matin.

Elle rougit. Le sourire de Lowell s'élargit.

— Prête ?

— Aussi prête que possible.

Elle avait cru que la situation serait gênante, mais Lowell rendait cela impossible. Il ne la reluquait pas bizarrement, ne lança pas de sous-entendus sexuels, il se contenta de lui reprendre la main et de les diriger vers le bureau d'accueil.

Quinze minutes plus tard, ils montaient dans un van qui les

emmènerait sur le site du décollage. Une fois arrivés, elle vit trois ballons au sol, prêts à être gonflés. Elle regarda, fascinée, Lowell qui aidait au processus et bientôt, on les escortait jusqu'à un vaste panier d'osier en compagnie de deux autres couples.

Harlow leva les yeux vers le trou béant dans le ballon et ne put réprimer le sourire niais qu'elle sentit se dessiner sur son visage. La montgolfière qu'ils prenaient était jaune avec des rayures de couleurs différentes et le logo de Rainbow Ryders en plein milieu. Le souffle produit quand les brûleurs s'enflammèrent contrasta avec le silence du petit matin.

Elle se tourna vers Lowell, sourire jusqu'aux oreilles.

— Oh putain, c'est génial !

Souriant aussi, il lui déposa un baiser sur le front.

— Eh oui.

Puis elle se retourna et s'accrocha au bord du panier tandis que le pilote effectuait les ajustements de dernière minute. Avant qu'elle ait le temps de dire « ouf », ils décollaient, très lentement, très lentement du sol. Elle sentit Lowell se glisser contre son dos, ses mains se posèrent de part et d'autre de ses hanches sur le rebord, et elle se sentit parfaitement entourée par lui.

Elle entendit vaguement le pilote leur parler de ce qu'il faisait et de l'endroit qu'ils survoleraient, mais elle avait surtout les yeux rivés sur la vue de Pikes Peak baigné de la lumière matinale alors qu'ils montaient en douceur vers le ciel.

Avec un soupir de plaisir, elle se laissa aller contre Lowell. Il déplaça l'une de ses mains du panier pour la lui poser sur le bas du ventre. Harlow ne s'était jamais sentie plus comblée de sa vie qu'en cet instant.

La balade sembla durer une éternité, mais en même temps, le pilote leur annonça trop vite qu'il se dirigeait vers un vaste champ dégagé. Oubliant toute retenue, Harlow pivota dans les bras de Lowell.

Il la regardait au lieu de la vue fantastique qu'il avait devant lui.

— C'était comme tu espérais ?

— Il faut que tu arrêtes d'organiser des trucs que je mentionne au hasard, dit-elle en guise de réponse. S'il te plaît, dis-moi que tu n'as pas prévu de saut en parachute.

— Tu as envie de faire un saut en parachute ?

Elle plissa le nez et secoua la tête. Il s'esclaffa.

— Alors non, je n'ai pas prévu ça.

— Bien. Mais je n'ai aucune idée de ce que je pourrais bien faire pour dépasser l'expérience d'aujourd'hui.

Il secoua aussitôt la tête, les sourcils froncés.

— Tu n'as pas à dépasser quoi que ce soit, Harl. Ce n'est pas un concours.

Même si le lieu n'était pas idéal, avec les autres couples tout près et le souffle du brûleur par intermittence, elle décida de clarifier la situation. Prenant une profonde inspiration, elle se passa la langue sur les lèvres et lâcha :

— C'est l'un des meilleurs rendez-vous de ma vie.

Puis elle retint son souffle dans l'attente de sa réaction.

Elle était à peu près certaine qu'il ne serait pas surpris par ses propos. Si lente qu'elle ait été à la comprenette, il était plus qu'évident que oui, ils sortaient ensemble, même si leur cour avait été tout sauf conventionnelle.

— Pour moi aussi, répliqua-t-il simplement.

Relâchant l'inspiration qu'elle retenait, elle lui sourit.

— Alors tu as fini par comprendre, hein ? demanda-t-il.

De la pulpe des pouces, il lui caressait les flancs, en mettant juste la pression qu'il fallait pour ne pas la chatouiller.

Elle haussa les épaules.

— Il a fallu que ma mère m'aiguille.

— Et tu n'as pas peur ?

— Pas trop. Je veux dire, je comprends : je t'avais dit sans détour que je ne voulais pas de rendez-vous galants, alors tu t'es faufilé sous mon radar avec une discrétion imparable, au point que je ne me suis même pas rendu compte de ce qui se passait.

— C'est ce pour quoi je suis doué, commenta-t-il sans vanité.

— Je vois ça. Mais pour info, sache que tu peux me masser les pieds. En revanche, je n'ai pas très envie que tu me demandes de te caresser avec. Voler des serviettes dans les restaurants, c'est hors de question et si tu éprouves le besoin de te masturber, mes peluches sont interdites.

Il renversa la tête en arrière et éclata de rire. Et Harlow trouva l'arc de son cou tout à fait fascinant. Elle n'eut pas le temps de satisfaire sa curiosité, car déjà il baissait à nouveau la tête vers elle pour l'embrasser. Un baiser court et rapide, contrairement à celui du matin, mais pas moins excitant.

— Pigé, dit-il.

— OK, messieurs-dames, on se prépare à l'atterrissage. Préparez-vous et accrochez-vous bien, annonça le pilote.

Lowell fit pivoter Harlow et, de nouveau, se posta derrière elle. Elle le sentait plaqué contre son dos, ses hanches, ses cuisses. Il se tenait tout contre elle, l'enlaçant, et elle sut en cet instant qu'elle était dedans jusqu'au cou. Qu'elle pouvait aisément tomber amoureuse de cet homme... si ça n'était pas déjà fait. Ce qui était fou, car il n'avait pas tourné autour du pot, il lui avait déclaré d'emblée qu'il ne cherchait pas une relation sur le long terme. Et encore, quelques jours plus tôt, elle aurait affirmé la même chose.

Mais là, entre ses bras, elle sut sans l'ombre d'un doute que jamais il ne permettrait que quoi que ce soit lui arrive s'il pouvait l'empêcher. Exactement comme son père avec sa mère.

Harlow avait la sensation d'avoir enfin trouvé l'homme avec qui elle devait passer le reste de sa vie. Le problème, c'était qu'elle n'était pas sûre que son sentiment soit partagé.

Secouant la tête, elle s'enjoignit à prendre les choses au jour le jour et elle se fit la promesse de profiter de ses heures avec Lowell, sans penser au temps que leur relation durerait.

Elle était réaliste. Elle savait qu'il l'appréciait, maintenant, mais si les choses devenaient plus sérieuses, allait-il faire marche arrière ? Décider qu'il ne voulait pas poursuivre avec elle, à cause de potentielles attentes de mariage ? Elle n'en avait aucune idée, mais elle était prête à prendre ce risque.

La pensée de devoir rentrer dans le jeu des premiers rendez-vous lui était insupportable. Lowell avait réussi à s'immiscer subrepticement dans sa vie en rendant le processus tout à fait indolore, et ça lui convenait tout à fait.

Black croisa les bras et s'obligea à rester où il était. Au refuge, il observait Harlow qui terminait ses tâches à la cuisine, avant de partir avec lui.

Les derniers jours avaient été géniaux. Le matin du vol en montgolfière, il avait enfin pu goûter Harlow et c'était tout ce dont il avait rêvé, en mieux. Elle s'était illuminée dans ses bras. Et chaque fois qu'il l'avait vue depuis, il lui avait volé quelques autres baisers.

Il avait plus faim d'elle que jamais.

Cet après-midi, il l'avait escortée au refuge, puis il était parti discuter avec Meat et les autres pendant qu'elle s'occupait à la cuisine. Demain, Arrow et Ball allaient traquer Brian Pierce et « l'inviter » à venir leur parler. Black les retrouverait avec le reste de l'équipe et ils verraient bien ce qu'ils parvenaient à en tirer. Black n'avait rien contre l'idée de le rudoyer un peu. Ça ne serait pas la première fois qu'ils ne jouaient pas selon les règles officielles pour obtenir des informations et ça n'était pas comme s'il allait le tuer non plus. Il voulait juste tous les faits concernant cette affaire et plus vite Bear leur avouait ce qu'il savait, plus vite ils le renverraient à son coin de rue.

Ceci étant établi, Black se sentait un peu plus calme. La dernière chose qu'il voulait, c'était qu'il arrive quelque chose à Harlow ou à l'une des résidentes du refuge. Il y avait passé assez de temps récemment pour apprendre à les connaître pas mal. Les enfants étaient adorables et lui rappelaient pourquoi les Mercenaires Rebelles faisaient ce qu'ils faisaient.

Il avait aussi passé quelques heures au stand de tir de temps en temps et tout roulait là-bas aussi. Il avait de super employés et gérants, qui n'avaient pas besoin de lui sur place pour que l'endroit tourne avec efficacité.

Et vu comme Rex semblait distrait dernièrement, il ne s'était pas présenté d'autre affaire à l'horizon non plus. Alors il était libre de se concentrer sur Harlow et ce qui se passait au foyer. Peut-être n'était-ce rien. Peut-être Rex avait-il raison de ne pas sembler plus inquiet que ça. Pourtant, Black ne le pensait pas. Il avait une intuition qui le taraudait, des picotements dans la nuque et ça ne présageait rien de bon.

Pour le moment, toutefois, il devait laisser ces impressions de côté. Ce soir, il allait emmener Harlow chez lui, la laisser lui préparer à manger, puis, avec un peu de chance, il obtiendrait quelques baisers supplémentaires. Il n'était pas pressé de la mettre dans son lit. Il aimait cette forme de chasse. Maintenant qu'elle savait qu'ils sortaient ensemble et que ça lui convenait ainsi, ils pouvaient voir ensemble où ça les menait. Black avait l'intuition que ça irait assez vite, s'il devait en juger par l'alchimie entre eux et par leur premier baiser, torride s'il en était.

Il n'avait aucune idée du temps qu'il avait passé à attendre qu'Harlow termine ses préparatifs pour le dîner, mais peu importait. Il pourrait rester des heures, planté là à la contempler. Il avait discuté avec quelques résidentes, Kristen, Melinda et Sue. Kristen lui avait raconté que Sue et elle avaient trouvé un appartement dans leurs moyens si elles partageaient le loyer. Il était heureux qu'elles aient pu se remettre assez sur pieds pour se trouver un endroit à elles.

Melinda n'en était pas encore tout à fait là, mais elle se satisfaisait de constater que Milo semblait s'améliorer beaucoup à l'école. Avant que ces deux-là n'emménagent au refuge, les notes de l'enfant étaient en chute libre à cause des abus que l'ex de Melinda leur infligeait à la maison. Peu à peu, cela allait mieux, maintenant que Milo avait plus de stabilité et que son père était sorti de sa vie.

Loretta entra dans la cuisine... et Black se raidit aussitôt.

Il devinait, rien qu'à son expression, que quelque chose clochait. Elle tentait de le masquer, mais c'était évident. Du moins aux yeux de Black.

— Hum, ça sent délicieusement bon, ici, lança-t-elle d'un ton faussement guilleret.

Manifestement, Harlow remarqua aussi qu'il y avait un problème, car elle posa le torchon qu'elle avait en main et s'approcha de sa patronne.

— Tout va bien ?

— Absolument.

Harlow fronça les sourcils et tourna les yeux vers Milo et Sammie, assis à la table de la cuisine, puis vers la petite Jody, qui jouait avec des poupées Barbie de seconde main dans un coin.

— Tu es sûre ? insista-t-elle discrètement.

— Certaine, affirma Loretta. Nous en discuterons demain. Je t'ai accordé ta soirée, c'est ça le plus important. Tu as déjà fait bien plus que ta part en mettant les lasagnes au four. Je pense qu'on saura les en sortir avant qu'elles ne brûlent.

Elle ponctua sa phrase d'un sourire pour indiquer qu'elle plaisantait.

— J'y vais, j'y vais, consentit Harlow en lui rendant son sourire. Mais tu sais que si tu as besoin de quoi que ce soit, ajouta-t-elle plus bas, il te suffit d'un coup de fil.

— Je sais, ma fille. Merci. Ne te tracasse pas pour nous. Edward devrait être là d'ici trente minutes et j'ai le numéro de Black, ainsi que de ses amis, enregistré dans mon portable au cas où.

Black avait bien envie de parler avec Loretta en privé, histoire de découvrir ce qui la tracassait, mais en voyant comme elle avait l'air nerveuse à l'idée d'une possible insistance de Harlow, il se ravisa. Avec un peu de chance, il obtiendrait les informations dont ils avaient besoin auprès de Brian Pierce, et il aurait quelque chose de positif à annoncer à Loretta. Ce devait être un gros stress d'être responsable de toutes les femmes et des enfants qui vivaient au foyer.

— Les lasagnes devraient mettre environ quarante minutes à cuire. J'ai fait du pain aujourd'hui, donc quand il ne restera plus que dix minutes, étale du beurre aillé dessus, j'en ai déjà préparé, et enfourne le tout cinq minutes avec les lasagnes. Si tu veux, tu peux aussi saupoudrer de fromage. Il y a de la salade au frigo et, pour le dessert, j'ai prévu une mousse au chocolat.

Black en avait l'eau à la bouche. S'il n'était pas très doué en cuisine, il se débrouillait quand même. En général, il mangeait quand il avait faim sans trop se soucier de ce qu'il avalait. Mais fréquenter Harlow l'amenait à changer son opinion sur la nourriture. Les repas qu'elle préparait étaient absolument délicieux. À vous donner l'eau à la bouche. Il se nota d'ajouter trente minutes à son planning d'exercices, parce que si elle se mettait à cuisiner pour lui, il avait l'impression que ça ne serait pas superflu.

— On va y arriver, la rassura Loretta. Allez, file. File.

Harlow rit, puis elle enlaça Loretta.

— Merci de m'avoir accordé ma soirée. Je sais que je travaillais seule, quand j'ai commencé ici, mais j'avais oublié la somme de travail qu'effectuait Zoé.

Black aurait pu rater l'expression qui passa sur le visage de Loretta, s'il ne l'avait pas observée attentivement. L'expression d'une femme à qui l'on vient d'annoncer que quelqu'un est mort.

Mais quand Harlow la dégagea de leur étreinte, le sourire était revenu sur le visage de Loretta.

— Appelle si tu as la moindre question, répéta Harlow. Je reviens demain, sans doute vers 10 h 30.

— Profite bien de ta soirée. On se parle demain.

Harlow opina du chef et se tourna vers Black.

— Prêt ?

Il hocha la tête. Il était curieux de ce que Loretta souhaitait dire à Harlow, mais le moment était mal choisi pour insister. Profitant du fait que Harlow allait chercher son sac, il s'approcha de Loretta et lui dit tout bas :

— Meat sera là après le dîner. Si d'ici là vous avez besoin de quelque chose, quoi que ce soit, n'hésitez pas à appeler.

— Merci. Ça fait du bien de vous avoir, les gars. Non seulement on se sent plus en sécurité dans cette bonne vieille maison, mais c'est bon pour les enfants et les femmes de voir comment les hommes devraient se comporter.

Black acquiesça et puis, spontanément, il se pencha pour lui donner un baiser sur la joue. Il sourit en la voyant rougir. Quand Harlow revint auprès d'eux, Loretta lança :

— Tu ferais mieux de le surveiller, sinon je vais te piquer ton homme sous le nez, méfie-toi.

Harlow passa son bras dans celui de Black.

— Ça ne fonctionnerait jamais entre vous deux, répliqua-t-elle joyeusement. C'est un homme du matin, comme moi.

Loretta éclata de rire et fit mine de froncer les sourcils.

— Zut alors.

Black se contenta de secouer la tête.

— Prête ? demanda-t-il à Harlow.

— Oui. À demain tout le monde ! lança-t-elle en se retournant.

Tous agitèrent la main pour lui dire au revoir. Et alors que Black la conduisait dehors, il ne put s'empêcher de rire, car elle mit une éternité à traverser le foyer pour atteindre la porte. Il lui fallait s'assurer que tous ceux qui l'entouraient avaient bien ce qu'il leur fallait et elle adressait quelques mots à chaque résident avant de partir.

Enfin, il referma la porte derrière eux.

— C'est nouveau, dit-elle.

— Quoi ?

— Partir alors qu'il fait encore jour dehors.

— Ce qui ne veut pas dire que c'est sans danger, l'avertit-il.

Comme il s'y était attendu, elle leva les yeux au ciel.

— Je sais, mais ça n'est pas du tout aussi effrayant de jour, crois-moi.

— Eh ! cria une voix.

Black se raidit aussitôt. Il pivota, Harlow bien en sécurité derrière lui, pour regarder de l'autre côté de la rue.

Les autres types sur lesquels ils enquêtaient traînaient sur des bancs devant le salon de tatouage. Elliott, Malcolm, Brody et Brian étaient même allongés là, comme s'ils n'avaient nulle part ailleurs pour le faire – ce qui était probablement le cas.

Black ne réagit pas, il se contenta de rester planté à dévisager le quatuor.

— On vous dit juste un « bonjour » amical entre voisins, hurla Elliott.

— Ouais... parce qu'on tient à s'assurer qu'il n'y a pas d'intrus dans ce quartier, ajouta Malcolm.

Black fronça les sourcils, sachant qu'ils essayaient de faire passer un message, mais ne comprenant pas trop lequel.

— Viens, l'enjoignit Harlow en tirant sur sa manche. Allons-y.

Il laissa encore un peu son regard noir posé sur les quatre hommes, avant de passer un bras autour de la taille de Harlow et de leur tourner le dos. Il n'avait aucun doute, il l'entendrait s'ils tentaient une embuscade. De plus, il ne pensait pas qu'ils aient les tripes de s'attaquer à lui. Pas au grand jour, en tout cas.

Brian, plus connu sous le sobriquet de Bear, lança une dernière salve.

— Eh, salope, si tu veux baiser un vrai bonhomme, fais-le-moi savoir !

Black serra les dents, hésitant à aller attraper le crétin sur-le-champ. Il était capable d'en découdre avec les quatre ensemble, il le savait, même s'ils ne se battaient pas proprement. Il avait été Navy SEAL et avait appris une chose ou deux de ses amis aussi.

Mais traverser la rue pour s'en occuper maintenant signifiait laisser Harlow vulnérable. Et ça, pas question.

— Ignore-le, chuchota-t-elle en passant le doigt dans le passant de sa ceinture. S'il te plaît.

— C'est bon, marmonna-t-il, refusant de se retourner pour accorder à Brian ce qu'il voulait – l'attention. Je ne vais pas aller lui botter les fesses.

— Mais tu en as envie, plaisanta-t-elle.

— Tu n'as pas idée à quel point. Mais tu sais ce dont j'ai encore plus envie ?

— Quoi ? demanda-t-elle en levant les yeux sur lui, alors qu'ils se dirigeaient d'un pas vif vers le parking et sa Mazda.

— Toi dans mon appartement. Dans ma cuisine. Souriante et heureuse. Détendue.

Elle sourit.

— Beau programme.

Il actionna le déverrouillage de sa voiture et lui tint la portière ouverte. S'étant assuré qu'elle était installée, il la referma et passa de son côté. Une fois assis, les portières verrouillées, il lui annonça sur un ton désinvolte :

— Au fait, tu ne vas pas cuisiner pour moi ce soir.

— Quoi ? Lowell, c'était convenu ! rouspéta-t-elle.

Il haussa les épaules, pas désolé pour deux sous.

— Si tu crois que je vais t'inviter chez moi et te regarder t'échiner devant ma cuisinière pour me préparer à manger, tu es folle.

— J'avais prévu de te concocter un bœuf bourguignon. C'est facile à mettre en route et je ne me serais échinée sur rien du tout.

— Peu importe. La première fois où tu es dans mon espace, tu ne cuisines pas pour moi. J'ai acheté des steaks et du poulet, comme ça, tu choisis. Je les mettrai au grill et puis on pourra s'installer devant un film ou autre. Je veux que tu te relaxes, Harl.

— La cuisine, c'est relaxant, pour moi, insista-t-elle.

Black ramena sa main et lui écarta une mèche de cheveux du visage. Puis il garda une pointe mauve une seconde, avant de croiser son regard.

— Je sais. Mais je suis égoïste. Je sais dans quel état tu te mets quand tu cuisines. Tout le monde disparaît et tu es incapable de te concentrer sur autre chose. C'est adorable. Sauf que pour ce soir, je te veux concentrée sur moi. Sur nous.

— Ah, fit-elle, plus dans un souffle d'air que de voix. OK.

— OK, répéta-t-il en écho.

Puis il porta son attention sur la route. Il fallait à peu près quinze minutes pour arriver jusqu'à son immeuble. Il avait vaguement regardé pour s'acheter une maison, ces derniers temps, mais il n'aimait pas songer à tout l'entretien que cela impliquait. Il n'aimait pas tondre la pelouse ni ne voulait se soucier que la maison reste vide quand il partait en mission.

Il se gara sur le parking et entendit Harlow prendre une brusque bouffée d'air.

— Waouh. Cette propriété est magnifique.

Elle n'avait pas tort. Il y avait une vaste piscine au milieu des bâtiments, qui étaient disposés de façon stratégique autour des collines verdoyantes du coin.

— Attends de voir la vue depuis mon balcon, lui dit-il. Ça ne ressemble en rien à ce qu'on a connu gamins, c'est sûr.

Elle pouffa.

— Oui, c'est sûr.

— J'ai dû attendre trois mois de plus pour que le lot parfait se libère, mais quand je me réveille pour voir se lever le soleil sur Pikes Peak, ça me récompense.

Il se gara sur sa place attitrée et nota de contacter le syndic afin d'obtenir un passe visiteur pour Harlow. Il l'aida à sortir de la voiture et la précéda vers les portes de son immeuble.

Pile comme ils s'apprêtaient à y entrer, il entendit arriver un autre véhicule. Tournant les yeux dans cette direction par habitude, il s'immobilisa sur-le-champ.

Cette Audi noire, il l'aurait reconnue n'importe où. Elle était suivie d'un vieux pick-up cabossé.

— Merde, jura-t-il à mi-voix.

— Quoi ? Qu'est-ce qui se passe ? demanda Harlow, l'air perplexe.

— On dirait que notre belle petite soirée de détente vient d'être annulée.

— Pourquoi ?

Il désigna le parking d'un geste du menton.

— Parce que nous avons' de la compagnie.

Harlow suivit son regard. Gray, Allye, Ro, Chloé, Arrow et Morgan descendaient des deux voitures. Les hommes arboraient tous un sourire moqueur et les filles un sourire joyeux.

Gray s'avança vers eux et tendit la main. Black la serra en secouant la tête.

— On a entendu dire que vous organisiez un barbecue, lança son ami. Alors on s'est dit qu'on allait passer se détendre avec vous.

— On a apporté de quoi manger, ajouta Allye, l'air un peu gêné.

— J'ai préparé des brownies, intervint Morgan, souriante.

Arrow passa un bras autour de sa femme, bien plus petite que lui. Elle portait un plat en verre avec ses brownies et Arrow un sac de courses dans sa main libre.

— Et moi j'apporte l'alcool, conclut Chloé d'un air triomphant en agitant une bouteille de téquila et une autre de mélange à téquila.

— Salut, Black, fit Ro, un sourire canaille aux lèvres.

Lui aussi portait un sac de courses rempli à ras bord d'assez de nourriture pour nourrir un régiment.

Conscient que ses projets pour la soirée étaient chamboulés, Black décida de surfer sur la nouvelle vague.

— Bon, on ne va pas rester plantés ici tout l'après-midi, on a des steaks et du poulet à griller.

— Salut, lança Harlow. Ça fait plaisir de vous revoir, tout le monde.

— Et pour info, ce n'est pas parce qu'on apporte à manger qu'on attend de toi que tu nous prépares à dîner, précisa Allye. Black n'arrête pas de nous dire quel chef cuistot incroyable tu es et j'ai fait quelques recherches sur toi en ligne. Impressionnant !

Alors qu'ils prenaient le chemin de l'appartement, Harlow balaya le compliment d'un revers de la main.

— Oh, ça ne me dérangerait pas. J'adore cuisiner. Oui, enfin, c'est évident, puisque j'en ai fait mon métier.

— Non. Ils se sont invités, ils vont se le cuisiner, leur fichu repas, grommela Black, sachant que le ton de sa voix était plus grognon que son état d'esprit.

Ro s'esclaffa.

— Si tu nous avais laissés vous inviter chez nous, on n'aurait pas été obligés de se pointer sans prévenir, le gronda-t-il.

Black ne tenait pas à se lancer sur ce sujet pour le moment. Il avait décliné plusieurs invitations de ses amis, arguant que Harlow et lui ne sortaient pas ensemble. Qu'ils se voyaient juste pour discuter des événements au refuge. Visiblement, ils n'y avaient pas cru et avaient pris les choses en main.

Il s'immobilisa sur le pas de la porte et retint Harlow en arrière après que tout le monde fut entré.

— C'est notre chance, si on veut s'échapper, lui chuchota-t-il à moitié en plaisantant.

Quand elle se tourna vers lui, il fut à nouveau frappé par sa beauté. Ça ne venait pas de ce qu'elle portait, ça n'était pas son maquillage ou son absence de maquillage. C'était elle, simplement elle. Ses cheveux colorés, ses yeux bleus, sa personnalité.

— Si tu t'échappais, tu n'aurais pas fini d'en entendre parler, le réprimanda-t-elle. En plus, je n'ai rien contre la possibilité d'apprendre à mieux les connaître. Je n'ai pas eu l'occasion de rencontrer grand monde dans la région des Springs jusqu'à présent.

Incapable de s'en empêcher, il l'attira à lui et l'embrassa sur le crâne.

— Ils t'apprécient déjà, Harl. Ne te sens pas obligée d'être différente en leur présence.

— Je les apprécie aussi... du moins pour le peu que j'ai vu d'eux l'autre soir, lors de notre truc d'escape game. Tu n'avais pas employé l'équivalent français ?

— Vous venez, ou quoi ? appela Arrow.

— Tu es prête ? vérifia encore Black, au lieu de répondre à son ami.

— Go ! répondit-elle avec un petit sourire.

Il la saisit par la main et ensemble ils rejoignirent leurs amis près des ascenseurs. Il ignorait ce que la soirée leur préparait, mais à coup sûr ça n'inclurait pas des baisers et des câlins sur son canapé, comme il l'avait prévu.

Cela étant, il allait passer du temps avec Harlow, donc ce serait forcément une bonne soirée, quelle que soit son issue.

18

———

Chapitre Dix-huit

— Tu as vu Nina depuis que tu as aménagé ici de façon permanente ? demanda Harlow à Morgan.

Il était tard. Le dîner avait été préparé et consommé. Les filles buvaient des margaritas non-stop, à l'exception d'Allye, qui avait passé son tour.

Et là, elles étaient affalées sur l'immense canapé de Black, celui sur lequel il s'était imaginé s'allonger avec Harlow pour qu'ils s'embrassent et apprennent à se connaître. Morgan venait de terminer de raconter à Harlow et aux autres comment la petite fille, Nina, avait été secourue à Saint-Domingue avec elle.

Il n'y avait pas beaucoup d'endroits où s'asseoir dans l'appartement, raison pour laquelle Black ne recevait pas souvent. Les autres gars et lui se trouvaient justement debout à la cuisine, afin de laisser les femmes entre elles.

— OK, alors... tu vas continuer à nier que tu sors avec Harlow ? demanda Gray avec un sourire moqueur.

Black détourna les yeux de l'intéressée pour les poser sur son ami. Il secoua la tête.

— Je savais que c'était pour ça que vous vous étiez pointés ce soir, bande d'enfoirés. Pour me harceler.

Tout sourire, Ro sirotait sa bière.

— Non, pas complètement.

— Mais sérieux, les choses ont l'air de bien se passer pour vous deux, observa Arrow. Je croyais t'avoir entendu dire qu'elle était échaudée à l'idée de sortir avec quelqu'un et refusait de se relancer dans la mêlée.

— C'était le cas. C'est le cas. Mais disons que j'ai réussi à la convaincre, l'air de rien.

— J'en étais sûr, affirma Arrow. En fait, j'avais parié cinquante dollars sur toi.

Black tourna vers ses amis un regard furibond.

— Vous pariez sur le fait qu'elle accepterait de sortir avec moi ou pas ?

Gray et Ro prirent un air à peine chagriné.

— Il faut admettre que ce n'est pas courant, une nana qui refuse d'avoir quoi que ce soit à voir avec toi, intervint Gray.

— Si tu avais connu les rencards qu'elle a vécus, tu penserais différemment. Y a même un connard qui est venu dîner chez elle et s'est paluché sur l'un de ses animaux en peluche. (Il frissonna.) Bon Dieu, j'ose à peine imaginer à quel point il est passé proche de lui faire du mal, à elle. Parce qu'on sait tous qu'il aurait pu ne pas s'arrêter là.

L'amusement disparut sur le visage de ses amis.

— Putain, tu déconnes ? demanda Ro, la mine sombre.

— Et ça, c'est juste la partie émergée de l'iceberg. Je vous ai un peu parlé du gars des sédatifs et de celui de la poursuite en voiture. Une fois qu'elle m'a expliqué pourquoi elle ne voulait plus de rencards, j'ai compris. Et honnêtement, ça m'a suffi. Pendant un temps. Mais plus j'ai appris à la connaître, plus je l'ai appréciée. Le reste, vous le savez. J'ai commencé à la jouer sournoise, à l'emmener à des rendez-vous sans les nommer ainsi. Elle a fini par comprendre ce qui se passait.

— Et elle n'était pas furax ? voulut savoir Arrow.

— Non. Assez embarrassée de ne pas avoir détecté mon manège plus tôt. Je crois qu'elle a eu une conversation avec sa mère, qui lui a mis la puce à l'oreille.

— Tu sais que tu es mort ? demanda Gray.

— Eh bien, j'espère survivre encore un peu, ironisa Black.

— Non, mais sérieux. Tu peux bien en plaisanter si ça te chante, mais elle n'est pas comme les autres femmes avec qui tu es sorti. Elle, c'est du matériau de mariage.

Black leva les yeux au ciel et but une grosse gorgée de sa bière.

— Écoute, ce n'est pas parce qu'Allye et toi, vous êtes sur le point de vous passer la corde au cou qu'on est tous sur des starting-blocks pour en faire autant.

— Moi si, intervint Ro.

— J'épouserais Morgan demain, si elle me le demandait, ajouta Arrow.

— Et moi, j'ai la bague qui me brûle la poche, si je puis dire, ajouta Gray. J'attends juste le bon moment pour faire ma demande à Allye... Ben oui, vu qu'elle porte mon enfant, je me suis dit qu'on pourrait légaliser la chose, quoi.

La mâchoire de Black se décrocha à l'annonce de Gray.

— Non, tu déconnes ?

— Pas du tout. Pourquoi penses-tu qu'elle n'est pas en train de siroter des margaritas avec les autres ?

— Merde ! s'exclama Arrow. Félicitations, mec !

— Sérieusement, c'est super génial ! ajouta Ro.

Black posa sa bière et donna à Gray une accolade sincère.

— Félicitations, dit-il après l'avoir relâché. Vous devez être sur un petit nuage.

— Carrément. Elle n'a pas de parents avec qui partager la nouvelle, du coup j'espère qu'on pourra rendre visite à ma mère bientôt, histoire de lui annoncer officiellement la nouvelle. Allye n'en est qu'à environ deux mois, alors on préfère attendre encore un mois pour l'informer qu'elle va être grand-mère. Je trouverai bien un moment pour la demander en mariage entre-temps.

— Traîne pas, lui conseilla Arrow. Si tu veux être marié avant que ce gosse arrive, il faut te dépêcher de planifier la chose. Aucune femme ne veut avoir un gros ventre sur ses photos de mariage.

— Oh, on a déjà évoqué le genre de cérémonie qu'on souhaite, assura Gray. Un truc tranquille, à la maison, avec juste les amis très proches.

— N'empêche, il y a beaucoup de choses à prévoir, insista Arrow. Le gâteau, les invitations, la musique… ça n'en finit pas.

— On dirait que tu sais de quoi tu parles, fit remarquer Ro. Tu as quelque chose à nous annoncer ?

Ils s'esclaffèrent en chœur, mais Arrow se contenta de hausser les épaules.

— Je vous ai dit que j'épouserais Morgan demain si je pouvais.

— Eh bien moi, je viens juste de commencer à sortir avec Harlow. On n'en est pas encore à prévoir le mariage ou le nombre d'enfants qu'on aura.

— Hum hum, fit Gray, sceptique.

— Non, je te jure, répéta Black.

— Écoute, tout ce que je dis, c'est que je ne t'ai pas vu te comporter ainsi avec aucune autre femme. Non que tu sois sorti avec quiconque récemment, d'ailleurs. Elle est différente. Tu es différent avec elle. Si je devais deviner, je dirais qu'elle est faite pour toi.

Black secoua la tête.

— Arrêtez de la jouer gnangnan avec moi. Ce n'est pas parce que vous avez tous rencontré une femme que vous avez envie de demander en mariage au bout d'une semaine que je suis pareil. On sort ensemble. J'aime passer du temps avec elle, mais si elle m'annonçait demain que c'est fini, eh bien, voilà, ça s'arrêterait là.

— Ah oui ? demanda Arrow. Parce que c'est bien toi qui

t'en es pris à Rex sous prétexte qu'il n'en faisait pas autant qu'il devrait sur cette affaire.

— Et tu as refusé de laisser l'un d'entre nous escorter Harlow au travail, ajouta Gray.

— Sans parler de ta hâte de mettre la main sur ce type, Brian, au motif qu'il lui a sorti des saloperies, raisonna Ro.

— Je protège tout le monde dans ce refuge, protesta Black. Vous avez entendu ce qu'il a dit, il l'a menacée, elle, et tous ceux qui vivent au foyer. On protège les femmes et les enfants. C'est notre job, à nous, les Mercenaires Rebelles.

— Bien. Présentons la chose différemment, suggéra Gray. Tu étais inquiet pour Allye quand tu es venu nous chercher sur l'océan, pas vrai ?

— Bien sûr, répondit Black.

— Tu as plaisanté avec elle pour lui occuper l'esprit pendant qu'on la ramenait sur le rivage.

— Et ?

Black ne voyait pas où son ami voulait en venir, mais il espérait le voir aller au but.

— Quand on est arrivé sur place, on n'a pas eu le temps de s'assurer qu'elle était en sécurité. On a dû la laisser avec un type qui travaillait pour Rex, en espérant qu'il tenait la route et qu'il la ramènerait à San Francisco saine et sauve.

— Merde, crache le morceau, gronda Black.

Gray posa sur Black un regard entendu.

— Et si ça avait été Harlow ? Et si les rôles avaient été diffé-rents et que ça avait été Harlow dans cette hutte à Saint-Domingue ? Et si ça avait été son frère qui essayait de la tuer ? Tu aurais été aussi blasé que là ? Elle ne serait qu'une femme parmi tant d'autres qu'on secourrait ?

— Je la connais depuis longtemps, contra Black. Ce n'est pas une inconnue pour moi. C'est différent.

— Ah oui ? Tu es un homme naturellement protecteur, Black, poursuivit Gray. On l'a tous remarqué. Mais pas à ce point. Pas comme avec elle. Merde, tu n'arrives même pas à passer à côté d'elle sans la toucher. Sur l'épaule, sur la main, peu importe. Alors tu vas vraiment rester là à nous affirmer que ça t'irait de sortir avec elle un moment, et puis de la laisser poursuivre seule son chemin ?

— Je ne peux pas répondre à cette question, parce qu'on commence juste à se fréquenter. C'est comme si je te demandais si tu rompras un jour avec Allye. La question n'est pas juste.

— Tu peux bien inventer toutes les excuses que tu veux, ça reste des excuses. Enfin, qu'est-ce qu'il y a de mal à vouloir plus ? Pourquoi est-ce que tu te lances dans une relation en pensant forcément qu'elle va se terminer ? Pourquoi n'essaies-tu pas à la place de voir où cela pourrait vous mener ?

Black reprit une gorgée de sa bière en songeant aux questions de Gray. Ça n'était pas comme s'il avait envie que ça s'arrête, avec Harlow. C'était juste... les relations finissaient toujours par s'arrêter. Il se lassait. La femme devenait collante. Quelque chose chez elle lui tapait sur les nerfs. Ses relations avaient rarement duré plus de quelques mois. Ça n'était pas pour rien que ses camarades le comparaient avec le personnage emblématique de *Seinfeld*.

Pourtant... avec Harlow, ça faisait déjà presque un mois et demi. Certes, leur relation n'était pas à proprement parler « normale », il n'empêche qu'ils avaient passé beaucoup de temps ensemble, et son intérêt pour elle n'avait fait qu'augmenter. Il s'était mis en quatre pour leur organiser des sorties dont il savait qu'elle les apprécierait. Et s'il la voulait, s'il la voulait tout entière, la plupart du temps ça n'était pas son objectif ultime quand il était avec elle. Il aimait sa compagnie. Aimait la regarder interagir avec les autres au refuge. La faire rire.

— Je vois que tu commences à y venir, commenta Ro, taquin.

— Va te faire foutre, marmonna Black.

Les autres ricanaient.

— Et si jamais l'un de vous me demande d'imaginer

Harlow dans une autre situation pourrie, ou si vous suggérez qu'elle puisse se retrouver dans ce genre de situations dont on tire régulièrement les femmes, je vous botte le cul, les mit-il en garde.

— Je vous l'avais dit, glissa Gray à Ro et Arrow. Il est super protecteur... comme je l'étais avec Allye, comme tu l'es avec Morgan et toi avec Chloé.

— OK. Imaginer Harlow en danger me donne des envies de taper sur quelqu'un. Raison pour laquelle il faut qu'on mette la main sur ce Brian et qu'on en finisse de ce merdier, reprit Black.

Sur quoi, il entreprit de leur raconter ce que Brian et son acolyte avaient dit alors que Harlow et lui quittaient le refuge cet après-midi.

— Rex ne voit toujours pas l'intérêt qu'on tombe sur le râble de Brian, dit Arrow.

— Il se trompe, lâcha Black sans détour. Je ne sais pas ce qui lui arrive, mais il est distrait. Meat dit qu'il a dû lui demander deux fois les informations additionnelles qu'il avait récoltées sur Wyatt Newton. Ça ne ressemble pas à Rex.

— Il est revenu vers Meat avec les informations sur le passif d'Edward ? Ou de Loretta ? s'enquit Ro.

— Pas que je sache. Je n'aime pas ça, fit Gray. Je suis d'accord avec Black. Je sais qu'il est anxieux, parce qu'il veut protéger Harlow, n'empêche on n'a que dalle dans cette affaire. Donc on va choper ce Brian et voir ce qu'on peut en tirer. Et on en parlera à Rex une fois que ce sera fait, une fois qu'on aura obtenu les informations qui nous manquent. Mais Black, tu dois te maîtriser, l'avertit Gray. Je sais que tu meurs d'envie de tabasser ce gars, d'ailleurs tu pourras faire ton truc et le menacer, lui donner l'impression que plus jamais il ne verra la lumière du jour... mais tu es au courant que tu ne peux pas le tuer, d'accord ?

Avec un soupir, Black se dirigea vers l'évier et y versa le reste de sa bière.

— Je sais, convint-il à contrecœur. Je suis furax contre lui, mais je ne suis pas idiot. La dernière chose dont on ait besoin, c'est que nos conneries retombent sur les dames du refuge. Mais s'il se met à cracher sur Harlow, il va falloir vous assurer que je n'aille pas trop loin, les gars.

— Tu sais qu'on sera là, le rassura Arrow.

— Bien sûr, acquiesça Ro.

— On te soutient, ajouta Gray. Personne ne débine l'une de nos femmes sans en subir les conséquences.

Black s'apprêtait à protester sur l'emploi du terme « nos femmes » en rapport avec Harlow, mais vu qu'il s'efforçait d'être honnête avec lui-même... il admit que ça sonnait bien.

Car Harlow était bel et bien à lui. Peut-être pas pour toujours. Peut-être juste le temps qu'elle retrouve l'esprit et comprenne qu'il était loin d'être parfait.

En tout cas, en silence, il priait pour qu'elle soit à lui un sacré bon bout de temps.

— Alors... Black et toi... hum ? demanda Morgan.

Harlow répondit par un sourire timide à sa nouvelle amie. Elle avait appréhendé à l'idée de passer du temps avec ces femmes, qui lui semblaient toutes bien plus posées et sophisti-quées qu'elle-même. Allye était une magnifique danseuse, Chloé multimillionnaire et Morgan... eh bien, c'était la femme la plus forte qu'il lui ait été donné de rencontrer. Chloé et Allye avaient traversé des épreuves atroces, mais ce à quoi Morgan avait survécu la sidérait.

Harlow n'était pas aussi forte. Jamais de la vie, elle aurait été assez courageuse pour endurer la même chose que ces femmes et rester drôle, ouverte et aimable. Autant dire qu'elles l'intimidaient à mort. Elle qui n'avait rien de spécial. Des parents qui l'aimaient, une enfance à Topeka – ben ouais ! – et un métier qui consistait à préparer à manger. Elle ne rêvait pas d'être célèbre ni riche, juste de pouvoir rendre les gens heureux en leur préparant de bons repas.

— J'ai connu Lowell au lycée, répondit-elle à la question de

Morgan. Il avait un an de plus que moi et on était dans le club du livre du lycée ensemble. Lui n'en faisait partie que pour étoffer son CV à l'intention des recruteurs.

— Je n'arrive pas à me figurer Black en lycéen, commenta Allye. Je veux dire, la première fois que je l'ai vu, il m'a tiré les fesses, des fesses gelées, de l'océan Pacifique. Il était habillé tout en noir et très poli. Je parie qu'il était populaire, à l'école ?

Harlow hocha la tête.

— Très. J'ai été surprise qu'il me parle, en classe. Mais oui. Il était sympa.

— Tu l'aimais bien ! s'exclama Chloé un peu trop fort.

— Chuuut ! la gronda Harlow avec un regard nerveux en direction de la cuisine, où les hommes semblaient lancés dans une conversation intense.

— Oui, tu l'aimais bien ! répéta Chloé, un peu moins fort.

— Oui, bon... Normal non ? (Tout le monde gloussa.) Mais je savais qu'il ne me remarquerait jamais. En plus, il passait son diplôme, et après, il filait sauver le monde. Je ne peux pas vous dire comme j'ai été surprise la première fois que je l'ai vu au refuge. Et il se souvenait de moi ! Je n'en revenais pas. Sérieux. Je ne ressemble plus du tout à la fille que j'étais au lycée.

— Tu as un prénom pas banal, lui signala Allye. Pas étonnant qu'il se souvienne de toi.

Harlow secoua la tête. Elle n'allait pas argumenter, mais elle savait que ça n'était sans doute pas le cas.

— Bref, il m'a donné son numéro et j'ai failli mourir. Presque tous les jours, j'avais envie de l'appeler, mais je n'arrivais pas à trouver un prétexte valable. Je veux dire, je lui avais demandé de donner des cours d'autodéfense pour débutants, mais ça n'est pas comme si j'étais pressée de m'y mettre vraiment. Cependant, quand les filles du refuge ont commencé à se faire harceler et que personne ne savait comment gérer la situation, là je me suis dit que j'allais l'appeler. Pour elles.

— Et maintenant, vous sortez ensemble, conclut Chloé. (Voyant Morgan secouer la tête, elle se reprit aussitôt.) Non, mais j'ai hâte d'en arriver au passage intrigant. On ne sait pas combien de temps nos hommes vont discuter et moi, je brûle de tout savoir de vos non-rencards.

— Vous êtes au courant ? s'étonna Harlow.

— Je ne sais que ce que Ro m'a raconté. Black leur a expliqué que tu avais connu de mauvaises expériences par le passé et que, du coup, il t'organisait des rendez-vous en douce.

Harlow pouffa. Oui, c'était exactement ça.

— Donc vous étiez toutes au courant que je sortais avec Lowell avant moi, c'est ça ?

Morgan sourit et haussa les épaules. Allye opina du chef.

Et Chloé répondit :

— Oui. Ça fonctionne comme ça, quand on est avec un Mercenaire Rebelle. Rien n'est secret et on sait tout sur tout le monde. Par exemple, savais-tu que Black avait reçu son surnom en rentrant dans une porte le premier jour de leur camp d'entraînement et avait récolté un énorme œil au beurre noir ? Les autres recrues ont commencé par l'appeler Blackie, puis c'est peu à peu devenu Black et c'est resté.

Harlow n'était pas au courant. Elle secoua la tête, passionnée.

— Comme le nom de famille de Ball est Black, on aurait pu imaginer que ce serait son surnom, à lui, mais quand il était garde-côte, il avait la réputation de toujours savoir où ça allait péter et tout le monde disait de lui qu'il était « sur la balle ». Ce qui s'est apparemment transformé en Ball.

C'était fascinant d'apprendre ces petits détails sur les gros machos qui se tenaient dans la pièce voisine. Harlow écoutait, captivée, absorbant la moindre bribe d'information.

— Vous avez entendu l'histoire de ce qui a poussé Ball à quitter les garde-côtes ? chuchota Morgan.

Harlow fut tentée de leur faire remarquer que ce n'était pas très gentil de parler des hommes dans leur dos, mais d'un autre côté, elle était vraiment curieuse. Alors elle se tut tandis que Morgan poursuivait :

— J'ai surpris une conversation entre Arrow et lui un soir au téléphone. Je n'entendais que les répliques d'Arrow, mais il compatissait avec Ball au sujet d'une femme qui lui avait flingué une mission sur laquelle il bossait. Apparemment, ils avaient pourchassé un bateau dans le golfe du Mexique et elle avait mal fait un truc. Quand ils allaient pour menotter les gars, l'un d'eux a sorti un pistolet que la femme n'avait pas remarqué et a tiré sur Ball.

— Oh putain, vraiment ? s'exclama Allye. Je ne le savais pas.

Morgan hocha la tête.

— Il n'a jamais complètement récupéré son bras et il a été mis en retraite des garde-côtes avec les honneurs. C'est pour cela qu'il a intégré les Mercenaires Rebelles.

Harlow plaignait sincèrement Ball. Il lui avait fait l'effet d'être un gentil garçon et ça craignait qu'il se soit fait tirer dessus. Ça craignait encore plus que ce soit arrivé à cause d'une autre personne qui n'avait pas fait correctement les choses, et ça craignait surtout qu'il ait perdu son activité en conséquence des erreurs de quelqu'un d'autre. Harlow avait rencontré de sacrées dures à cuire dans sa vie. Des policières capables de maîtriser un homme faisant trois fois leur poids. Des pompières qui n'hésitaient pas à courir dans un immeuble en feu. Des soldates qui se battaient tout aussi fort pour leur pays que leurs camarades masculins.

Elle tourna les yeux vers la cuisine de Lowell, où ses amis et lui parlaient encore.

Suivant son regard, Allye lui glissa :

— Ne t'en fais pas. Je te jure que parfois, nos hommes cancanent encore plus que nous. Regarde-les, là-bas, qui papotent, fit-elle en désignant la cuisine du menton.

— Je te parie qu'ils parlent de Meat, intervint Morgan. Et du fait qu'il passe plus de temps sur son ordinateur qu'à parler avec de véritables personnes.

— Si ça se trouve, il a une maîtresse secrète qu'il n'a jamais rencontrée et leur seul mode de communication, c'est via Internet, supputa Chloé avec un sourire.

Et les trois femmes s'esclaffèrent. Puis Allye prit une profonde inspiration :

— Ou alors, ils parlent du fait que je suis enceinte et Gray récupère auprès d'eux des idées sur la manière de me demander en mariage d'une façon hyper grandiose.

Tout le monde se tut… et puis Chloé et Morgan poussèrent un hurlement surexcité et sautèrent au sens propre sur leur amie dans leur hâte de la féliciter.

Harlow ne hurla pas vraiment, mais elle se précipita aussi pour ajouter son étreinte au groupe.

— Tu es enceinte ! s'exclama Chloé une fois qu'elle recouvra la maîtrise d'elle-même.

Allye hocha la tête.

— D'à peu près deux mois. On n'en a rien dit avant, parce que… eh bien, vous voyez… on voulait être sûrs. Mais vous êtes mes amies et, comme vous l'avez dit, il n'y a pas de secrets entre les Mercenaires Rebelles.

— C'est génial ! ajouta Morgan, un immense sourire aux lèvres. Félicitations !

— J'en déduis que c'est pour ça que tu ne bois pas avec nous, devina Harlow.

— Oui. Même si je suis super jalouse, du coup.

— Pourquoi ? voulut savoir Morgan.

— Parce que je sais comment devient Gray quand je me saoule. Il ne sait pas ôter les mains de moi, expliqua-t-elle avec un sourire satisfait.

— Ah, lui aussi ? fit Chloé.

— C'est pas merveilleux ? ajouta Morgan.

— Perso, je n'en sais rien, commenta Harlow.

Les trois autres tournèrent vers elle un regard interrogateur.

— Du coup, ça répond aussi à la question de savoir si Black est doué au lit, déplora Allye. Vous préférez y aller doucement, c'est ça ?

Harlow hocha la tête.

— La question de la façon dont il se comportera au lit ne se pose pas, à mon avis, intervint Chloé. Pas avec la manière dont il la regarde depuis le début de la soirée.

— Comment me regarde-t-il ? voulut savoir Harlow.

Elle se sentait rougir, mais tant pis, car elle voulait sa réponse.

— Comme s'il venait de passer deux semaines dans le désert et que tu es un grand verre d'eau, répondit Morgan.

Alors que la chaleur de ses joues s'accentuait, Harlow ne put retenir le : « Vraiment ? » qui lui échappa.

— Vraiment, confirma Allye. Sans doute qu'on s'est incrustés dans votre petite soirée à deux de manière prématurée.

— Eh bien, euh... Je ne pense pas que ce soir aurait été notre soirée de galipettes, répondit honnêtement Harlow. Enfin, ne me faites pas dire ce que je n'ai pas dit, j'ai hâte que ça arrive, mais on n'a fait que s'embrasser. Et je ne pense pas qu'on passerait directement de quelques baisers au sexe.

— Ne retiens pas ta respiration, lâcha Chloé, pas si innocemment que cela, en levant les yeux au plafond.

Tout le monde se remit à rire. Puis elles se calèrent sans leur siège, mais Chloé et Morgan n'en avaient pas terminé de questionner Allye sur sa grossesse, sur les raisons pour lesquelles elle pensait que Gray avait besoin de discuter avec les autres des manières de lui faire sa demande.

Harlow laissa errer son esprit. Elle était heureuse d'avoir été accueillie dans le groupe, pourtant une partie d'elle regrettait déjà ses moments de solitude avec Lovell. Elle s'était fait une joie à la perspective de cuisiner pour lui et de se pelotonner à ses côtés sur le canapé. Elle était honnête avec les filles quand elle leur disait qu'elle ne pensait pas que ce soir aurait scellé leur première fois, sexuellement parlant, mais cela ne l'empêchait pas d'être déçue qu'ils n'aient pu passer du temps seuls.

— Ces sièges sont pris ? demanda Arrow derrière le canapé.

— Quels sièges ? fit mine de s'étonner Allye. Il n'y a pas assez de place pour tout le monde dans cet appartement.

— Personne ne t'a obligée à venir, la taquina Black en contournant le canapé.

Sans hésiter, il se pencha par-dessus et attrapa la main de Harlow. Il l'attira sur ses pieds et puis la fit asseoir sur ses genoux. Une main passée dans son dos pour la soutenir, une autre sur ses cuisses.

Elle cilla, surprise. Il n'avait pas mis dix secondes à la repositionner sur le canapé. Il n'avait même pas renversé le verre qu'elle tenait à la main, ce faisant. Elle aurait voulu s'en agacer, mais elle était justement en train de se lamenter qu'ils aient raté l'occasion de se câliner. Et voilà... qu'ils se câlinaient.

— La prochaine fois, c'est nous qui invitons, dit immédiatement Ro. Et on fera en sorte que Ball et Meat soient là aussi.

— Oui, c'est bizarre, sans eux, acquiesça Morgan.

— On va y aller, chuchota Gray à Allye. Tu te sens bien ?

— Ça va. Je suis enceinte, pas malade, le réprimanda-t-elle.

Sur quoi, elle se mit debout et, aussitôt, son compagnon se précipita à ses côtés. Une paume sur son ventre, il la fit pivoter, le dos contre son torse.

— D'accord.

Harlow adorait leurs échanges légers, pas seulement entre les couples, mais aussi entre les amis. C'était justement ce qui lui avait toujours manqué dans sa vie. Des amies. De vraies amies avec qui passer du temps, se saouler et discuter de trucs de filles. Sans réfléchir, elle s'appuya un peu plus contre Lovell et lui posa la tête sur l'épaule. Son bras se resserra aussitôt autour d'elle et elle sut sans l'ombre d'un doute qu'il la retiendrait si elle perdait l'équilibre, que jamais elle ne tomberait de ses genoux. Ce qui, pourtant, aurait été une possibilité – et pas seulement parce qu'elle avait bu.

Les autres s'accordèrent sur le fait que l'heure était venue de partir et Harlow remarqua que Lovell ne protestait pas. Avait-il regretté leur moment de câlins, lui aussi ?

— On connaît le chemin, annonça sèchement Gray, voyant que Black ne se levait pas pour les raccompagner à la porte.

— Oui, je sais, répondit ce dernier.

Tout le monde éclata de rire et prit congé. Les femmes promirent de reprendre contact bientôt – elles s'étaient échangé leurs numéros.

— Je refermerai à clé derrière moi, fit Ro.

— Cool, merci, répondit Black.

Et ils se retrouvèrent seuls. Harlow ne bougea pas de sa place sur les genoux de Lovell. Au contraire, elle se fondit encore plus contre lui.

— Tu t'es bien amusée ce soir ?

Elle opina du chef.

— Oui.

— Tu as l'air étonnée, lui fit-il remarquer.

— C'est juste... Elles sont toutes tellement simples, ancrées dans le réel. Jamais je ne me serais imaginé boire un jour des verres avec Morgan Byrn. Tu te rends compte que je regardais une émission où on l'interviewait ? Si ça m'était arrivé à moi, je serais probablement encore dans un hôpital psychiatrique à essayer de me dépatouiller de toute la merde traversée.

— Mais non.

— Tu n'en sais rien, protesta-t-elle.

— Si, je le sais. Tu as une force immense en toi. Elle ne remonte pas souvent à la surface, parce que tu n'en as pas besoin, mais chaque fois que l'un de ces trouducs te dit des saloperies, au refuge, ou fait quelque chose, ta première pensée va vers les autres. Tu cherches à savoir comment Loretta s'en sort. Si les enfants ont entendu. Si les femmes ont vu. Je n'ai aucun doute, absolument aucun, sur ta capacité à gérer ce qui pourrait bien t'arriver.

— Merci, chuchota-t-elle.

— Tu as l'air fatiguée.

— Bizarrement, je me suis levée à 5 h 30 ce matin. Peut-être à cause de mon téléphone qui a tinté à l'arrivée d'un texto me disant « Bonjour », le taquina-t-elle, avant de bâiller.

Black l'imita presque aussitôt. Elle gloussa.

— Il faut croire que les bâillements, c'est vraiment contagieux.

— Oui. Pourquoi ne fermerais-tu pas les yeux un moment ? suggéra-t-il.

— Il vaut mieux que j'y aille. Je sais que tu as des trucs à faire demain.

— Juste un moment, insista-t-il, enjôleur. Je te réveille sans tarder et je te ramène chez toi. Parce que j'ai l'impression de n'avoir pas pu passer de temps avec toi, ce soir.

— On a passé presque toute la journée ensemble, lui rappela-t-elle.

— Oui, seulement j'ai dû te partager.

— Waouh. C'est très gentil, ça.

— Hmm, marmonna-t-il. J'adore mes amis, mais j'attendais cette soirée en tête-à-tête avec impatience. Au lieu de ça, j'ai eu droit à l'interrogatoire et j'ai dû partager mes steaks avec eux.

— Mais on a eu des brownies en échange, objecta-t-elle avec un sourire.

— Donc tu préfères des brownies à ma compagnie exclusive ? fit-il mine de s'insurger.

Elle se redressa et le regarda droit dans les yeux.

— Non. J'ai passé de merveilleux moments avec toi, ces derniers jours. Dans la montgolfière, en te regardant jouer aux Barbie avec Jody, quand tu échangeais des rires et des plaisanteries avec tes amis et me présentais leurs femmes. Mais être là assise comme ça, juste avec toi, c'est la cerise sur le gâteau.

Il lui passa une main dans le cou et l'attira à nouveau contre son épaule.

— Ferme les yeux. Comment as-tu appelé ça ? Reposer les yeux ? Après, on y va.

— D'accord.

Elle était littéralement incapable de lui donner une autre réponse.

Un sourire mauvais aux lèvres, Nolan Woolf suivit des yeux l'homme qui quittait le refuge. Dans le courant de la semaine écoulée, il avait pris l'habitude de s'asseoir au deuxième étage du bâtiment voisin du foyer pour femmes, afin d'observer les allées et venues. Il n'avait pas eu de mal à repérer les routines des hommes : ils n'essayaient pas de se cacher ni ce qu'ils faisaient.

Si Loretta Royster pensait qu'embaucher des gardes du corps allait lui permettre de conserver son précieux immeuble, elle se trompait.

Essuyant une goutte de sueur sur son front plissé par la colère, il vit l'homme descendre le trottoir en direction du parking. Il avait un sac à ordinateur à l'épaule et l'air de celui partant en mission. Avec un but précis. Une recherche précise.

Nolan sentait sa chance lui filer entre les doigts. Loretta n'avait toujours répondu à aucune des offres de rachat qui lui avaient été faites. Pourquoi est-ce qu'elle traînait, malgré le harcèlement que ses gars faisaient subir à ces femmes, ça, il l'ignorait ? Mais peu importait...

Il allait mettre en œuvre son autre plan. Et il avait eu confirmation que des actions étaient déjà lancées. Que les accusations avaient été prises au sérieux et qu'on enquêtait dessus.

Le gouvernement n'appréciait pas que des gens s'approprient à tort des fonds destinés à la collectivité.

En revanche, s'il avait su, il aurait envoyé sa plainte anonyme plus tôt.

Car sans argent, Loretta Royster ne pourrait pas conserver le refuge. Elle serait obligée de prendre au sérieux les offres de rachat de sa propriété. Et le moment venu, Nolan proposerait une dernière enchère, juste un tout petit peu plus élevée que les autres, juste pour être sûr qu'elle le choisisse, lui. Il pourrait offrir plus que la vraie valeur du bâtiment, seulement ça éveillerait des soupçons. Surtout si les gardes du corps qui rôdaient alentour parvenaient à fouiner assez en profondeur.

Elle aurait dû accepter sa première offre d'achat, ainsi il n'aurait pas été contraint à tous ces subterfuges et la réputation de cette vieille folle n'aurait pas été réduite en miettes.

19

Chapitre Dix-neuf

Après le déjeuner du lendemain, Harlow entra dans le bureau de Loretta au deuxième étage et referma la porte derrière elle. Un espace confortable avec une fenêtre donnant sur l'allée à l'arrière du bâtiment. Il y avait là des étagères sur tout un mur, chargées de livres et de babioles, un siège sous la fenêtre et un grand bureau de bois contre l'autre mur.

Loretta y était assise, la mine très sombre.

Aussitôt mal à l'aise, Harlow s'installa sur l'une des deux chaises devant le bureau. Jamais elle n'avait vu Loretta aussi sérieuse.

— Tout d'abord, commença celle-ci immédiatement, je tiens à m'excuser pour ce qui s'est passé au magasin, avec la carte de crédit que je t'ai donnée et qui n'a pas fonctionné. Je ne sais pas comment, elle a été annulée. Quand j'ai appelé pour me renseigner, ils se sont platement excusés à la banque, mais ils m'ont expliqué que comme quelqu'un avait fait opposition sur un paiement, ils l'ont annulée.

— Pas de souci. Lowell était content de me dépanner, il me l'a dit.

Loretta hocha la tête.

— Comme tu le sais, Premier Espoir est un foyer à but non lucratif. Je reçois de l'argent de la part de l'État qui me permet de faire tourner le refuge. (Elle se passa une main tremblante dans les cheveux avant de poursuivre). :) J'ai appris hier que, selon une accusation anonyme, je détournais les fonds que je reçois et les utilisais de façon inappropriée.

Harlow se redressa sur son siège.

— Mais c'est faux ! s'exclama-t-elle.

— Merci, mon petit, fit Loretta dans un soupir. Bien sûr, c'est totalement faux, mais l'État prend ce genre d'accusations très au sérieux. Ils ont gelé les comptes du refuge, le temps de l'enquête. Les fonds que je recevais ont eux aussi été interrompus, le temps que tout soit tiré au clair.

— Ce n'est pas juste ! marmonna Harlow, la mort dans l'âme. Ils peuvent vraiment faire ça ? Prendre une plainte anonyme au sérieux et t'en faire subir, à toi et à tous ceux qui vivent ici, les conséquences pendant qu'ils se renseignent dessus ? Qu'est-il arrivé à la présomption d'innocence ?

Loretta semblait très attristée.

— Oui, ils ont le droit de procéder ainsi. Et l'enquête pourrait durer des mois, même si je fais tout pour coopérer avec eux et leur donner le libre accès à tous les comptes.

— Et un avocat ? En prendre un n'accélérerait pas le processus ?

— Peut-être.

— Qu'est-ce que je peux faire pour aider ?

Loretta lui adressa un sourire malheureux.

— Tu es adorable, Harlow. Évidemment, au lieu de t'inquiéter pour toi, la première chose qui te vient à l'esprit, c'est de proposer ton aide. Hélas, je ne suis pas sûre qu'on puisse faire quoi que ce soit à ce stade.

— On peut organiser une collecte de fonds. Impliquer la communauté, insista Harlow.

— Tu es mignonne, mais... voilà... En fait, je ne sais pas si j'ai encore la force de me battre.

— Quoi ? Pourquoi ? Tu n'as rien fait de mal !

— Je sais, et les experts-comptables finiront par le voir. Mais la vérité, c'est que je suis fatiguée. J'ai soixante-cinq ans. Je ne me rappelle pas la dernière fois où j'ai pris des vacances. J'ai tant donné de ma vie à cet endroit... Franchement, la perspective de prendre ma retraite m'est plus un soulagement. Je n'aurai plus à me rendre malade d'inquiétude chaque fois qu'une résidente arrive, à me demander comment je peux la mettre à l'aise et qu'elle se sente en sécurité, je n'aurai plus à prendre sur le temps des Mercenaires Rebelles. Je sais que ma décision de fermer cet endroit peut paraître égoïste, mais tu vois, je ne peux m'empêcher de voir cette situation comme un signe.

Harlow ne pouvait en vouloir à Loretta d'aspirer à vivre une retraite paisible. Gérer le refuge, c'était dur, même elle le constatait à son niveau. Et Loretta s'en occupait toute seule depuis de longues années.

— D'ailleurs, ça fait déjà un moment que je songe à ma retraite, même avant que j'aie eu vent de cette enquête. Je pensais juste attendre encore un an ou deux. J'ai reçu plusieurs offres d'achat pour le bâtiment. L'argent gagné suffirait à me permettre d'acheter un appartement, ou alors déménager en Floride dans l'une de ces communautés pour retraités.

— Tu as reçu des offres de rachat ? Je l'ignorais.

— Je n'ai pas cherché à garder le secret, mais je n'envisageais pas sérieusement de vendre, donc je n'en ai pas parlé. Maintenant, en revanche, je me dis que le moment est peut-être venu.

Harlow aurait aimé se réjouir pour Loretta, mais elle ne pouvait s'empêcher de penser à sa propre situation. Elle adorait travailler ici. Se sentir utile dans la vie de ces femmes et de ces enfants. Maintenant, elle allait devoir chercher un nouvel emploi.

— Zoé est-elle au courant ? demanda-t-elle.

— Oui. Je lui ai parlé ce matin, avant que tu n'arrives. Elle démissionne. Après avoir passé du temps avec son fils et son petit-fils, elle a décidé de déménager à Pueblo afin de se rapprocher d'eux. Elle va pouvoir gâter ses petits-enfants en cuisinant pour eux, maintenant.

Le ventre de Harlow se serra.

— Et moi ? demanda-t-elle tout bas.

Elle ne put rien dire de plus. Si elle essayait, elle allait craquer.

— Je suis désolée, Harlow. Je ne t'ai pas embauchée en pensant que ça risquait d'arriver. Jamais je n'aurais infligé ça à quiconque. Je vais me démener pour t'aider à trouver un autre poste. Il me reste pas mal de réseau à Colorado Springs. Pour ce qui est de travailler ici, je peux te payer un temps partiel de ma poche sur une courte période. Je pense que le dîner, c'est le repas le plus important. Tout le monde a eu l'air de se débrouiller sans trop de mal avec le petit déjeuner pendant que Zoé était absente. Si tu peux faire en sorte qu'il y ait des plats faciles à préparer pour le déjeuner, et peut-être continuer à préparer les repas à emporter des enfants pour l'école, ce serait super. Je trouve important de continuer à partager nos repas du soir la semaine, mais tu aurais tes week-ends libérés.

Harlow ne parvint pas à retenir les larmes qui coulaient sur ses joues.

— Oh non, je t'en prie, ne pleure pas ! Tu vas me faire recommencer, la supplia Loretta dans un sanglot.

Incapable de supporter de voir pleurer sa patronne, Harlow se leva et contourna le bureau pour réconforter Loretta. À genoux, elle l'enlaça par la taille. Il s'écoula plusieurs minutes avant que l'une ou l'autre ne parvienne à parler.

— Bien sûr que je vais rester pour aider, lui assura Harlow. Je suis tellement navrée. Qu'est-ce qui va arriver à tous ceux qui vivent ici ?

Loretta lui tapota sur la joue.

— J'ai su à la seconde où je t'ai rencontrée que tu serais bénéfique à cet endroit. La cuisine, c'est le cœur et l'âme de tout foyer, et tu as fait de notre refuge un vrai foyer pour tous ceux qui y sont passés. Je travaille avec des contacts à moi pour m'assurer que tout le monde aura un endroit où aller. Hélas, certains enfants vont devoir changer d'école, mais au moins, je pense pouvoir leur trouver un autre foyer.

— Ils sont au courant ?

— La plupart, oui. Mais pas encore les enfants. On attend d'avoir une date de déménagement pour leur parler. Inutile de leur infliger plus de stress que nécessaire.

Harlow retourna s'asseoir sur le siège qu'elle occupait juste avant.

— Toi, ça va ? demanda-t-elle à Loretta.

— J'ai l'impression que je vis ici depuis toujours. Tu savais que c'était un hôtel, avant ?

Harlow avait déjà entendu cette histoire, quand elle avait passé son entretien pour le poste de chef cuisinière, mais elle secoua la tête afin d'encourager Loretta à parler.

— Je passais beaucoup de temps dans la cuisine où tu travailles aujourd'hui. J'aidais ma grand-mère à préparer les petits déjeuners pour les clients de l'hôtel. J'adore cette vieille bâtisse en ruine. Elle renferme autant de bons souvenirs que de mauvais. J'adore ce que j'en ai fait, ce refuge pour venir en aide aux femmes et aux enfants qui ont besoin d'un lieu sûr à un moment de leur vie, même si penser à leur peur quand ils débarquent, à la terreur de ces enfants, ça me brise encore aujourd'hui.

Harlow avait le cœur qui saignait pour sa patronne. Loretta était l'une des personnes les plus généreuses qu'elle ait rencontrées de sa vie, mais même ces gens-là avaient besoin de temps pour eux. C'était nul que des gens aient souillé sa réputation et fait geler les fonds du refuge. Harlow était déçue que Loretta doive essayer de combattre ces accusations, mais elle comprenait ses sentiments.

Cela dit, ça ne signifiait pas qu'elle-même ne soit pas stressée. Après tout, elle était venue à Colorado Springs pour changer de vie et, la dernière chose dont elle avait envie, c'était de retourner à la foire d'empoigne qu'était le métier de chef dans un grand restaurant.

L'espace d'une fraction de seconde, l'idée de racheter le bâtiment à Loretta la traversa, mais elle la repoussa. Elle n'avait pas l'argent et, de toute évidence, il fallait un sacré capital pour gérer un endroit pareil dans de bonnes conditions. Qui savait si elle obtiendrait les mêmes soutiens, financiers et autres, que Loretta avait, surtout après cette fichue accusation de détournement de fonds.

Elle allait devoir chercher un nouvel emploi, peut-être pour travailler avec des femmes et des enfants, comme actuellement. Elle ne voulait pas retourner dans un restaurant, mais s'il le fallait, elle s'y résoudrait.

— J'apprécierais que tu gardes tout ça pour toi pour le moment, reprit Loretta. La plupart des résidents sont au courant, mais je ne veux absolument pas qu'un enfant surprenne une conversation. Surtout Jasper. Il commence juste à s'acclimater. À faire confiance. Il va falloir tout recommencer du début.

— Je peux en parler à Lowell ? demanda Harlow.

Loretta poussa un soupir.

— J'espérais garder l'information pour nous un peu plus longtemps, mais ça n'est pas juste de le leur cacher, à eux. Ils sont intervenus, ils ont essayé de comprendre qui se cache derrière le harcèlement qu'on subit. Alors oui, tu peux lui dire. Rex et lui auront peut-être un réseau que tu pourrais aussi utiliser pour te trouver un nouveau travail.

— Merci. Bon, fit-elle en se levant, il vaut mieux que je descende commencer le dîner, histoire que vous soyez tranquilles quand je partirai ce soir.

— Qu'est-ce qu'on mange ? s'enquit Loretta.

Manifestement, elle s'efforçait de recréer une situation normale entre elles.

— Un veau marsala, ragoût de légumes et un gâteau des anges aux fraises en dessert.

— Je devrais peut-être t'embaucher comme cuisinière personnelle, quand je prendrai ma retraite, plaisanta Loretta.

Harlow lui adressa un petit sourire et se tourna vers la porte.

— Je suis vraiment désolée, chuchota Loretta alors qu'elle s'apprêtait à sortir.

Ne sachant quoi répondre, Harlow se contenta de hocher la tête et descendit à la cuisine.

Black fit craquer ses phalanges et baissa les yeux vers Brian « Bear » Pierce.

Il faisait moins son arrogant, maintenant, les bras liés derrière le dos et les jambes soigneusement attachées aux pieds de la chaise de bois où il était assis.

Black le travaillait au corps depuis au moins une heure. Et il pouvait continuer des heures ainsi. Il n'était même pas fatigué, seulement il avait compris que continuer à torturer ce type ne mènerait à rien. De toute évidence, ils avaient tiré de lui tout ce qu'ils pouvaient.

Devenir interrogateur n'était pas sur la liste des activités dont Black rêvait. Dans la Navy, il avait subi un entraînement sur la manière de supporter les techniques de torture les plus courantes que l'ennemi pourrait lui infliger pour le faire parler. Il n'avait été capturé qu'une fois, mais ça lui avait suffi. S'il n'avait pas craqué, il avait en revanche acquis une nouvelle vision des techniques à utiliser pour briser un homme.

Il en avait fait usage à plus d'une reprise depuis qu'il travaillait pour les Mercenaires Rebelles. Il n'en était pas fier, mais quand la situation l'exigeait, l'information était la chose la plus importante et il avait le don pour l'obtenir.

Gray, Ball, Arrow et Ro se tenaient derrière lui, montrant un front uni face à Brian. Meat était au refuge. Il était furax de

« rater le meilleur », mais avait été un peu radouci par le fait qu'il était sur le point de découvrir une information nouvelle qu'il cherchait depuis un moment.

Brian avait avoué ne pas connaître le nom de l'homme qui les avait embauchés, ses acolytes et lui, en revanche il le leur avait décrit, notamment le poireau qu'il avait d'un côté du cou. Bien sûr, savoir que l'homme était brun, aux yeux marron et d'âge « moyen » et un peu bedonnant n'aidait guère à le retrouver.

— J'en ai ras le bol, fit Gray. Il ne nous apprend rien d'utile.

Black savait que son collègue cherchait à effrayer Brian, il joua donc le jeu.

— Je fais quoi, alors.

— Coupe-lui une oreille, proposa Ro sur un ton détaché.

— Quoi ? Non ! Ne m'approchez pas ! cria Brian d'une voix suraiguë et paniquée.

— Pas l'oreille, intervint Arrow. Coupe-lui un pouce.

— Putain ! Non !

Une large tache s'étala sur les genoux du vaurien.

— Tu viens de te pisser dessus ? s'enquit Black.

— Écoutez, je vous ai dit tout ce que je sais ! Je le jure ! Le type au poireau m'a vu deux fois, et il m'a dit de demander à mes copains de harceler tous ceux qui vivent dans ce bâtiment.

Black se pencha au-dessus de lui, en s'efforçant de ne pas inspirer trop profondément, car le type empestait la peur, l'urine et les odeurs corporelles.

— Pourquoi ? demanda Black sur un ton grave et dur.

— Il veut l'immeuble ! s'écria l'autre. Il m'a filé deux cents balles et promis que mes potes et moi, on aurait un appartement gratuit quand les nouveaux logements seraient construits. Sauf qu'il peut pas commencer à les bâtir, tant qu'il est pas propriétaire de ce putain d'immeuble.

Black se redressa et tendit la main vers Ro.

— Passe-moi ton couteau.

— Non ! hurla Brian. Je vous dis la vérité !

— On est déjà au courant pour les appartements, cracha Black à l'homme qui tremblait de tout son corps. Tu ne nous apprends rien qu'on ne sache déjà.

— Ils sont tous à lui ! lâcha l'autre, en désespoir de cause. Tous sauf le refuge. Il a fait des offres en apprenant que d'autres investisseurs du quartier lui envoyaient des propositions, mais la vieille pie n'a répondu à aucune. Donc il n'obtient pas le permis de construire, il n'empochera pas l'argent de l'État tant qu'il ne sera pas propriétaire de TOUS les immeubles de la rue. Il a dit quelque chose comme quoi il devait s'assurer qu'elle n'ait plus d'autre choix que de vendre, et de lui vendre à lui.

Ah, voilà qui était nouveau. Pour autant qu'ils sachent, les immeubles avaient tous été achetés par des entreprises différentes. Sans parler de ce que ce mystérieux contact envisageait de faire, ou avait déjà mis en œuvre, afin de pousser Loretta à vendre.

Il vit Gray quitter discrètement la pièce, sans doute pour appeler Meat avec cette nouvelle information.

Black refit craquer ses phalanges et se redressa.

— Et maintenant, si on discutait de ton attitude envers les femmes et les gosses qui vivent dans ce bâtiment ?

— Je faisais juste ce qu'on m'avait demandé, rétorqua l'autre. En plus, c'est que des nanas.

— Que des nanas ? répéta Black. Et ça veut dire quoi, ça ?

— Oh, allez, tu sais bien. Elles flirtent, elles font leurs fausses timides et tout ça, et puis quand il s'agit de passer à l'acte, elles sont là : « J'ai dit non. »

Black n'aimait pas ce qu'il entendait ni le fait que Brian semble avoir recouvré un second souffle et un peu de son courage.

— Donc selon toi, c'est normal de prendre ce qu'on pense qu'elles offrent même si elles disent « non » ?

— Ben ouais. C'est ce qu'elles veulent. Elles veulent toujours.

Assez entendu. Black hocha la tête à l'attention de Ball et Ro, qui se placèrent derrière Brian et lui soulevèrent la tête, si bien qu'il n'avait d'autre choix que de regarder son interlocuteur dans les yeux.

— Qu'est-ce qui te donne le droit d'obliger une femme à des relations sexuelles ? Je me fous qu'elle t'ait supplié de lui faire l'amour, à la seconde où elle dit « non », tu t'arrêtes. Point barre, asséna Black, bien conscient toutefois que l'autre ne changerait pas d'avis juste parce qu'il le lui ordonnait. Et qu'est-ce qui te donne le droit de terroriser des gens ? Je vais te le dire, moi : rien. Parce que tu es plus costaud et plus méchant qu'elles, tu penses que tu peux faire ce que tu veux ? Tu trouves ça amusant de faire pleurer quelqu'un ? Tu aimes que les gens aient peur de toi ?

Il s'avança encore, posa les mains sur les cuisses de Brian en appuyant de tout son poids dessus. Brian poussa un cri de douleur, car la pression s'exerçait sur les petites entailles que Black lui avait faites un peu plus tôt sur les jambes, mais Ro et Ball le maintenaient afin que Black se fasse bien comprendre.

— Alors j'ai une info pour toi, Bear : il y a toujours quelqu'un de plus costaud et de plus méchant. Dans ton cas, c'est mes amis et moi. Tu nous prends pour de beaux gosses qui ne connaissent pas les règles de ton monde, mais tu te trompes. On n'a pas besoin de règles, parce qu'on peut aller où on veut et faire tout ce qu'on veut. Toi, tu n'es qu'un petit étron sous nos godasses. Alors je vais te donner un conseil : qu'on ne te revoie plus. Autrement, ce petit interlude te fera l'effet d'une journée au spa. Et si tu t'imagines que je plaisante, sache que je pourrais tout à fait te tuer là, sur-le-champ.

Black prit Brian par le cou et serra. Il regarda son visage virer au rouge et ses yeux s'exorbiter.

— Personne ne saurait où tu es. Personne ne retrouverait ton corps. Ta famille passerait le reste de sa vie à se demander ce qui t'est arrivé. Ton gosse – eh oui, on est au courant pour ton fils – ne saurait jamais quel sac à merde était son père, ce qui serait probablement un cadeau à lui faire. Tu ne manquerais à personne. Si tu veux continuer à respirer, tu vas te trouver un autre endroit où traîner. Tu ne revois plus ton contact. Tu oublies que le refuge existe. Entendu ?

Satisfait quand Brian hocha la tête de son mieux malgré la main serrée autour de sa glotte, Black le lâcha brusquement. L'autre se mit à haleter et, quand Ball et Ro lui libérèrent la tête, elle retomba aussitôt sur son torse, comme si elle était trop lourde pour qu'il réussisse à la soutenir.

Black était remonté à bloc. Frustré qu'ils n'essaient pas de tirer plus d'informations du connard attaché à sa chaise, mais satisfait de l'avoir assez effrayé pour qu'il ne pose plus problème aux femmes du foyer. Et qu'il n'ennuie plus Harlow.

Black plissa le nez sous les effluves d'urine qui émanaient de Brian. C'était vraiment incroyable de voir comment les plus gros méchants se changeaient en boue infâme à la seconde où quelqu'un de plus fort et de plus méchant leur mettait la main dessus. Il adressa un signe de tête à ses amis et ils sortirent leur couteau pour libérer Brian qui tomba aussitôt sur le côté sur le sol de béton en gémissant.

Tout le monde s'écarta de la loque pathétique gisant au sol, histoire de pouvoir discuter sans qu'il les entende.

— Tu es sacrément flippant, mec, dit Ball. Je te jure, je pourrais taper sur un type toute la journée et il ne craquerait pas, mais un regard sur toi armé d'un couteau et le suspect se met direct à chanter comme un canari. Ça fiche la trouille.

Black ne releva pas.

— Il faut qu'on parle avec Loretta, dit-il. Qu'on sache ce qu'il en est des offres qu'elle a reçues.

— Je vais appeler Rex, annonça Ball.

— Il ne va pas être content, l'avertit Ro.

— Tant pis. On a des infos et, avec un peu de chance, Meat pourra en faire quelque chose, une fois qu'il aura discuté avec Gray. Rex aurait dû faire plus attention et creuser plus profond.

On n'aurait peut-être pas été obligés de recourir à nos méthodes pour dénicher les infos, conclut Ball.

— Vas-y, ordonna Arrow. On va nettoyer.

Black opina du chef et s'en alla. Il devait se changer et se doucher avant de se rendre au refuge.

Il avait besoin de voir Harlow. Besoin de sa lumière pour combattre la noirceur qui mangeait son âme. Il était doué pour ce qu'il faisait, mais c'était dur. En temps normal, il lui fallait des jours pour se sentir normal à nouveau. Mais il avait le pressentiment que le seul fait d'être en compagnie de Harlow l'aiderait à s'ancrer au réel. Lui rappellerait pourquoi il faisait ce qu'il faisait. Pour la protéger, elle et ses semblables. Des innocents. Des gens qui n'avaient pas les moyens de se protéger seuls. Et il était prêt à tout, lui qui avait ces moyens, afin de s'assurer que Brian et ses acolytes ne posaient pas ne serait-ce qu'un doigt sur elle. C'était déjà assez dur qu'ils aient usé de paroles pour la terroriser, mais la pensée qu'ils puissent la toucher le révulsait.

Il sortit de l'entrepôt sans un regard en arrière. Ses coéquipiers feraient disparaître les preuves de leur passage. Le propriétaire du bâtiment était le père d'une adolescente qu'ils avaient retrouvée après trois mois de fugue. Elle était à New York, avec un homme de trente ans son aîné, complètement accro à la drogue. Ils l'avaient ramenée à son père et, aux dernières nouvelles, elle suivait quelques cours au centre universitaire local et se réadaptait lentement à sa nouvelle vie.

Son père leur avait proposé l'utilisation de plusieurs de ses entrepôts, sans poser de questions, chaque fois que les Mercenaires Rebelles en avaient besoin. L'équipe n'en profitait pas outre mesure, en tout cas pas trop souvent, mais aujourd'hui, un local avait été bien utile.

En l'occurrence, Black n'arriva au refuge que bien plus tard que prévu. Rex l'appela sitôt qu'il sortit de la douche et, bêtement, il décrocha.

— Black.

— C'est quoi votre problème, putain ?

— J'ai fait ce qui devait l'être.

— Conneries. Vous avez mis en péril mon organisation tout entière !

— N'importe quoi. Vous savez bien que je suis discret. Vous savez aussi que je ne ferais jamais rien qui risque de faire du mal aux Mercenaires Rebelles.

— Vous avez kidnappé un civil innocent, vous l'avez rossé et menacé. Alors, dites-moi, qu'est-ce qui, là-dedans, vous paraît normal ?

Black en avait assez. Il se montrait toujours respectueux avec Rex, mais aujourd'hui, il avait atteint sa limite.

— Eh bien, peut-être que si vous aviez fait votre boulot, je n'aurais pas eu besoin de le faire à votre place. Si vous aviez effectué des recherches sur Brian Pierce comme vous l'aviez promis, vous auriez découvert qui les payait, lui et ses connards de copains, pour harceler Harlow et les femmes du refuge. Je n'aurais pas eu besoin de demander ce service.

— Ne me dites pas comment faire mon boulot, siffla Rex.

— Je ne le ferais pas si vous le faisiez ! insista Black. Écoutez, je vous respecte à mort, Rex, mais vous n'avez pas été présent sur cette affaire. Vous le savez. Il se passe quelque chose dans votre vie, OK, mais ça ne devrait pas vous amener à nous laisser dans la merde, les gars et moi. On a besoin de vous. De votre expertise. On peut jouer les gros bras, partir dans je ne sais quel pays paumé où vous nous envoyez et rapatrier des femmes et des enfants, mais on ne peut pas le faire sans votre soutien. Or là, j'ai vraiment l'impression que vous nous avez abandonnés.

— Vous savez que ça n'est pas vrai.

— Ah non ? Parlez-moi de Brian Pierce, Rex. Il a une famille ? Des sœurs ? Où vivent ses parents ? Où est-il allé au lycée ? Qui sont ses meilleurs amis ? Il a un boulot ? Combien d'argent sur son compte en banque ? Autant d'informations que vous auriez dû trouver à ce stade. Il aurait suffi de quelques clics sur votre ordinateur. Mais non. On attend que vous nous disiez ce qu'on a besoin de savoir, mais il a fallu qu'on trouve les renseignements par nous-mêmes.

— Chier ! jura Rex.

— Il reste beaucoup de choses qu'on ignore sur les événements, dit Black à son mentor et ami.

Jamais il ne l'avait rencontré en personne, il lui avait juste parlé au téléphone. D'ailleurs, il ne savait même pas à quoi ressemblait sa véritable voix, il ne l'entendait que déformée numériquement. N'empêche qu'il le considérait comme un ami et qu'il aurait pu lui confier sa vie.

— On a besoin que vous soyez à fond là-dedans, Rex. Il y a quelque chose de gros qui se cache derrière ces travaux et on est proches de découvrir quoi, mais on a besoin de votre aide. Je vous connais, merde. S'il arrivait quelque chose à l'une des femmes de ce refuge, ou aux gamins, jamais vous ne vous le pardonneriez. Je ne dis pas que ce qui se passe dans votre vie n'est pas important, je suis sûr que si. Tout ce que je vous demande, c'est que vous accordiez votre attention à cette affaire. Une fois qu'elle sera réglée, vous pourrez faire ce que bon vous semblera. Même nous demander notre aide ! On lâcherait tout sur-le-champ, tous autant que nous sommes si vous aviez besoin de notre aide... Mais ne nous laissez pas tomber.

Planté au milieu de sa chambre, avec pour tout vêtement une serviette nouée autour de la taille, Black attendait que son officier traitant lui réponde quelque chose.

— Je t'entends, finit-il par lâcher d'un ton abattu. Et tu as raison. Depuis quelque temps, je suis préoccupé... et j'en suis désolé. C'est une longue histoire, que je partagerai avec vous à un moment donné, mais pas maintenant. Et puis, de toute façon ça n'a pas d'importance là, parce que la piste que je croyais tenir s'est avérée un cul-de-sac. Tu as besoin de quoi ?

Black poussa un soupir. C'était bizarre de devoir expliquer à son officier traitant ce qui se passait sur l'affaire en cours. En temps normal, c'était Rex qui leur fournissait les infos. Le fait qu'il demande ce dont ils avaient besoin, cela revenait de sa part à admettre qu'il avait failli dans sa mission.

— Le contact a fait quelque chose ou va faire quelque chose pour essayer d'obliger Loretta à vendre l'immeuble. On a besoin de savoir de quoi il s'agit.

— Et l'autre truc que vous a dit Pierce ? demanda Rex.

— Gray a transmis cette info-là à Meat. On a la description d'un homme entre deux âges, qui a embauché Pierce et ses copains pour harceler les résidentes. J'ai tout fait pour le forcer à nous avouer le nom du type, mais je pense qu'il n'en sait rien. Meat va utiliser son logiciel de reconnaissance faciale pour voir ce qu'il dégote. Et il va creuser encore pour trouver qui est propriétaire des entités qui ont acquis les bâtiments autour du foyer. Apparemment, c'est la même personne qui est derrière : le contact mystère qui a embauché Brian et ses amis, du moins c'est ce qu'on suppose. Si Meat a besoin d'aide, je lui dirai de vous contacter.

— Bien. Et... Black ?

— Oui ?

— Tu as raison. Je ne me le pardonnerai jamais s'il arrive quoi que ce soit à ces femmes ou à ces gosses. Merci d'avoir fait ce qu'il fallait.

— OK.

— Encore une chose.

Black réprima un soupir frustré. De justesse.

— Quoi ?

— Je n'étais peut-être pas très réactif, mais pas déconnecté au point de n'avoir pas pris sur moi d'effectuer quelques recherches sur Harlow Reese.

Black serra les dents si fort qu'il en eut mal à la tête.

— Je ne te l'ai pas demandé. Et je n'apprécie pas que tu l'aies fait.

— Eh bien, quoi qu'il en soit, c'est fait. De même que je l'ai fait pour Allye, Chloé et Morgan. Personne ne baise mes hommes et je sais que vous n'êtes pas tous de cet avis, mais je vous protège au même titre que je protège les femmes et les enfants qu'on secourt.

Black ne répondit pas.

— Pour info, reprit Rex, je l'aime bien. Et elle est aussi claire que de l'eau de roche. Aucun squelette dans son placard. Ça fait assez longtemps qu'elle n'est sortie avec personne pour que quiconque pose problème. Elle ne croule pas sous les dettes. Elle rentre chez elle à Topeka à Noël chaque année, et c'est une sacrée bonne cuisinière, si j'en crois les critiques qu'elle a reçues dans les restaurants où elle a travaillé. Si tu la laisses partir, je vais commencer à sérieusement me questionner sur ta santé mentale.

— La ferme, lâcha Black sans agressivité.

Il était furieux que Rex ait effectué des recherches sur Harlow, mais en même temps soulagé d'entendre qu'elle n'ait pas eu une enfance horrible ou qu'aucun des dingos avec qui elle était sortie ne risque de la pister. Il savait déjà qu'elle était une cuisinière merveilleuse, et il se contrefichait de l'argent qu'elle avait. Mais... il savait que ce qu'avait fait Rex était nécessaire pour prouver qu'il soutenait ses Mercenaires.

— Je vais voir ce que je peux découvrir sur ce contact mystère.

— J'apprécie, merci, dit Black.

— À plus tard.

Black raccrocha sans dire « au revoir » à son officier traitant. Il ignorait quel était son problème, mais au moins semblait-il maintenant plus impliqué.

Il était encore à cran après sa séance avec Brian et avait besoin de voir Harlow plus que jamais, surtout après cette conversation pour le moins intense avec Rex.

Il s'habilla à la hâte, prit le temps de passer un coup de fil à Gray pour le mettre au courant de la situation avec Rex. Puis il appela Meat afin de lui annoncer qu'il partait pour le refuge. Il était 17 h 30 et Harlow devait commencer à préparer le dîner à l'intention des résidents.

Meat répondit à la première sonnerie.

— Meat.

— Salut, c'est Black. Juste pour te dire que je me mets en route.

— Super. Après avoir discuté avec Gray, je suis allé voir Loretta et j'ai obtenu des copies de toutes les offres qu'elle a reçues pour le bâtiment. Elle s'est excusée de ne pas nous en avoir parlé avant, mais vu qu'elle n'envisageait pas de vendre, elle n'a pas pensé que ce soit important.

— Et maintenant, elle envisage de vendre ? demanda Black.

— Merde, j'ai oublié... tu n'es pas au courant. Apparemment, elle a été accusée de voler de l'argent du refuge. Quelqu'un l'a dénoncée sous couvert d'anonymat. Tous ses comptes ont été bloqués, le temps que l'État enquête sur ces allégations. Elle n'a plus les fonds pour gérer Premier Espoir. L'endroit survivait en grande partie grâce à des subventions et maintenant que l'argent du gouvernement n'est plus versé, elle n'a pas le capital pour tenir sur une longue enquête.

— Putain ! C'est probablement de ça que parlait Brian. Il a dit que son contact allait faire quelque chose pour obliger Loretta à vendre.

Black n'en revenait pas de la vitesse à laquelle tout s'enchaînait. Harlow devait être dévastée.

— Ouaip, confirma Meat. De toute évidence, elle est consciente qu'elle aurait dû nous informer de ces offres avant. J'aurais déjà pu faire des recherches sur les acheteurs putatifs et peut-être tuer l'affaire dans l'œuf. Bref, aucune des offres ne semble ressortir au premier coup d'œil. Elles sont toutes à peu près dans la même fourchette et émanent de promoteurs du quartier. À ce stade, aucune ne semble provenir de quelqu'un qui serait propriétaire des bâtiments voisins, ce qui est bizarre, si l'on considère que quelqu'un veut bâtir des habitations. Mais je vais creuser encore là aussi. Parce que j'ai le pressentiment que celui ou celle qui est derrière tout ça est juste là, au creux de ma main. Il faut juste que je le trouve.

— Bien.

— Oh et... elle n'est pas là-bas.

— Quoi ? Qui ?

— Harlow. Elle n'est pas au refuge, expliqua Meat. Elle a vu Loretta après le déjeuner, puis elle est descendue avec l'air de quelqu'un qui vient d'apprendre que c'est la fin du monde. Je suppose que Loretta lui a dit qu'elle allait fermer le refuge.

— Où est-elle ? aboya Black.

Il en était malade. Il n'en revenait pas qu'elle soit partie sans l'avertir. Il savait que Bear ne poserait plus problème, vu qu'il n'était pas en état de faire quoi que ce soit actuellement, cependant il avait pu joindre ses comparses.

— Une fois le dîner préparé, elle est partie, reprit Meat. Eh oui, je l'ai escortée jusqu'à sa voiture. Il n'y avait pas trace de ces voyous, ce qui ne me surprend pas. Ils sont sans doute trop flippés pour oser ne serait-ce que poser les yeux sur le refuge.

— Tu as essayé de la convaincre de rester au moins ?

— Non. Pourquoi l'aurais-je fait ? Il y a quelque chose que tu ne me dis pas ?

Plutôt que de s'en prendre à Meat, parce que plus il restait au téléphone à poser des questions, plus il tarderait à rejoindre Harlow, il demanda :

— Quand' est-elle partie ?

— Il y a environ vingt minutes. Elle a dit qu'elle avait mal à la tête et Loretta lui a conseillé de rentrer chez elle, qu'elle la reverrait demain.

— Je croyais qu'elle était de repos demain. Zoé est censée rentrer.

— Je ne sais pas. Je te répète juste ce qui s'est dit, l'informa Meat. Loretta ne m'a pas parlé ni de Zoé ni de Harlow, et j'ai la tête dans mon ordinateur depuis que j'ai appris, pour sa situation financière.

— Merde. J'y vais, annonça Black, le ventre vrillé par l'in-quiétude. Mais il faut qu'on se reparle, toi et moi.

— Retrouve d'abord Harlow, lui ordonna son ami.

Black se dirigeait déjà vers la cuisine pour récupérer ses clés.

— J'y vais. Mais sache que j'ai discuté avec Rex aujourd'hui, moi aussi. Il devrait se sortir les doigts du cul. Il est à nouveau sur le coup.

— Putain, génial. Il était temps. J'en peux plus de faire toutes les recherches pour deux.

— Exact. Il est censé voir s'il réussit à remonter jusqu'à l'identité du mystérieux contact. Je ne suis pas convaincu qu'il trouve quoi que ce soit, mais j'imagine que tu auras de ses nouvelles, donc tu pourras le tenir au courant.

— Je n'y manquerai pas. On se recontacte demain. Fais gaffe.

Black se figea. Si Meat le mettait en garde, quelque chose clochait.

— Pourquoi ? Qu'est-ce que tu ne me dis pas ?

— C'est juste une impression. L'air est lourd de tension. Quelque chose va arriver. Et ça sent pas bon.

Black opina du chef. Lui aussi, il le sentait. Il avait mis ça sur le compte de ce qu'il avait fait plus tôt dans la journée, une sorte de descente d'adrénaline normale après un interrogatoire.

— Toi aussi, fais attention à toi, répondit-il à son ami.

— Évidemment. Ball vient me prêter main-forte tout à l'heure et on va passer la nuit ici.

— Bien. Je te tiens au courant.

— Idem.

Cette fois, il raccrocha, attrapa ses clés et fourra son porte-feuille dans la poche de son jean. Il y avait un souci avec Harlow, jamais elle ne quittait le travail aussi tôt. Il n'aimait pas être ainsi dans le noir.

Il aurait aimé qu'elle ne s'éloigne pas sans lui avoir envoyé un SMS. Il n'arrivait pas à se sortir l'idée du crâne que Bear avait pu demander à ses comparses d'aller le venger. Il avait besoin de vérifier par lui-même qu'elle allait bien. Si quoi que ce soit lui arrivait, jamais il ne se le pardonnerait.

Oui, il avait besoin de sa positivité et de sa joie de vivre pour chasser les ombres en lui, mais il avait encore plus besoin de s'assurer qu'elle était en sécurité.

Il composa son numéro tout en gagnant sa voiture. Il était archi pressé d'arriver chez elle et de constater qu'elle allait bien.

Sans prendre la peine de s'interroger sur la nature de ses sentiments – à quoi bon à présent ? – et de plus en plus certain que Gray avait raison en affirmant que Harlow était la femme avec qui il souhaitait passer le restant de ses jours, Black conduisit aussi vite que possible et qu'il l'osait jusqu'à l'appartement de Harlow. Il était grand temps qu'elle sache exactement ce qu'il éprouvait pour elle.

20

Chapitre Vingt

Harlow venait de s'asseoir sur son canapé avec une tasse de thé quand on frappa à sa porte. Elle fut tentée de ne pas répondre, mais la politesse que lui avait inculquée sa mère était trop tenace.

Avec un soupir, elle reposa sa tasse sur la tablette près du canapé et se leva.

Son visiteur frappa à nouveau et, cette fois, elle entendit :

— Harlow ? Tu es là ? Ouvre la porte.

Lowell.

— J'arrive ! s'écria-t-elle, soudain pressée d'aller répondre.

Elle était ravie qu'il soit là. C'était pile la personne dont elle avait besoin. Tout l'après-midi, elle s'était morfondue, déprimée et inquiète non seulement pour Loretta, mais pour tous ses « gosses » et les femmes qui vivaient là-bas. Elle n'avait aucune idée de ce qu'ils allaient faire, ni d'où ils allaient atterrir. Sans doute que Loretta ferait son possible pour qu'ils se trouvent un endroit en sécurité, mais Harlow détestait la perspective de ne plus les voir tous les jours.

Tournant le verrou et la poignée, elle se dépêcha d'ouvrir en grand.

— Coucou ! lança-t-elle gaiement.

Sans un mot, Lowell passa près d'elle, la laissant les yeux rivés sur son dos tandis qu'il fonçait à grands pas dans son appartement.

Alors elle referma lentement, verrouilla et le suivit. Quand elle le rattrapa, il se tenait dans la cuisine, les paumes à plat sur le comptoir, la tête baissée.

Elle vit qu'il avait les phalanges abîmées par des hématomes, mais sinon, il avait l'air d'aller.

— Lowell ? s'enquit-elle néanmoins. Tout va bien ?

Il releva enfin les yeux. Des yeux sombres qui se plantèrent dans les siens.

— Pourquoi as-tu quitté le refuge en avance ? demanda-t-il.

Non, il ne demanda pas, il exigea.

Elle sentit ses poils se dresser et croisa les bras. Sa journée avait déjà été assez pénible, alors elle n'avait guère envie de le voir débarquer comme ça chez elle en se montrant impoli.

— Je n'ai le droit de rien faire sans ta permission ? lança-t-elle.

Au lieu de l'amener à réaliser que son comportement était déplacé, ces mots semblèrent l'irriter encore plus.

— Non. Pas quand Brian Pierce et ses acolytes sont dans la nature, déterminés à te harceler pour la simple raison que tu travailles au refuge.

— Qui ça ? fit-elle, perplexe.

Soit il n'entendit pas sa question, soit il décida de passer outre.

— À partir de maintenant, continuait-il, et jusqu'à nouvel ordre, tu m'envoies un texto chaque fois que tu vas quelque part, où que ce soit. Je veux savoir où tu es à tout moment.

— Je ne pense pas, non, répliqua-t-elle calmement.

— Ce sera pourtant comme ça, Harlow, et tu vas devoir t'y faire.

Elle secoua la tête.

— Sors d'ici.

Planté dans une posture raide qui imitait la sienne, il croisa les bras.

— Non.

— Je ne plaisante pas, Lowell. Tu n'as pas le droit de venir ici, de te comporter bizarrement et surtout, comme si je t'appartenais. Je n'appartiens à personne. J'ai trente-quatre ans et je vis seule depuis assez longtemps. Je ne suis pas une enfant et tu n'as aucun droit de me dicter ma conduite.

Il décroisa les bras et avança d'un pas vers elle.

Instinctivement, elle recula et trébucha aussitôt. Elle tomba dans un cri, atterrit sur les fesses et la main qu'elle avait tendue derrière elle pour amortir sa chute.

Elle était au sol, son poignet douloureux dans l'autre main et, dans la seconde qui suivit, elle était dans les bras de Lowell, qui la portait vers le canapé.

— Repose-moi ! exigea-t-elle.

D'un côté, elle adorait sentir ses bras autour d'elle. Ça ne lui était pas arrivé si souvent qu'on la porte, dans sa vie. Mais de l'autre côté, elle était furieuse contre lui. Elle ignorait ce qui arrivait à cet homme dont elle était en train de tomber amoureuse, mais le connard colérique et autoritaire qui se tenait dans sa cuisine la laissait comme deux ronds de flan. La dernière chose dont elle avait besoin, c'était d'un homme pour lui dire ce qu'elle avait le droit de faire ou pas. Surtout à l'issue d'une horrible journée.

Au lieu de la reposer, il l'assit sur le canapé, sur ses genoux. Elle se débattit immédiatement pour se relever, mais il lui passa un bras autour de la taille et la maintint immobile, tout en attrapant délicatement son poignet de sa main libre.

— Tu t'es fait mal ? demanda-t-il.

— Ça va.

— Fais-moi voir, ordonna-t-il.

Sur un soupir, sachant qu'il ne la lâcherait pas avant qu'elle le laisse examiner son poignet, elle le lui tendit. Il le manipula avec douceur, tout en observant son visage pour vérifier si elle souffrait quand il pliait l'articulation.

— Je suis maladroite, marmonna-t-elle au bout d'un moment. Mais ça va.

— Tu n'es pas tombée parce que tu es maladroite, corrigea-t-il gentiment. Tu es tombée parce que je t'ai fait peur et que tu essayais de m'échapper. Je suis désolé, Harlow.

Elle ne répondit rien, car il avait raison. Elle avait bel et bien eu peur de lui. Entre son expression et le ton dur de sa voix, elle avait immédiatement remis en cause tout ce qu'elle savait de lui et ça, ça craignait.

— Jamais je ne te ferai de mal, reprit-il. Jamais. Je suis venu ici ce soir parce que j'avais besoin de te voir. Et je t'ai fait peur. Pardon, bébé. Si tu savais comme je m'en veux.

Sa voix se brisa sur le dernier mot et cela suffit à ce qu'elle lui pardonne.

Il ne l'avait pas touchée. N'avait pas levé la main sur elle. Il n'avait même pas haussé le ton. Oui, il avait été autoritaire et dominateur, mais avec le recul, elle n'était pas vraiment surprise. Il l'était depuis qu'elle l'avait appelé à l'aide. Pourtant, il y avait quelque chose de différent ce soir. Et de toute évidence, c'était à ça qu'elle avait mal réagi.

— Qu'est-ce qui se passe ? demanda-t-elle en lui nouant un bras autour de l'épaule.

Elle s'appuya contre lui, tandis qu'il gardait son poignet douloureux dans sa paume, que son pouce lui caressait la peau machinalement.

— J'ai été SEAL, lâcha-t-il.

Elle fronça les sourcils.

— Oui.

— J'ai fait des tas de choses dont je ne suis pas fier. Mais je les ferais, encore et encore, pour protéger mes compagnons. Mes amis. Mon pays.

— Je sais, l'apaisa Harlow, sans trop comprendre où il voulait en venir.

— L'une des choses dans lesquelles j'excelle, ce sont les interrogatoires. À croire que j'ai un don pour pousser les gens à me révéler ce qu'ils ne diraient à nul autre.

Ses paroles restèrent comme suspendues entre eux... et soudain, elle comprit pourquoi il avait les phalanges abîmées. Elle ignorait qui il avait interrogé aujourd'hui, mais ça l'affectait.

Harlow se dit qu'elle devrait peut-être être choquée. Ou écœurée qu'il ait eu recours à la violence pour obtenir des informations. Et pourtant, non.

— C'est pour ça que tu veux savoir où je suis à tout moment, n'est-ce pas' ? Parce que tu as découvert quelque chose aujourd'hui ?

Il opina du chef.

— OK.

— OK ?

— Oui. Je n'ai aucune idée de ce qui s'est passé, je ne sais pas à qui tu as parlé, mais il est évident que tu as entendu quelque chose qui ne t'a pas plu. Je ne veux pas qu'il m'arrive malheur, alors je vais tâcher de penser à t'envoyer un texto afin de t'avertir de mes déplacements.

— Merci, bébé, murmura-t-il en l'embrassant doucement sur le front.

— Mais... je ne sais pas combien de temps je vais rester ici.

Lowell s'écarta et plissa les paupières.

— Explique-toi.

— Eh bien... comme toi, je n'ai pas passé la meilleure journée qui soit. Loretta ferme le refuge. Elle a des soucis d'argent. Je vais devoir me trouver un autre emploi. J'ai découvert que j'aime beaucoup travailler dans une ambiance de maison commune, mais si je ne trouve rien de ce genre par ici, il se peut que je rentre chez moi à Topeka. Je pourrai être plus près de mes parents et, avec un peu de chance, trouver un travail là-bas.

— Non. Tu ne peux pas partir.

Elle le dévisagea en s'efforçant de contrôler sa colère.

— Ce n'est pas à toi d'en décider, Lowell, répliqua-t-elle d'une voix où perçait seulement un soupçon d'irritation.

Qu'il perçut pourtant apparemment, car il secoua la tête.

— Je sais. Je ne l'entendais pas comme c'est sorti. Je voulais dire… je ne veux pas que tu t'en ailles. J'ai l'impression qu'on commence tout juste à gratter le vernis de l'histoire qu'on pourrait vivre ensemble.

— Mais ça ne serait pas mieux d'en finir maintenant, avant qu'on s'attache trop ? Ce sera moins douloureux.

— J'ai l'impression que ça ne changera rien, que tu rompes avec moi aujourd'hui, dans un mois ou dans un an, répondit-il en toute honnêteté.

Le cœur de Harlow manqua un battement.

— Qu'est-ce que tu veux dire ?

Il la déplaça sur ses genoux, si bien qu'elle se retrouva à califourchon dessus. Alors il lui prit le visage entre les mains et plongea dans ses yeux.

— Après ce que j'ai fait aujourd'hui, mon unique pensée a été de te retrouver. Que tu étais la seule à pouvoir enlever la noirceur que je ressentais au fond de mon âme. Une partie de moi a aimé terroriser Brian aujourd'hui, Harlow. J'ai aimé le voir sursauter devant moi. J'étais même déçu qu'il craque aussi facilement. Je voulais passer plus de temps à lui faire mal, à lui faire peur. Comme il l'avait fait avec toi. Une fois que tout a été fini, que la honte s'est insinuée en moi au sujet de ce plaisir que j'ai pris à l'interroger, la seule chose qui me hantait, c'était d'être avec toi. Je savais qu'en voyant ton sourire, ta façon de t'affairer dans ta cuisine, ça m'ancrerait, expliqua-t-il. J'ai besoin de ta bonté pour contrebalancer la méchanceté qui m'habite. Elle est là. Pourtant, jamais je ne te ferai de mal, Harl. Jamais. Le bien en toi annule le mal en moi.

— Tu n'es pas mauvais, protesta-t-elle en l'attrapant par les poignets pour s'y accrocher comme si sa vie en dépendait.

Il pinça les lèvres.

— Si. Parfois. Mais j'adore l'idée que tu ne le voies pas. Aucun homme ne fait ce que j'ai fait sans avoir une part de la méchanceté du monde au fond de son âme. Je n'ai jamais voulu me lancer dans une relation, parce que... je ne voulais pas salir une femme, je crois. Mais je ne ressens pas ça avec toi.

— Non ?

Les mots de Lowell la rendaient perplexe.

— Non. Tu ne vois pas ? Je ne sais comment, mais tu as la capacité, rien qu'en étant toi-même, de faire disparaître cette saleté en moi. Un regard sur toi et je me sens calme. J'ai besoin de toi, Harlow.

Elle déglutit avec peine. Elle voyait bien qu'il pensait chacune de ses paroles. Il ne lui vendait pas des craques. Elle porta une main sur la joue de cet homme si fort. Quand il ferma les yeux et appuya le visage dans sa paume, elle se sentit perdue.

— Je suis là, lui dit-elle doucement.

Ses paupières se rouvrirent aussitôt.

— Oui ?

Elle opina du chef.

— Il faut qu'on discute de Loretta et de ton boulot... Mais pour le moment, je n'arrive à penser à rien d'autre qu'à te déshabiller et à m'enfouir tout au fond de toi.

Elle s'agita sur ses genoux, excitée et moite tant son aveu avait quelque chose de charnel. Elle rêvait depuis longtemps de coucher avec lui. Ça avait commencé par des rêves d'adolescente, mais au fil du mois écoulé, ils avaient grandi pour coller aux besoins d'une femme mature.

— Oui, dit-elle simplement.

À son crédit, il ne lui demanda pas si elle était sûre. Il ne fourra pas non plus la main sous sa jupe. Non, il lui donna un baiser solennel, avant de l'aider à se lever. Quand il se trouva debout à côté d'elle, il lui prit sa main valide et entremêla leurs doigts.

— Où est ta chambre ? demanda-t-il.

Sans un mot, elle l'entraîna vers le couloir qui partait de la pièce à vivre. Elle passa devant une salle de douche et une chambre d'amis et se dirigea directement vers la porte tout au bout. L'ayant ouverte, elle attendit qu'il émette un commentaire sur sa chambre.

Car elle lui ressemblait en tous points. Désordonnée, mais confortable. Il y avait une bibliothèque contre un mur, chargée de livres. Des romances, des livres de recettes, des magazines et quelques photos ici et là. À côté, une commode avec un tiroir ou deux à moitié ouverts. Son lit n'était pas fait, la couette mauve foncé pendait, en partie par terre, et une grande quantité d'oreillers étaient jetés à la tête. Harlow savait que s'il jetait un coup d'œil à sa salle de bains, il verrait ses flacons de lotion éparpillés partout sur le bord du lavabo.

Mais après un bref regard dans la pièce, Lowell n'eut plus d'yeux que pour elle. Il la plaça de dos au lit et posa les mains sur ses biceps. Et il la fit reculer, lentement, sans un mot. Elle aurait dû être mal à l'aise, mais l'intensité qui brillait dans ses yeux l'apaisait.

Car il était évident qu'il la désirait. Il ne jouait pas. Ne faisait pas semblant. Son désir était là, bien visible. C'était enivrant, cette impression d'être une belle sirène plutôt que la femme banale qu'elle voyait en elle la plupart du temps.

Quand l'arrière de ses genoux heurta le matelas, il s'arrêta, mais n'ouvrit toujours pas la bouche. Il fit courir les mains le long de ses flancs et attrapa le bas de son tee-shirt. Là, il marqua une pause, comme pour lui demander sa permission et, suivant son exemple, Harlow ne dit rien. Elle se contenta de lever les bras au-dessus de sa tête et soutint son regard sans honte.

Black brûlait de lui arracher ses vêtements et de plonger en Harlow, si profondément que jamais elle ne pourrait l'oublier.

Mais il s'obligeait à aller lentement. À lui montrer combien elle comptait pour lui.

Encore une fois, Gray avait raison : Harlow était différente de toutes les femmes qu'il avait rencontrées auparavant. Il ne supportait pas l'idée qu'elle soit en danger. Si on la lui prenait, comme on avait pris Allye à Gray, il serait littéralement incapable de le supporter.

Ce soir, il était entré dans son appartement en connard fini. Il aurait pu être plus délicat, lui annoncer qu'elle était en danger et qu'il s'inquiétait pour sa sécurité. Au lieu de quoi, il avait exigé qu'elle lui dise où elle était à toute heure de la journée, comme un véritable pot de colle. Et puis, il lui avait fait tellement peur qu'elle s'était éloignée de lui... et s'était blessée. Cet incident l'avait brusquement tiré du brouillard où il errait, plus vite que n'importe quoi.

Le fait qu'elle soit dans sa chambre avec lui maintenant tenait du miracle. Un miracle que jamais il ne prendrait pour argent comptant.

Lentement, il lui passa son tee-shirt par-dessus la tête, sans la lâcher des yeux. Ce fut seulement quand le vêtement tomba au sol qu'il s'autorisa à baisser les yeux. Ses seins étaient parfaits. Ronds et pleins, qui débordaient presque de la dentelle rose autour d'eux.

De nouveau, Black sentit sa noirceur remonter. Lui dire d'empoigner ces monts délicieux et de serrer jusqu'à ce qu'elle crie. Mais il se força à attendre. À la prendre, juste avec les yeux.

À croire qu'elle percevait le désir à peine maîtrisé qui l'enflammait, elle sourit et lui prit les mains, qu'elle alla poser sur sa poitrine, où elle les maintint.

— Touche-moi, Lowell, dit-elle doucement. Je le veux. J'ai besoin de toi.

Avec une profonde inspiration, il contint son désir dans une poigne d'acier. Délicatement, il lui titilla les seins, adorant la manière dont ses tétons durcissaient à son contact sous la dentelle. Puis elle passa les bras dans son dos et dégrafa son soutien-gorge. Les bonnets tombèrent aussitôt et, soudain, les mains de Black étaient remplies de chair chaude et désireuse d'être touchée.

Il poussa un grognement.

Le monstre en lui avait fini d'attendre. Il ne voulait plus se montrer noble.

Avec la dernière bribe de santé mentale qui lui restait, il s'écarta d'un pas et passa à son tour son tee-shirt par-dessus sa tête.

— Enlève tout, cracha-t-il, alors qu'il portait les mains à la braguette de son propre jean.

Il fut plus que soulagé de voir qu'elle obtempérait, en déboutonnant son pantalon. En quelques secondes, Black était nu. Il sortit son portefeuille et en tira un préservatif. Sans un mot, il déchira l'emballage et roula le latex sur son sexe dur comme la pierre. Il ne se rappelait pas avoir jamais été aussi avide. Aussi fou d'une femme.

Harlow se tenait devant lui, complètement nue, et, tombant aussitôt à genoux devant elle, il releva les yeux le long de son corps tout en courbes, incapable de prononcer le moindre mot. Il n'avait jamais été aussi déstabilisé. Même au milieu d'une bataille, il avait toujours su conserver la tête froide. Mais jamais il n'avait rien vu d'aussi beau que Harlow sans un centimètre carré de tissu sur elle.

Lentement, il tendit les mains vers elle et l'attrapa par les hanches. L'attirant à lui, il se délecta du petit gémissement qui s'échappa de sa jolie bouche alors qu'elle s'approchait. De son côté, Black frissonna lorsqu'elle posa les mains sur ses épaules. Ce fut à son tour d'être couvert de chair de poule.

Il sentait son excitation. Ses poils pubiens blonds étaient soigneusement taillés autour de son sexe et il ne put s'empêcher de se pencher vers elle pour y enfouir le nez. Un autre halètement émana des lèvres de Harlow, mais ce fut la main qui passa de son épaule à sa nuque qui lui indiqua ce qu'elle voulait.

— Oh oui, oui, s'il te plaît, Lowell.

Entendre son vrai nom franchir les lèvres de cette femme constitua le point de non-retour. Il avait toujours été Black. Depuis le camp d'entraînement, tout le monde l'appelait ainsi. Tout le monde sauf Harlow. Pour elle, il était Lowell. Pas un soldat. Pas un homme qui l'avait sauvée d'un horrible destin. Juste Lowell.

Il passa les mains à l'intérieur de ses cuisses, qu'il ouvrit d'un geste un peu moins délicat. Elle gloussa et acquiesça à son ordre muet. Son odeur s'intensifia. Black se pencha et, sans préambule, passa la langue entre ses replis.

Elle frissonna et il sentit les muscles de ses cuisses se crisper. Sitôt qu'il goûta son musc, il se sut perdu.

Black se mit à la dévorer pour de bon, presque avidement, fermant les yeux pour mieux se régaler de l'extase qu'était la femme entre ses bras. Il n'entendait ses gémissements que dans un brouillard, sentait à peine les ongles plantés dans ses épaules et la main pressée contre sa nuque, qui l'enjoignait à continuer. Toute sa concentration était sur les sucs dégoulinant entre ses jambes.

Quand il tourna son attention de sa fente vers la petite boule de nerfs ultrasensible, elle sursauta contre lui, manquant de lui faire perdre l'équilibre. Refusant de prendre le temps de l'allonger sur le lit, trop pressé en la voyant se donner à lui aussi entièrement, il lui souleva une cuisse et la posa sur son épaule. Elle lâcha un hoquet surpris.

— Je ne te laisserai pas tomber, murmura-t-il, avant de glisser une main derrière ses fesses pour la maintenir en place.

Il inséra un doigt de son autre main en elle, émerveillé par son étroitesse, alors même qu'il refermait les lèvres autour de son clitoris.

— Oh putain... Lowell ! s'écria-t-elle tandis qu'il suçait.

Il sentit ses muscles internes se serrer autour de son doigt et il faillit bien jouir sur-le-champ, en songeant comme ce serait bon de l'avoir autour de sa verge. Lentement, il entama des va-et-vient en elle, alors qu'elle frémissait dans ses bras.

Elle se mit à ruer contre lui et il avait désormais toutes les peines du monde à garder la bouche sur elle, tant elle ondulait sous ses caresses.

Black redoubla d'efforts pour la faire jouir. Il brûlait de voir son expression quand elle tomberait par-dessus le précipice, cela dit. Il leva la tête et les yeux vers son visage. Elle le regardait, droit dans les yeux. À la seconde où leurs regards se croisèrent, il jura entendre un déclic entre eux. Une pensée bizarre, mais il s'en contrefichait.

Il retira le doigt qu'il avait fiché en elle et l'utilisa pour taquiner son clitoris. Rapidement, il comprit que la stimulation directe de la boule de nerfs était plus efficace que les frottements autour. Il appuya fort dessus tout en baissant la main qu'il avait sur ses fesses. Et alors qu'il doigtait son clitoris, il fut récompensé par des ondulations plus fortes, qui enfonçaient son doigt plus fort aussi sur son clitoris.

— Oh oui, là ! Bon Dieu, Lowell, je vais… merde, je jouis !

Black la soulevait presque tandis qu'elle se penchait au-dessus de lui, pourtant il n'avait jamais rien vu de plus érotique et de plus beau de toute sa vie. Il maintint la pression sur son clitoris alors qu'elle explosait. Ses tétons étaient des pointes dures et son visage avait rougi. Elle lui agrippait la tête et les épaules comme s'il s'agissait des seuls éléments qui l'empêchaient de s'envoler en mille morceaux.

Elle était encore secouée de spasmes quand il rabaissa sa jambe, se leva et l'allongea sur le lit. Il n'attendit pas qu'elle soit installée, mais grimpa avec elle et lui écarta les cuisses avec ses genoux. À l'aide de son gland, il lui caressa le clitoris, encore sensible après son orgasme, et attendit qu'elle le regarde. Quand ses prunelles bleu océan croisèrent les siennes, il amena son sexe devant sa fente. Comme pour mieux l'accueillir, elle écarta encore plus les jambes.

— Baise-moi, Lowell, dit-elle. Je veux te sentir en moi.

Il n'avait pas besoin d'en entendre plus. Il plongea en elle d'un coup, ne s'arrêtant qu'en sentant ses bourses pressées contre les fesses de Harlow. Un grognement rauque lui monta de la gorge et il enfouit le visage dans son cou, cherchant à contrôler ses sens submergés.

Quand il sentit qu'elle le serrait de l'intérieur, il pinça les lèvres. Elle avait une odeur vanillée et de désir, une fragrance que désormais il associerait toujours à leur première fois ensemble. Il sentait sa peau mouillée contre la sienne et les sons qu'elle émettait, gutturaux, décuplaient son excitation.

Et lorsqu'il se passait la langue sur les lèvres, il avait encore son goût dessus.

À chacun de ses assauts, elle collait le bassin aussi fort que possible contre lui.

— Bouge, ordonna-t-elle.

— Je ne tiens plus qu'à un fil, bébé, marmonna-t-il dans son cou. Donne-moi une seconde.

— Non. Sers-toi de moi pour chasser tes ténèbres, commanda-t-elle. Laisse-toi aller.

Black se figea. Elle ne savait pas ce qu'elle demandait.

— Nettoie ton âme, chuchota-t-elle en lui caressant le visage. Prends-moi fort et lâche tout.

De toute façon, il n'aurait pas pu se retenir même si sa vie en avait dépendu. Il se hissa à quatre pattes et lâcha dans un souffle rauque :

— Dis-moi si je te fais mal.

— Jamais tu ne me feras mal.

— Je suis sérieux, Harl. Si je suis trop brutal, arrête-moi. Je ne me le pardonnerai jamais autrement.

— Tais-toi et baise-moi, Lowell.

Alors il le fit.

Il l'avait mise en garde.

Il lui avait parlé de la noirceur de son âme. Mais elle n'avait pas voulu l'écouter, ou elle ne l'avait pas cru. Et maintenant, c'était trop tard.

Il recula, se retira presque entièrement si bien qu'il ne resta plus que la pointe de sa verge en elle. Et puis il s'enfonça de nouveau. Et encore. Et encore. Il supportait tout juste le plaisir qui lui courait dans les veines. Elle était tellement bonne, serrée autour de lui, agrippant son sexe alors qu'il reculait, à croire qu'elle ne voulait jamais le voir s'en aller.

Quand vint le moment où cela ne suffit plus, où il n'arrivait pas à l'assaillir aussi profondément qu'il le voulait, il lui passa une main sous le genou et lui leva la jambe pour poser sa cheville sur son épaule. *Là.* Cette fois, quand il la pénétra, il se sentit entrer encore plus profondément.

Elle grogna sous lui, arqua le bassin lorsqu'il s'enfonça.

Il lui passa la main sous les fesses et la maintint tandis qu'il allait et venait, loin et fort. Bientôt, ses bourses se crispèrent, prêtes à libérer leur jouissance. Alors il déplaça la main qu'il avait sous ses fesses pour l'amener là où leurs deux corps se joignaient. Et avec quelques gouttes des sucs abondants qui lui ruisselaient sur la verge et les bourses, il entreprit de lui caresser le clitoris. Fort.

Elle hurla et sursauta à son contact, mais il n'arrêta pas. Il ne la lâcha pas. Elle renversa la tête en arrière et cambra le dos au moment où elle jouit.

Black se retint aussi longtemps qu'il le put, adorant la sensation de ces spasmes autour de son sexe rigide, mais il était inévitable que l'orgasme de Harlow déclenche le sien. Il se cramponna, les deux mains au-dessus d'elle, s'enfonça encore le plus loin possible et lâcha un grondement puissant quand il jouit à son tour.

Il avait la sensation que cela ne prendrait jamais fin, pourtant au bout d'un moment il se sentit ramollir. Mais il ne voulait pas encore se retirer, et peu importait que le préservatif casse, il ôta la jambe de Harlow de son épaule et s'écroula sur elle. Il sentit ses mains lui agripper le dos et ils restèrent allongés ainsi un bon moment. Tous les deux éperdus dans les sensations.

Enfin, Black prit une profonde inspiration et se sentit glisser hors d'elle. Pas étonnant, vu comme elle était trempée.

Déjà, il avait hâte de pouvoir jouir en elle sans latex entre eux et de sentir leurs sucs mêlés tout en se remettant de ses émotions.

Cette pensée aurait dû lui faire peur, jamais il n'avait joui dans une femme sans préservatif. Jamais. Pourtant, la perspective de voir son sperme mélangé avec les sucs de Harlow, s'écoulant d'elle, était assez excitante pour lui durcir à nouveau le sexe.

Il se dépêcha de sortir de Harlow et du lit, afin d'aller à la salle de bains et de se débarrasser du préservatif. Il était revenu au bout de quelques secondes, soulagé de constater qu'elle n'avait pas bougé. Elle était allongée où il l'avait laissée, sur le flanc, sur les couvertures, complètement nue. Les jambes à moitié écartées et les paupières closes.

S'il avait pu la prendre en photo en cet instant, sans passer pour un vrai pervers, il l'aurait fait. Mais c'était inutile. Jamais il n'oublierait à quoi elle ressemblait en cet instant précis. Satisfaite, heureuse, détendue.

— Allez, bébé, dit-il en la rejoignant. Remonte-toi.

Elle grogna, mais se laissa déplacer de façon à ce que son visage soit tourné du bon côté. Il rabattit le drap et la couette et se glissa dessous avec elle. Il l'attira dans ses bras et elle s'y pelotonna aussitôt. La tête posée contre son épaule, sur son cœur, une main sur son ventre. Une des jambes de Harlow vint passer sur les siennes. Il était entouré par elle, et rien n'avait jamais été meilleur.

— Les démons sont partis ? demanda-t-elle, après qu'ils furent restés un moment lovés ainsi dans les bras l'un de l'autre.

— Oui, bébé. Ils sont partis.

— Bien.

Il allait falloir qu'ils parlent du refuge et des projets de Loretta, il le savait bien. Seulement, il ne voulait pas briser leur instant d'intimité. Il serait égoïste pour une fois dans sa vie. Il aimait avoir Harlow dans ses bras comme ça. Il aimait savoir qu'il l'avait satisfaite au point qu'elle se trouvait presque incapable de bouger sur lui.

Ce soir, il avait merdé. Encore. Il avait failli la rebuter avec ses paroles autoritaires. C'est que la pensée qu'il puisse lui arriver quelque chose, la manière dont Brian l'avait harcelée, ce que lui-même avait fait à Brian… tout cela l'avait touché, frappé même.

Mais il avait retenu la leçon. Harlow était une grande fille. Une femme adulte et compétente. Elle n'était ni une adolescente ni une gamine à qui l'on devait expliquer comment vivre sa vie. Il allait devoir faire attention, à l'avenir, de bien s'en souvenir. Lui, il avait juste cherché à la protéger.

Avec un rire intérieur, il finit par comprendre ce que Gray lui disait depuis le début. Que le jour où il trouverait la femme qui lui était destinée, il le saurait. Il voulait passer toutes ses nuits comme ça. Avec Harlow dans ses bras, à sentir sa respiration contre sa poitrine. Il ne s'imaginait plus avec quelqu'un d'autre. Jamais. Il était protecteur comme pas deux vis-à-vis d'elle et ferait tout son possible pour qu'elle soit en sécurité, heureuse et en bonne santé.

Rien d'autre ne comptait. Ni son affaire ni les Mercenaires Rebelles.

Heureux d'avoir attrapé Brian avant que ses amis ou lui puissent faire plus que la harceler verbalement, il se détendit. Pour le moment, il allait profiter de chaque seconde où il tenait cette femme nue et repue au creux de ses bras.

De l'autre côté de la ville, Nolan Woolf était assis dans son bureau, furieux, les yeux rivés sur le mail qu'il venait de recevoir de ses amis dans l'immobilier.

Loretta Royster négociait avec quelqu'un d'autre pour *son* immeuble.

Non. Non, putain ! C'était inacceptable. Il avait cherché à la pousser à accepter son offre, pas celle d'un autre. Il savait de source sûre que l'autre connard faisait une offre en dessous de celle qu'il avait faite à la vieille garce. Comment osait-elle agir derrière son dos et tenter une négociation avec un autre ?

S'il ne mettait pas la main sur ce bâtiment, tous ses plans tomberaient à l'eau. Tout l'argent qu'il avait investi dans la création de sociétés écrans, tout serait perdu.

Il lui fallait ce bâtiment.

Et il l'aurait. D'une manière ou d'une autre.

Nolan Woolf gagnait toujours à la fin. Toujours.

21

Chapitre Vingt et un

Cela faisait au moins une heure que Harlow était étendue près de Lowell. Elle s'était réveillée de bonne heure et impossible de se rendormir. Elle était pourtant fatiguée, mais en réalisant qu'elle était pelotonnée contre lui, tout espoir de retrouver le sommeil s'était envolé dans une volute de fumée.

Il respirait profondément, la bouche légèrement entrouverte. Et le début de barbe qui ombrait ses joues ne le rendait que plus intense.

Une fois qu'elle eut ce mot en tête, elle ne put se le sortir de l'esprit. *Intense.* Ça lui allait bien. Il l'avait prise fort la veille au soir, mais elle avait adoré chaque seconde. En fait, elle l'avait supplié de lui en donner plus.

Il avait eu peur de lui faire mal, mais Harlow savait qu'elle pouvait le supporter. Il en avait besoin. Il avait besoin d'elle. Jamais on n'avait eu besoin d'elle comme ça auparavant et c'était une sensation enivrante. Elle avait vu, tapi au fond de ses yeux, le côté sombre auquel il avait fait allusion, pourtant à la seconde où il avait posé la bouche sur elle, elle rougissait rien que d'y repenser, la part sombre de Lowell avait reculé.

Quand il l'avait prise, tout ce qu'elle avait vu sur son visage, c'était du désir et... oserait-elle le dire ?

De l'amour.

Il était trop tôt pour ça, bien sûr. N'empêche, elle savait ce qu'elle avait vu.

Même si elle refusait à tout prix l'idée d'une relation, Lowell avait réussi à se faufiler entre ses boucliers et sous sa peau. Il avait dit que si elle le quittait, jamais il ne s'en remettrait. Et le plus fou, c'était qu'elle éprouvait exactement la même chose vis-à-vis de lui.

Elle n'avait aucune envie de quitter Colorado Springs. Elle se disait qu'elle adorait la région, qu'elle voulait encore en explorer les sentiers de randonnée, qu'elle aimait la gentillesse et l'ouverture des gens rencontrés ici. Mais la vérité, la vraie raison pour laquelle elle voulait rester, c'était Lowell.

Elle poussa un soupir, consciente qu'il lui fallait bien se lever. Elle avait un million de choses à faire – la recherche d'un emploi arrivait en haut de sa liste de priorités – et pourtant elle n'arrivait pas à se persuader de bouger.

Enfin, il remua. Elle le regarda passer de l'état de sommeil à celui de veille complète et à la prise de conscience de ce qui l'entourait. Il ne fallut pas plus qu'un battement de cils. Sans doute un réflexe qu'il conservait de son service chez les SEALs et de son job avec les Mercenaires Rebelles.

— Salut, murmura-t-elle, soudain intimidée sans savoir s'expliquer pourquoi.

— Salut. Tout va bien ?

Elle opina du chef en souriant.

— Oui, très bien.

— Je n'ai pas... (Il bredouilla et cette hésitation la rendit encore plus raide dingue de lui.) Je ne t'ai pas fait mal hier soir, au moins ?

Elle leva une main et la lui posa sur la joue, cédant au plaisir de toucher son début de barbe.

— Non, Lowell. Tu ne m'as pas fait mal.

— Bon. J'aurais sans doute dû te faire couler un bain cette nuit, mais tu m'as rendu complètement dingue et je n'arrivais plus à penser droit.

Elle sourit.

— Noté. Tu as faim ?

À peine avait-elle fini de poser la question qu'elle entendit gargouiller l'estomac de Lowell. Il s'esclaffa.

— On dirait bien que oui.

— Je vais aller te préparer quelque chose avant que tu y ailles.

Mais il l'empêcha de se lever d'une main posée sur son bras.

— Il faut qu'on discute.

Et merde. Harlow détestait quand les hommes disaient ça. Ça ne se terminait jamais bien pour elle.

— D'accord.

Il dut voir passer son désarroi sur son visage, car il ajouta d'un ton radouci :

— Au sujet du refuge et de ton boulot, Harl.

— Ah. Oui.

— Pour ce qui me concerne, tu es officiellement ma petite amie et je suis officiellement ton mec, poursuivit-il. On peut travailler les détails de ce que cela implique, mais pour résumer, je veux passer autant de temps que possible avec toi. Ici chez toi, ou avec toi chez moi. Je te mettrai le plus possible au courant de mes occupations de la journée et j'espère que tu en feras autant. Je ne te dis pas ça pour jouer les connards, mais parce que je m'inquiète pour toi et ta sécurité. Je ne suis pas un homme facile à fréquenter, l'avertit-il ensuite. Je vais être surprotecteur, me tracasser pour toi chaque seconde qu'on ne passera pas ensemble. Je vais essayer de m'amender, mais encore une fois, sache que je ne fais pas ça pour te contrôler, juste pour te protéger. Je ne sais pas ce que je ferais s'il t'arrivait quelque chose.

— Il ne va rien m'arriver, l'apaisa-t-elle. J'ai un ancien

SEAL sacrément dur à cuire pour petit ami et il a des copains aussi durs à cuire que lui.

— Cela n'empêche pas que des bricoles peuvent t'arriver. Regarde Allye et les autres. Il peut se passer n'importe quoi. En y songeant, je n'ai jamais eu l'occasion de te donner ce cours de maniement des armes que tu m'avais demandé, à la base. On fera ça bientôt.

— Lowell…, protesta-t-elle.

Mais il continua comme si de rien n'était.

— Et puis, je vais t'inscrire dans un cours d'autodéfense aussi. Les trucs que j'ai montrés aux résidents sont bien, mais rien d'aussi efficace que si on utilise les tapis et qu'on s'entraîne aux coups de pied et aux mouvements sur un véritable être humain.

— Lowell ! tenta-t-elle à nouveau.

— Quoi ?

— Et si je me levais pour lancer le petit déjeuner, avant que tu commences à organiser la semaine pour me transformer en ninja ?

— On devrait se doucher ensemble, suggéra-t-il avec un haussement de sourcils suggestif.

Rougissant, Harlow secoua la tête.

— Non, tu rougis encore après la nuit passée ?

— Oui, admit-elle, même s'il s'agissait probablement d'une question rhétorique. C'est différent au grand jour.

— Pas pour moi, mais je vais te laisser le temps de t'habituer à moi. À ça, précisa-t-il en désignant leurs deux corps lovés l'un contre l'autre sous les draps. Mais sache que je n'ai rien vu d'aussi beau de toute ma vie que toi cette nuit, quand tu as joui dans mes bras… à deux reprises. Merci pour ce cadeau, bébé. Je vais le garder comme un trésor jusqu'à la fin des temps.

Harlow se sentit rougir plus fort encore, pourtant elle parvint à esquisser un sourire.

— Merci de me montrer le vrai toi. Je n'ai pas peur de toi, Lowell. Je sais que tu as traversé des trucs horribles, mais ne me les cache pas. Je n'aime pas l'idée que tu doives faire des choses que tu ranges dans un coin de ta tête, pourtant je serais hypocrite en exigeant que tu arrêtes. Le monde a besoin de plus d'hommes comme toi. Alors, si je peux t'aider à gérer tes sentiments quand ça devient trop intense, super. Si tu as besoin d'espace ou de temps avec tes copains pour en parler, OK. Mais s'il te plaît, ne me laisse pas en dehors.

— D'accord. Promis.

— Bien. Maintenant, laisse-moi me lever et m'habiller, que je nous prépare à manger avant qu'on entame notre journée.

Il se pencha pour l'embrasser et Harlow détourna la tête.

— Non ! Pas l'haleine du matin, Lowell !

Avec un gloussement, il l'embrassa sur la joue à la place. D'une main, il remonta vers un sein nu qu'il caressa, faisant rouler le téton entre ses doigts.

— Ce n'est pas juste, marmonna-t-elle.

Sans un mot, il haussa les épaules et rabattit le drap pour glisser au sol. Là, il lui prit le téton dans sa bouche et aspira. Au bout d'un moment, il changea de côté et accorda le même traitement à l'autre téton. Enfin, il se releva et lui adressa un sourire narquois.

— Ça ne me dérange pas de ne pas pouvoir t'embrasser les lèvres au réveil, Harl. Je trouverai d'autres endroits à embrasser.

Et sur ces mots, il descendit le long de son corps et elle ouvrit volontiers les cuisses pour qu'il s'installe entre elles. Il ne reçut pas de réponse verbale, en revanche, car elle était trop essoufflée quand il commença à lécher à nouveau son sexe.

Ce fut seulement une trentaine de minutes plus tard qu'il la laissa sortir du lit. Harlow avait les jambes flageolantes, mais un sourire jusqu'aux oreilles. Il ne l'avait effectivement pas embrassée sur la bouche, haleine du matin oblige, mais il l'avait fait jouir deux fois avec ses lèvres et sa langue avant de la prendre par-derrière. Elle était d'accord pour accepter ce traitement en guise de baiser de bonjour tous les jours.

Après le petit déjeuner, elle raconta à Lowell tout ce que

Loretta lui avait dévoilé la veille au sujet du refuge. Sur l'annulation mystérieuse de sa carte de crédit et les accusations qui pesaient sur sa tête. Elle lui expliqua le soulagement de Loretta à l'idée de prendre sa retraite, mais son sentiment de culpabilité aussi. Elle lui parla de Zoé, qui ne reviendrait pas, de la réduction de son propre temps de travail et du fait que Loretta allait accepter l'une des offres qu'elle avait reçues sur le bâtiment.

— Loretta est à peu près sûre de pouvoir trouver un foyer pour tous les résidents, cela dit, donc c'est plutôt bien. Moi, je ne travaillerai plus qu'en soirée, du lundi au vendredi, et pas les week-ends.

— Je vais voir ce que je peux faire pour t'aider à trouver un autre poste, dit-il.

La première réaction de Harlow fut de refuser son offre, mais elle aurait été idiote de le faire.

— J'apprécierais, merci. Loretta aussi a proposé son aide. Je pourrais sans doute me dégoter un poste dans l'un des restaurants chics du centre-ville, mais j'aime trop travailler avec les femmes et les enfants. Je me sens utile. J'aime les liens que j'ai tissés avec eux. Ça te paraît tenir la route ?

— Absolument, la rassura-t-il. Je sais qu'il existe d'autres foyers dans le quartier. Je vais me renseigner. Il y a aussi un refuge pour sans-abri en ville, mais je ne pense pas que tu t'y plairais autant.

Harlow secoua la tête.

— Non, et ça n'est pas que je ne plaigne pas les gens qui s'y rendent, mais ce n'est pas aussi intime que de s'asseoir à la table du dîner, soir après soir, en compagnie d'un groupe de personnes qui essaient de se remettre sur pieds. Ça fait de moi une garce ?

— Bien sûr que non. Il n'y a pas autant de possibilités dans ce que tu souhaites faire, pas comme si tu voulais redevenir cuisinière dans un restaurant, mais nous allons trouver quelque chose. Peut-être une maison de retraite ou pour adultes handicapés mentaux ou un endroit pour les gens assistés et qui aurait besoin d'un cuisinier.

C'était bon de l'entendre parler d'elle comme d'une partie intégrante d'un « nous » plutôt que comme un « tu ».

— Merci, Lowell.

— Pas de soucis. Maintenant, je suis navré de devoir le dire, mais il faut que je file. J'ai rendez-vous avec les autres pour rassembler les informations que chacun a récoltées depuis hier. Ça va aller, toute seule, jusqu'à l'heure de partir au travail ?

— Bien sûr, répondit-elle en lui faisant signe de partir. Je suis une grande fille. Je pense supporter de ne pas être avec toi pendant quelques heures.

Il poussa un grognement et porta les mains à ses flancs pour la chatouiller.

— Ah oui, tu penses ?

Avec un couinement, elle tenta de lui échapper, mais il était trop fort.

— Arrête ! D'accord, d'accord. Je vais déprimer dès que tu auras franchi la porte et je ne serai de nouveau un être à part entière qu'au moment où on se retrouvera, ironisa-t-elle.

Lowell cessa de lui enfoncer les doigts dans les côtes et il la serra contre elle.

— Voilà ce que je voulais entendre.

Harlow, qui sentait son sexe dur contre elle, agita le bassin, histoire de lui rendre la monnaie de sa pièce.

— C'est un briquet que tu as dans ta poche ou bien tu es juste content de me voir ? le taquina-t-elle.

— Vilaine, fit-il mine de se plaindre. Viens par ici.

Il l'embrassa. Un long baiser, lent, qui la rendit nostalgique avant même qu'il mette un pied dehors.

— Texte-moi dès que tu es prête à partir au refuge.

— Ce sera probablement vers 15 heures. Je pense que

Loretta fait venir une personne du domaine de la finance pour discuter avec les femmes cet après-midi, avant le repas du soir. La semaine dernière, c'était un avocat qui leur a parlé de l'importance de rédiger un testament et cette semaine, je crois que c'est une sorte d'investisseur.

— Tu penses qu'elle va continuer ce genre de cours éducatifs, maintenant qu'elle vend ?

Harlow hocha la tête.

— Je ne vois pas pourquoi elle arrêterait. Elle n'a rien dit ni dans un sens ni dans l'autre, cependant. J'ai oublié de le lui demander. Bref, je vais demander aux enfants de m'aider à préparer leur déjeuner de demain, par exemple, dans le but de les occuper pendant que leurs mamans écoutent l'intervenant.

L'idée qu'elle ne serait plus là très longtemps pour préparer ces déjeuners la rendit triste à nouveau. Lowell vint lui passer un doigt sous le menton.

— Tu es merveilleuse, Harl. Et, je suis un sacré veinard d'être celui qui va partager ta vie et ton lit.

Elle secoua la tête.

— Quel macho !

— Quoi ? demanda-t-il, mimant la perplexité. Qu'est-ce que j'ai dit ?

— Rien. Bref, pour ce matin, je prévois d'effectuer une recherche préliminaire en ligne et de voir quels jobs sont disponibles dans le coin. Ensuite, je réfléchis aux repas du refuge pour la semaine prochaine et j'établis une liste de course en fonction. Je vais partir d'ici vers 14 h 30. Il me faudra aller au supermarché d'ici un jour ou deux, mais je vais devoir parler avec Loretta avant, voir si elle a du liquide à me donner pour ça.

— Je serai prêt, je te retrouverai ici. Fais attention à toi.

Harlow leva les yeux au ciel.

— Bien sûr. Il ne va rien m'arriver pendant... (Elle jeta un coup d'œil à sa montre.) Les cinq heures et quelques avant qu'on se revoie.

Lowell grimaça.

— S'il est bien une chose qu'on apprend dans mon domaine d'activité, c'est qu'il ne faut jamais tenter le destin en lançant ce genre de paroles. On se parle bientôt.

— Au revoir.

Il l'embrassa de nouveau, avant de prendre la direction de la porte. Il portait les mêmes vêtements que la veille au soir, mais elle savait qu'il passerait par son appartement avant de retrouver ses amis au Pit.

Maintenant qu'elle savait ce qu'il avait fait à Brian la veille, elle se sentait plus en sécurité. Elle doutait que ses comparses ou lui osent la harceler à nouveau. Mais si Lowell tenait à l'escorter du parking à la porte, elle n'allait pas l'en empêcher. Elle voulait profiter de la moindre seconde de temps avec lui.

— Quel est le connard qui a fait annuler ses cartes de crédit ? demanda Ball.

L'équipe dans son entier était réunie à leur table habituelle au Pit, même s'ils consommaient du café plutôt que de la bière.

— Certainement ce mystérieux contact, répondit Black. Harlow m'a raconté que, quand Loretta avait appelé la banque afin de demander ce qui se passait, on lui a répondu que quelqu'un avait appelé et utilisé leur système automatisé afin de dénoncer une utilisation frauduleuse de sa carte.

— OK, fit Ball. De nombreuses banques annulent automatiquement une carte dans ce genre de cas et en commandent une nouvelle dans la foulée.

— La carte n'était pas connectée à la plainte anonyme concernant l'état des fonds qu'elle percevait d'une ONG ? s'enquit Ro.

— Je ne dirais pas ça, répondit Meat. Je suis resté debout une bonne partie de la nuit et, d'après ce que j'ai réussi à dénicher, je dirais au contraire que la même personne est derrière les deux trucs.

— Explique-toi, ordonna Arrow.

— OK. On sait à présent que Loretta a reçu plusieurs offres

de rachat de l'immeuble. Elle ne nous en avait pas parlé, pensant que ça n'était pas intéressant, vu qu'elle n'était pas vendeuse. Le bâtiment n'était même pas sur le marché.

— Comment a-t-on pu lui envoyer des offres, dans ce cas ? l'interrompit Black.

— Ce n'est pas parce qu'un bâtiment n'est pas sur le marché qu'on ne peut pas proposer de l'acheter, expliqua patiemment Meat. N'importe qui pourrait se pointer chez Gray, frapper à sa porte et lui proposer un million de dollars pour la maison.

— Exact, convint Black. Continue.

— Vu qu'on n'était pas au courant des offres, on n'a pas établi de lien entre le harcèlement et le bâtiment. Mais ensuite, en regardant les vidéos de Brian en train de harceler Harlow, on a découvert que quelqu'un prévoyait de bâtir des logements à loyer modéré dans le quartier. En vérifiant les dossiers, tous les immeubles semblent avoir été achetés par des gens ou des entreprises différents. Ce n'est qu'en apprenant les problèmes financiers de Loretta que j'ai vraiment commencé à creuser. Je l'aurais fait plus tôt, mais avec Rex qui ne sert à rien, j'étais occupé à terminer mes recherches sur les ex et tout ça.

— Personne ne te fait de reproches, affirma calmement Arrow.

— Je sais. Bref, j'ai donc utilisé l'une de mes techniques les plus créatives afin de découvrir qui possédait ces immeubles. Et il s'avère que toutes les entreprises concernées ont été représentées par le même avocat. Alors j'ai creusé dans ses finances à lui et là, j'ai trouvé trace de plusieurs versements au cours des deux derniers mois, provenant de la même personne.

Là, Meat marqua une pause pour ménager ses effets.

— Qui ? gronda Black, impatient.

— Un certain Nolan Woolf.

— Qui ? demanda Gray.

— On le connaît ? s'enquit Arrow.

— Nolan Woolf est un promoteur connu pour avoir construit des propriétés merdiques sans se soucier de rien quand il y avait un problème à l'intérieur.

— C'est donc lui le propriétaire des autres immeubles du coin ? fit Ball.

— Ouaip. Dont la station essence qui est partie en flammes.

— Pourquoi le gars irait faire cramer son propre bâtiment ? s'étonna Gray. Pour l'assurance ?

— À ce jour, il n'a pas réclamé l'argent de l'assurance.

— Ce qui est suspect en soi, commenta Arrow.

— Oui, mais je pense que le feu était un facteur d'intimidation, reprit Meat. Écoutez ça : il a embauché Brian et ses potes pour harceler les résidentes, afin de les effrayer au point qu'elles aient envie de s'en aller de leur propre chef. Ils avaient pour instruction de ne pas faire de mal aux femmes, de ne pas les toucher, juste de les harceler. Harcèlement qui s'est mué en menaces, sans doute plus parce que Brian est un trouduc que sous les ordres de Nolan. Il a fait une autre offre pour le bâtiment juste après l'incendie de la station-service, pensant probablement que Loretta serait prête à l'accepter, cette fois. Mais soit il n'était pas au courant qu'elle recevait d'autres offres, soit Loretta était plus entêtée qu'il l'imaginait. Bref, d'une manière ou d'une autre, il a mis la main sur son compte en banque et a annulé la carte. Là encore, simple manœuvre de harcèlement.

— Ensuite, il a eu l'idée de lui couper les vivres, le coupa Black, poursuivant le scénario. Il a monté la dénonciation anonyme et, quand les autorités ont gelé tous ses comptes, il s'est dit qu'elle accepterait son offre.

— Exact, approuva Meat, qui se cala contre son siège, large sourire aux lèvres.

— Cette enquête, quel bourbier ! commenta Gray avec un soupir. On est partis sur de fausses pistes hyper chronophages, en pistant tous les ex.

— Il faut qu'on appelle Rex, dit Black. Il était censé découvrir qui était le contact de Brian. On doit lui transmettre le nom de Woolf, s'il ne l'a pas déjà en sa possession.

Les autres poussèrent un grognement.

— Il a lâché l'affaire, dit Ball.

— Appelle-le, insista Black. Je lui ai parlé hier, on s'est expliqués. Il est de nouveau en selle.

— Vous vous êtes expliqués ? s'étonna Gray.

Ils savaient tous que « s'expliquer » avec leur officier traitant, ça n'était pas très malin.

Black opina du chef.

— J'en avais ras le bol qu'il nous lâche. Il a dit qu'il était sur un truc, mais que ça n'avait pas marché comme prévu.

— Ça a un rapport avec sa femme ? voulut savoir Arrow.

Tous les yeux se tournèrent vers lui.

— Je vous ai dit qu'il avait fondé les Mercenaires Rebelles parce que sa femme avait disparu, commença doucement Arrow. Un jour, elle était là et, le lendemain, elle avait disparu sans laisser de trace. Les flics n'avaient aucune piste et même avec la promesse d'une énorme récompense, ils n'ont recueilli aucun témoignage de valeur. Il a embauché un détective privé, qui a trouvé ce qu'il croyait être sa trace, mais l'a perdue quand les suspects ont quitté le sol états-unien. Son corps n'a jamais été retrouvé et Rex est convaincu qu'elle est toujours quelque part. Je suis certain qu'il n'a jamais cessé de la chercher. Pour la moitié des cas sur lesquels nous partons, nous sommes embauchés par des gens qui veulent retrouver un proche. Mais pour l'autre moitié, ils proviennent des recherches de Rex sur sa propre femme. Il suit des pistes et, inévitablement, il tombe sur d'autres enfants ou femmes disparus. D'après ce que j'en comprends, Rex et son épouse étaient follement amoureux, mais faute de pouvoir retrouver sa trace, les flics ont pensé à un moment donné que c'était peut-être lui qui l'avait tuée.

— Donc Black, tu penses qu'il ne nous aidait pas sur l'affaire en cours parce qu'il cherchait sa femme ? demanda Meat.

Black secoua la tête.

— Peut-être. Il ne l'a pas dit. Tout ce qu'il m'a avoué, c'était que la piste qu'il suivait n'avait pas abouti.

— Ben merde. Ça craint, commenta Ro.

— Peut-être qu'une fois qu'on en aura fini, on pourra lui proposer de nous mettre sur le cas de sa femme, suggéra Ball.

— Il ne nous en a jamais rien dit, lui fit remarquer Gray, l'air dubitatif. Qu'est-ce qui t'amène à penser qu'il a envie qu'on se mette à disséquer sa vie personnelle comme on le fait quand on enquête sur une affaire ?

— Parce qu'après toutes ces années et, malgré toute son expertise, tout son réseau, il ne l'a toujours pas retrouvée, répliqua Arrow. Je ne suis pas en train de dire qu'on fera mieux, mais quel mal ça peut faire ? De toute évidence, ça le bousille de ne pas avoir d'informations sur sa femme. Si on peut lui apporter un moyen de clore l'affaire, tu ne penses pas qu'on lui doit bien d'essayer ?

— Absolument, convint Gray. Mais ce n'est pas moi qui vais mettre l'idée sur le tapis.

Tout le monde pouffa et acquiesça.

— OK, je m'en chargerai, promit Arrow. Il m'a parlé d'elle après la mission au Venezuela. Vous vous rappelez ? Je lui avais dit qu'on avait entendu parler d'une Américaine qui faisait partie des autres kidnappées et il a posé toute sorte de questions sur elle. Je sais qu'il a envisagé que ce soit elle. Il n'a pas renoncé à la trouver.

— Comment s'appelle-t-elle ? voulut savoir Black.

Arrow pinça les lèvres et loucha, signe qu'il tentait de se souvenir.

— Raven, finit-il par lâcher.

Personne ne dit plus rien pendant un long moment. Enfin, Black reprit la parole :

— Meat, appelle Rex. On a besoin qu'il soit à fond sur l'enquête en cours. On doit trouver Nolan Woolf. *Pronto.*

Sur un hochement de tête, Meat prit son téléphone alors que Black se levait.

— Où tu vas ? lui demanda Ball, qui ramassait ses affaires.

— J'ai des trucs à régler au stand de tir avant de me rendre au refuge pour retrouver Harlow. Je parlerai à Loretta, histoire de voir si elle connaît ce Nolan.

— J'en déduis que les choses se passent bien entre Harlow et toi ? lança Gray avec un sourire narquois.

Lui aussi se levait pour partir. Tous les cinq laissèrent Meat à ses recherches et au coup de fil à leur officier traitant.

— Oui, on peut dire ça, convint Black.

Gray lui asséna une tape dans le dos.

— Content de l'entendre.

— Oui, enfin ça ne veut pas dire que je vais me marier, marmonna Black.

Pas question que Gray prenne la grosse tête, même si Black ne pouvait nier qu'il ne verrait aucun inconvénient à se lier légalement à Harlow.

— Je n'ai jamais dit ça, fit Gray avec un sourire.

— À ce propos, tu as fait ta demande à Allye ? demanda Ro.

— Tic-tac, ironisa Arrow. Chaque jour qui passe est un jour de plus où ta petite cacahuète grandit en elle. Et plus elle grossira, plus il y aura de chances pour qu'elle veuille attendre, je parie.

— Va te faire foutre, rétorqua Gray avec un regard noir.

Arrow leva les mains en signe de reddition.

— Moi je dis ça...

— Il se trouve, puisque tu veux tout savoir, que je l'emmène à Denver ce week-end. Je nous ai réservé un restaurant chic et la suite « Lune de miel » de l'hôtel Teatro. C'est près du Centre des Arts dramatiques de Denver, où on va voir un spectacle.

— Merveilleux, commenta Arrow. Je vais peut-être essayer de prendre des billets. J'emmène Morgan au même spectacle et comme ça on pourra vous espionner.

— Trouduc, lança Gray, qui attrapa son ami dans une prise de cou.

Les deux hommes se bagarrèrent gentiment sous les rires des autres. Il leur fallut encore trente minutes avant de quitter le Pit.

Black était sincèrement heureux pour ses amis. Il adorait Allye, Chloé et Morgan. Avant de rencontrer Harlow, cependant, il aurait été plus cynique vis-à-vis de leur empressement à se laisser passer la corde au cou. Jamais il n'avait éprouvé ce besoin profond de se lier à quiconque. D'ailleurs, il était même impressionné par lui-même s'il restait avec une femme plus que quelques mois. Mais Harlow l'avait déjà changé.

Certes, ça ne faisait pas très longtemps qu'il était avec elle, mais la pensée que quoi que ce soit puisse lui arriver le rendait fou et c'était un sentiment qu'il n'avait jamais connu. Il était parti en mission sans penser une seconde aux femmes avec qui il sortait jusqu'au moment de rentrer à la maison et de réaliser qu'il devrait les appeler et reprendre contact.

Si une journée s'écoulait sans qu'il parle à Harlow, Bon Dieu, même quelques heures, il devenait agité. Il devait savoir où elle était, ce qu'elle faisait, si elle allait bien. Une partie de lui s'inquiétait d'en faire trop, mais tant que Harlow ne s'en plaignait pas, il n'allait pas se tracasser.

D'ailleurs, maintenant qu'il pensait à elle, il avait besoin d'entendre sa voix. Il sortit son téléphone et composa son numéro avant de quitter le bar.

Elle décrocha à la seconde sonnerie.

— Salut, Lowell.

Encore une fois, l'entendre prononcer son nom remua quelque chose en lui.

— Salut, bébé.

— Qu'est-ce qui se passe ? Tout va bien ?

— Oui, oui, ça va. J'avais juste envie d'entendre ta voix.

Elle soupira.

— C'est adorable.

Il n'était pas adorable. Ça lui était aussi nécessaire que de respirer.

— Tu prévois toujours de partir au refuge vers 14 h 30 ?

— Oui. Maintenant que je suis au courant de ce qui se passe pour Loretta et le refuge, c'est encore plus compliqué de prévoir les repas. Je veux ménager ses finances, mais en continuant à acheter des produits qui sont bons pour tout le monde. Ça me frustre que la nourriture la plus saine soit aussi la plus chère. Pas étonnant que les nouilles Ramen soient aussi bon marché : elles sont pleines de sel et d'ingrédients nocifs pour les enfants. Et pour les adultes aussi, d'ailleurs.

— Mm-mm, fit Black, pour lui signifier qu'il écoutait.

— Tu savais qu'il faut faire la majorité de ses courses dans les allées situées sur les côtés d'un supermarché ? Les biscuits, les gâteaux secs et la majorité de la malbouffe bon marché se trouvent généralement au centre et les légumes et autres produits sains sont vers l'extérieur. Je comprends pourquoi Jasper pèse ce qu'il pèse. Parce que la nourriture bon marché est pleine de saletés. Julia a fait de son mieux, mais ça demande du temps, de l'énergie et de l'argent pour préparer de bons repas sains tous les jours.

Voyant qu'il ne répondait pas immédiatement, elle demanda :

— Lowell ? Tu es toujours là ?

— Oui, je suis là, la rassura-t-il.

— Ah. OK. Pardon, fit-elle avec un gloussement gêné. Je parle, je parle. Bref, oui, le planning des menus ne se passe pas très bien. Mais je vais devoir me montrer plus créative, voilà.

— Si quelqu'un peut se débrouiller, c'est bien toi, bébé.

— Merci.

— Je suis en route pour le stand de tir. Je voulais juste que tu sois au courant.

— D'accord. Comment s'est passée ta réunion avec les gars ? Vous avez découvert quelque chose ?

Black fut tenté de lui parler de Nolan Woolf et de tout ce

qu'ils avaient découvert, mais il ne voulait pas non plus la tracasser. Il n'était plus aussi inquiet vis-à-vis de Brian, désormais, car après sa « petite conversation » avec lui, il allait faire profil bas.

— On y travaille, répondit-il alors. Il se peut qu'on ait des pistes. Je t'en parlerai quand on se verra tout à l'heure.

— D'accord.

Il aimait qu'elle n'exige pas plus lorsqu'il ne lui disait pas tout sur le coup. Il la savait pourtant curieuse, mais c'était agréable de savoir qu'elle lui faisait confiance pour lui révéler ce qu'il pouvait, quand il le pouvait. C'était important pour lui, vu son boulot avec les Mercenaires Rebelles. Ça n'était pas comme à l'époque où il était dans les SEALs et qu'il n'avait pas l'autorisation de laisser filtrer quoi que ce soit sur ses missions souvent top secret, mais Rex préférait quand même qu'ils ne dévoilent rien tant qu'ils n'avaient pas terminé. Il pouvait donc y avoir des occasions, à l'avenir, où il ne pourrait pas lui dire où il partait ni pour combien de temps, mais quand il rentrerait à la maison, ce serait bien d'avoir quelqu'un avec qui discuter, décompresser.

— À tout à l'heure. Texte-moi quand tu pars pour le refuge.

— D'accord. Fais attention à toi au stand de tir.

— Mais oui. Au revoir, bébé.

— Bye.

Black sourit tout le long du trajet jusqu'au stand de tir. Il ne se rappelait pas s'être senti aussi ancré qu'avec Harlow. Aucune femme ne l'avait autant apaisé. C'était lié à sa personnalité. Il avait hâte de la revoir.

Depuis son poste d'observation, caché au premier étage du magasin de seconde main dont il était propriétaire, Nolan Woolf contemplait le bâtiment d'en face. Par Elliot, l'une des petites frappes qu'il avait embauchées pour harceler les résidentes du refuge, il savait que Brian, le leader autoproclamé de leur bande, avait été malmené. Carrément tabassé. Et pas par un gang rival ou quelque autre groupe de voyous qui leur en voulaient.

Non, il avait été travaillé au corps par un professionnel et Nolan savait exactement qui. L'un des connards qui s'étaient mis à traîner autour du refuge.

Le temps lui filait entre les doigts, il en avait bien conscience.

Essuyant une goutte de sueur qui lui perlait au front, il passa mentalement son plan en revue une fois de plus.

Ça allait marcher. Ça devait marcher.

Une coquille vide, un immeuble entièrement brûlé ne vaudrait plus grand-chose et l'homme avec qui Loretta était actuellement en négociation ne tarderait pas à retirer son offre. Alors Nolan pourrait débarquer et en faire une autre. Cette fois, la vieille bique n'aurait d'autre choix que de l'accepter. Personne d'autre ne lui donnerait quoi que ce soit pour un tas de briques.

Content de lui, certain de faire ce qu'il fallait, Nolan décida d'attendre que les garces soient à leur réunion hebdomadaire avant d'agir. Elles seraient toutes regroupées au rez-de-chaussée et n'auraient pas de mal à sortir du bâtiment.

Il n'était pas un mauvais gars, il ne voulait tuer personne. Si les garces perdaient leurs effets personnels – non qu'elles en aient beaucoup, de toute façon –, elles pourraient les remplacer. Nolan voulait juste l'immeuble, c'était l'argent qui le motivait. Et ainsi, il aurait les deux. Non seulement il aurait l'immeuble, mais en plus il économiserait des milliers de dollars.

Il aurait dû agir plus tôt.

Avec un sourire, il s'essuya à nouveau le front et baissa les yeux vers les objets à ses pieds. Une brique, deux bouteilles remplies d'essence avec un tissu qui dépassait du goulot où il était enfoncé. Il avait appris à confectionner ces cocktails Molotov tout simples sur Internet. Personne ne remonterait jusqu'à lui. Il s'était montré très prudent.

Un dernier regard par la fenêtre lui montra la cuisinière dodue, qui arrivait vers le refuge avec l'un de leurs fichus gardes du corps. Nolan plissa les paupières et retint son souffle en espérant que le type n'allait pas rester. Les femmes, ça avait tendance à paniquer face à un incendie, mais il avait le pressentiment que ce type-là, non. Il fallait donc qu'il s'en aille.

Chapitre Vingt-deux

Harlow s'arrêta sur le seuil du refuge et tourna la tête. L'après-midi était d'une chaleur agréable, tout était calme. Il y avait quelques personnes dans le salon de tatouage, mais qui ne semblaient pas prêter attention à ce qui se passait en dehors de la boutique.

— Je suis désolé de ne pas pouvoir rester, lui annonça Lowell. J'ai deux entretiens aujourd'hui, que j'avais oublié. Je dois embaucher un nouveau responsable pour le stand de tir. J'aurais bien demandé à l'un des autres gars de passer, mais ils sont tous occupés aussi, à suivre de nouvelles pistes.

— C'est bon, Lowell. Je pense qu'on devrait se débrouiller sans l'un de vous qui rôdez ici pour un après-midi. Surtout maintenant que tu t'es occupé de ces voyous.

— Je ne m'en suis occupé que d'un seul, précisa-t-il. Pas de tous. Et si on a le nom du type dont on pense qu'il les a embauchés, on n'en est pas certains tant qu'on ne l'a pas retrouvé.

— Vous le retrouverez, affirma-t-elle, balayant ses inquiétudes d'un revers de la main. Je suis impressionnée par ce que vous faites, vous parvenez à résoudre tous les cas sur lesquels vous enquêtez. Vous ne vous arrêtez pas tant que tout le monde n'est pas en sécurité. J'aime ça chez toi.

À la seconde où les mots franchirent sa bouche, elle fut prise de panique. Elle n'avait pas voulu dire qu'elle l'aimait, lui... Ou bien si ? Les gens disaient des trucs comme ça tout le temps, pas vrai ? Elle aimait Brad Pitt, mais ça ne signifiait pas qu'elle *l'aimait*...

Par chance, Lowell ne parut pas déstabilisé, ce qui était une bonne chose.

Ou pas.

— Je passerai après le dîner, reprit-il. Comme ça Loretta ne se sentira pas obligée de m'inviter.

Harlow allait protester, mais c'était elle qui s'était plainte du prix de la nourriture.

— D'accord. À plus tard, alors.

— Appelle si tu as besoin de quoi que ce soit.

— D'accord.

Alors il se pencha et l'embrassa. Un baiser profond qui fit battre le cœur de Harlow plus vite et elle remua entre ses bras, en quête de plus. Lentement, il s'écarta, porta une main à son visage et lui passa le doigt sur la joue.

— J'adore quand tu rougis, bébé.

Sur quoi, il l'embrassa de nouveau, un baiser chaste cette fois, qui parvint néanmoins à lui donner envie d'un autre.

— Fais attention à toi.

Avant qu'elle ait eu le temps de répondre – son cerveau était comme court-circuité par son baiser –, il retournait sur le trottoir vers sa voiture.

Elle se dépêcha d'entrer dans le refuge et reverrouilla la porte derrière elle. En se retournant, elle découvrit Julia et Melinda, plantées là, un sourire moqueur aux lèvres.

— Euh... coucou, bredouilla-t-elle.

— Salut.

— Yo. On dirait que quelqu'un a de la chance, railla Melinda.

— Oh, ça va, fit Harlow sans méchanceté, mais avec un petit sourire.

— Je suis contente pour toi, dit Julia. Il a l'air d'être un homme bien.

— Absolument, confirma Harlow. Et vous, comment ça va ?

Elles haussèrent les épaules.

— Pas mal, répondit Melinda. Stressées, mais Loretta dit qu'elle va faire son possible pour nous aider à trouver un endroit où vivre.

— Elle le fera, tenta de les rassurer Harlow. Je sais que c'est très dur pour elle.

Les deux femmes acquiescèrent.

— On apprécie tout ce qu'elle a fait pour nous jusqu'à présent, déclara Julia. Jasper avait vraiment du mal, mais depuis qu'on est ici, il a fait des progrès. Il n'est plus aussi cynique, ce qui commençait vraiment à m'inquiéter.

— C'est un brave petit. Milo aussi, ajouta Harlow, avant de regarder sa montre. Il faut que je me mette au dîner. La réunion avec l'investisseur est toujours prévue aujourd'hui ?

Melinda opina du chef.

— Oui. Elle est censée arriver d'ici une demi-heure.

Harlow savait que ça ne lui laissait pas beaucoup de temps pour les préparatifs du dîner. Elle avait pris l'habitude d'occuper les enfants pendant que leurs mères étaient en réunion. Aujourd'hui, ils allaient l'aider à cuisiner.

— Tout le monde est là, ce soir, pour le dîner ? demanda-t-elle. Vous savez ?

Melinda haussa les épaules et ce fut Julia qui répondit :

— Je pense que Sue et Kristen travaillent, et Lauren peut-être aussi, mais le reste, on est tous là.

— Bien, donc neuf adultes et cinq enfants, plus Edward s'il vient. Pas de problème.

Julia secoua la tête.

— J'ai déjà du mal à cuisiner pour deux. Je ne sais pas comment tu fais.

Une idée traversa l'esprit de Harlow.

— Je vous ai déjà montré deux ou trois trucs depuis que vous êtes ici, mais peut-être que je devrais commencer à entrer dans des cours plus approfondis. Ça vous dirait ?

Le visage de Julia s'éclaira.

— J'adorerais ! Du moment que ce que tu nous apprends est facile et rapide. Une fois que j'aurai mon appart à moi, je sais que je vais travailler beaucoup et je n'aurai pas trop de temps à passer en cuisine.

Les idées se bousculaient dans l'esprit de Harlow. Elle pourrait tout à fait lancer une sorte d'école de cuisine pour les femmes qui travaillent. Leur apprendre à cuisiner des repas sains, rapides et abordables. Après tout, ça n'était pas parce qu'on n'avait pas des tonnes d'argent ou de temps qu'on ne pouvait pas composer des repas nutritifs.

— Faites-moi confiance, répondit-elle.

Les deux femmes sourirent.

— Bon, cette fois il faut vraiment que je m'y mette, répéta-t-elle sur le ton de l'excuse. Quand les enfants seront rentrés, envoyez-les-moi. Je serai prête.

— Merci d'être aussi géniale avec eux, dit Melinda.

— Pas besoin de me remercier, répondit sincèrement Harlow. Je ferais n'importe quoi pour ces vermisseaux.

Sur ces mots, elle traversa le living vers la porte qui donnait sur la cuisine.

Tout en préparant l'espace pour l'arrivée des enfants et en établissant mentalement un planning de tout ce qui devait être préparé et quand, afin d'être prêt à servir à 18 heures, Harlow laissa son esprit vagabonder vers Lowell. Elle sortit son portable et lui envoya un rapide texto.

Harlow : Juste pour te dire à quel point la nuit dernière a compté pour moi. Merci d'avoir été toi et pas qui tu pensais que je voulais.

Osé, du genre que jamais elle n'aurait eu le courage de lui dire en face. La façon dont ils avaient fait l'amour avait été parfaite. Il l'avait prise fort et elle avait adoré chaque seconde.

Ce qui ne signifiait pas qu'elle voudrait être prise chaque fois de cette manière, mais quand, de toute évidence, il combattait ses démons internes, c'était bon de pouvoir l'aider.

Il lui répondit immédiatement.

Lowell : *C'était une nuit que je n'oublierai pas tant que je vivrai. Merci, bébé.*

Tout sourire, elle rangea son portable dans sa poche et se remit à sa tâche.

Le moment était venu.

Il ne faisait pas encore nuit, mais Nolan ne pouvait plus attendre. Il avait vu une Mercedes de luxe se garer sur le parking et une femme en tailleur bleu marine entrer dans l'immeuble. Il leur avait accordé dix minutes pour s'installer, sachant que tout le monde là-dedans était désormais assis dans la pièce principale du rez-de-chaussée. Il ne pouvait rien faire contre les fichues caméras accrochées au bâtiment, mais il s'était habillé pour l'occasion.

Enfonçant sa casquette de baseball un peu plus sur son front, il prit une profonde inspiration. Dès qu'il se fut faufilé hors du magasin de seconde main, il saisit la brique. Le sac qu'il portait à l'épaule était lourd et il entendait l'essence glouglouter à l'intérieur alors qu'il contournait à grands pas les bâtiments. Il s'arrêta au bout de la rue.

Le salon de tatouage était encore ouvert, mais, parce qu'il était presque l'heure du dîner, l'endroit était presque vide. Le magasin de seconde main était fermé et il ne voyait personne dans la rue. Retenant son souffle, il baissa la tête et se mit en marche rapide vers le refuge.

Il y avait une grande fenêtre à l'avant du bâtiment. Les rideaux en étaient généralement fermés, mais Nolan savait comment étaient disposées les pièces du refuge, pour en avoir vu des plans. En plus, les bâtiments qu'il possédait de part et d'autre de celui-ci étaient quasi identiques.

La brique fermement dans sa main, il lança le bras en arrière, sans s'arrêter, et jeta la brique contre le carreau.

À l'instant où le verre explosa, il entendit des hurlements surpris à l'intérieur de la pièce.

Nolan plongea la main dans son sac et en tira la première de ses bombes artisanales. Il alluma le tissu avec le briquet qu'il avait dans son autre main et l'envoya par la vitre cassée.

D'autres cris retentirent et il se hâta d'allumer le second cocktail Molotov.

— Eh ! entendit-il de l'autre côté de la rue.

Sachant que le temps pressait, il jeta la seconde bombe, plus fort, par la fenêtre.

Sur quoi, il fit volte-face et courut aussi vite que possible jusqu'au bout de la rue, suivant le trajet de fuite qu'il s'était prévu. Il avait caché une mobylette au niveau du prochain pâté d'immeubles, mais il devait l'atteindre avant qu'on puisse l'attraper. Or Nolan n'était pas dans la meilleure forme physique qui soit. Au fil des ans, il s'était débrouillé pour se laisser pousser un sacré bide à force de consommer des bières.

Soufflant et ahanant, il courut et courut, ne regardant derrière lui qu'une seule fois. Satisfait de voir les femmes sortir à la queue leu leu du bâtiment, hurlant de toutes leurs forces, il disparut à l'angle du dernier immeuble.

Si la peur contenue dans leurs cris était une indication, il aurait un contrat signé par Loretta d'ici demain en fin de journée.

Le bâtiment serait à lui.

Tout le pâté d'immeubles serait à lui.

Et il se ferait de l'argent à la pelle.

La fin justifiait les moyens.

Il se mit à sourire en courant.

Black quittait le stand de tir pour la journée... enfin. Il détestait les entretiens d'embauche. C'était nécessaire, il le savait bien, mais s'efforcer de deviner si quelqu'un était honnête et s'il s'entendrait bien avec le personnel déjà en place, c'était épuisant.

Son expérience en interrogatoire l'aidait, mais il ne pensait pas que les gens qu'il recevait en entretien appréciaient sa propension aux longs silences, sa capacité à mettre les gens mal à l'aise, au point qu'ils lui lâchaient des réponses franches au lieu de celles, toutes prêtes, qu'ils avaient mémorisées.

S'il entendait encore une fois quelqu'un lui affirmer que son plus gros défaut était d'être perfectionniste, il allait vomir. Une fois, une seule, il voulait entendre une réponse honnête, du genre « je n'aime pas les gens » ou « je suis incapable d'additionner deux et deux ». Aucune des deux réponses ne l'empêcherait d'embaucher la personne, il lui suffisait de s'assurer qu'on la place au poste qui corresponde à ses talents.

Son téléphone sonna et il vit que c'était Rex.

— Salut, lança-t-il en ayant décroché.

— J'ai discuté avec quelques-uns des concurrents de Nolan Woolf et pas un n'avait du bien à dire de ce type. Et je n'ai pas eu l'impression que c'était uniquement parce qu'ils sont dans le même domaine professionnel. Ils le détestent. Ils disent qu'il leur donne la chair de poule. Je ne le sens pas bien, Black, déclara l'officier traînant sans préambule.

— Oui, non, moi non plus. Et donc, où est-il ?

— Pour le moment, il est dans la nature. J'ai envoyé sa photo aux flics en leur expliquant un peu pourquoi ils devraient le rechercher. C'est la copie conforme de la description qu'en a donnée Brian, jusqu'au poireau qu'il a sur le côté du cou. Si j'étais lui, je me le serais fait retirer. Tu sais, à cause du cancer et tout ça.

Black ne rit même pas. Tout ce qu'il avait en tête, c'était que, pendant qu'il s'occupait de trivialités, il avait laissé Harlow vulnérable. Si Woolf était pressé d'acheter l'immeuble qui abritait le refuge, on ne savait pas de quoi il était capable pour l'obtenir.

— Merde. OK. Je suis en route pour le Premier Espoir, annonça Black à Rex. J'allais attendre après dîner, mais maintenant que j'ai entendu ça, je préfère y aller tout de suite.

— Je suis d'accord. J'appelle les autres pour leur annoncer

que Woolf est bien notre gars. J'ai aussi donné l'adresse de son domicile aux flics, mais je pense que nos gars ont peut-être plus de chance de le trouver.

Black se sentirait effectivement plus à l'aise de savoir Gray et les autres sur la piste de Woolf, en plus de la police. Plus vite ils le trouvaient, mieux ce serait.

— OK, je reste en contact.

— Pareil.

Sur ce, Rex raccrocha.

Black jeta son téléphone sur le siège passager et démarra la voiture. Il voulait appeler Harlow, entendre sa voix et se rassurer, savoir qu'elle allait bien, mais il préféra gagner du temps et la rejoindre aussi vite que possible.

En s'efforçant de ne pas trop se tracasser, il enfonça un peu plus que nécessaire la pédale d'accélérateur pour entamer son trajet jusqu'au refuge.

— Bien joué, Milo, le félicita Harlow.

Le petit de neuf ans venait de prendre soigneusement les spaghettis dans la casserole pour les vider dans l'égouttoir. Comme il n'était pas assez grand pour saisir une casserole d'eau bouillante, elle lui avait donné une cuillère à spaghettis.

— Et toi, Sammie, tu t'en sors merveilleusement avec le touillage, complimenta-t-elle la petite fille, qui leva vers elle un visage rayonnant.

Harlow se tourna alors vers une jeune pensionnaire de onze ans, qui étalait du beurre aillé sur le pain qu'elle venait de sortir du four.

— Lacie, comment ça avance, le pain ?

— Bien ! répondit l'interpellée avec enthousiasme.

— Et vous deux ? demanda Harlow à Jasper et Jody.

Ils étaient occupés à dresser la grande table de la cuisine. Jasper, qui était très impliqué auprès de Jody, se débrouillait très bien pour veiller à ce qu'elle ne fasse pas tomber la vaisselle.

— Ça va, répondit Jasper.

— Super ! lança Jody en même temps.

Harlow prit un instant pour savourer la scène. Ces gosses allaient vraiment lui manquer. Ils étaient un peu timides, certes, mais ils avaient beaucoup progressé depuis le peu de temps qu'elle les connaissait.

Quand elle entendit le premier bruit de casse, elle crut que Jody avait fini par lâcher une assiette et elle se tourna aussitôt pour vérifier que personne n'était blessé par les morceaux de céramique. Mais à sa grande surprise, elle découvrit les deux enfants tournés vers la porte qui ouvrait sur la salle de vie.

Ce fut seulement quand elle entendit des femmes se mettre à crier dans la pièce voisine qu'elle comprit que quelque chose s'était passé là-bas, elle ne savait pas quoi, et pas dans la cuisine. Elle se précipita vers Jody et les attira, Jasper et elle, derrière le plan de travail où elle se tenait auparavant.

— Pose la cuillère, Milo. Toi aussi, Lacie. Venez par ici, tout le monde.

Elle rassembla les enfants. Elle n'entendit pas d'autre crac, mais lorsque les femmes dans le salon se mirent à hurler, elle sut qu'il se passait quelque chose de gravissime.

En tâchant de ne pas paniquer, elle balaya rapidement la cuisine du regard. La dernière chose qu'elle voulait, c'était que les enfants se ruent dans l'autre pièce, où quelque chose causait la panique de leurs mères. Elle se hâta vers la fenêtre au-dessus de l'évier, la seule de la cuisine. Parce que le refuge était situé au milieu d'une rangée de bâtiments, il n'y avait des fenêtres qu'à l'avant et à l'arrière. La cuisine ne comportait pas de porte, à l'exception de celle qui ouvrait sur le living.

Par la fenêtre, donc, elle ne vit rien au début. Face à la rue, elle distinguait tout juste les lumières du salon de tatouage.

De nouveaux hurlements provenaient de la pièce voisine... et puis Harlow entendit quelqu'un crier quelque chose à propos d'un feu.

Elle n'avait plus de temps à perdre : elle écarta les rideaux et déverrouilla la fenêtre, poussa la guillotine vers le haut de toutes ses forces, mais impossible, la fenêtre ne bougeait pas. Sans doute avait-on peint par-dessus les huisseries et l'avait-on collée. Elle se tourna et balaya la cuisine des yeux en quête de quelque chose pour briser le carreau.

Les cinq enfants étaient recroquevillés les uns contre les autres, les yeux écarquillés, qui la dévisageaient tandis qu'elle faisait son possible pour rester calme. Posant le regard sur la petite poêle en fer forgé qu'elle utilisait pour faire frire des omelettes le matin, elle la saisit.

— Retournez-vous et couvrez-vous le visage, ordonna-t-elle aux enfants. Je dois utiliser ça pour casser la vitre et je ne veux pas que des morceaux de verre vous volent dessus.

Elle fut soulagée de voir Jasper prendre les autres en charge : il fit pivoter Milo et Sammie, qui continuaient de la dévisager au lieu de lui obéir. Elle recula et frappa le carreau de toutes ses forces.

La fenêtre craqua, mais, à cause du feuilletage renforcé, la poêle n'eut pas l'effet escompté. Harlow trébucha et lâcha l'objet dans l'évier. Sa paume la brûlait sous la force du choc, pourtant elle ne renonça pas. Elle reprit la poêle et visa la fissure qu'elle avait réussi à infliger au carreau.

Il lui fallut quelques essais supplémentaires, mais la vitre céda enfin. Utilisant son outil pour écarter autant de bris de verre que possible, elle se retourna ensuite vers les enfants.

— Viens, Lacie. Vas-y en premier.

Harlow pensait s'aider de Jasper de ce côté de la fenêtre et faire passer l'autre enfant le plus grand de l'autre côté, qui aiderait les plus petits.

La fumée commençait à s'insinuer sous la porte de la cuisine et tout le monde toussotait. S'efforçant de ne pas paniquer en constatant la vitesse de progression de l'incendie et que personne n'était venu les voir, elle tendit la main à Lacie.

— Viens, chérie. Sors par là.

— Tu vas venir toi aussi ? demanda Lacie, en se laissant soulever sur le plan de travail.

Debout dessus, elle se pencha et regarda par la fenêtre.

— On vient juste après toi. Je veux que tu attendes dehors et que tu aides les autres, d'accord ?

Repérant les femmes agglutinées sur le côté, elle les appela. Et alors qu'elles arrivaient en courant, elle se retourna vers Lacie.

— Regarde ! Ta maman est là pour t'aider. D'accord ?

— D'accord.

Sammie et Jody sanglotaient maintenant, mais Harlow les ignora. Elle grimpa sur l'évier à son tour, prenant Lacie dans ses bras. Elle l'enlaça par la taille et regarda par la fenêtre. Le trottoir n'était qu'à environ un mètre cinquante, mais à présent plusieurs femmes du refuge étaient là pour aider. Dieu merci.

— OK, tu vas y arriver, Lacie. Attrape leurs mains et elles t'aideront à descendre.

Lacie pleurait, mais elle hocha bravement la tête.

— Je sais que tu as peur, mais tu peux y arriver. Tu seras dehors et en sécurité d'ici une seconde. Prête ?

La petite hocha la tête à nouveau et Harlow décompta.

— OK. C'est parti.

En quelques secondes, la petite était enlacée par sa mère et emmenée loin de la fenêtre.

— Où est Jody ? demanda Bethany, hystérique.

— Milo ! hurla Melinda. Maman est là !

— Envoie-nous le reste des enfants ! cria Ann.

Harlow acquiesça et se retourna vers les autres enfants derrière elle.

Mais ils n'étaient plus là.

Son cœur se mit à battre follement. Où étaient-ils ? Bon Dieu, où étaient-ils partis ?

— Harlow !

Elle fit volte-face vers la voix et découvrit Sammie plantée au pied de l'escalier qui montait au deuxième étage. Il n'était pas très large et servait par le passé aux employés de l'hôtel pour atteindre les chambres de l'étage depuis la cuisine.

— Où est-ce qu'ils sont allés ? lança-t-elle en sautant de l'évier vers la petite fille.

Cette dernière désignait les marches.

— Jody a eu peur et elle a voulu son nounours. Jasper a couru après elle et Milo a dit qu'il y allait aussi. Ils m'ont dit de rester ici, mais j'ai peur !

Jurant à mi-voix et se morigénant de n'avoir pas surveillé les enfants plus attentivement, Harlow toussa. Un coup d'œil vers la porte lui fit découvrir non seulement des volutes de fumée noire qui roulait sous la porte, mais une lueur orange aussi. Des flammes.

Elle reporta son attention vers Sammie, pour la porter vers la fenêtre et la passer aux femmes qui attendaient... mais elle n'était plus là.

Elle avait dû filer à l'étage rejoindre les autres.

— Non, Sammie ! Reviens ! cria-t-elle.

Mais la fillette avait déjà disparu, trop effrayée et trop jeune pour comprendre qu'en dépit de la fumée qui emplissait la cuisine, il était moins dangereux de rester là que de monter.

Harlow n'avait même pas le temps de se réjouir qu'au moins quelques enfants soient en sécurité. Elle hurla en direction de la fenêtre :

— Appelez les secours ! Les enfants ont eu peur et sont montés à l'étage ! Je vais les chercher, je reviens.

Puis elle s'élança aussitôt dans l'escalier. Elle ignorait totalement si elle allait oui ou non revenir tout de suite, tant le feu semblait prêt à franchir les portes de la cuisine, mais elle ne pouvait pas se faufiler par la fenêtre et laisser les enfants se débrouiller tout seuls.

Sa respiration était lourde quand elle parvint au deuxième étage. Les chambres y étaient petites. Loretta n'avait pas pris la peine de les refaire, elle en avait pris une pour elle, une comme bureau, et elle avait converti les autres en chambres pour les femmes avec enfants.

— Jasper ! Milo ! Jody ! Où êtes-vous ? appela-t-elle en se ruant dans le couloir.

Comment savoir s'ils étaient retournés dans leur chambre chercher quelque chose, ou pour se cacher ? En tout cas, elle espérait pouvoir les trouver tous à temps.

Elle jeta un coup d'œil dans la cage d'escalier qui descendait dans la pièce principale, où les femmes étaient en pleine réunion avant l'incendie... et s'immobilisa, horrifiée par ce qu'elle vit.

Un mur de flammes. Le rez-de-chaussée dans son ensemble semblait avoir été avalé et la fumée déferlait vers les étages. On se serait cru dans un film d'horreur qu'elle avait vu une fois. Sauf que dans le film, c'était une brume glaciale capable d'avaler les gens tout cru, plutôt qu'une fumée extrêmement chaude qui menaçait de les étouffer.

— Harlow !

Dans un sursaut, elle se tourna vers Jasper, planté là avec Jody dans ses bras, Sammie contre un flanc et Milo contre l'autre. Les deux fillettes s'accrochaient à son tee-shirt en pleurant, tout comme Jasper pleurait.

Un coup d'œil autour d'elle amena Harlow à prendre une décision en une fraction de seconde. Elle ne pouvait pas descendre par l'escalier principal. Pas avec la façon dont le feu dévorait tout sur son passage. Elle courut vers les enfants et les poussa vers l'escalier de la cuisine, avec l'intention de se précipiter en bas, vers la fenêtre ouverte, où les autres femmes les attendaient. Mais à la seconde où elle découvrit cet escalier-là, elle sut qu'il était trop tard. Une fumée noire tourbillonnait dans la cage d'escalier, en provenance de la cuisine et la chaleur qui montait d'en bas était très intense.

Ravalant un cri, elle comprit que leur seule solution était de se barricader à l'intérieur de l'une des chambres et d'essayer d'attirer l'attention de quelqu'un au rez-de-chaussée, histoire que les pompiers sachent où ils se trouvaient.

— Suivez-moi, commanda-t-elle, avant de se diriger vers le bureau de Loretta.

Ça n'était pas l'idéal, car la pièce se trouvait à l'arrière du bâtiment, face à l'allée, mais Harlow craignait de se rendre dans les pièces situées au-dessus du salon. Elle ne savait pas exactement comment fonctionnait le feu, mais elle se figurait que ces pièces-là seraient envahies par la fumée et les flammes plus vite que celles de l'autre côté.

Elle claqua la porte, sitôt tout le monde à l'intérieur.

— Aidez-moi à trouver des choses pour boucher les trous dans la porte.

Immédiatement, Jasper attrapa des coussins sur le siège contre la fenêtre et les lui apporta. Harlow en coinça autant qu'elle pouvait sous la porte, espérant que cela arrêterait la fumée avec plus d'efficacité que si elle les déchirait et n'utilisait que leurs housses. Les coussins bloquaient effectivement la majorité de la fumée, mais elle en voyait qui continuait de pénétrer par les fentes autour de la porte.

Pivotant sur elle-même, elle courut à la fenêtre et la déverrouilla. En priant plus fort que jamais de toute sa vie, elle poussa sur le pêne de toutes ses forces. Dieu merci, la guillotine bougea. Elle la remonta aussi haut que possible et se pencha au-dehors.

Personne en vue dans l'allée. Prête à pleurer, elle tâcha d'estimer la distance qui la séparait du sol.

Trop haut.

Ils étaient au deuxième étage et il n'y avait absolument rien en bas pour amortir leur chute. Ils ne pouvaient pas sauter. Impossible.

En toussant, elle prit une longue inspiration d'air frais, puis se retourna et descendit de son perchoir.

— Venez, dit-elle en agitant les doigts en direction des enfants.

Ils s'approchèrent, groupés, et elle les aida à s'asseoir aussi près que possible de la fenêtre.

— L'air est meilleur ici, leur expliqua-t-elle, tout en sachant que maintenir une fenêtre ouverte risquait d'attirer plus de fumée dans la pièce et de rendre l'air plus difficile à respirer.

— Milo et Jasper, tenez bien Sammie et Jody. Faites attention à ce qu'ils ne se penchent pas trop.

— Qu'est-ce qu'on va faire ? demanda Jasper. Comment on va sortir de là ?

Harlow n'avait pas de réponse à lui donner. Alors elle tenta de lui adresser un sourire rassurant.

— Les pompiers vont venir nous chercher. Ne t'inquiète pas.

Hélas, elle ne croyait pas en ses propres paroles. Elle avait vu la vitesse à laquelle l'incendie se propageait. Ce qui l'avait déclenché avait dû être rapide et violent ce qui n'avait pas laissé le temps aux femmes de les avertir ou de venir aider les enfants à la cuisine.

Soudain, elle se rappela qu'elle avait remis son téléphone dans sa poche après avoir envoyé son texto à Lowell.

Dans un sanglot soulagé, elle le sortit et cliqua sur son nom dans une quinte de toux. Les autres avaient sûrement contacté les secours maintenant. Lowell viendrait à sa rescousse. Ça, elle n'en avait pas le moindre doute.

Le seul problème, c'était de savoir s'il arriverait à temps.

23

———

Chapitre Vingt-trois

Black conduisait plus vite que d'habitude, les mots de Rex résonnant dans sa tête.

— Elle va bien, murmura-t-il en grillant un « stop ».

Son téléphone sonna sur le siège à côté de lui. Normalement, il l'aurait ignoré parce qu'il conduisait, mais il s'en saisit sans hésiter. Il vit que c'était Harlow et poussa un soupir de soulagement.

— Salut, bébé, dit-il.

— Lowell !

Chaque muscle de son corps se raidit au son de sa voix. Quelque chose n'allait pas. *Vraiment* pas.

— Je suis là.

— J'ai besoin de toi !

— Je suis en chemin. Probablement à environ cinq minutes. Qu'est-ce qui se passe ?

— Je ne sais pas. Mais il y a le feu.

Le cœur de Black cessa de battre.

— Tu es dehors ?

— Non, répondit-elle, d'une voix où il perçut la panique.

Nous n'avons pas pu sortir à temps. J'étais dans la cuisine avec les enfants et un incendie s'est déclaré juste devant la porte. J'ai sorti Lacie par la fenêtre, mais Jody a filé dans l'escalier et Jasper lui a couru après. Je ne pouvais pas les laisser !

— Doucement, bébé. Où êtes-vous et qui est avec vous ?

Il l'entendit prendre une grande inspiration, puis elle se mit immédiatement à tousser.

Black enfonça plus fort la pédale d'accélérateur.

— Je suis en haut dans le bureau de Loretta. Jasper, Sammie, Milo et Jody sont avec moi. J'ai coincé des choses sous la porte pour essayer de garder la fumée à l'extérieur, mais elle passe par le cadre de la porte.

— Tu as bien fait, Harl.

— On ne peut pas sauter, c'est trop haut, dit-elle.

Le sang de Black se figea dans ses veines à l'idée que l'un d'eux essaie de sauter de l'immeuble de trois étages.

— Non, vous ne pouvez pas. Accroche-toi, bébé. Tu as appelé le 911 ?

— Non, je t'ai appelé, toi.

Ses paroles lui serrèrent la gorge.

— Est-ce que les femmes sont sorties ? demanda-t-il.

— Je pense que oui. Je n'ai pas pris le temps de les compter, mais j'en ai vu beaucoup à l'avant quand je leur ai fait passer Lacie par la fenêtre.

— D'accord, je suis sûr qu'elles vont bien. Elles ont probablement déjà appelé les pompiers. Reste calme, Harley.

— D'accord. Lowell ?

— Oui ?

— Je veux juste te dire que le dernier mois a été le plus heureux de ma vie. Même si je ne savais pas qu'on sortait ensemble, j'ai adoré chaque seconde passée avec toi.

— Ne fais pas ça, ordonna Black durement. Ne me dis pas au revoir. Je refuse de l'entendre. Je ne me suis pas donné la peine de nous organiser des rendez-vous extraordinaires pour que tu renonces maintenant.

Il l'entendit rire, comme il l'espérait.

— Je n'abandonne pas, souffla-t-elle.

— Bon. Parce que je viens à ta rescousse, lui dit-il. Je vais déplacer ciel et terre pour vous sortir de là, les enfants et toi. Tu m'entends ?

— Oui, Lowell, je t'entends.

— Bien. Je viens te chercher, Harlow. Je serai toujours là pour toi.

— D'accord. Je... je dois raccrocher.

Il entendit sa voix se briser.

— D'accord. Sois courageuse, bébé.

La ligne se coupa.

— Putain ! jura Black.

Et il enfonça la pédale d'accélérateur, pied au plancher. Il roulait à 90 km/h dans une zone limitée à 50, mais il s'en fichait. Chaque seconde comptait. Le bâtiment était vieux. Il ne devait pas être pourvu d'un système de gicleurs ou, si c'était le cas, le dispositif était probablement trop vieux et ne fonctionnait pas.

La pensée que Harlow, ou n'importe lequel des enfants puisse mourir de suffocation en attendant les secours lui donnait la chair de poule.

Ça n'arriverait pas sous sa surveillance.

Black ne prit pas le temps d'appeler le reste de l'équipe ou Rex. Il utilisait toute sa concentration pour rejoindre Harlow. S'il avait un accident, elle mourrait, c'était presque sûr. D'une certaine façon, il savait qu'il était son seul espoir.

Trois minutes et demie plus tard, il appuya sur le frein alors qu'il était à un pâté de maisons. La circulation était bloquée, personne ne bougeait. Passant au point mort, il coupa le moteur et sauta dehors sans se soucier qu'on puisse lui voler son véhicule. Ses yeux étaient rivés à la fumée noire qui s'élevait en face de lui.

Il sprinta vers les bâtiments, mais s'immobilisa en voyant Loretta et les autres femmes qui vivaient dans le refuge. Lacie était dans les bras de sa mère et tout le monde était groupé à fixer l'immeuble avec horreur. Ils pleuraient tous et les mères des enfants restés avec Harlow étaient hystériques.

— Black ! lança Loretta dans un sanglot quand elle le vit.

— Ça va ? demanda-t-il.

— Nous, oui, mais Harlow et les autres enfants sont toujours à l'intérieur ! Elle nous a dit d'appeler les secours et qu'elle prenait l'escalier de la cuisine, car les enfants avaient paniqué et couru jusqu'à leurs chambres.

— Je sais. Elle m'a appelé. Hormis eux, tout le monde est sorti ?

Loretta hocha la tête.

— Oui. Quelqu'un a jeté une brique par la fenêtre de devant et, avant que nous ayons le temps de réagir, une bombe ou quelque chose a suivi. Le projectile a roulé devant la porte de la cuisine et mis le feu au tapis. Il s'est enflammé d'un coup. Il n'y avait rien que nous puissions faire ! Puis une deuxième bombe a volé et nous avons dû sortir.

— Vous avez fait ce qu'il fallait, la rassura Black en évaluant mentalement l'immeuble aux bruits qu'il émettait.

Ses yeux passèrent de la fumée noire qui s'échappait par les crevasses de l'immeuble aux flammes qu'il voyait provenant de quelques fenêtres du deuxième étage. Il savait que Harlow et les enfants n'avaient pas beaucoup de temps devant eux.

— Dès que les pompiers arrivent, envoyez-les derrière, ordonna-t-il.

Puis il se précipita avant qu'elle ne puisse demander plus d'informations.

Il contourna le pâté d'immeubles au pas de charge, se heurtant presque aux badauds venus regarder le feu. Il traversa le parking et jura quand il faillit percuter un gros camion de livraison blanc garé au coin de la rue. Il recouvra son équilibre avant de s'étaler au sol et ignora l'avertissement du conducteur qui lui criait de faire attention.

Il courait, les yeux toujours braqués vers le haut. Il savait exactement dans quelle chambre Harlow et les enfants se trouvaient. Quatre petites têtes sortaient par la fenêtre à l'extrémité du bâtiment, dans la pièce la plus éloignée du feu.

Remerciant sa bonne étoile que Harlow ait été assez intelligente pour choisir cette pièce comme refuge, il s'arrêta directement sous la fenêtre.

— Harlow !

— Lowell !

Il leva les bras.

— Tu dois les aider à sortir. Un par un. Je vais les attraper !

Harlow regarda Lowell, horrifiée. Qu'ils sautent ? Ils ne pouvaient pas sauter ! C'était trop haut.

— C'est trop haut !

Le feu était devenu extrêmement bruyant. Elle n'avait pas imaginé qu'il ferait autant de bruit.

— Il le faut ! Arrête de discuter et fais-le !

Elle toussait presque sans arrêt maintenant, tout comme les enfants. Leurs yeux étaient injectés de sang et ils étaient absolument terrifiés. Elle aussi. Mais c'était elle, l'adulte. Elle devait se montrer forte.

— OK, les enfants, voici ce que nous allons devoir faire. : Lowell est là. Il va vous attraper.

Les yeux de Jasper s'écarquillèrent, et il ouvrit la bouche pour protester, toutefois Harlow secoua la tête pour l'en dissuader.

— C'est haut, mais vous pouvez y arriver. Regardez, je vais vous tenir les mains et me pencher par la fenêtre autant que je peux. Je mesure à peu près un mètre quatre-vingt. Et vous, quoi, un mètre, un mètre quarante, voire plus ? Et Lowell fait ma taille. Quand vous additionnez tout cela ensemble, ce sera presque comme si vous sautiez par la fenêtre de la cuisine comme Lacie l'a fait.

Les enfants n'avaient pas l'air convaincus, mais malheureusement, Harlow n'avait pas le temps de les convaincre par la douceur.

— Jody, tu y vas la première, ordonna-t-elle.

La petite fille avait beau être absolument terrifiée, elle s'abstint de rechigner quand Harlow l'attrapa.

— Reculez, les chéris, ordonna-t-elle aux autres, et ils lui firent immédiatement de la place à la fenêtre. Jasper, tiens-moi les jambes, commanda-t-elle.

L'adolescent s'agenouilla aussitôt sur le siège de la fenêtre. Harlow hocha la tête pour lui marquer son approbation. Puis elle prit le visage de Jody entre ses mains.

— Ferme les yeux, ma puce. Avant que tu saches ce qui t'arrive, tu seras au sol et avec ta maman, d'accord ?

— D'accord, répondit la fillette, et Harlow faillit craquer face à la confiance complète qu'elle voyait dans ses yeux.

Prenant une profonde respiration en essayant de ne pas tousser, elle fit pivoter Jody jusqu'à ce que celle-ci soit assise sur le rebord, tournée vers l'extérieur. Elle lui prit les poignets dans ses mains et, lentement, la fit descendre le long du bâtiment.

Harlow se pencha aussi loin qu'elle le pouvait sans tomber elle-même. Elle sentait le poids de Jasper sur ses jambes et savait que s'il n'avait pas été là, elle aurait dégringolé.

— C'est bon ! cria Lowell d'en bas. (Bien trop loin en bas). Je la tiens. Fais-moi confiance.

Ce qu'elle fit. Harlow se rendit compte qu'elle était prête à lui confier sa vie. Et celle de l'enfant dans ses bras.

Saisissant le regard de Lowell, elle hocha la tête et, sans prévenir la petite fille, elle lui lâcha les poignets.

Elle garda les yeux fermés pour ne pas voir ce qui se passait ensuite, mais elle ne le fit pas. Jody tomba comme une poupée de chiffon et, comme le super-héros des films à grand succès, Lowell l'attrapa en vol. Il tomba en arrière sur les fesses, mais sans lâcher Jody, qu'il serrait contre son torse, en sécurité. En quelques secondes, il était debout. Il reposa Jody et lui a dit quelque chose tout en désignant le parking au bout de l'allée. Elle partit en courant.

— Suivant ! exigea-t-il.

Pleurant sans arrêt maintenant, Harlow retourna à l'intérieur de la chambre. Elle se tourna vers Sammie.

— À ton tour.

Sammie secoua la tête frénétiquement.

— Non ! Je ne veux pas !

— Tu n'as pas le choix, répliqua Harlow en essayant de garder une voix calme.

— Non !

Harlow était prête à l'attraper malgré tout, mais Milo l'interrompit.

— Tu peux le faire, Sammie. Je crois en toi.

Et sans qu'il soit nécessaire d'argumenter davantage, Sammie renifla et se tourna vers Harlow.

Plus reconnaissante qu'elle ne l'avait jamais été de sa vie, Harlow assit la petite sur le bord de la fenêtre comme elle l'avait fait avec Jody. Elle n'était pas beaucoup plus lourde que la fillette de cinq ans, mais elle était plus grande. Harlow la saisit par les poignets et la baissa lentement par la fenêtre.

— Prête ?

Sammie se mordit la lèvre et secoua la tête.

— Non ! J'ai changé d'avis. Je ne veux pas...

Sans la laisser finir sa phrase, Harlow lâcha prise.

Folle de tristesse. Tout en elle rechignait à laisser tomber un enfant d'un immeuble de trois étages, mais l'alternative étant la mort, elle n'avait pas d'autre solution.

Sammie cria tout le long de sa chute, qui ne dura que deux secondes environ, avant d'atterrir dans les bras de Lowell. Une fois de plus, il trébucha et tomba, mais se releva tout de suite d'un bond et bientôt, Sammie courait dans l'allée tout comme Jody avant elle.

— C'est mon tour maintenant, non ? demanda Milo.

Harlow se redressa dans l'encadrement de la fenêtre et hocha la tête. Mais déjà, elle avait des doutes. Elle avait vu à quel point l'impact était puissant sur Lowell quand il avait attrapé les deux autres. Or elles étaient plus petites et plus légères que Milo. Elle avait un mauvais pressentiment : jamais il ne pourrait les rattraper, Jasper ou elle, sans se blesser.

Regardant par la fenêtre, d'abord dans un sens, puis dans l'autre, elle écouta. Mais elle n'entendait que les crépitements et les craquements de l'incendie.

Elle ignorait si les pompiers étaient en route, ou même déjà là, à l'avant du bâtiment, en train de pulvériser de l'eau sur le feu.

— D'accord, Milo. À toi.

Sans un mot, l'enfant de neuf ans monta sur le rebord de la fenêtre. Il toussait et des larmes coulaient sur son visage, mais il n'hésita pas. Il leva les bras. Harlow s'empara de ses poignets et se pencha doucement par la fenêtre une fois de plus. Elle ne pouvait pas se pencher aussi loin, cette fois, parce que Milo était plus lourd que les filles. Elle sentait son centre de gravité basculer dangereusement.

— Je suis prêt ! cria Milo, et Harlow lâcha.

Elle le regarda tomber, mais cette fois elle haletait quand Lowell finit au sol avec Milo dans les bras. Il lui fallut plusieurs secondes avant de se relever, mais, finalement, Milo descendit de lui et se dirigea vers le bout de l'allée.

À la seconde où Lowell releva les yeux vers elle, Harlow sut qu'il ne serait pas en mesure de les aider, Jasper et elle.

C'était exactement comme elle le pensait. Ils étaient trop lourds et la fenêtre trop élevée. S'il essayait de les attraper, il serait gravement blessé.

Elle essuya son nez qui coulait et toussa. Se détournant de Lowell, elle tendit un bras vers Jasper.

— Approche-toi de la fenêtre, lui dit-elle.

L'adolescent obéit et ils s'accrochèrent au bord de la fenêtre, aussi loin qu'ils le pouvaient. La fumée noire avait empli le bureau désormais et se précipitait vers la fenêtre comme si elle cherchait à gagner l'air frais.

Quelque chose qu'elle avait vu à la télé quelque temps plus tôt traversa l'esprit de Harlow. Elle regardait un documentaire sur la tragédie du 11 septembre à New York et avait vu avec horreur des images de personnes sautant des étages supérieurs des tours du World Trade Center.

Elle n'avait pas compris pourquoi, à l'époque. Pas compris comment quelqu'un pouvait sauter de si haut, sachant qu'il mourrait quand il atterrirait.

Maintenant, elle comprenait.

La chaleur venant de la pièce derrière elle était presque insupportable. Elle se penchait aussi loin par la fenêtre qu'elle le pouvait, pourtant elle n'arrivait pas à aspirer assez d'air dans ses poumons. Son cerveau lui disait de se pencher plus loin, d'aller vers l'air pur. L'idée d'étouffer était terrifiante, tout comme celle de brûler vive. Elle songea soudain que si elle avait la certitude de mourir rapidement en sautant par la fenêtre, elle le ferait. Mais la fenêtre n'était pas assez haute. Si elle sautait, elle ne serait que blessée. Gravement. Cependant, elle pourrait ne pas mourir. Elle resterait peut-être paralysée, ce qui causerait plus de douleur pour elle-même et sa famille.

En revanche, si elle était au centième étage en ce moment ? Sauter lui apparaissait absolument comme la meilleure façon de mourir.

Les larmes coulaient sur le visage de Jasper et de Harlow, et elle sut qu'il fallait y aller. Elle essaya de se consoler en se rappelant qu'au moins, elle avait sorti quatre des cinq enfants.

Elle regarda Lowell.

Il la fixait des yeux, comme s'il pouvait utiliser sa force mentale pour la soulever par la fenêtre et la mettre en sécurité. Elle toussait sans arrêt maintenant. Portant la main à sa bouche, elle lui souffla un baiser.

Au lieu de lui rendre la pareille, Lowell partit en courant dans la ruelle, dans la direction où il avait envoyé les enfants. Il claudiquait pas mal et Harlow détestait qu'il se soit blessé, même un tout petit peu, en attrapant les autres.

— Il part ? souffla Jasper dans un sanglot.

— Non.

— Si, insista l'adolescent. Il nous abandonne ici, on va mourir !

— Il ne peut pas nous rattraper, expliqua Harlow. Nous sommes trop grands. Nous pourrions le tuer en sautant.

Les yeux de Jasper étaient énormes au milieu de son visage strié de suie.

— Je pensais qu'il était différent. Mais il est comme mon père ! Personne n'est fiable. Personne ! Pas même Loretta. Elle nous fiche dehors, elle aussi !

Harlow ne savait pas comment Jasper avait découvert la fermeture du refuge, mais elle devait tenter de limiter la casse. Même s'ils n'avaient plus que quelques minutes à vivre, elle ne voulait pas que ce garçon, qui avait déjà traversé beaucoup trop d'épreuves dans sa jeune vie, aille penser que tant de gens n'étaient pas fiables.

— Lowell ne nous abandonne pas, répliqua-t-elle sévèrement. Regarde-moi, Jasper.

Il obtempéra et elle vit que sa colère s'était muée en douleur. Encore plus de larmes coulaient sur ses joues, et pas à cause de la fumée, cette fois.

— Il ne part pas. Il ne m'abandonnerait jamais.

— Tu n'en sais rien.

— Si, je le sais. Je crois en lui. Il va faire tout ce qui est en son pouvoir pour nous sortir d'ici. Jusqu'à mourir, s'il le faut. Tu me crois ?

Sa voix était rauque à cause de la fumée, mais elle devait se faire comprendre de Jasper. Cela prit quelques secondes, mais finalement, il hocha la tête.

— Je l'aime, ajouta-t-elle. Mais plus important encore, je lui *fais confiance*. Je lui confierais ma vie. Et la tienne.

— D'accord, croassa Jasper.

— Et s'il y avait un moyen pour Loretta de garder le refuge en fonctionnement, elle le ferait. Mais ce genre de choses coûte cher. Ça n'a rien à voir avec toi. Je déteste te dire cela, mais tout ne tourne pas autour de toi, Jasper.

Elle sourit pour adoucir la réprimande. Il baissa les yeux une seconde, comme embarrassé, mais rebondit rapidement.

— Ah non ? Eh bien, c'est une erreur.

Harlow sourit et toussa. Puis quelque chose attira son attention et elle leva les yeux au-dessus de l'adolescent, vers le bout de la ruelle.

Et poussa un soupir de soulagement.

Black savait qu'il s'était bousillé le genou. Il avait senti quelque chose claquer quand il avait rattrapé Milo, mais peu lui importait la douleur. Dès qu'il était tombé, la dernière fois, il avait su qu'il ne serait pas capable de récupérer Jasper ou Harlow. Il devait trouver une autre solution, et vite. Il leva les yeux et les vit tous les deux penchés dangereusement bas par la fenêtre. Un voile de fumée noire se déployait derrière eux.

Il regarda Harlow lui souffler un baiser et ce geste fut comme un déclic.

Non.

Il n'allait pas regarder la femme qu'il aimait brûler ou s'étouffer. Pas question, putain.

Quelque chose se déclencha dans son cerveau et il fit volte-face pour retourner dans l'allée d'où il venait. Boitillant, il se força à endurer la douleur et à continuer. Ayant contourné le bâtiment, il se dirigea vers le camion de livraison blanc qui était, Dieu merci, toujours garé là. Il ouvrit brutalement la porte côté passager et sauta dedans.

— Roulez ! aboya-t-il en désignant l'allée.

— Mec ! Vous ne pouvez pas monter dans mon camion comme ça.

— Je viens de le faire. Maintenant, roulez, putain.

L'homme leva les mains du volant comme en geste de reddition.

— Je ne veux pas d'ennuis.

Sachant que la vie de Harlow et Jasper était en jeu, Black plaida :

— Ma femme a besoin d'aide. Elle est dans ce bâtiment en

feu. C'est pourquoi j'ai besoin que vous déplaciez ce camion ! Pour l'amour de Dieu, s'il vous plaît ! Je vous en supplie.

L'homme au volant, assez âgé, dut voir quelque chose dans ses yeux, parce qu'il hocha la tête et tourna la clé dans le démarreur. Il suivit les instructions de Black qui lui expliquait son idée. Montant sur le trottoir du parking, il s'engagea dans l'allée aussi vite qu'il l'osait.

Black leva les yeux et fut soulagé de voir Harlow et Jasper encore suspendus par la fenêtre.

— Là-bas ! dit-il en pointant le doigt vers eux. Approchez-vous le plus possible.

— Le bâtiment est en feu, constata bêtement le conducteur.

— Je sais bien, dit Black avec impatience. Dès que vous entendrez le deuxième bruit sourd, vous démarrez en trombe. Pigé ?

— Oh oui, mec. Ça, je vais pas me gêner.

Black attendit que le camion s'arrête directement sous la fenêtre. Puis il sauta rapidement par la portière latérale et monta sur le toit de la fourgonnette. La hauteur du véhicule le mettait à moins d'un étage et demi de la fenêtre, plutôt que les trois étages qu'il comportait.

Il se mit debout, leva les yeux vers Harlow et tendit les bras une fois de plus.

— Allez, bébé, murmura-t-il en sachant qu'elle ne pouvait pas l'entendre. Saute.

À la seconde où Harlow vit le camion descendre l'allée, elle sut ce que Lowell avait en tête. Le gros camion de livraison blanc leur donnerait quelque chose sur quoi sauter. Ils pouvaient y arriver. Ils étaient sauvés.

— Tu vois ? s'étrangla-t-elle à moitié. Je t'avais dit qu'il reviendrait.

Jasper n'arrivait plus à parler. Il toussait si fort qu'il en avait des haut-le-cœur et Harlow s'inquiétait de plus en plus.

Elle vit Lowell sortir par la fenêtre côté passager et monter sur le toit du camion. Il leva les bras et elle vit sa bouche remuer.

Sachant qu'ils n'avaient plus le temps de pinailler, elle s'approcha de Jasper et s'empara de son bras. Elle lui désigna Lowell et le camion. Jasper hocha la tête. Elle recula, sentant la chaleur du feu derrière ses jambes, et s'agenouilla une fois de plus sur le siège sous la fenêtre. Elle ne pouvait pas se pencher comme elle l'avait fait avec les autres enfants, mais elle prit les poignets de Jasper dans ses mains et l'aida à glisser sur le rebord de la fenêtre. Elle regarda Lowell, le vit hocher la tête, puis elle lâcha prise.

Jasper tomba pile dans les bras de Lowell. Une fois de plus, il tomba à la renverse, mais sans que cela ait l'air aussi douloureux que lorsqu'il était tombé avec Milo.

Sans hésiter, Harlow jeta une jambe par-dessus le rebord et y resta en équilibre un instant. Elle jeta un dernier regard vers la porte. Le battant avait disparu. Les flammes l'avalaient et rampaient à travers le plafond, venant droit sur elle. La chaleur était intense et elle savait que si elle n'y allait pas maintenant, elle n'en aurait plus jamais l'occasion.

S'abaissant sur le bord, elle essaya de tenir pour pouvoir effectuer une chute contrôlée, mais ses mains refusèrent de coopérer. À la seconde où elle balança sa deuxième jambe par-dessus le bord de la fenêtre et commença à s'abaisser, la force dans ses bras lui manqua et elle tomba.

Elle sentit les mains de Lowell la saisir par la taille, fort, douloureusement, puis elle se retrouva sur le dos, où elle avala l'air frais à grosses goulées, sans toutefois parvenir à en emplir ses poumons. Elle sentit Lowell s'extirper de sous son corps, pourtant elle ne parvint pas à ouvrir les yeux assez longtemps pour le voir. Elle pouvait encore moins parler. Lui demander s'il allait bien.

Le camion commença à rouler sous eux. Il était temps : elle réussit à ouvrir les yeux assez longtemps pour voir une pluie d'étincelles et de débris tomber du haut de l'immeuble où elle se trouvait l'instant d'avant. Et le bâtiment s'effondra.

Refermant les yeux pour se concentrer sur la sensation de la main de Lowell sur son front, Harlow décida de ne plus penser qu'à l'oxygène entrant dans ses poumons. À la nécessité de détendre tous les muscles de son corps.

Elle n'avait plus besoin d'être forte. Lowell était là. Il s'occuperait d'elle. Il s'assurerait qu'elle soit en sécurité.

Chapitre Vingt-quatre

— Je suis désolé de ne pas pouvoir venir me moquer de toi pour avoir été blessé, dit Lance à Black au téléphone quelques jours après l'incendie.

Il venait de recevoir la visite de ses parents et Harlow avait été ramenée dans sa chambre par ses propres parents. Il n'avait pas eu un moment seul depuis l'incendie, sauf la nuit quand il dormait.

— C'est bon, dit Black à son petit frère. Et toi, ça va ?

— Oui. Je pars au Pérou pour un tournage demain matin.

— Cool.

Et il le pensait. Lance était un très bon photographe qui voyageait à travers le monde. Il s'était fait une spécialité d'aller dans les entrailles d'une ville et de prendre des photos de la vie quotidienne des gens. Depuis les sans-abri qui vivaient dans les égouts sous Las Vegas à la vie en Sibérie au milieu de l'hiver, en passant par les plaines africaines ou les bidonvilles de Mexico, il avait vu et vécu au cœur de la vie de ces gens. Mettre en lumière le sort des moins fortunés était devenu sa mission dans la vie.

— Quand est-ce que tu reviens ?

— Je ne sais pas trop. En fait, j'accompagne une équipe de tournage, là. Ils font un reportage sur la prostitution et la façon dont les femmes sont exploitées dans les pays et les villes des pays en développement.

— Tu seras prudent, hein ? Crois-moi quand je dis que les proxénètes ne le prennent pas bien de se voir pris en photo ou d'avoir leurs petites affaires mises en lumière.

— Bien sûr. Mais ce n'est pas comme si je serais seul. On a tout un tas de cameramen, une grosse équipe.

Black n'était pas ravi, mais il avait appris à se taire. Lance était adulte et ce n'était pas comme s'il pouvait vraiment parler, lui, compte tenu de ce qu'il avait fait pour les Mercenaires Rebelles.

— Quand tu rentreras, je veux que tu viennes me voir. Je veux te présenter Harlow.

Lance hésita un instant avant de demander :

— Tu l'aimes vraiment, hein ?

— Oui. Je vais l'épouser un jour.

— Sans déconner ?

— Sans déconner.

— Elle a déjà rencontré maman et papa ?

— Oui, même si elle a été un peu prise récemment. Mais ils vont rester dans les parages.

— Elle va bien ? demanda Lance, dont la préoccupation était perceptible dans sa voix.

— Oui. Elle a inhalé beaucoup de fumée, mais elle a eu de la chance de ne pas s'être brûlé les poumons ou la gorge. Elle est sous oxygène et bronchodilatateurs, toutefois les médecins disent qu'elle pourra s'en passer bientôt. Elle tousse encore beaucoup, cela dit, nous sommes tous les deux très reconnaissants qu'elle soit en vie.

— Dieu merci.

— Oui.

— Eh, Lowell ?

— Oui, frangin ?

— Je suis fier de toi.

La gorge de Black se serra. Enfin, il bredouilla :

— Merci.

— Mais ne va pas t'imaginer que t'être blessé fera de toi le fils préféré de maman et papa. Ce sera toujours moi. Il faut que tu t'y fasses.

Black éclata de rire. Lance avait le chic pour vous balancer une connerie et casser aussitôt l'émotion avec une pique.

— Ouais, ouais, c'est ça, sale gosse. Prends soin de toi, d'accord ?

— Promis. Je t'appelle dès mon retour aux États-Unis.

— T'as intérêt.

— À plus.

— Salut, Lance.

Black raccrocha et ferma les yeux. Il avait eu beaucoup de chance. La chance de partir pour le refuge quand il l'avait fait. La chance que la camionnette blanche ait été garée au bout de l'allée. La chance que, vu que lui et l'équipe n'avaient pas découvert ce qui se passait avant que Woolf n'agisse, toutes les femmes et les enfants soient sortis vivants de l'immeuble.

Cette affaire lui avait enseigné une leçon précieuse : leur officier traitant avait beau être extrêmement intelligent, il n'en restait pas moins très humain. À l'avenir, ils ne pouvaient plus compter uniquement sur lui pour leur fournir les informations. Le travail d'équipe était essentiel dans leur domaine, et leur équipe comprenait Rex. Il n'était pas qu'une voix au téléphone. S'ils devaient réussir, ils avaient autant besoin de lui que lui avait besoin du reste de l'équipe.

Black ignorait si Arrow lui avait déjà parlé de sa femme disparue et de la proposition de l'équipe d'examiner son cas, mais le faire était une nécessité impérieuse. Rex ne pouvait pas continuer ainsi ni l'équipe en sachant que le chef ne leur faisait pas assez confiance pour leur confier l'affaire la plus importante de sa vie.

En remuant sur le lit, Lowell grimaça quand il déplaça sa jambe dans le mauvais sens. Son genou lui faisait un mal de chien. Mais il guérirait. Tout comme Harlow. Ils passeraient à autre chose et il serait en mesure de lui organiser de nombreux autres rendez-vous à l'avenir. À l'heure actuelle, c'était tout ce qui comptait.

Il s'endormit en pensant à tout ce qu'il pourrait faire avec Harlow et aux joies qu'ils connaîtraient jusqu'à la fin de leur vie.

Deux semaines plus tard, Harlow s'assit à côté de Lowell au Pit et regarda leurs amis qui jouaient au billard. Elle appuya la tête sur son épaule et sentit sa main se resserrer sur sa cuisse, où elle était posée.

— Ça va ? demanda-t-il.

Harlow hocha la tête.

— C'est parfait.

— Tes parents sont bien repartis ? demanda Morgan, sur le côté de la table de billard, qui attendait son tour.

— Oui, répondit Harlow. Je les aime, mais il était temps. Ils me rendaient folle.

Ses parents s'étaient précipités à Colorado Springs quand ils avaient appris l'incendie, et ils étaient restés jusqu'à être convaincus qu'elle allait bien.

— Ils voulaient juste s'assurer que tu étais guérie à cent pour cent avant de partir, commenta Lowell.

Elle se redressa, face à lui.

— Je sais bien, mais honnêtement, je me suis remise très vite après l'incendie. C'est toi qui n'allais pas bien.

C'était vrai. En attrapant Milo, il s'était déchiré un tas de ligaments au niveau du genou, malgré quoi il avait encore couru, grimpé sur le toit du camion et, par la suite il les avait attrapés, elle et Jasper. Tout ça n'avait pas aidé sa blessure. Il avait été opéré et voyait un kinésithérapeute, mais il avait encore mal.

Jasper s'en était tiré à peu près aussi bien que Harlow, souffrant d'une grave intoxication à la fumée, mais elle était heureuse d'apprendre qu'il allait bien. Enfant, son corps s'était remis plus vite que le sien. Les autres enfants allaient bien également. La communauté s'était ralliée autour de tous les résidents et chacun avait trouvé un nouvel appartement où vivre. Certains étaient d'ailleurs dans la même propriété, de sorte qu'ils pouvaient continuer à se voir au quotidien.

— Je vais bien, répliqua Lowell.

Harlow leva les yeux au ciel. Un mec, avec des réactions typiques de mec. Il était assis là, le genou emprisonné dans une attelle et grimaçant dès qu'il faisait un faux mouvement, pourtant il tenait à affirmer qu'il allait bien. Bref.

— C'était agréable de rencontrer tes parents aussi, ajouta Allye. Je commençais à penser que tu sortais d'un œuf ou quelque chose comme ça.

— Fais attention à ce que tu dis, grogna Lowell en tendant le bras vers elle, mais elle éclata de rire et s'écarta, hors de sa portée.

— Alors, tous les parents se sont bien entendus ? demanda Gray, qui passa un bras autour des épaules d'Allye en l'attirant vers lui.

— Oui, dit Lowell à ses amis. Je pense que les parents de Harl projettent même une visite à Orlando dans un avenir proche.

— Waouh. C'est génial ! s'écria Chloé.

Harlow hocha la tête.

— Oui. Même si je ne suis pas surprise. Mes parents sont très faciles à vivre. Et ça a joué que les Lockard aient vécu à Topeka un moment. Ils ont même des connaissances en commun. Bon, vous êtes prêtes à suivre mon cours de cuisine d'entraînement, la semaine prochaine ?

Chloé, Allye et Morgan hochèrent la tête en même temps.

— J'ai hâte de recevoir un cours de cuisine du chef Reese, fit Chloé avec un sourire.

Harlow leva les yeux au ciel.

— Je veux juste m'assurer que je ne fais rien de trop compliqué pour mon premier vrai cours. Je tiens à ce que les femmes qui suivent ces cours se sentent à l'aise pour reproduire des repas gastronomiques et sains, sans que ça les intimide.

— Je suis sûr que tu as choisi le repas parfait, la rassura Allye.

— Et nous sommes ravies de te servir de cobayes, ajouta Morgan.

À ce moment-là, Ball arriva dans la salle du fond, portant un plateau de boissons à petits pas prudents pour ne rien renverser. Il posa le plateau sur une table voisine et soupira de soulagement.

— Bon Dieu, je ne sais pas comment les serveuses se débrouillent, dit-il.

Sur quoi, il distribua les boissons : les bières pour les gars, à l'exception de Black, qui reçut un verre d'eau à cause des médicaments qu'il prenait encore, une bouteille d'eau pour Allye et des margaritas pour Chloé, Morgan et Harlow.

Puis il hocha la tête à l'attention de Gray et recula.

Son ami se racla la gorge et posa sa bière sur la table. Puis il fit face à Allye et lui retira sa bouteille d'eau.

— Oh, mon Dieu, marmonna-t-elle tranquillement, à croire qu'elle savait ce qui allait arriver.

— J'allais le faire quand nous sommes allés à Denver, mais, évidemment, cela ne s'est pas produit. Donc, je me suis dit que la deuxième meilleure occasion, c'était d'être entourés de nos amis. Allye Martin, tu es la personne la plus importante de ma vie. Je ne peux pas m'imaginer ne pas passer le reste de mes jours avec toi à mes côtés. Je t'aime plus que tout. Veux-tu m'épouser ?

En matière de demande en mariage, c'était succinct, quoiqu'adorable, mais tout le monde perçut la sincérité et l'amour dans la voix de Gray.

— Bien sûr que oui, répondit Allye. Je t'aime tellement !

Ils s'enlacèrent et s'embrassèrent, jusqu'à ce que Meat crie :

— Oh, ça suffit !

Tout le monde éclata de rire et félicita les nouveaux fiancés.

Puis Dave franchit la porte de l'arrière-salle, portant un grand gâteau chargé de bougies.

— Félicitations ! tonna-t-il avec son accent du Sud.

Il plaça le gâteau sur une table de billard et tout le monde se mit à rire en lisant l'inscription.

« 2 FAITS, 4 RESTANTS »

Dave se tourna pour regarder Morgan et Arrow, un sourcil levé.

Arrow leva les mains, pour se dédouaner.

— Eh, ne me regarde pas. J'épouserais Morgan demain si j'avais voix au chapitre.

— Oui, dit doucement Morgan.

Arrow tourna vivement la tête vers la femme assise à ses côtés.

— Quoi !?

— Si c'était une proposition, ma réponse est oui, fit-elle, tout aussi calmement.

— Oh, mais... Je n'ai pas de bague..., balbutia Arrow.

Morgan se haussa sur la pointe des pieds et lui noua ses bras autour du cou. Il se pencha et la souleva.

— Je t'aime, dit Morgan.

Le sourire d'Arrow était presque aveuglant alors qu'il regardait la femme dans ses bras.

— Sérieusement, tu viens juste d'accepter de m'épouser ?

— Tu m'as fait ta demande ?

— Eh bien, en quelque sorte.

— Pourquoi ne pas essayer à nouveau alors ?

— Morgan Byrd, veux-tu m'épouser et faire de moi l'homme le plus heureux sur terre ?

— Euh, je ne pense pas que ce soit vrai, marmonna Gray. C'est moi, homme le plus heureux sur terre.

— Oui. Oui ! Je veux t'épouser, s'écria Morgan.

Dave s'était faufilé dehors pendant l'échange entre Morgan et Arrow, mais il revint avec un couteau dans une main et une petite douille à décoration dans l'autre. Il effaça immédiatement le « 2 » et le « 4 » sur le gâteau, puis les remplaça par deux « 3 ».

— Là, dit-il en se relevant, puis il se tourna vers Harlow et Black.

Harlow regarda Lowell, puis éclata de rire. Il l'imita et ils rirent tellement qu'ils arrivaient à peine à respirer.

— Qu'est-ce qui est si drôle ? demanda Ball quand ils reprirent leur sérieux.

— Je viens tout juste de m'habituer au fait que Lowell et moi sortons ensemble. Je pense qu'il nous faudra attendre un certain temps avant d'accepter de nous passer la corde au cou.

— N'attendez pas trop longtemps, conseilla Dave. La vie est trop courte pour avoir des regrets. (Puis il se tourna vers le reste du groupe et ajouta :) Les boissons sont pour la maison, ce soir.

Tout le monde applaudit, mais Harlow n'avait d'yeux que pour Lowell. Qui la regardait attentivement.

— Quoi ?

— Quand j'étais dans cette ruelle, à te regarder accrochée à cette putain de fenêtre, l'une des choses que je ressentais, c'était le regret. Regret de ne pas t'avoir dit ce que je ressentais pour toi. J'y ai beaucoup réfléchi au cours du dernier mois. Même si c'est toi qui as vécu cette épreuve, même si c'est toi qui souffres d'inhalation de fumée et de cauchemars, c'est aussi toi qui as contacté mes parents et qui leur as raconté ce qui s'est passé. Tu es resté en contact avec Loretta et tu l'as même aidée à régler les histoires d'assurance. Tu es allé voir Lacie, Jody, Milo, Jasper et Sammie. Tu as été là pour Sammie et tout le monde sans rien demander pour toi.

— Lowell..., commença-t-elle.

Mais il lui prit la main et la porta à sa bouche, embrassa sa paume et continua.

— Avant toi, je ne m'imaginais pas passer le reste de ma vie avec une seule personne. Je ne pouvais pas me figurer comment ne pas m'ennuyer en me réveillant à côté d'elle chaque matin. Mais je peux dire en toute honnêteté qu'après le dernier mois passé avec toi, je sais que si je n'y arrivais pas, c'était parce que je ne t'avais pas encore rencontrée, toi. J'ai réalisé qu'aucune autre relation n'avait marché parce qu'*elle* n'était pas toi. Je ne te demande pas de m'épouser dans la seconde, parce qu'aucun de nous n'est tout à fait prêt pour cela, mais je sais que ça arrivera. Je passerai le reste de ma vie à essayer de rattraper les rendez-vous foireux que tu as vécus. Je ferai tout ce qui est en mon pouvoir pour m'assurer que tu aimes à nouveau les surprises, du moins celles que j'organiserai pour toi.

— Quand Jasper et moi étions suspendus à cette fenêtre, que tu nous as tourné le dos et que tu es parti en courant, Jasper a failli craquer. Il pensait que tu nous avais abandonnés, tout comme son père avant toi. (Harlow pleurait maintenant et avait du mal à faire sortir les mots, mais elle poursuivit.) Moi, je savais que non. Je savais que tu reviendrais pour moi. Du fond de mon âme, je le savais. Et dès que j'ai vu ce camion arriver au coin de la rue, j'ai su que c'était toi. Tu n'as pas à rattraper mes rencards foireux, tu le fais tous les jours, juste en étant toi-même. Je... Je t'aime, Lowell.

Elle vit ses yeux se troubler, puis il la tira de son siège pour la prendre sur ses genoux. En s'assurant de faire peser son poids sur sa bonne jambe, Harlow enfouit le visage entre son cou et son épaule et se lova contre lui.

Depuis que Lowell était sorti de l'hôpital, elle vivait avec lui dans son appartement. Ses parents avaient séjourné chez elle, pendant qu'ils étaient à Colorado Springs, et les parents de Lowell étaient descendus dans un hôtel voisin. Elle s'était occupée de lui, même quand il avait refusé. Elle l'avait harcelé et bichonné, jurant de faire tout ce qu'il fallait pour le remettre sur pied et qu'il puisse à nouveau travailler avec son équipe.

Il n'était pas encore prêt et elle savait que ça le rongeait, mais il avait œuvré avec Meat en coulisses, appris quelques-uns des trucs de son collègue pour dénicher des informations en ligne.

— Tenez, entendit Harlow devant eux. (Elle releva sa tête pour voir Ball, deux assiettes dans les mains.) Je ne peux pas laisser se perdre un bon gâteau.

Elle sourit et lui prit les parts de pâtisserie.

— Merci. (En regardant Lowell, elle sourit plus largement encore.) Gâteau ?

— Je préférerais manger autre chose, dit-il, une fois que Ball lui avait tourné le dos pour se servir de gâteau lui-même.

— Lowell ! protesta Harlow.

Il rit et resserra l'étreinte autour de sa taille.

— Je n'y peux rien, moi, si tu es beaucoup trop sexy. Je ne peux pas m'empêcher de poser les mains ou la bouche sur toi.

— Eh bien, tu devrais pouvoir t'empêcher de le mentionner lorsque nous sommes avec nos amis, rétorqua-t-elle, faussement hautaine.

Il rit à nouveau.

— Regarde-les, bébé. Que penses-tu que Gray, Ro, et Arrow feront à la seconde où ils seront chez eux, ce soir ?

Elle refusa de rougir.

— Ce n'est pas poli d'en parler.

Lowell secoua la tête.

— Très bien. Pardon. Mais tu dois savoir : si fort que j'aime t'avoir au-dessus de moi, à la seconde où je reçois le feu vert du docteur, tu vas passer des heures couchée sur le dos.

— Lowell ! le gronda-t-elle encore, sachant qu'elle était probablement rouge pivoine.

— Je t'aime, la coupa-t-il avec solennité. Dave avait raison. La vie est trop courte pour avoir des regrets. J'ai eu tellement peur ce jour-là. Peur de devoir rester là à te regarder mourir ou sauter par cette fenêtre.

— Je vais bien, lui dit Harlow.

— Je sais. Et j'ai l'intention que ça continue.

Ravie de sa douceur, mais désireuse aussi de retrouver le Lowell auquel elle était habituée, elle demanda :

— Des nouvelles de Nolan Woolf ?

Il lui fallut une seconde pour digérer le changement de sujet, puis il sourit.

— J'ai oublié de te dire ! Les flics de Denver l'ont trouvé.

— Ah oui ? Où ? Qu'est-ce qui s'est passé ?

— Il se cachait dans l'un de ses immeubles en ville. Malheureusement pour lui, cependant, certains de ses locataires ont compris qui il était. Ils n'étaient pas contents qu'il ait ignoré leurs demandes de réparation du bâtiment. Apparemment, il y a de la moisissure partout, les ascenseurs ne fonctionnent pas, les escaliers s'effondrent et il n'y a de l'eau chaude que par intermittence. Ils lui sont tombés sur le râble. Puis ils ont appelé les flics et leur ont dit où ils pouvaient trouver l'individu. La diffusion de son visage partout aux infos, ainsi que le récit de ses exploits ont d'autant facilité la tâche des locataires pour le dénoncer.

— Honnêtement, je ne pense pas qu'il voulait nous tuer, objecta Harlow.

— Tu penses que je m'en soucie ? Ce trou du cul a lancé deux cocktails Molotov dans un bâtiment habité. Je ne sais pas ce qu'il imaginait, mais c'est une tentative de meurtre à mes yeux. Et le procureur est d'accord.

— Alors c'est fini ?

— C'est fini, bébé. Nous l'avons sur la vidéo en train de jeter les bombes dans le bâtiment. Il avait la tête baissée, mais ce poireau sur le côté de son cou l'a dénoncé. Sans parler de l'offre hyper basse que Loretta a reçue de lui le lendemain. Il n'a pas encore avoué, mais je n'ai aucun doute qu'il le fera.

Harlow lui jeta un regard en coin.

— Pourquoi ?

Lowell sourit.

— Parce que j'ai été invité à participer à l'interrogatoire.

— Tu obtiens toujours des aveux, n'est-ce pas ?

— Oui. Surtout quand la femme que j'aime est en jeu.

Harlow sentit ses bras se couvrir de chair de poule lorsqu'il vint lui poser sa grande paume dans le cou.

— Ne fais rien de déraisonnable, c'est tout ce que je te demande. Je ne supporte pas l'idée que tu aies des ennuis et que tu doives aller en prison.

— Je ne vais pas aller en prison, bébé, la rassura-t-il.

— Parce que comment je vais me dégoter des rencards aussi impressionnants, si tu es derrière les barreaux ? fit-elle, ignorant sa réponse. Je veux dire, si je dois rendre visite au père de mon bébé derrière les barreaux et obtenir des visites conjugales, autant dire qu'on retombe dans la catégorie des rencards foireux...

— Tu veux porter mon bébé, Harl ? demanda-t-il, se penchant si près qu'ils avaient l'impression de n'être plus que tous les deux.

Elle déglutit péniblement et se força à regarder dans les yeux.

— Pas là, tout de suite. Mais si tu continues à ne pas être un connard, je pense que... oui.

Il éclata de rire.

— Je vais voir ce que je peux faire pour continuer à ne pas être un connard.

— Fais donc ça.

Posant son front contre le sien, il demanda :

— Tu vas officiellement emménager dans mon appartement ?

— Je vais y réfléchir, le taquina-t-elle.

— J'aime t'avoir avec moi, reprit-il sérieusement. J'aime me réveiller avec toi. J'aime prendre ma douche en ta compagnie, même si je l'appréciais encore plus quand je pourrai me tenir debout correctement. J'aime cuisiner pour toi et te regarder t'affairer dans ma cuisine pendant que tu me prépares quelque chose à manger. J'aime t'aider à réfléchir à ce que tu veux faire par la suite et j'aime savoir qu'à la fin de la journée, je n'ai pas à te raccompagner à ma porte. J'aime à peu près tout de toi.

— C'est drôle. J'éprouve la même chose pour toi.

Elle se sentait rayonner. Elle n'avait toujours pas décidé où elle allait travailler, mais être avec Lowell, l'aider pendant qu'il se remettait de sa blessure... cela faisait bien longtemps qu'elle n'avait été aussi heureuse.

— Tu as parlé à Loretta aujourd'hui ? demanda Lowell.

Harlow hocha la tête. Elle parlait à son ancienne employeuse presque tous les jours depuis l'incendie.

— Oui. Elle et Edward sont allés à la mairie, le week-end dernier, et se sont mariés. Elle a vendu le bâtiment, enfin ce qu'il en reste, à un promoteur qui veut lui restaurer son charme historique d'origine. Les gens qui possédaient les autres bâti-ments se sont manifestés et ont affirmé que Woolf les avait plus ou moins menacés ou forcés à vendre, de sorte que ces achats pourraient être déclarés nuls et non avenus. Les immeubles seraient alors rachetés par des promoteurs qui travailleraient tous ensemble pour embellir le quartier et lui rendre sa beauté d'avant. Loretta se sent toujours coupable de vendre, mais je pense qu'elle est enfin passée à autre chose.

— Bien.

À ce moment-là, Gray poussa un long et bruyant sifflement.

Tout le monde s'arrêta de parler et se retourna pour voir de quoi il retournait. Gray leva son portable et désigna la grande table sur le côté de la salle.

Harlow savait ce que cela signifiait : les Mercenaires Rebelles avaient des affaires à discuter.

Elle descendit des genoux de Lowell et l'aida à se mettre debout. Et alors qu'il se dirigeait vers la table, suivant ses amis, elle ne put s'empêcher de reluquer ses fesses.

— Je dois admettre qu'il a un joli postérieur, commenta Chloé.

Harlow s'esclaffa. Elle n'était pas du tout inquiète que son amie zieute son homme. Elle avait le sien. Et une bague à son doigt pour prouver combien Ro l'aimait.

— Eh bien, les filles, lança Allye en liant ses coudes avec ceux de Morgan et de Harlow, j'ai le sentiment que la nuit est presque terminée. Je sais que Gray brûlait qu'on s'en aille pour célébrer nos fiançailles, mais si ce que je vois là est une indication, ajouta-t-elle en hochant la tête vers la table, je suppose qu'ils vont bientôt partir en mission.

— Merde, murmura Harlow.

Elle n'était pas encore prête pour ça. Elle avait été gâtée et n'avait pas encore eu à voir partir Lowell vers ce qui serait sûrement dangereux. Cela dit, elle ne pensait pas qu'il serait appelé en mission, avec son genou encore en train de guérir. Cela étant, ce n'était qu'une question de temps. Elle ne voyait pas Lowell se retirer des Mercenaires Rebelles. Il était doué dans ce qu'il faisait et, par-dessus le marché, il avait besoin de le faire. Besoin d'aider les femmes et les enfants à échapper à leurs bourreaux et leurs ravisseurs.

Non. Elle ne lui dirait jamais à quel point elle détestait le voir partir. Elle s'assurerait simplement qu'il savait à quel point elle aimait l'avoir à la maison.

— Allez, lâcha Morgan. Je finis mon gâteau et mon verre. Ensuite, je ramène mon fiancé à la maison pour lui donner une bonne raison de revenir à moi en un seul morceau.

— Je bois à ce projet, dit Chloé.

— Moi aussi, même si ce ne sera qu'avec de l'eau, convint Allye.

Haussant les épaules, Harlow prit sa margarita sur la table voisine.

— Moi aussi. Même si je ne pense pas que Lowell ira où que ce soit.

— Qui est-ce ? demanda Allye en désignant une femme debout dans l'encadrement de la porte, qui balayait des yeux les tables de billard et les clients.

— Aucune idée, répondit Chloé.

Harlow regarda. La femme, de haute taille, avait de beaux et longs cheveux roux. Elle avait des taches de rousseur sur le nez et les joues, et si Harlow devait deviner, elle dirait que ses yeux étaient probablement verts. Elle portait un jean déchiré et sale, des rangers noires et un tee-shirt noir à manches longues.

Pas le genre de personne avec qui Harlow aurait envie de se prendre le bec. Elle avait l'air capable de faire mordre la poussière à n'importe qui, homme ou femme.

Les quatre amies regardaient la nouvelle venue remarquer leurs hommes assis à la table dans le coin et se diriger immédiatement dans leur direction.

— Elle a l'air tout à fait capable de prendre soin d'elle-même, murmura Harlow.

— Tu crois ? demanda Morgan. Parfois, les femmes qui ont l'air les plus fortes sont celles qui sont les plus brisées à l'intérieur.

En silence, elles suivirent des yeux l'inconnue, qui s'arrêta à environ un mètre cinquante de la table où discutaient les Mercenaires Rebelles.

— J'ai reçu un texto de Rex, annonça Gray.

— Quand est-ce qu'on part ? demanda Ball.

Gray secoua la tête.

— Pas tout de suite. Il a parlé d'effectuer plus de recherches avant de nous y envoyer. Oh... et il semble que nous soyons accompagnés d'un civil, sur ce coup-là.

— Quoi ? Non, putain ! s'exclama Ball.

— Qu'est-ce qui te défrise ? s'étonna Arrow. Nous avons déjà participé à des missions avec des civils.

— C'est déjà pénible qu'on doive se passer de Black à cause de son genou, mais s'il faut en plus jouer les baby-sitters pour un aspirant soldat, ça craint. Vous le savez tous. C'est déjà arrivé.

— Tu ne sais même pas encore de qui il s'agit, nuança Meat. Détends-toi, mec.

Ball soupira et se passa une main dans les cheveux. Il savait qu'il se comportait en salopard, mais... voir tous ses amis en couple, les savoir heureux et satisfaits, ça le tuait.

Par le passé, il avait pensé qu'il avait trouvé une femme avec qui passer le reste de sa vie. Mais cette histoire n'avait été qu'un mensonge. Elle s'était plus souciée de son travail et de couvrir ses erreurs que de les admettre. Et finalement, les erreurs en question avaient causé le renvoi de Ball de La Garde côtière, un travail qu'il aimait, pourtant. Elle s'en fichait bien, elle ne s'intéressait qu'à ses propres fesses.

Cette expérience lui avait beaucoup appris sur ce qu'était l'amour et ce qu'il n'était pas.

— Très bien. J'en suis, grommela-t-il. Qu'est-ce que c'est comme affaire ?

Gray se racla la gorge.

— Je ne connais pas tous les détails, mais en un mot, une jeune fille de quinze ans a disparu de sa maison à Los Angeles. Elle vivait avec ses grands-parents parce que ses parents sont des drogués et qu'elle ne voulait plus rien avoir à faire avec eux. Sa sœur aînée s'est inquiétée quand les grands-parents ont appelé et lui ont dit qu'ils n'avaient pas vu sa sœur depuis quelques jours. Ils avaient déjà contacté la police, qui l'avait illico casée dans la liste des fugueuses typiques et n'avait pas montré d'inquiétude au départ. La sœur a tout laissé en plan et s'est rendue à Los Angeles pour essayer de la trouver.

— Où est la sœur ? demanda Meat.

— Ici, en fait. À Colorado Springs, répondit Gray.

— Quel âge a-t-elle ? s'enquit Ro.

— Trente-quatre ans.

— Pourquoi l'adolescente n'est-elle pas allée vivre avec sa sœur ? s'enquit Arrow.

— Je ne sais pas, admit Gray. Mais bref, la sœur en a découvert assez pour être extrêmement inquiète et, apparemment, elle a entendu parler de Rex. Elle est entrée en contact avec lui et il a promis de l'aider.

— Cela n'a pas de sens, se plaignit Ball. On n'a pas assez de détails pour pouvoir faire quoi que ce soit à ce stade. Pourquoi la sœur n'a-t-elle pas pris la gamine à sa charge ? Je n'aime pas ça. Pas du tout. Est-ce que c'est encore un coup de la distraction de Rex ? C'est pour ça qu'il n'a pas obtenu toutes les informations dont nous avons besoin ?

— Ball, tu...

— Non, sérieusement. Et laisse-moi deviner, cette trentenaire, qui est probablement une riche femme au foyer, a convaincu Rex, à force de douces paroles, pour qu'il accepte qu'elle nous colle aux basques ? Rex ne nous ferait pas ça, normalement, mais après ce qui s'est passé récemment, je ne suis plus sûr de rien. À moins que nous n'allions la récupérer au centre commercial, cette adolescente, il n'y a aucun moyen qu'un civil ne constitue pas une entrave.

Ball était lancé, si bien qu'il ne vit pas la façon dont ses amis le regardaient avec des yeux ronds. Ils avaient toujours dit exactement ce qu'ils pensaient et ce n'était pas parce que certains d'entre eux se laissaient mener par le bout du nez par leur femme que lui allait changer.

— Vous savez que je n'ai aucun problème à faire ce qu'il faut pour sauver les femmes et les enfants en danger. On en a tous fait la mission de notre vie. Mais je me suis déjà retrouvé dans une situation où une femme a foutu en l'air une mission et ma vie par la même occasion. Je ne suis pas très partant pour recommencer.

— Tu ferais peut-être mieux d'arrêter de parler maintenant, répliqua Ro avec un petit sourire.

— Non, non. Appelle Rex au téléphone, Gray, commanda Ball. Il nous faut plus de détails. Et je vais lui dire qu'il n'est pas question une seconde que je laisse une nana qui ne se souciait pas assez de sa petite sœur pour la prendre chez elle quand elle avait besoin d'aide nous filer le train comme un chiot perdu, putain.

Son éclat fut accueilli par un silence. Ball savait qu'il était allé trop loin, mais la nuit avait été difficile pour lui.

Personne ne dit mot, cependant Black écarquilla ses yeux de manière comique et hocha la tête, comme pour désigner quelque chose derrière lui. Ball déglutit.

— Elle est debout derrière moi, c'est ça ?

— Oui, confirma Gray en souriant.

— Putain, chuchota Ball.

— Salut, je m'appelle Everly Adams. Je suis la trentenaire, pas si riche que ça, dont votre ami parle avec tant d'éloquence. Ma demi-sœur, Elise McLane, est sourde. Elle ne vivait pas avec moi, parce qu'elle fréquentait l'une des meilleures écoles pour sourds de Los Angeles. Je travaille actuellement pour le département de police de Colorado Springs, en tant qu'enquêteur et officier SWAT. Je sais me débrouiller dans une ville, au milieu d'une jungle et n'importe où ailleurs. Et je viens avec vous parce que Rex m'a informée qu'aucun d'entre vous, bande de rustres, ne connaît la langue des signes et ne pourra donc réellement parler à Elise quand vous la retrouverez.

Ball serra les dents, fort, et se tourna pour s'excuser. Il n'était toujours pas d'accord que la femme parte avec eux en mission, peu importait qu'elle soit flic.

Il ouvrit la bouche pour l'en informer, mais ses paroles lui restèrent coincées dans la gorge quand il découvrit Everly Adams pour la première fois.

Elle était vraiment belle. Des cheveux roux qui semblaient d'une longueur interminable. D'adorables taches de rousseur sur le visage. Un jean qui moulait ses jambes bien dessinées, musclées.

Mais ce furent ses yeux vert foncé qui coupèrent la voix de Ball. Des yeux qui le mitraillaient. Elle était vraiment énervée. Ce ne fut cependant pas ce regard qui le fit changer immédiatement d'avis concernant sa participation à l'opération.

C'était la douleur dans ces yeux.

Clairement, cette femme n'avait pas eu une vie facile. Elle avait dû se battre pour obtenir ce qu'elle voulait.

Comment le savait-il ? Ball n'en avait aucune idée, mais

l'émotion dans ces yeux lui fit regretter toutes les choses horribles qu'il avait dites. Il ne l'avait jamais rencontrée avant, il ne connaissait pas son histoire.

Mais ça viendrait.

Repoussant lentement sa chaise, Ball se mit debout. Il était plus grand qu'elle d'environ quinze ou vingt centimètres, mais bon, il était plus grand que la plupart des gens. Il estima la taille de cette femme à un mètre soixante-dix-huit environ. Ce qui était grand pour une femme, une taille parfaite pour lui. Il tendit la main.

— Je suis Kannon Black. Mes amis m'appellent Ball.

Elle regarda sa main avec désintérêt et croisa ses bras sur sa poitrine, refusant de la prendre.

Ball soupira. Il avait merdé. Et il savait qu'il devrait trimer pour se rattraper. Travailler avec Everly allait relever du défi. Cela faisait longtemps qu'une femme ne l'avait pas forcé à utiliser son cerveau, et pas seulement son corps.

Pourquoi cette idée l'enthousiasmait-elle ? Il n'en avait aucune idée.

* * *

Recherchez le prochain livre de la série: *Un Défenseur pour Everly*

REMERCIEMENTS :

Merci à toutes mes lectrices sur mon groupe Facebook, les « Susan Stoker's Stalkers », d'avoir partagé vos rencards les plus atroces... et de m'avoir permis de les utiliser dans ce livre. J'espère que vous avez toutes trouvé votre Prince Charmant et sinon... ne renoncez pas ! Votre Lowell est là, quelque part !

Un Protecteur Pour Julie

Un Protecteur Pour Melody

Un Protecteur pour l'avenir

Un Protecteur Pour Les Enfants de Alabama

Un Protecteur Pour Kiera

Un Protecteur Pour Dakota

Delta Force Heroes Series

Un héros pour Rayne

Un héros pour Emily

Un héros pour Harley

Un mari pour Emily

Un héros pour Kassie

Un héros pour Bryn

Un héros pour Casey

Un héros pour Wendy

Un héros pour Mary

Un héros pour Macie

Un héros pour Sadie

* * *

En Anglai

Delta Force Heroes Series

Rescuing Rayne

Rescuing Emily

Rescuing Harley

Marrying Emily (novella)

Rescuing Kassie

Rescuing Bryn

Rescuing Casey

Rescuing Sadie (novella)

Rescuing Wendy

Rescuing Mary

Rescuing Macie (novella)

Delta Team Two Series

Shielding Gillian

Shielding Kinley

Shielding Aspen

Shielding Jayme (novella) (Jan 2021)

Shielding Riley (Jan 2021)

Shielding Devyn (May 2021)

Shielding Ember (Sep 2021)

Shielding Sierra (TBA)

SEAL of Protection: Legacy Series

Securing Caite

Securing Brenae (novella)

Securing Sidney

Securing Piper

Securing Zoey

Securing Avery

Securing Kalee

Securing Jane (Feb 2021)

SEAL Team Hawaii Series

Finding Elodie (Apr 2021)

Finding Lexie (Aug 2021)

Finding Kenna (Oct 2021)

Finding Monica (TBA)

Finding Carly (TBA)

Finding Ashlyn (TBA)

Finding Jodelle (TBA)

Ace Security Series

Claiming Grace

Claiming Alexis

Claiming Bailey

Claiming Felicity

Claiming Sarah

Mountain Mercenaries Series

Defending Allye

Defending Chloe

Defending Morgan

Defending Harlow

Defending Everly

Defending Zara

Defending Raven

Silverstone Series

Trusting Skylar (Dec 2020)

Trusting Taylor (Mar 2021)

Trusting Molly (July 2021)

Trusting Cassidy (Dec 2021)

SEAL of Protection Series

Protecting Caroline

Protecting Alabama

Protecting Fiona

Marrying Caroline (novella)

Protecting Summer

Protecting Cheyenne

Protecting Jessyka

Protecting Julie (novella)

Protecting Melody

Protecting the Future

Protecting Kiera (novella)

Protecting Alabama's Kids (novella)

Protecting Dakota

Badge of Honor: Texas Heroes Series

Justice for Mackenzie

Justice for Mickie

Justice for Corrie

Justice for Laine (novella)

Shelter for Elizabeth

Justice for Boone

Shelter for Adeline

Shelter for Sophie

Justice for Erin

Justice for Milena

Shelter for Blythe

Justice for Hope

Shelter for Quinn

Shelter for Koren

Shelter for Penelope

À PROPOS DE L'AUTEUR

Susan Stoker est une auteure de best-sellers aux classements du New York Times, de USA Today et du Wall Street Journal. Elle a notamment écrit les séries Badge of Honor: Texas Heroes, SEAL of Protection et Delta Force Heroes. Mariée à un sous-officier de l'armée américaine à la retraite, Susan a vécu dans tous les États-Unis, du Missouri jusqu'en Californie en passant par le Colorado, et elle habite actuellement sous le vaste ciel du Tennessee. Fervente adepte des fins heureuses, Susan aime écrire des romans où les sentiments laissent place au grand amour.

http://www.StokerAces.com

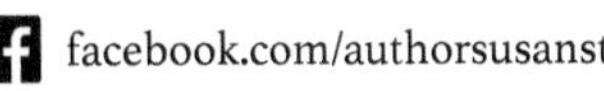

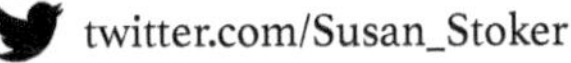

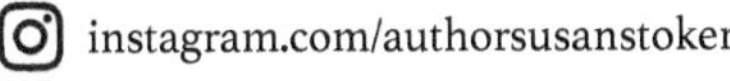

goodreads.com/SusanStoker

www.ingramcontent.com/pod-product-compliance
Lightning Source LLC
Chambersburg PA
CBHW060224100726

47907CB00003B/493